Schöne Lesestunden
wünscht herzlichst

Petra Durst-Benning

Buch

Minna Reventlow, genannt Mimi, war schon immer anders als die Frauen ihrer Zeit. Es ist das Jahr 1911, und während andere Frauen sich um Familie und Haushalt kümmern, hat Mimi ihren großen Traum wahr gemacht. Sie bereist als Fotografin das ganze Land und liebt es, den Menschen mit ihren Fotografien Schönheit zu schenken, genau wie ihr Onkel Josef, der ihr großes Vorbild ist. Als dieser erkrankt, zieht sie in die kleine Leinenweber-Stadt Laichingen, um ihn zu pflegen und vorübergehend sein Fotoatelier zu übernehmen. Ihm zuliebe verzichtet sie nicht nur auf ihre Unabhängigkeit, sondern sieht sich in Laichingen zunächst auch den misstrauischen Blicken der Dorfbewohner ausgesetzt, da sie mehr als einmal mit ihrem Freigeist aneckt. Und als bald ein Mann Mimis Herz höher schlagen lässt, muss sie eine Entscheidung treffen…

Autorin

Petra Durst-Benning wurde 1965 in Baden-Württemberg geboren. Seit über zwanzig Jahren schreibt sie historische und zeitgenössische Romane. Fast all ihre Bücher sind SPIEGEL-Bestseller und wurden in verschiedene Sprachen übersetzt. In Amerika ist Petra Durst-Benning ebenfalls eine gefeierte Bestsellerautorin. Sie lebt mit ihrem Mann und ihren zwei Hunden südlich von Stuttgart auf dem Land.

Besuchen Sie uns auch auf www.facebook.com/blanvalet
und www.twitter.com/BlanvaletVerlag

Petra Durst-Benning

Band 1

Roman

blanvalet

Sollte diese Publikation Links auf Webseiten Dritter enthalten,
so übernehmen wir für deren Inhalte keine Haftung,
da wir uns diese nicht zu eigen machen, sondern lediglich auf
deren Stand zum Zeitpunkt der Erstveröffentlichung verweisen.

Der Abdruck des Zitats von Henri Cartier-Bresson
mit freundlicher Genehmigung der Fondation
Henri Cartier-Bresson, Paris.

Verlagsgruppe Random House FSC® N001967

1. Auflage
Copyright © 2018 by Blanvalet
in der Verlagsgruppe Random House GmbH,
Neumarkter Str. 28, 81673 München
Redaktion: Gisela Klemt
Umschlaggestaltung: © Johannes Wiebel | punchdesign,
unter Verwendung von Motiven von kemai/photocase.de,
Shutterstock.com (MarkauMark; Vasya Kobelev)
und Richard Jenkins Photography
NG · Herstellung: sam
Satz: Uhl+Massopust, Aalen
Druck und Bindung: GGP Media GmbH, Pößneck
Printed in Germany
ISBN 978-3-7645-0662-9

www.blanvalet.de

»Fotografieren bedeutet den Kopf,
das Auge und das Herz auf die selbe Visierlinie
zu bringen. Es ist eine Art zu leben.«

Henri Cartier-Bresson (1908–2004)

1. Kapitel

Esslingen, 11. Februar 1905

»…und so möchte ich dich, liebe Minna, fragen, ob du meine Frau werden willst!« Heinrich Grohe nahm Mimis Hände in seine und sah sie erwartungsvoll an.
Minna?, fuhr es Mimi durch den Kopf. So wurde sie nur von ihrer Mutter genannt, und auch immer nur dann, wenn diese etwas an ihr zu kritisieren hatte. Nur mit Mühe unterdrückte sie ein nervöses Lachen. Da bekam sie einen Heiratsantrag, und das Einzige, was ihr dazu einfiel, war, zu monieren, dass Heinrich nicht ihren Spitznamen verwendete!
Darauf bedacht, das kleine Sträußchen Freesien, das zwischen ihnen auf dem Tisch stand, nicht umzuwerfen, entwand Mimi Heinrich ihre rechte Hand und griff nach ihrem Sektglas. Die kleinen Perlen des sprudelnden Getränks zerplatzten auf ihrer Zunge genauso wie die Gedanken in ihrem Kopf, noch bevor sie einen davon zu fassen bekam.
Er strahlte sie an. »Jetzt bist du baff, nicht wahr? Ich weiß, das kommt ein wenig plötzlich. Und mit deinen Eltern habe ich auch noch nicht gesprochen. Aber heute

ist dein Geburtstag. Und da dachte ich, dies wäre doch ein passendes Geschenk!« Er machte eine ausschweifende Handbewegung, die das Café, in dem sie saßen, den Sekt, den Blumenstrauß und sie beide einschloss.

Ein Heiratsantrag als Geschenk? Mimi blinzelte ein paarmal, als wollte sie sich vergewissern, dass sie nicht träumte. Im Wintersonnenlicht, das durch die Milchglasscheibe des Cafés einfiel, leuchtete Heinrichs blonder Schopf, als habe der liebe Gott ihm persönlich einen Heiligenschein aufgesetzt.

Es war Samstag, der elfte Februar, ihr Geburtstag. Heinrich hatte sie kurz nach zwölf von der Arbeit im Fotoatelier Semmering abgeholt, so, wie er es samstags fast immer tat. Dann bummelten sie meistens eine Weile durch die Stadt, schauten sich die Schaufenster der eleganten Geschäfte an, schlenderten durch den Park. Anfang des Monats, mit dem Lohn in der Tasche, kehrten sie hin und wieder auch in eins der günstigen Gasthäuser rund um den Esslinger Marktplatz ein. Zum Klang des Glockenspiels vom nahegelegenen Rathaus aßen sie dann Kutteln oder Bratkartoffeln mit Speck. Normalerweise teilten sie sich die Rechnung, da weder Heinrich als Vikar in der Pfarrei ihres Vaters noch sie als Angestellte eines Fotoateliers sonderlich gut verdienten. Aber wen kümmerte das, wenn man jung und verliebt war? Heinrich mit seinen blauen Augen, der hohen Denkerstirn und den blonden Haaren, und sie, die Pfarrerstochter Mimi Reventlow, sechsundzwanzig Jahre alt, stets in ein Ausgehkostüm gekleidet, die kastanienbraunen Haare elegant hochgesteckt – sie waren ein schönes Paar. Wenn sie Arm in Arm durch die Straßen der alten Reichsstadt spazierten, drehten sich öfter die

Köpfe nach ihnen um. Noch einmal so jung sein und die Zukunft vor sich haben!, las Mimi in den Blicken der Menschen.

Als Heinrich sie heute pünktlich um zwölf abgeholt hatte, hatte Mimi an ein ähnliches Samstagsprogramm gedacht, einzig vielleicht mit dem Unterschied, dass Heinrich sie anlässlich ihres Geburtstags wahrscheinlich einladen würde. Er hatte ihr die Blumen überreicht, ihr zum Geburtstag gratuliert und einen Kuss auf die Wange gegeben. Statt in eins der Gasthäuser zu gehen, in denen es nach Spiegeleiern und Sauerkraut roch, hatte er sie dann in ein elegantes Café geführt und dort eine ganze Flasche Sekt bestellt. Mimi hatte erstaunt die Brauen hochgezogen. Eine solche Extravaganz – wie würde sie sich nach dem Genuss von so viel Alkohol wohl fühlen?, hatte sie sich gefragt. Und auch, wie ihr später – vom Alkohol benommen – der steile Weg hinauf in die Esslinger Oberstadt gelingen sollte. So gesehen war ihr einiges durch den Kopf gegangen – dass sie heute einen Heiratsantrag bekommen würde, wäre ihr allerdings im Traum nicht eingefallen.

Da sie noch gar nicht reagiert hatte, wurde Heinrichs strahlende Miene leicht unmutig. »Minna?«, sagte er ungeduldig.

Sie lachte nervös auf. »Das kommt ein wenig überraschend!«

»Ja, freust du dich denn nicht?« Er runzelte die Stirn. Als habe ein Bühnenbildner die Hände im Spiel, kroch in diesem Moment am Winterhimmel eine Wolke vor die Sonne. Schlagartig wurde es im Café dunkler.

»Doch natürlich! Welche Frau würde sich da nicht freuen?«, verteidigte sie sich lahm.

Heinrich strahlte. »Das habe ich mir gedacht! Mit sechsundzwanzig Jahren bist du ja auch nicht mehr die Jüngste. Manch einer würde vielleicht sagen, es ist höchste Zeit, dass du unter die Haube kommst, bevor du zur alten Jungfer wirst.« Er zwinkerte ihr zu. »Aber sollen die Leute doch reden! Ich finde es gut, wenn Frauen sich vor der Ehe verwirklichen. Wer hat schon eine Frau mit Abitur *und* einer abgeschlossenen Berufsausbildung?« Heinrich nickte wohlwollend, dann beugte er sich ihr über den Tisch entgegen, ergriff erneut ihre Hände. »Deine Eltern werden bestimmt auch hocherfreut sein. Am besten gehen wir nachher gleich gemeinsam zu ihnen, damit ich bei deinem Vater um deine Hand anhalten kann. Eine reine Formalität – vor allem, wo es noch mehr Neuigkeiten gibt ...« Seine Augen funkelten vor Erregung, Mimi sah ihm an, dass er sich kaum zurückhalten konnte.

»Ja ...?«, sagte sie schwach.

»Ich bekomme die Pfarrei in Schorndorf übertragen! Das bedeutet, wir können deine Eltern weiterhin regelmäßig besuchen und umgekehrt.«

Schorndorf? Nun war es Mimi, die die Stirn runzelte. Obwohl die Stadt nur einen Steinwurf von Esslingen entfernt lag, war sie noch nie dort gewesen. »Leben dort nicht vor allem strenge Pietisten, bei denen Tanzfeste, Musik und Alkohol verboten sind?« Sie zeigte demonstrativ auf die Sektflasche.

»Du hast recht. Am besten trinken wir, solange wir noch können!« Über seinen eigenen Scherz lachend, schenkte er Sekt nach. »Aber ich kann dich beruhigen, der Einfluss der Pietisten in Schorndorf ist bei weitem nicht so groß, wie es immer heißt. Viel größer als die

10

pietistische Gemeinde ist nämlich die der evangelischen Kirche. Als evangelischer Pfarrer werde ich allerdings auch Ansprechpartner für die Pietisten sein, ein gottgefälliges Leben ist von daher tatsächlich angebracht. Zum Wohl!« Er prostete ihr zu.

Um etwas zu tun zu haben, trank Mimi ebenfalls einen Schluck. Doch das Prickeln war verflogen, der Sekt schmeckte nur noch schal. Als habe ein gestrenger Pietist ihn verwünscht, dachte Mimi. Was bist du nur für ein undankbares Wesen, schalt sie sich gleichzeitig. Freu dich endlich! Der Hochzeitsantrag gehörte schließlich zu den schönsten Dingen im Leben einer Frau. Doch statt erregte Freude zu verspüren, hatte sie das Gefühl, als habe sich in ihrer Herzgegend eine Kröte niedergelassen, die eine dumpfe, feuchte Kälte verbreitete. Gab es nicht die Redensart, jemand habe eine »Kröte schlucken« müssen? Mimi, du spinnst, schalt sie sich.

Heinrich schien ihre gedrückte Stimmung nicht wahrzunehmen. Schwungvoll stellte er sein Glas ab und nahm den Gesprächsfaden wieder auf. »Gleich nach Ende meines Vikariats im Sommer darf ich die Schorndorfer Gemeinde übernehmen. Der dortige Pfarrer ist schon fast achtzig und kann es kaum erwarten, aufs Altenteil zu gehen. Scheinbar ist er gesundheitlich nicht mehr gut beieinander, das heißt, er wird mir nicht viel in die Arbeit hineinreden. Ein wenig werden wir uns um ihn kümmern müssen, das erwartet die Gemeinde von uns, aber das ist ja sowieso selbstverständlich.«

»Aha«, sagte Mimi. Sie hatte noch nicht einmal ja gesagt!

»Ich war Anfang der Woche in Schorndorf. Die Pfarrei ist überschaubar, nicht so groß wie die deines Vaters.

Aber ich betrachte das als Übung für spätere, größere Aufgaben. Und das Haus, in dem wir wohnen werden... Es ist kein Palast, zugegeben. Vielmehr ist es ein wenig baufällig, und das Inventar ist abgelebt. Kein Wunder, Pfarrer Weidenstock, so heißt mein Vorgänger, hat nie geheiratet, und eine Haushälterin hatte er wohl auch nicht, niemand hat sich also um Haus und Hof gekümmert. Aber wenn du dich erst einmal der Sache angenommen hast, wirst du den Haushalt in Windeseile gut in Schuss gebracht haben!«

»Ich bin doch keine Hausfrau!«, protestierte Mimi. »Ich bin Fotografin, wie man einen Haushalt führt, habe ich nie gelernt. Und dann soll ich auch noch den alten Herrn Pfarrer mit versorgen?«

Heinrich winkte ab. »So was liegt Frauen im Blut, keine Sorge! Und wenn du dir doch mal bei etwas unsicher bist, wird dir ein Gemeindemitglied bestimmt gern helfen.« Mit einem schwärmerischen Lächeln fuhr er fort: »Ach Mimi, ich sehe es schon genau vor mir – du in der ersten Reihe der Kirche und ich auf der Kanzel! Die Schorndorfer werden begeistert sein von meinen fortschrittlichen neuen Predigten. Unser Vater im Himmel hat den Menschen einen Kopf zum Denken gegeben, er will keine unterwürfigen Schäfchen, das möchte ich den Menschen vermitteln! Und dass Fortschritt und Gottesglaube sich nicht ausschließen, sondern Hand in Hand gehen können – auch darüber will ich predigen. Dein Vater war mir der beste Lehrmeister, ich fühle mich inspiriert und gewappnet zugleich. Er wird stolz auf mich sein! Und wenn ich Hausbesuche bei den armen Leuten mache, darfst du mich natürlich begleiten. Eine Pfarrersfrau kann so viel Gutes bewirken! Aber wem erzähle ich das – hast du doch das beste Beispiel in deiner Mutter zu Hause. Apropos zu Hause – habe ich eigentlich schon erwähnt, dass das Haus auch ein kleines Gärtchen hat? Am Ende des Gartens fließt sogar ein Bach, dort könnte man sehr gut Wäsche waschen. Wenn wir erst Kinder haben, wirst du diesen Umstand sicher zu schätzen wissen.«

»Aha...«, sagte Mimi erneut und kam sich vor wie ein Papagei. Welche Kinder? Unwillkürlich rutschte sie auf ihrem Stuhl nach hinten, als wolle sie Distanz zwischen Heinrichs Pläne und sich bringen.

Heinrich nickte. »Du wirst die Wäsche draußen aufhängen können, genau wie es eure Haushälterin bei euch im Garten tut. Ist das nicht schön? Wäsche, getrocknet von Sonne und Wind, duftet so viel besser, findest du nicht?«

»Der Garten und die Wäsche sind mir gerade ziemlich egal«, sagte Mimi und konnte nichts gegen den kratzbürstigen Ton in ihrer Stimme tun. »Sag mir lieber, ob es in Schorndorf auch ein Fotoatelier gibt.«

»Ein Fotoatelier?« Heinrich schaute sie an, als habe sie gefragt, ob der Kaiser von China im Nachbarhaus residiere. »Ich glaube nicht. Das wäre mir aufgefallen, und...«

»Wie stellst du dir das dann vor?«, schnitt sie ihm das Wort ab. »Soll ich jeden Tag mit dem Zug oder der Postkutsche zur Arbeit nach Esslingen fahren?«

»Aber Mimi!« Heinrich lachte prustend auf. »Als verheiratete Frau musst du doch nicht mehr arbeiten gehen! Der alte Felix Semmering und sein verstaubtes Atelier können dir dann endlich gestohlen bleiben. Du wirst dich komplett den Pflichten einer Ehefrau widmen können.«

13

Das Glockenspiel ertönte. Mimis Herz pochte im selben schnellen Rhythmus. Sie schaute Heinrich mit aufgerissenen Augen an. »Oh, schon drei Uhr! Ich muss gehen! Ein dringender Termin, gerade fällt es mir wieder ein. Bitte verzeih mir...« Sie riss ihre Handtasche so abrupt in die Höhe, dass sie ihr gegen die Hüfte schlug, lächelte entschuldigend, dann lief sie davon.

»Aber Mimi! Du hast doch noch nicht mal ja gesagt!«, rief Heinrich ihr hinterher.

Eben, dachte sie. Eben.

2. Kapitel

Und nun? Vom Sektgenuss ein wenig benommen schaute Mimi sich auf dem Esslinger Marktplatz um. Bloß nicht nach Hause! Sobald sie die Pfarrei betrat, würde ihre Mutter sie für irgendwelche wohltätigen Zwecke einspannen, Geburtstag hin oder her. Wahrscheinlich würde Heinrich ebenfalls dort auftauchen und darauf bestehen, dass sie sich ihm gegenüber erklärte – dass sie ihn einfach hatte sitzenlassen, würde er bestimmt nicht gutheißen!

Um sich im Park auf eine Bank zu setzen, war es zu kalt. Die Sonne, die bis Mittag geschienen und den Esslinger Bürgern einen trügerischen Hauch von Frühjahr vorgespielt hatte, hatte sich längst wieder hinter dicken Wolkenbergen verzogen. Eisige Windböen zerzausten Mimis Frisur.

Wütend und hilflos zugleich wickelte sie ihren Schal enger um sich. Verflixt! Sie wollte doch nur ein bisschen allein sein. In Ruhe nachdenken können, ihre Gedanken schweifen lassen. In sich hineinhören und auf Klarheit hoffen.

Sie würde in eine Kirche gehen, beschloss Mimi. Schon so manches Mal hatte der liebe Gott ihr einen guten Rat gegeben, wenn sie Sorgen hatte oder nicht wusste, wie sie sich in einer Sache entscheiden konnte. Und wenn nicht, dann hatte sie dort wenigstens ihre Ruhe. Die Frauenkirche lag nur einen Steinwurf entfernt, unter ihrer blau-goldenen Decke würde sie bestimmt gut nachdenken können.

Mimi wollte gerade loslaufen, als ihr jemand von hinten auf die Schulter tippte. Heinrich? Bang drehte sie sich um. Doch es war eine junge Frau, die sie ansprach. »Verzeihung, ich bin fremd in Esslingen und suche den Gasthof Hirsch in der Ulmer Straße. Können Sie mir bitte den Weg nennen?« Ein Paar so strahlend blaue Augen, dass selbst Heinrichs Augen dagegen blass wirken würden, schauten Mimi erwartungsvoll an.

Mimi zeigte hinter sich. »Die Ulmer Straße liegt unten am Neckar, wenn Sie in diese Richtung laufen, kommen Sie dorthin«, antwortete sie der Fremden mit einem Lächeln. Die blauen Augen, die buschigen Brauen, die vollen Lippen – was für eine attraktive Frau, dachte sie im selben Moment. Und was für eine ungewöhnliche Frisur sie trug – die zu einem Kranz um den Kopf gelegten strohblonden Haare wirkten wie eine Krone. Die Frau hier und jetzt zu fotografieren, das wäre was! Mimi kribbelte es regelrecht in den Händen.

Die schöne Fremde strahlte Mimi weiter an. »Kein Problem, wenn die Richtung stimmt, finde ich mich schon zurecht.« Liebevoll, als hielte sie ein Kind im Arm, strich sie über ein in dünnes Leinen gewickeltes Bündel, das sie über dem linken Arm trug. »Mein Brautkleid«, sagte sie stolz. »Ich habe es gerade bei Brunners am Markt abgeholt.«

Mimi stieß einen kleinen Schrei aus und legte eine

Hand auf ihr Herz. War das schon das Zeichen Gottes, das sie sich von dem Kirchenbesuch erhofft hatte? »Halten Sie Brunners am Markt etwa nicht für die allererste Wahl?«, fragte die Fremde stirnrunzelnd. »Doch, doch! Mathilde Brunner ist eine Künstlerin mit Nadel und Faden, sogar die Königsfamilie aus Stuttgart kommt zu ihr«, beeilte Mimi sich zu sagen. »Es ist nur so …« Fahrig strich sie sich über ihr zerzaustes Haar und fuhr schüchtern fort: »Ich habe gerade eben auch einen Heiratsantrag bekommen.«

Die blauen Augen der Fremden weiteten sich. »Das gibt's doch nicht! Wie romantisch! Herzlichen Glückwunsch!« Bevor Mimi sich versah, umarmte die Fremde sie herzlich. »Achtung, das Brautkleid!«, rief Mimi lächelnd.

Die andere ließ sie augenblicklich wieder los und sagte: »Darauf müssen wir unbedingt anstoßen, finden Sie nicht auch? Bei meinem letzten Besuch hier war ich in einem hübschen Café im Maille-Park, wollen wir dorthin gehen? Ich lade Sie natürlich ein. O mein Gott, ich habe mich noch nicht einmal vorgestellt, wie unhöflich von mir! Mein Name ist Bernadette Furtwängler, ich komme aus Münsingen, das liegt auf der Schwäbischen Alb.« Ohne dass sie einmal Luft holte, purzelten die Worte aus dem Mund der Fremden.

Mimi lachte auf. Vielleicht würde ihr ein bisschen Ablenkung ganz guttun? »Also gut. Auf ein Glas mehr oder weniger kommt es heute auch nicht mehr an«, sagte sie, was ihr erneut einen erstaunten Blick der Fremden eintrug. »Mein Name ist übrigens Mimi Reventlow, mein Vater ist Pfarrer in der Esslinger Oberstadt. Und ich bin Fotografin.« Eigentlich, fügte sie im Stillen an.

»Dann können Sie ja meine Hochzeitsbilder machen«, sagte die Fremde begeistert.

Mimi zog eine Grimasse. »Schön wär's! Aber in den Augen meines Chefs bin ich nur gut genug, um Kaffee zu kochen.«

»Männer!«, sagte Bernadette und verdrehte die Augen. Kameradschaftlich, als würden sie sich schon ewig kennen, hakten die beiden Frauen sich unter.

»Unsere Hochzeit wird am zehnten Mai stattfinden«, sagte Bernadette Furtwängler, kaum dass sie ihre Bestellung im Parkcafé aufgegeben hatten. Auf Sekt hatten sie am Ende doch verzichtet und sich stattdessen für Kaffee entschieden. »Der Sommer wäre mir lieber gewesen, aber ab Mitte Mai sind alle mit der Schafschur beschäftigt. Und danach dann auf Wanderschaft mit den Schafen.« Bernadette Furtwängler verzog den Mund. »So war das schon immer. Die verdammten Schafe bestimmen unser ganzes Leben. Was bin ich froh, wenn das ein Ende hat! Mein zukünftiger Mann ist nämlich Lehrer, musst du wissen. Dann können die Schafe mir gestohlen bleiben.«

Mimi lachte. Bernadettes Art, frei von der Leber weg zu erzählen, gefiel ihr. »Und mir können Kröten gestohlen bleiben! Aber das musst du jetzt nicht verstehen«, fügte sie hinzu.

Schon unterwegs zum Café hatte Bernadette Mimi vorgeschlagen, du zu sagen – immerhin waren sie im gleichen Alter, und das Schicksal hatte es gewollt, dass sie sich an diesem Tag über den Weg liefen. Dem hatte Mimi nichts entgegensetzen wollen.

»Dann seid ihr also Schäfer?«, nahm Mimi den Gesprächsfaden wieder auf. Dass es sich eine Hirtentochter leisten konnte, in die Stadt zu fahren, um sich ein Brautkleid anfertigen zu lassen, hätte sie nicht gedacht. »Um Gottes willen, nein!« Das Lachen der anderen klang ein wenig hochmütig. »Uns gehört der größte Schäfereibetrieb weit und breit, wir besitzen Tausende von Schafen. Das halbe Dorf ist bei uns angestellt, wir beschäftigen Hirten, Scherer, Männer, die sich um die Zäune kümmern, und welche, die die Hütehunde ausbilden. Und wenn die Schafe lammen, kommen noch Hilfskräfte hinzu. Mein Vater ist nicht nur reich, sondern auch ein mächtiger Mann!«, sagte sie stolz. »Und er hütete mich all die Jahre wie seinen Augapfel. Das ist mir fast zum Verhängnis geworden...«

»Inwiefern?«, fragte Mimi, die spürte, dass Bernadette gern ihre Geschichte zu Ende erzählen wollte. Ihr war das nur recht – der Blick in eine ihr völlig fremde Lebenswelt lenkte sie nicht nur ab, sondern machte richtig Spaß. Außerdem – solange sie zuhörte, musste sie sich keine Gedanken über ihr eigenes Dilemma machen.

Bernadette zuckte mit den Schultern. »Die allermeisten Burschen und Männer haben ziemlichen Respekt vor Vater. Kaum einer traute sich jemals, auch nur ein Wort mit mir zu wechseln oder mich beim Schäfertanz aufzufordern, weil sie Vater nicht gegen sich aufbringen wollten. Viele Tränen habe ich deswegen vergossen, am Ende dachte ich schon, ich würde als alte Jungfer enden. Aber dann kam Michael!«, endete sie triumphierend.

Das Wort »alte Jungfer« hatte Heinrich vorhin auch in den Mund genommen, dachte Mimi. In dem Moment war sie vor Schreck fast starr geworden, doch im Nachhinein ärgerte sie sich, ihm nichts entgegnet zu haben. Dass es für ledige Frauen abfällige Begriffe gab und für Männer nicht, war wieder einmal typisch, dachte Mimi ärgerlich. Dann zwang sie sich, sich wieder auf ihr Gegenüber zu konzentrieren.

»Dein Schatz heißt also Michael«, sagte sie.

Bernadettes Strahlen war zurück. »Ja. Er ist Lehrer an unserer Dorfschule. Als der alte Lehrer starb, wurde Michael von Ulm nach Münsingen versetzt. Wir begegneten uns auf dem Wochenmarkt – es war Liebe auf den ersten Blick.« Sie seufzte auf. »Jedenfalls...«, sie drehte an dem silbernen Ring an ihrem linken Ringfinger – »hat Michael letzten Herbst um meine Hand angehalten. Als Lehrer ist er selbst eine Respektsperson, und vor Vater hat er keine Angst, ist das nicht wunderbar? Seitdem bin ich die glücklichste Frau der Welt, aber wem erzähle ich das? Du weißt ja selbst, wie sich das anfühlt...« Vertraulich drückte Bernadette Mimis Hand.

Mimi biss sich auf die Lippen. Glücklich? Glücklich war sie, wenn ihr Chef Herr Semmering sie im Fotoatelier ausnahmsweise einmal an die Kamera ließ. Glücklich war sie in der Dunkelkammer, wenn ihr beim Entwickeln der Fotografien der scharfe Geruch der Chemikalien sagte, dass die Magie, die aus Silberplatten Fotografien zauberte, eingesetzt hatte. Und glücklich war sie auch, wenn sie sonntags nach dem Gottesdienst zu einer Wanderung in den Schurwald aufbrachen. In Gottes freier Natur – da spürte sie Glücksgefühle in sich aufsteigen! Aber vorhin, bei Heinrichs Antrag, hatte sie sich mit jedem seiner Worte beklommener gefühlt. Fast so beklommen wie damals, in der Falle der Wilderer...

»Im Dorf wundern sich viele, dass ich Michaels Antrag angenommen habe. Die Leute waren wohl davon überzeugt, ich würde meinen Zukünftigen nach dem Motto ›Geld heiratet Geld‹ aussuchen. Dabei hatte Vater das schon für mich übernommen...«

»Du warst schon einem anderen versprochen?« Von solchen Dramen hatte Mimi bisher nur in Romanen gelesen.

»Na ja, versprochen nicht gerade, aber gewisse Hoffnung hat man sich wohl gemacht! Im letzten Jahr war verdächtig oft ein reicher Wollhändler bei uns zu Gast. Und immer, wenn das gemeinsame Essen zu Ende war, verließen Mutter und Vater unter irgendeinem Vorwand den Raum, damit der feine Herr Ringschmied und ich allein sein konnten. Aber da haben alle die Rechnung ohne mich gemacht! Ich heirate doch nicht einen zwanzig Jahre älteren Mann, nur weil er steinreich ist«, sagte Bernadette empört.

Mimi nickte heftig. Undenkbar! »Und wie hast du deine Eltern dann davon überzeugt, dass Michael der Richtige für dich ist?«

Bernadettes Augen waren voller Wärme und Innigkeit, als sie sagte:»Das Einzige, was zählt, ist die Liebe. Es fiel Vater nicht leicht, dies zu akzeptieren, aber mir zuliebe hat er es getan.« Sie lachte.»Seitdem ist er wie umgewandelt. Er hat zur Hochzeit das ganze Dorf eingeladen! ›Wenn meine Prinzessin heiratet, dann wird dies das Fest des Jahres!‹, sagt er immer wieder. Wein und Bier sollen in Strömen fließen, und Lammbraten für alle wird es geben. Und ich wünsche mir einen großen Tisch mit allen möglichen Kuchen und Torten zum Dessert...« Schwärmerisch seufzte Bernadette auf.

»Und danach bin ich endlich Michaels Frau. Ich kann es kaum erwarten.«

Welche Innigkeit aus Bernadettes Worten sprach, welches Glück! Bevor Mimi wusste, wie ihr geschah, schossen ihr Tränen in die Augen.

»Um Gottes willen, was ist denn? Habe ich etwas Falsches gesagt?« Entsetzt reichte die Schäfereitochter Mimi ein spitzenbesetztes Taschentuch.

Mit nassen Augen nahm Mimi es entgegen. Sie schnäuzte sich geräuschvoll, dann sagte sie: »Es liegt nicht an dir. Es ist nur so... Auch wenn ich wollte – ich kann nicht heiraten!«

3. Kapitel

Schluchzend weihte Mimi die Fremde in ihre Nöte ein. Und obwohl sie sich selbst ihrer Sache so sicher war, verstand Bernadette Mimis Zweifel. Helfen konnte sie ihr jedoch auch nicht. Dennoch empfanden beide ihre Begegnung als fast schon schicksalhaft und trennten sich später entsprechend ungern. Irgendwann, irgendwo würden sie sich wiedersehen, versprachen sich die beiden jungen Frauen. Dann wünschten sie sich gegenseitig alles Gute.

Mit schwerem Herzen lief Mimi in die Esslinger Oberstadt hinauf. Daheim angekommen, empfingen ihre Eltern sie mit erwartungsvollem Blick. Vor allem ihre Mutter sah aus, als würde sie vor Aufregung und Ungeduld fast platzen. Wussten sie etwa schon Bescheid?, argwöhnte Mimi. Es würde Heinrich ähnlich sehen, dass er zuerst mit ihren Eltern und danach erst mit ihr gesprochen hatte, auch wenn er ihr gegenüber etwas anderes behauptet hatte.

Doch weder ihre Mutter noch ihr Vater machten eine entsprechende Bemerkung, und auf einmal war sich Mimi ihrer Sache nicht mehr sicher. Mit der Entschuldigung, dass sie Kopfweh habe – was nicht einmal gelogen war –, zog sie sich in ihr Zimmer zurück.

Heinrich und sie als Mann und Frau. Esslingen adieu! Kein Fotoatelier mehr, keine Dunkelkammer. Begraben auch all ihre Träume vom Fotografieren. Dafür ein heruntergekommenes Haus in Schorndorf und die Pflichten einer Ehefrau und Mutter. War das das Leben, das sie wollte? Immer und immer wieder kreisten Mimis Gedanken um diese Frage.

Die Dämmerung brach herein, unten im Haus war das Scheppern von Geschirr zu hören. Vaters Lachen und der Duft von Bohnensuppe mit Maggikraut zogen durchs Haus. Mimis Magen knurrte, als wolle er sich in Erinnerung bringen. Seit dem Frühstück hatte sie nichts mehr gegessen. Einen Moment lang war sie versucht, nach unten zu gehen und am Abendessen teilzunehmen. Doch dann würde sich das Gespräch gewiss Heinrichs Antrag zuwenden, schlimmer noch – womöglich würde Heinrich mit am Tisch sitzen, wie er es am Wochenende so oft tat.

Ihr Vater würde ihr wie so oft sagen, dass er in seinem gewissenhaften, ehrgeizigen Vikar sich selbst in jungen Jahren sah. In seinen Augen war Heinrich bestimmt der geeignetste Schwiegersohn, und die Tatsache, dass sie noch nicht ja gesagt hatte, würde bei ihm auf Unverständnis stoßen.

Und ihre Mutter würde ihr von den Pflichten vorschwärmen, denen sich eine Pfarrersgattin hingebungsvoll zu widmen hatte. Wahrscheinlich würde Amelie Reventlow mit ihrem weiten Wohltätigkeitsnetz längst jeden einzelnen Bedürftigen in Schorndorf mit Namen benennen können, dachte Mimi in einem Anflug von Bitterkeit. Darauf konnte sie nun wirklich verzichten!

Und wenn sie verhungerte – sie würde erst dann wieder ihr Zimmer verlassen, wenn sie eine Lösung für ihr Problem gefunden hatte, beschloss Mimi. Resolut kramte sie in ihrer Handtasche nach der Tafel Schokolade, die Herr Semmering ihr am Morgen zum Geburtstag geschenkt hatte. Am Morgen... Mimi kam es vor, als sei es in einem anderen Leben gewesen. Vorsichtig wickelte sie die Schokolade aus dem Stanniolpapier und brach eine Rippe ab.

Heinrich sah ihre gemeinsame Zukunft glasklar vor sich, dachte sie, während die Schokolade langsam in ihrem Mund schmolz. Dass er nicht auch noch die Anzahl ihrer zu erwartenden Kinder genannt hatte, war erstaunlich. Was *sie* von all seinen Plänen hielt, schien ihn hingegen nicht zu interessieren. Vielmehr ging er davon aus, dass sie überglücklich war und seinen Heiratsantrag als Fügung Gottes betrachtete.

Warum nur wollte ihr das nicht gelingen? Warum konnte sie nicht ein bisschen sein wie Bernadette, die stolz mit ihrem Brautkleid auf die Schwäbische Alb zurückfuhr und es nicht erwarten konnte, vor den Altar zu treten? Dann würde ihr Vater die Hochzeitspredigt schreiben und ihre Mutter selig alles organisieren können.

Um drei Uhr nachts hatte Mimi noch immer kein Auge zugetan. Eigentlich ist Onkel Josef an allem schuld, dachte sie wütend, und ihr Magen knurrte zustimmend. Ohne ihn wäre sie vielleicht eine »ganz normale« junge Frau wie Bernadette und die meisten anderen. Dann hätte sie schon seit Jahren von einem Hochzeitsantrag geträumt und wäre entsprechend glücklich über den Verlauf des heutigen Tages gewesen. Tatsächlich war es jedoch so, dass sie jeden Gedanken an eine Eheschließung bisher einfach vor sich hergeschoben hatte. Sie wollte als Fotografin doch noch so viel lernen!

Froh, in Onkel Josef endlich einen Sündenbock gefunden zu haben, schob sie sich das letzte Stück Schokolade in den Mund.

Josef Stöckle. Er war der ältere Bruder ihrer Mutter und einer der ersten Wanderfotografen überhaupt. Gutaussehend, wanderlustig, mutig. Ein verwegener Bursche, der es gut mit den Leuten konnte. Ein Zauberer hinter der Kamera! Ein Meister seines Fachs. Er hatte die Liebe zur Fotografie in Mimi geweckt. Und dank ihm hatte sie am Ende als eine der ersten Frauen überhaupt den Beruf der Fotografin erlernen dürfen. Ihre Eltern waren entsetzt gewesen, als sie ihren Berufswunsch geäußert hatte. Der größte Wunsch ihrer Mutter war nämlich, dass sie, Mimi, in Amelie Reventlows Fußstapfen trat und sich um andere Menschen kümmerte. Lehrerin sollte Mimi werden! Oder besser noch Ärztin, falls dies eines Tages den Frauen erlaubt sein würde. Zur Not hätte die Mutter sich auch mit Mimi als Missionarsgattin zufriedengegeben. Doch aufgrund eines alten Schwurs, in den auch Onkel Josef verwickelt gewesen war, hatte ihre Mutter sich am Ende verpflichtet gefühlt, Mimis außergewöhnlichem Berufswunsch nachzugeben.

So gesehen hatte kein anderer Mensch ihr Leben derart beeinflusst wie Josef, dachte Mimi. Dabei lebte er nicht einmal in ihrer Nähe! Mit seinem mobilen Fotoatelier, das in einem großen Pferdekarren untergebracht war, kam er nur wenige Male im Jahr hier in Esslingen vorbei.

Auf Mimis Miene erschien ein leises Lächeln, als sie an Josefs »Sonnenwagen« dachte – schwarz lackiert und mit einer goldenen, aufgemalten Sonne in der Mitte. Sie hätte Josefs Gefährt unter Tausenden von Kutschen wiedererkannt! Wenn der Onkel in der Stadt war, hatte er meist viel zu tun. Irgendetwas war immer zu erledigen, manchmal war es ein Arztbesuch, und sein Pferd ließ er auch am liebsten vom Esslinger Hufschmied beschlagen. Trotzdem hatte er sich stets alle Zeit der Welt für sie genommen. Seine Besuche waren immer wie ein Fest für sie gewesen. Bis auf das eine Mal – sie war erst sieben –, als Onkel Josef auf sie hätte aufpassen sollen. Damals war so ziemlich alles schiefgegangen. Später hatte sich das als Glück entpuppt! Aber zu diesem Zeitpunkt, oje, da war die Hölle los gewesen! Bevor Mimi sich versah, war sie weit weg in Zeit und Raum...

4. Kapitel

Esslingen, im Oktober 1886

Warum konnten die Leute nicht ein bisschen vorsichtiger über den rot-gelben Blätterteppich laufen? Verständnislos schaute die siebenjährige Mimi zu, wie die Magd Rosa eine schwere grüne Girlande Richtung Pfarrhausgarten schleifte. Auf das bunte Laub der Ahornbäume und Buchen, das den Boden bedeckte, nahm sie genauso wenig Rücksicht wie alle andern. Jeder schlurfte über den gelb-roten Teppich, zertrat die feinen Blättchen, bis sie zu braunem Matsch wurden. Dabei sahen die vielen Farbtöne so wunderschön aus!

Die Pfarrerstochter ging in die Hocke und nahm eins der Blätter auf. Andächtig strich sie mit dem Zeigefinger ihrer rechten Hand die feinen Adern nach, die das ockerfarbene Ahornblatt durchzogen. Es war so schön, dass alle Jahre im Herbst die Blätter wie Schnee von den Bäumen rieselten! Mimi lächelte.

Im nächsten Moment ließ sie das Blatt fallen. Endlich! Da hinten war ihre Mutter! Die suchte sie schon seit einiger Zeit. Aber wie so oft war Amelie Reventlow beschäftigt. Heute war die Armenspeisung zum Kirchweihfest, die sie immer am dritten Sonntag im Oktober im Pfarrgarten ausrichtete. Seit Mimi denken konnte, gab es diese Veranstaltung.»In vielen Häusern der Altstadt, allen voran in denen der Webergasse, herrschen Armut und Hunger. Jemand muss diesen armen Menschen helfen«, hatte die Mutter ihr erklärt. Und angefügt, dass Mimi viel von der Mutter lernen konnte, um später selbst auch Gutes tun zu können.

Mimi wollte natürlich auch, dass die hungrigen Menschen Brot und Suppe bekamen. Aber manchmal war das Leben so spannend, dass sie ein wenig abgelenkt wurde von all den Wohltätigkeiten. So wie heute. Vorsichtig ertastete Mimi den Inhalt ihrer Rocktasche. Erleichtert darüber, dass ihr Schatz noch da war, schaute sie auf. Oje, nun war die Mutter schon wieder weg!

»Ist die Suppe noch immer nicht fertig?«, ertönte durch das offene Küchenfenster im nächsten Moment ihre laute Stimme.

Mimis Miene erhellte sich, sie rannte ins Haus.»Mutter! Mutter!«

»Mimi, mein Kind...«, sagte die Mutter abwesend, während sie Elke Bieringer, der Pfarreiköchin über die Schulter schaute.

»Schau mal, was ich gefunden habe...« Stolz hielt Mimi ihrer Mutter die fette Larve hin, die sie am Morgen inmitten des bunten Herbstlaubes entdeckt hatte. »Das wird bestimmt mal ein ganz besonders schöner Schmetterling...«, sagte sie andächtig. Sie konnte ihn im Geist schon vor sich sehen. Er würde blaue und hellgelbe Flügel haben, vielleicht mit ein paar roten Sprenkeln.»Hast du einen alten Karton für mich? Ich möchte meinem Schmetterling einen schönen Käfig bauen.«

»Es gibt keine schönen Käfige«, sagte die Mutter barsch. »Leg das Tier wieder dorthin zurück, wo du es gefunden hast. Nur in einem freien Umfeld können Raupen sich zu einem schönen Schmetterling entpuppen. Das ist übrigens bei Menschen nicht anders!« Die Türklinke schon in der Hand, schaute die Mutter Mimi streng an. »Was machst du eigentlich hier? Hab ich nicht gesagt, du sollst bei Onkel Josef bleiben? Dann bist du wenigstens nicht im Weg, wenn fleißige Menschen ihre Arbeit tun!«

Mit belämmertem Gesichtsausdruck stand Mimi da. Sie war doch niemandem im Weg! Und warum durfte sie das Tierchen nicht behalten?

Die Köchin, die gerade Petersilie klein hackte, schaute seufzend auf das Kind. »Hat wieder niemand Zeit für dich? Komm mal mit«, sagte sie dann und nickte in Richtung Speisekammer.

»Hast du ein Kistchen für mich?« Erfreut folgte Mimi der Köchin.

»Das nicht, aber einen Keks kannst du haben.« Die Köchin stellte sich auf die Zehenspitzen, um die Keksdose vom höchsten Regalboden herunterzuholen. »Da, einer mit Nüssen. Und bring deinem Onkel auch einen mit!«

Ob der Raupe ein paar Brösel davon schmecken würden? »Danke« murmelnd nahm Mimi die Kekse in die linke Hand. In der rechten hielt sie immer noch die Raupe.

Elke Bieringer zupfte stirnrunzelnd an Mimis Ärmel, wo der Stoff so dünn war, dass man die Haut sehen konnte. »Das muss geflickt werden. Und dann dein Rock! Ganz dreckig ist der. Bist du schon wieder auf den

Knien herumgekrochen? Ach Mädchen, du läufst herum wie ein Lumpensammlerkind! Kein Wunder, dass deine Frau Lehrerin deswegen einen Brief geschrieben hat.«

»Aber so sehe ich doch immer aus«, sagte Mimi arglos. »Genau das ist ja der Jammer ...« Die Köchin strich Mimi ein letztes Mal über den Kopf und murmelte: »Die armen Kinder in Afrika, die Armenpflege in der Stadt, die neue Wohltätigkeitskasse für Härtefälle ... Um alles kümmert sich die Dame des Hauses. Dabei wäre es wirklich einmal an der Zeit, dass sie ihre christlichen Wohltätigkeiten ihrer Tochter zugutekommen lassen würde!«

Die Raupe wieder in der Tasche verwahrend, spazierte Mimi durch den hinteren Gartenteil. Im Gegensatz zum Vorgarten, wo die Armenspeisung stattfinden sollte, war es hier still. Das Krächzen einiger Raben war zu hören und der monotone Schlag eines Schmiedehammers, der auf Eisen traf. War der Hufschmied da, um Onkel Josefs Wallach Gustl zu beschlagen? Mimis Miene hellte sich auf. Der Hufschmied konnte fast so spannende Geschichten erzählen wie der Onkel!

Mimi rannte auf den Karren zu, der am Ende des Gartens stand. »Wanderfotograf Josef Stöckle« stand darauf. In Mimis Augen sah der Karren aus wie ein Gefährt aus einem Märchen. Dazu passte auch der Name, den ihr Onkel ihm gegeben hatte: Sonnenwagen!

»So, Gustl, jetzt können wir getrost wieder losziehen.« Zufrieden klopfte Josef Stöckle seinem Pferd den Hals. Dann kramte er ein paar Münzen aus der Tasche und reichte sie dem Hufschmied, der dabei war, seine Siebensachen in seinem Karren zu verstauen. »Danke, dass Sie so kurzfristig Zeit für mich hatten. Aber ohne ein neues Eisen hätte ich unmöglich auf die Reise gehen können.«

Die Männer verabschiedeten sich freundschaftlich.

»Du fährst nochmals weg? Ich dachte, du bleibst den Winter über hier…« Mimi hatte Mühe, nicht vor Enttäuschung loszuheulen.

»Es ist ja noch lange kein Winter! Bis dahin werde ich Schwäbisch Hall einen Besuch abstatten. Rund um die Salinen gibt es viele kleine Orte, in denen noch immer kein Fotograf ansässig ist. Die Leute sind froh, wenn ich komme und ihnen ein bisschen Abwechslung von ihrem Alltag verschaffe. Mit meinen Fotografien können sie die kahlen Wände in ihren Wohnungen verschönern. Ein Wanderfotograf ist immer gern gesehen, mein Kind.«

Mimi nickte bekümmert. »Aber du bist erst seit zwei Wochen hier! Den ganzen Sommer über warst du weg«, sagte sie.

»Kind, als Wanderfotograf bekomme ich das Geld nicht geschenkt! Ich muss unterwegs sein, um arbeiten zu können«, sagte der Onkel lachend. »Außerdem muss ich den Menschen doch Schönheit schenken, verstehst du?«

Mimi nickte. Aber verstehen und akzeptieren zu können waren zwei Paar Schuhe. »Die Mutter hat gesagt, du sollst auf mich aufpassen«, sagte sie trotzig.

»Nichts lieber als das!«, antwortete ihr Onkel und strich ihr über den Kopf. »Ich bin beim Retuschieren, dabei schaust du mir doch immer so gern zu. Los, komm mit rein!«

Mimis Augen leuchteten auf. Erwartungsvoll folgte sie dem Onkel ins Innere des Wagens. Wie aufregend es hier roch! Nach den gemalten Leinwänden, die der Onkel als Hintergründe für seine Fotografien verwendete. Nach den Chemikalien, mit denen er seine Fotografien entwickelte. Nach den viel getragenen Zylinderhüten, die er mit Gummibändern an der Innenwand befestigte, damit sie während der Fahrt nicht durcheinanderpurzelten. Auf dieselbe Weise hatte der Onkel auch Sonnenschirme aus Spitze und Fächer an der Wand befestigt, aber sie rochen nicht.

Die Zylinder brauchte der Onkel für »Feine-Herren-Fotografien«, wusste Mimi. Die Fächer und Sonnenschirme hingegen waren für »Feine-Damen-Fotografien« bestimmt. Dabei seien die Damen manchmal gar nicht so fein, hatte der Onkel einmal erzählt. Aber wenn es darauf ankam, könne er aus jeder Bäuerin ein Edelfräulein machen!

Mimi überlegte, ob sie sich mit Fächer und Schirm selbst in Pose stellen sollte. Doch dann folgte sie ihrem Onkel in die kleine Dunkelkammer, die er im vorderen Wagenteil eingerichtet hatte und die durch eine schwarze Klapptür vom Rest des Wagens abgetrennt war.

»Was arbeitest du gerade?« Wie immer, wenn sie in das geheimnisvolle Dunkel trat, begann Mimi unwillkürlich zu flüstern.

»Das ist eine Fotografie von eurer Nachbarin Käthchen und ihrem Mann Karl, die beiden hatten letzte Woche Silberhochzeit.« Josef Stöckle lehnte sich zurück, um seiner Nichte den Blick auf die in einen Rahmen eingespannte Glasplatte zu ermöglichen. Das Silber-Brautpaar stand aufrecht und streng dreinblickend vor einer steinernen Balustrade. Die Balustrade war nicht

33

echt, erkannte Mimi sogleich, sondern von ihrem Onkel auf eine Leinwand gemalt worden.

Josef Stöckle tippte auf die Glasplatte. »Na, erkennst du eure Nachbarn?«

»Ja!« Mimi lachte. »Der dicke Bauch von Herrn Wiedemann!« Wie der Höcker eines Kamels stand der Bauch heraus. Solche Bäuche kämen vom vielen Biertrinken, hatte ihre Mutter einmal abfällig zum Vater gesagt, als sie glaubte, Mimi sei mit einem Bilderbuch beschäftigt und würde nichts hören. Und dass er aufpassen solle, nicht auch so einen Bauch zu bekommen.

»Den Bauch haben wir gleich weg!« Vorsichtig begann der Onkel mit einer Art Messer auf der Glasplatte zu schaben. Karl Wiedemann wurde schlanker und schlanker. »So, das reicht, wir wollen es ja nicht übertreiben«, sagte der Onkel mit einem prüfenden Blick. »Aber wo wir einmal dabei sind…« Schon machte er sich an Käthchens Wangen zu schaffen.

Fasziniert schaute Mimi zu, wie die Gesichtszüge der Nachbarsfrau immer feiner wurden.

»Die Menschen wollen schön sein! Also mache ich sie schön«, erklärte der Onkel. »So, und jetzt muss ich mich auf meine Arbeit konzentrieren. Am besten setzt du dich so lange draußen auf die Stufe vom Wagen.«

5. Kapitel

Langweiliger ging es ja wohl nicht, dachte Mimi mürrisch, nachdem sie eine halbe Ewigkeit auf der Treppenstufe des Sonnenwagens gesessen hatte. Die Herbstsonne schien nun direkt in diesen Teil des Gartens, ihr war warm und der Raupe ebenfalls! Es war höchste Zeit, dass sie ihr ein gemütliches Zuhause bereitete, beschloss Mimi, ganz gleich was die Mutter sagte. Sie lauschte ein letztes Mal in den Wagen, wo der Onkel leise vor sich hin pfiff, wie immer, wenn er konzentriert bei der Arbeit war. Das konnte noch Stunden so gehen wusste Mimi aus Erfahrung. Er würde sie so schnell bestimmt nicht vermissen! Rasch schlüpfte Mimi durchs hintere Gartentor hinaus in Richtung Wald. Einen Karton oder ein Kistchen würde sie schon noch auftreiben – jetzt wollte sie erst einmal für die Inneneinrichtung sorgen. Die Raupe sollte es genauso schön haben wie Onkels Kunden. Eigentlich hatte die Mutter ihr ja verboten, in den Wald zu gehen, weil es dort Wilderer und andere böse Menschen gab. Mimi kniff die Augen zusammen. Auch so ein unsinniges Verbot, hier war doch niemand! Dafür entdeckte sie am Wegesrand ein leeres Schneckenhaus. Wenn sie jetzt noch etwas Moos und ein paar schöne Blätter fand, würde die Raupe sich wohl fühlen und sicher noch viel schneller zu einem schönen Schmetterling werden.

Froh stapfte Mimi weiter.

Dunkelbraune Eicheln, Kastanien, eine lustig geformte Wurzel... Mimi schaute auf die Schätze in ihrer Schürze. Das würde für das Raupen-Zuhause reichen! Sie hatte den Gedanken noch nicht zu Ende gedacht, als sie spürte, wie der Boden unter ihr nachgab und ihr rechter Fuß immer tiefer einsank. Sie stieß einen Schrei aus, doch da öffnete sich der Boden schon vollends unter ihr, und sie stürzte in die Tiefe.

Ihr Arm tat weh. Und schlecht war ihr auch. Schlecht im Kopf. Beides – Arm und Kopf – hatte sie sich gestoßen bei dem Sturz.

Blinzelnd versuchte Mimi, sich zu orientieren. Um sie herum war nur Erde. Es war kalt und dunkel. Und es roch seltsam.

Sie hatte das Erdloch beim Laufen nicht gesehen, Blätter hatten den Boden bedeckt. Wie kam solch ein Loch mitten in den Weg? Dann fiel ihr ein, dass sie vom Weg abgegangen war, auf der Suche nach einer schönen Wurzel. Unwillkürlich tastete sie in ihrer rechten Rocktasche nach der Made. Sie war noch da, und sie bewegte sich noch.

Mimi holte tief Luft. Sie musste zusehen, dass sie beide schleunigst wieder herauskamen aus diesem Loch! Nur – wie sollte sie das anfangen? Die Wände bestanden aus verschiedenen Schichten, erkannte sie, nachdem sich ihre Augen an die Dunkelheit gewöhnt hatten. Ganz oben, von wo sie gestürzt war, war die Erde tief

braun. Mutterboden nannte man diese Schicht, hatte Köchin Elke ihr einmal erklärt, als sie im Garten zusammen gewerkelt hatten. Mit Mühe unterdrückte Mimi einen Schluchzer. Sie wollte nach Hause... Nach unten hin wurden die Erdschichten immer heller. Hier und da konnte Mimi ein paar Steine im Erdreich erkennen. Wie Augen, die sie aus der Erdwand heraus anstarrten. Keine Farben, nur Braun – hier unten war es hässlich!, befand Mimi. Beherzt versuchte sie, an der Erdwand Halt zu finden, doch immer wieder rutschte ihr rechter Fuß ab. Prüfend schaute sie sich um. Gab es irgendwo etwas, worauf sie ihren Fuß stellen konnte? Sie versuchte es auf einem der aus der Erde ragenden Steine, doch er purzelte heraus und fiel auf ihren Fuß. Mimi biss sich auf die Unterlippe. Allein kam sie hier nicht heraus.
  Hilfe! Sie musste um Hilfe rufen!
  »Hilfe! Hilfe...«

»So langsam weiß ich nicht mehr, wo wir noch suchen sollen«, sagte der Hauptmann der Esslinger Gendarmerie zu dem guten Dutzend Leute, das im Garten der Pfarrei zusammenstand. »Jeden Keller, jede Scheune haben wir durchgekämmt. Nicht nur in der ganzen Nachbarschaft, sondern im halben Ort!« Seine Worte bildeten in der kalten Luft des Oktobermorgens kleine Wölkchen, bevor sie sich verflüchtigten.
  Die Versammelten hörten bedrückt zu. Keiner wusste etwas zu sagen. Es war Montagfrüh, seit gestern war die Pfarrerstochter nun schon fort, verschwunden wie die sprichwörtliche Stecknadel im Heuhaufen.

»Und wenn wir einfach alles nochmal überprüfen?«, sagte ein junger Gendarm, der von der ersten Stunde an bei der Suche dabei gewesen war. Wie seine Kollegen hatte er seitdem nicht geschlafen, seine Augen waren gerötet und winzig klein. Doch außer der Erschöpfung stand auch der ungebrochene Wille, das Kind zu finden, in ihnen geschrieben.

»Nein, eine neuerliche Suche an denselben Stellen macht keinen Sinn.« Kopfschüttelnd schaute der Hauptmann in die Ferne.

Dutzende von Freiwilligen hatten sich an der Suche nach der vermissten Pfarrerstochter beteiligt. Die Eltern selbst, der Onkel, die Bediensteten und fast die ganze Kirchengemeinde hatten nach ihr gesucht. Wann genau das Kind verschwunden war, hatte keiner aus der Familie sagen können. Amelie Reventlow hatte ihre Tochter beim Bruder gut aufgehoben gewähnt, während Josef geglaubt hatte, das Kind sei zum Haus zurückgegangen.

»Keiner von uns kennt Gottes Plan. Aber was uns bleibt, ist unser Gottvertrauen«, sagte Pfarrer Franziskus, doch seine sorgenvolle Miene strafte seine Worte Lüge.

»Gottes Plan?«, wiederholte Amelie Reventlow aufgelöst. »Gott kann doch nicht wollen, dass ein Kind einfach so verlorengeht!« Aufschluchzend verbarg die Pfarrersfrau ihr Gesicht in beiden Händen. »Eins schwör ich dir«, sagte sie unter Tränen, »wenn Mimi gefunden wird, werde ich alles daransetzen, dass es ihr nie mehr an irgendetwas mangelt – Gottes Plan hin oder her!«

Betroffenes Schweigen stellte sich ein. Was, wenn die Mutter nicht mehr dazu kam, ihren Schwur auszuführen?

Der junge Gendarm räusperte sich verlegen. »Ich kenne jemanden, dessen Hund hat die beste Spürnase weit und breit. Vielleicht würde der das Kind aufspüren?«

»Jemand?«, sagte der Hauptmann der Garde spöttisch. »Sag doch gleich, dass du einen dieser gemeinen Wilderer meinst! Als ob diese Lumpen mit uns zusammenarbeiten würden! Denen geht es doch nur um ihre reiche Beute.« Der Hauptmann schnaubte verächtlich.

»Lasst uns besser in die Kirche gehen und Gott um seine Hilfe bitten«, sagte Pfarrer Franziskus Reventlow mit auffordernder Miene.

Während sich der Hauptmann und sein Gefolge wieder auf den Weg machten, folgten die Gemeindemitglieder dem Pfarrer in die Kirche. Nur der junge Gendarm blieb nachdenklich zurück.

Mimi wusste nicht, wie lange sie schon in der Grube saß, sie hatte jegliches Zeitgefühl verloren. War es ein Tag? Ein Monat? Ein Jahr? Angst, Verzweiflung, aber auch immer noch die Zuversicht, dass alles gut werden würde, rüttelten an ihr wie ein Herbststurm an den Fensterläden eines Hauses. Ein Wunder. Etwas anderes würde ihr nicht helfen.

Dunkel war es hier drinnen. Fast so dunkel wie in Josefs winziger Dunkelkammer im Sonnenwagen. Hunger und Durst hatte sie. Und kalt war es! Eine Jacke trug sie nicht, die Sonne hatte doch geschienen, als sie losgegangen war! Die Kälte war unangenehm, aber noch schlimmer war der Durst. Ein Glas Limonade. Oder ein heißer Pfefferminztee – Mimi hätte alles dafür gegeben. Stattdessen fuhr sie mit dem Zeigefinger der rechten

Hand an der Erde entlang, um einen Hauch von Feuchtigkeit aufzusammeln. Die wenigen Spuren von Wasser schleckte sie gierig ab. Irgendwann musste sie pieseln, doch sie hielt so lange zurück, bis ihr die Nieren wehtaten. Erst dann hockte sie sich in eine Ecke der Grube und ließ Wasser. Was, wenn sie groß musste?

Was, wenn nicht ein Wunder geschah? Die Mutter hatte immer so viel zu tun, wahrscheinlich würde ihr gar nicht auffallen, dass sie fehlte. Oder?

Mimi kam ein Gedanke. Dem lieben Gott – dem würde es auffallen! Er war immer für sie da, ganz gleich ob sie wach war oder schlief. Also war er auch hier im Wald bei ihr. Sie war nicht allein.

Die Erkenntnis machte Mimi froh und ruhig. Und mit der Ruhe überkam sie noch etwas anderes: das plötzliche Gefühl, von etwas sanft gehalten zu werden. Etwas ganz Leichtem, Zartem. War es ein Engelsflügel, der sie vom kalten Erdboden hob und wärmte? War es Gottes Hand, die sie einhüllte wie in den wärmsten Wintermantel?

Die Arme gegen die Kälte um ihren Leib geschlungen, lächelte Mimi. Weder dem lieben Gott noch seinen Engeln machte so ein kleiner Umweg, wie sie ihn im Wald genommen hatte, etwas aus! Das Wunder würde geschehen. Mit diesem Gedanken schlief Mimi ein.

Es war kein Engelsgesang, der Mimi weckte, sondern das schrille Kläffen eines Hundes. Etwas scharrte oben an ihrem Gefängnis, Erde rieselte auf sie herab, aufgeregtes Japsen und Fiepen war zu hören. Im nächsten Moment schaute Mimi in die bernsteinfarbenen Augen eines mageren Hundes. Sein Speichel tropfte auf sie herab.

»Der Hund hat das Kind gefunden!«, hörte sie einen Mann rufen. Im nächsten Moment sprang er zu ihr nach unten in die Grube, hob sie hinauf, wo Onkel Josef sie in seine Arme schloss.

»Kind, ich bin fast gestorben vor Angst um dich!« Mimi, verwirrt und müde, sah über Josefs Schulter hinweg, wie ein weiterer Mann und der Hund eilig im Wald verschwanden.

Lachend und weinend zugleich trug Onkel Josef sie nach Hause, wo Elke sofort eine heiße Suppe auf den Herd stellte. Vater und Mutter schlossen sie in die Arme. »Gott sei Dank, ich hatte solche Angst um dich«, flüsterte der Vater in ihr Ohr.

Mimi, hungrig und verfroren wie sie war, schaute ihn erstaunt an. »Wieso hattest du Angst? Der liebe Gott war doch bei mir. Er begleitet uns auf allen Wegen, das sagst du selbst immer.«

Vaters Augen glänzten, als er sie anschaute. »Mein liebes Kind, an dir können wir uns ein Beispiel nehmen, du bist mutiger und gottestreuer als wir alle zusammen!«

Mimi runzelte die Stirn. »Was habe ich denn Mutiges getan? Zu sterben wäre doch dumm gewesen. Ich will den Menschen Schönheit schenken, so wie Onkel Josef es tut! Und dafür muss ich doch irgendwann mal Fotografin werden.«

Ihre Mutter schaute den Vater kopfschüttelnd an. »Hörst du das? Mimi fühlt sich von Gott berufen, den Menschen Schönheit zu schenken!« Tränen liefen ihr über die Wangen, sie nahm Mimi erneut in den Arm und schluchzte: »Wenn das später immer noch dein großer Traum ist, dann sorge ich dafür, dass er wahr wird.

Und wenn ich eigenhändig sämtliche Fotoateliers der Gegend abklappern muss, um einen Lehrherrn für dich zu finden!«

Mimi lächelte in die Stille ihres Schlafzimmers hinein. Selbst nach all den Jahren konnte sie immer noch kaum glauben, welche Wandlung ihre Mutter von einem Tag auf den andern vollzogen hatte. Amelies hehre Reden davon, dass Mimi als privilegierte Pfarrerstochter dazu verpflichtet war, ein wohltätiges Leben im Dienste der Armen zu führen, waren vorbei gewesen. Fortan hatte sie Blumen pflücken dürfen, malen, basteln und träumen, ohne dass die Mutter sie wegen ihres »Müßiggangs« rügte.

Mimi hatte damals etwas erkannt: dass ihre Mutter sie liebte. Was für ein schönes Gefühl. Ja, manchmal musste Schlimmes geschehen, um Gutes nach sich zu ziehen. Längst war Mitternacht vorbei. Sie hatte noch nie eine ganze Nacht durchwacht, dachte Mimi. Irgendwie war dies etwas ganz Besonderes... Sie kuschelte sich unter ihre Bettdecke. Am Abend hatte sie die Vorhänge nicht vorgezogen, und so konnte ihr Blick ungestört aus dem Fenster in die dunkle Winternacht hinauswandern. Das matte Schwarz tat ihrem aufgewühlten Geist gut. Zum ersten Mal seit Heinrichs Antrag verspürte sie eine innere Ruhe. Vielleicht war es jetzt wie damals?

Als kleines Kind hatte sie Angst im Dunkeln gehabt. Doch Onkel Josef hatte sie gelehrt, dass es rabenschwarz sein musste, wenn ein Fotograf die Glasplatte in der Kamera austauschte. Deshalb warf er sich bei diesem Vorgang stets ein tiefschwarzes Tuch über. Würde auch nur ein Fünkchen Licht die Glasplatte treffen, wäre sie für immer unbrauchbar! Probeweise war auch Mimi einmal unter ein solches Tuch gekrochen. »Wenn man nichts sieht, muss man umso besser fühlen«, hatte der Onkel ihr erklärt. Mit diesem Wissen hatte Mimi die Dunkelheit zu schätzen gelernt.

Ihr Blick wanderte zurück ins Zimmer. Als Onkel Josef ihr eine ausrangierte, weil zerschlissene Leinwand schenkte, hatte sie sich damit hier in ihrem früheren Kinderzimmer ihr eigenes »Fotoatelier« eingerichtet. Ihre Puppen waren fortan die Kunden gewesen, ihr Kindertisch und das kleine Stühlchen hatten ihr als Requisiten gedient. Aus abgebrochenen, zusammengebundenen Besenstielen und einem großen Karton, in den sie vorn und hinten Gucklöcher schnitt, hatte sie sich eine Kamera gebastelt. Als ihre Mutter Mimis »Kamera« zum ersten Mal sah, war sie mit wehenden Röcken davongerannt. Mimi erinnerte sich genau, welche Angst sie gehabt hatte, dass die Mutter ihr das Lieblingsspiel wieder verbot! Doch kurz darauf war Amelie Reventlow zurückgekommen. Triumphierend hatte sie ein schwarzes Tuch in die Höhe gehalten. »Das brauchst du doch, damit du deine Trockenplatten austauschen kannst!«, sagte sie augenzwinkernd und befestigte das Tuch am hinteren Ende von Mimis Kamera. Mimi war im siebten Himmel gewesen. Dass aus dem Unglück im Wald so viel Gutes erwachsen würde, hätte sie nie geglaubt.

Halb wach, halb im Schlaf, gab sich Mimi wieder ihren Erinnerungen hin…

»Ganz gleich welchen Berufswunsch du verfolgst – mit dem Abitur in der Tasche wird dir alles leichter fallen«, hatte die Mutter verkündet, als Mimi 1896 mit dem Abschluss der Höheren Töchterschule nach Hause gekommen war. »Heutzutage haben Frauen so viele Möglichkeiten, es wäre eine Schande, wenn du sie dir nicht zumindest offenhältst.« Amelie Reventlow wedelte mit einem Zugticket nach Berlin in den Fingern. »Leider ist unser schönes Württemberg in dieser Beziehung noch immer sehr rückständig. Aber in Berlin gibt es das Luisengymnasium, auf dem auch junge Frauen das Abitur machen dürfen. Was hätte ich als junges Mädchen für so eine Chance gegeben!«

»Aber Mutter! Ich dachte, es war ausgemacht, dass ich nach der Schule eine Fotografenlehre beginne«, hatte Mimi entsetzt erwidert. »Du wolltest mir sogar helfen, einen Lehrherrn zu finden!«

»Dabei bleibt es auch, versprochen ist versprochen. Aber zuerst machst du Abitur«, hatte Amelie Reventlow eisern entgegnet. »Deine Tante Josefina in Berlin hat schon ein Zimmer für dich hergerichtet. Sie erwartet dich Ende des Monats. Und wir sehen in drei Jahren weiter!«

Mimi war fassungslos gewesen. Wie beiläufig Mutter das sagte! Als handele es sich um einen Wochenendbesuch bei der Tante.

»Vater, jetzt sag doch auch mal was!«, hatte sie ihren Vater angefleht. »Willst du mich wirklich in die Verbannung schicken?«

»Meine Schwester freut sich so auf dich, Kind. Und dem lieben Gott gefällt es, wenn Menschenkinder ihren Geist zum Lernen benutzen. Ein bisschen Aufschub wird dein großer Traum doch noch vertragen.« Er hatte sie so wohlwollend angeschaut, als sei sie eins seiner verirrten Gemeindeschäfchen.

Verzweifelt hatte Mimi sich Onkel Josef, der zufällig zu Besuch gewesen war, zugewandt.»Aber zum Fotografieren ist ein Abitur doch völlig unnötig, oder?«

Doch statt sie zu unterstützen, hatte der Onkel ihr lediglich augenzwinkernd zugeraunt:»In Berlin gibt es viele Fotoateliers. Wenn du freie Zeit hast und einmal nicht lernen musst, kannst du dir anschauen, was die Konkurrenz so treibt. Und ganz bestimmt lernst du, wie man eine feine Dame wird! Ich wette mit dir, die Berliner Jahre werden dir nur guttun.«

Aufs Wetten hatte sie damals wahrlich keine Lust gehabt, dachte Mimi nun. Und mit seiner ersten Prophezeiung hatte Josef auch nicht richtiggelegen. Denn viele Möglichkeiten, die Stadt zu erkunden, ergaben sich nicht, dazu waren die Regeln im Gymnasium und die von Tante Josefina zu streng gewesen. Aber Mimi hatte sich in ihr Schicksal gefügt. Berlin war ihr sowieso zu groß, zu laut, zu unüberschaubar. So konzentrierte sie sich ganz aufs Lernen und hoffte darauf, dass die Jahre schnell vergingen.

Mit der Bemerkung, dass sie in Berlin eine »feine Dame« werden würde, hatte Josef allerdings recht behalten. Vaters Schwester war entsetzt gewesen, als sie Mimis vernachlässigte Garderobe sah. Hier ein Mottenloch, da eine aufgerissene Naht. Und die Unterwäsche – verblichen anstatt blütenweiß! Als die Tante mitbekam, dass Mimi es gewöhnt war, ihre Haare nur einmal in der Woche zu waschen, war ihr Entsetzen noch größer gewesen, von einem Lotterhaushalt in der Pfarrei hatte sie gesprochen. Mimi schämte sich zutiefst und vergoss deswegen nachts im Bett viele Tränen. Es war ja nicht so, dass ihr ein gepflegtes Erscheinen gleichgültig gewesen wäre, sie kannte es nur nicht anders! Ihre Mutter musste sich so viel um die armen Menschen irgendwo auf der Welt kümmern, da konnte sie nicht auch noch nach ihrer, Mimis, Garderobe schauen. Die Tante, die ihre Schwägerin kannte, hörte zu, nickte wissend und widmete sich danach mit Eifer der Aufgabe, aus Mimi eine elegante junge Dame zu machen. Und Mimi dankte es ihr, indem sie alles, was Josefina sie lehrte, wie ein Schwamm aufsaugte.

Als sie im Jahr 1899 mit eleganter Hochsteckfrisur, in ein blitzsauberes Kostüm gekleidet und mit einem guten Zeugnis nach Esslingen zurückgekehrt war, hatte ihr Herz jubiliert. Endlich wieder zu Hause! Ihr hatten die schwäbischen Fachwerkhäuser gefehlt, der melodisch-weiche schwäbische Akzent und der Blick auf die Schwäbische Alb, den man bei gutem Wetter von der Esslinger Oberstadt aus genießen konnte.

Nun würde ihr Leben beginnen!, hatte sie geglaubt. Endlich würde ihr großer Traum von einer Fotografenlehre Wirklichkeit werden.

Damals – noch nicht volljährig – auf dem Weg nach Berlin hatte sie sich den Wünschen ihrer Eltern beugen müssen. Aber wie sah es heute aus?, fragte sich Mimi, während vor ihrem Fenster die Nacht einem blassen Morgen wich. Sie war sechsundzwanzig Jahre alt, eine erwachsene Frau. War es nicht an der Zeit, endlich das zu tun, wonach sie sich sehnte?

Wie hatte es Bernadette am Nachmittag ausgedrückt? »Das Einzige, was zählt, ist die Liebe!«

Es war höchste Zeit, dass sie sich wieder an ihre große Liebe erinnerte!

6. Kapitel

»Heinrich hat mir gestern einen Heiratsantrag gemacht«, sagte Mimi, als sie am Mittag bei Sonntagsbraten, Spätzle und viel Soße zusammensaßen. Gott sei Dank war Heinrich nicht hier, dachte sie inbrünstig. Mit ihm würde sie zwar auch noch reden müssen, aber eins nach dem andern.

Zum ersten Mal, seit sie denken konnte, hatte sie den sonntäglichen Kirchgang unter dem Vorwand, ihr Kopfweh weiter auskurieren zu wollen, geschwänzt und einfach weitergeschlafen. Als sie nun am Esstisch saß, fühlte sie sich gut. Dafür verantwortlich waren weniger ihre frisch gewaschenen Haare und die Tatsache, dass sie doch noch geschlafen hatte, als vielmehr die Klarheit in ihrem Kopf, zu der sie gelangt war. Ja, sie stand an einer Weggabel – einer der beiden Wege war glasklar vorgezeichnet, den anderen konnte sie nur schemenhaft erkennen. Trotzdem wusste sie genau, welchen Weg sie gehen würde.

Ihre Eltern tauschten einen wissenden Blick.

»Das haben wir uns schon gedacht«, sagte Amelie Reventlow. »Ach Kind, ich freue mich so! Einen besseren Ehemann kannst du nicht bekommen.« Sie drückte

Mimis linke Hand, dann runzelte sie die Stirn. »Wo ist Heinrich eigentlich, normalerweise isst er doch sonntags immer bei uns mit?«

»Ich habe unseren Vikar gebeten, uns heute ausnahmsweise einmal allein zu lassen«, sagte Mimis Vater.

Mimi fiel vor Erstaunen fast die Gabel aus der Hand. »Du hast was? Aber warum…?«

Auch ihre Mutter schaute ihn verständnislos an.

Franziskus Reventlow lachte auf. »Ach Kind! Ich wäre ein schlechter Seelsorger, wenn mir entgangen wäre, in welch aufgewühltem Zustand du gestern nach Hause gekommen bist. Ich wollte dir die Möglichkeit geben, in Ruhe und vertrauensvoll mit uns zu sprechen. Heinrich hat mir gegenüber vor ein paar Tagen eine Bemerkung fallen lassen, die mich ahnen ließ, was er vorhatte.«

»Franziskus! Wie redest du denn? Fast könnte man meinen, du wärst nicht glücklich darüber, dass Mimi Heinrichs Frau wird. Wer schwärmt mir denn seit Ewigkeiten von seinem Vikar vor?«

»Es stimmt, ich schätze Heinrich sehr. Aber hier geht es nicht darum, ob *ich* glücklich bin, sondern darum, ob unsere Tochter es ist.« Mit fragend hochgezogenen Brauen schaute ihr Vater Mimi an.

»Aber… ich verstehe nicht…« Hektisch schaute Amelie Reventlow von einem zum andern.

Mimi, zutiefst gerührt über die Feinfühligkeit ihres Vaters, legte ihr Besteck aus der Hand und sagte leise, aber bestimmt: »Ich schätze Heinrich ebenfalls sehr. Aber ich kann ihn nicht heiraten.«

»Wie bitte?« Als habe sie ins Feuer gelangt, ließ Amelie Reventlow die Hand ihrer Tochter los. »Das erklär mir mal bitte genauer!«

Mimi seufzte. Wie sollte sie all die Gedanken, die sie sich in den vergangenen Jahren immer wieder gemacht hatte, jetzt in kurze Worte fassen?

»Was ich euch jetzt sagen werde, kommt vielleicht ein wenig überraschend für euch. Aber das ist es in Wahrheit nicht, im Gegenteil, ich hatte genügend Zeit, über alles nachzudenken. Ihr wisst ja, dass es mein größter Traum war, Fotografin zu werden«, hob sie an.

»Ja und? Das bist du doch auch geworden. Was willst du denn noch?«, kam es sogleich von ihrer Mutter. »Undank ist der Welten Lohn, sag ich da nur«, zischte sie ihrem Mann vorwurfsvoll zu. »Der Heinrich ist so ein guter Mann. Wie kann sie auch nur eine Minute zaudern, ihn zu heiraten?«

»Jetzt lass das Kind aussprechen, dann sind wir vielleicht ein bisschen schlauer.«

Mimi lächelte ihren Vater traurig, aber dankbar an. »Ich *arbeite* in einem Fotoatelier, aber eine Fotografin bin ich deshalb noch lange nicht. Natürlich hat Herr Semmering mir alles Nötige für den Beruf beigebracht, aber ausüben durfte ich ihn dennoch nicht. Vielmehr hat Semmering vom ersten Tag meiner Lehre an in mir nur eine willfährige Hilfskraft gesehen, die je nach Bedarf Staub wischt, den Boden wienert, die Fenster putzt, Tee kocht oder Botengänge erledigt. Nicht mal die Buchhaltung lässt er mich machen, dafür darf ich, wenn Kundschaft kommt, den Damen die Hüte zurechtrücken und dafür sorgen, dass jede Locke sitzt.« Ihre Stimme triefte nur so vor Ironie. »Und das Musteralbum darf ich der Kundschaft vorlegen, damit sie sich aus den aufgeführten Positionen auswählen können, wie sie fotografiert werden wollen: Dame mit Blumenstrauß in rechter Hand, linke Hand auf Tisch aufgelegt – wählen Sie die Nummer eins! Herr mit Zylinder am Tisch sitzend, Oberkörper leicht nach vorne geneigt – wählen Sie die Nummer zwei! Kind mit Puppe auf dem Arm, stehend – das wäre die Nummer drei, Kind mit Puppe auf dem Arm, sitzend – hier wählen Sie die Nummer vier.« Sie schüttelte den Kopf. »Alles ist so stereotyp! Dazu die ewigen Kopf- und Leibstützen, die Herr Semmering verwendet! Mir tun die Leute immer richtig leid, wenn er sie da hineinzwängt.« Mimi schluckte. Sie hatte nicht vorgehabt, sich derart zu ereifern, aber nun, wo das Fass übergelaufen war, gab es kein Halten mehr. »Jedenfalls«, setzte sie etwas ruhiger fort, »kann ich die Gelegenheiten, bei denen Herr Semmering mich selbst einmal an die Kamera gelassen hat, in all den Jahren an zwei Händen abzählen.«

Beide Eltern runzelten die Stirn.

»Er ist nun mal der Chef«, sagte ihr Vater lahm und nahm sich noch eine Scheibe vom Braten.

Erneut ergriff Amelie Mimis Hände, drückte sie fest. »Kind, aber erkennst du denn nicht, dass du als Heinrichs Ehefrau endlich das Sagen hättest? Schau doch nur mich an – hast du schon einmal erlebt, dass Vater mir in meine Arbeit hineinreden würde?«

»Mutter«, sagte Mimi gequält, »ich bewundere dich sehr für das, was du leistest. Aber ich bin nicht du! Meine Liebe gehört der Fotografie.« Und die Liebe allein zählt, fügte sie im Stillen hinzu.

»Und du glaubst, in einem anderen Atelier ergeht es dir besser?«, fragte ihre Mutter spöttisch. »Willst du etwa nach Stuttgart? Ist dir Esslingen nicht mehr gut genug?«

»Ich möchte in kein anderes Atelier. Und nach Stuttgart will ich auch nicht, jedenfalls nicht für immer«, erwiderte Mimi. Ihren ganzen Mut zusammennehmend, sagte sie: »Ich will vielmehr Wanderfotografin werden. Ich möchte den Menschen Schönheit schenken! Sie in der freien Natur fotografieren, von mir aus auch mit Requisiten. Aber um Himmels willen nicht mit Kopf- und Körperstützen und immer in denselben Posen! Ich möchte mit Licht und Schatten spielen, ich möchte die Menschen mithilfe meiner Fotografien verzaubern… Und etwas von der Welt sehen will ich auch!«, ergänzte sie trotzig.

Einen Moment lang herrschte Totenstille am Tisch.

Dann lachte ihre Mutter schrill auf. »Bist du jetzt von allen guten Geistern verlassen? Oder hat dir etwa Josef diesen Floh ins Ohr gesetzt? Na, mein lieber Bruder kann sich auf etwas gefasst machen!«

»Du willst mit Josef gemeinsam reisen? Wann habt ihr das besprochen?«, fragte auch ihr Vater stirnrunzelnd.

»Gar nichts haben wir besprochen«, sagte Mimi gleichmütig. »Ich habe Josef wie ihr seit Ewigkeiten nicht gesehen.«

»Eine Schnapsidee also!« Ihre Mutter nickte, als habe sie sich so etwas schon gedacht. »Das kannst du dir gleich aus dem Kopf schlagen. Ich kenne meinen Bruder gut genug, um dir sagen zu können, dass ihm gewiss nicht der Sinn danach steht, mit dir als Anhängsel auf Reisen zu gehen. Dazu schätzt er seine Eigenständigkeit viel zu sehr.« Als sei das Thema damit beendet, nahm Amelie Reventlow ihr Besteck wieder zur Hand und begann, vom inzwischen kalten Braten ein Stück abzuschneiden. »Bedient euch!«, wies sie Mann und Tochter an.

Wenn Mutter wüsste, dachte Mimi und hatte keine Ahnung, ob sie schmunzeln oder sich gegen den nächsten Angriff wappnen sollte.

»Ich will gar nicht mit Josef reisen!«, sagte sie. »Im Gegenteil, ich werde versuchen, ihm aus dem Weg zu gehen. Schließlich will ich ihm keine Konkurrenz machen, indem ich an denselben Orten auftauche, in denen er seine Dienste anbietet.« So beiläufig ihr das über die Lippen kam – sie hatte über diesen Punkt in Wahrheit bisher noch gar nicht nachgedacht. Dafür hatte sie sehr überzeugt geklungen, dachte sie. Aber war es denn ein Wunder? Wo ihr diese Gedanken schon seit Jahren durch den Kopf spukten. Heimlich. Wie lautlose, unsichtbare Gespenster kamen sie zu ihr, wenn sie im Atelier mal wieder beim Staubwischen war oder wenn sie in der Dunkelkammer die sich stets ähnelnden Fotografien entwickelte. Manchmal kamen die Gedankengespenster auch, wenn Heinrich von seinen inspirierten Predigten, die er alle irgendwann einmal halten wollte, fantasierte.

Fassungslos starrte ihr Vater sie an. »Du willst dir selbst Pferd und Wagen kaufen? Kind! Du hast doch absolut keine Ahnung von Pferden! Und eine Kutsche kannst du auch nicht lenken. Und selbst wenn du Expertin in beidem wärst – als Frau allein auf der Wanderschaft? Irgendwo in der Wildnis mutterseelenallein übernachten? Damit würdest du den fleißigsten Schutzengel überfordern. Verzeih mir, wenn ich das so sage, aber langsam muss ich deiner Mutter recht geben – du bist wirklich von allen guten Geistern verlassen!«

»Das bin ich gewiss nicht«, sagte Mimi mit fester Stimme. »Aber ich kann euch beruhigen, ich habe weder vor, mir ein Pferd noch einen eigenen Sonnenwagen zuzulegen.«

»Was willst du denn dann?«, fragten beide Eltern wie aus einem Mund.

Mimi holte tief Luft. Anschließend begann sie, ihren Traum in Worte zu kleiden.

7. Kapitel

Mitte März 1905, Hannover

»Herzlich willkommen in meinem Handelshaus für fotografische Geräte! Hatten Sie eine gute Anreise? Es ist mir eine Ehre, so weit gereiste Kunden hier begrüßen zu dürfen!« Lächelnd streckte Gustav Rüdenberg, Inhaber des gleichnamigen Handelshauses, Mimi beide Hände entgegen.

»Danke, ich freue mich, hier zu sein«, sagte Mimi mit belegter Stimme. Was für ein elegantes Geschäft, dachte sie im selben Moment. An den Wänden standen in Reih und Glied gläserne Vitrinen, in denen Dutzende von Ferngläsern, Fotoapparaten und andere Geräte standen. Über ihnen an der Decke prangte ein riesiger Kronleuchter, in dessen Licht die Vitrinen verführerisch leuchteten.

»Herr Stöckle! Herzlich willkommen, ich habe schon viel von Ihnen gehört«, begrüßte der Händler nun auch Mimis Onkel.

»Hoffentlich nur Gutes«, erwiderte Josef lachend.

Mimi warf ihrem Onkel einen liebevollen Blick zu. Als Josef von ihren Plänen erfahren hatte, hatte er es sich nicht nehmen lassen, extra aus dem Bayerischen anzureisen, um ihr beim Kamerakauf mit Rat und Tat zur Seite zu stehen.

»Kommen Sie und setzen Sie sich!« Mit einer einladenden Geste zeigte Gustav Rüdenberg auf einen großen, runden Nussbaumtisch in der Mitte des Raumes. »Ich habe schon alles für Ihren Besuch vorbereitet! Möchten Sie eine Tasse Tee oder Kaffee?«

Mimi lehnte dankend ab. Ihr kribbelte es regelrecht in den Händen, sie konnte sich kaum zurückhalten, die tiefschwarz glänzenden Kameras genauer zu inspizieren, die Gustav Rüdenberg so attraktiv in der Tischmitte platziert hatte. *Nur erstklassige Erzeugnisse zu original Fabrikpreisen*, las sie auf einem großen Werbeschild an der Wand gegenüber. Das glaubte sie sofort – Herr Rüdenberg und sein elegantes Versandhaus machten wahrlich einen kompetenten Eindruck auf sie. Der weite Weg von Esslingen nach Hannover hatte sich offenbar gelohnt, dachte sie zufrieden.

Nachdem sie saßen und Josef eine Tasse Kaffee bekommen hatte, wandte sich Gustav Rüdenberg an Mimi. »Gnädige Frau, wären Sie so freundlich, mir vorab zu erzählen, für welchen Verwendungszweck Sie eine Kamera wünschen? Wenn ich es richtig verstanden haben, sind Sie gelernte Fotografin, nicht wahr?«

Gnädige Frau – so war sie noch nie genannt worden. Doch statt sich erwachsen zu fühlen, schaute Mimi hilfesuchend zu ihrem Onkel. Der jedoch rührte in seinem Kaffee, als ginge ihn alles nichts an.

Mimi fasste sich ein Herz. »Nun, ich möchte Wanderfotografin werden. Allerdings werde ich nicht mit einem eigenen mobilen Atelier reisen. Ich habe vor, mich bei ansässigen Fotografen für eine gewisse Zeit einzumieten. Als Gastfotografin sozusagen!« So, nun war es raus! Wenn der Mann sie für verrückt erklären würde, dann war es so.

Doch Gustav Rüdenberg nickte nur. »Sie sind schon die Zweite in diesem Jahr, die diesen Schritt wagt. Der Erste war ein junger Herr aus Stralsund. Und letztes Jahr hatte ich auch schon einen Kunden, der diesen Plan verfolgte. Eine interessante Entwicklung, die sich da in unserer Branche vollzieht…«

Mimi glaubte nicht richtig zu hören. »Dann bin ich gar nicht die Erste, die diese Idee hat?«

Rüdenberg lachte amüsiert auf. »Da muss ich Sie enttäuschen. Nur, ob Ihre Idee funktioniert – das kann ich Ihnen leider nicht sagen.«

»Das ist genau meine Rede! Wenn *ich* irgendwo ankomme, sind die ansässigen Fotografen jedenfalls alles andere als begeistert von der lästigen Konkurrenz. Wahrscheinlich wirst du mehr als einmal abgewiesen werden. Aber was weiß ich schon? Die Zeiten ändern sich, so viel steht fest.« Lächelnd trank Josef einen Schluck Kaffee. »Womöglich werden in zehn Jahren Wanderfotografen wie ich, die mit Pferd und Wagen unterwegs sind, schon ausgestorben sein, dafür gibt es dann ganz andere Geschäftsmodelle. Ich für meinen Teil überlege mir, ob ich nicht doch noch ein Atelier eröffne.«

»Wie bitte?« fragt Mimi ungläubig.

»Das erzähle ich dir ein andermal«, winkte Josef Stöckle eilig ab. »Hier und jetzt geht es um dich.«

Gustav Rüdenberg nickte geschäftig. Wie ein Zauberer, der ein Kaninchen aus dem Zylinder holt, griff er unter den Tisch und holte eine Zweiverschluss-Kamera hervor. »Meine Empfehlung für Sie wäre diese Kamera.«

»Die ist ja kaum größer als ein Bügeleisen!«, entfuhr es Mimi. »Kann man damit überhaupt richtig fotografieren?«

Die beiden Männer lachten.

»Im Gegensatz zu der riesigen Holzkamera mit Balgenauszug, die dein Chef in seinem Atelier verwendet, mag dir diese Kamera tatsächlich klein erscheinen. Aber wenn du sie erst einmal den ganzen Tag lang mit dir herumträgst, wirst du dir wünschen, sie wäre noch kleiner und handlicher«, sagte Josef.

»Auch wieder wahr«, sagte Mimi, und ein Strahlen ging über ihr Gesicht. Und wenn sie wie ein Ackergaul unter der Last ihrer Ausrüstung zusammenbrechen würde – sie freute sich auf ihre Reisen!

»Diese Kamera ist ebenfalls aus Holz, allerdings in leichter Bauweise hergestellt«, sagte Gustav Rüdenberg jetzt. Seine Augen glänzten voller Stolz, liebevoll strich er über die Kamera, als sei sie ein lebendes Wesen. »Feinstes Mahagoniholz wurde dafür verwendet. Was die Technik angeht, ist sie in der Handhabung überraschend einfach und bietet dem Fotografen ein größtmögliches Spektrum an Möglichkeiten. Allein das allseitig verstellbare Objektivbrett…«

Konzentriert versuchte Mimi, den Ausführungen des Händlers zu folgen. Falls sie sich für dieses Modell entschied, würde sie schließlich ab morgen allein damit zurechtkommen müssen! Gleichzeitig musste sie dem Drang widerstehen, sich in den Arm zu kneifen. War es wirklich wahr? Da saß sie hier mit Onkel Josef in einem der bekanntesten Versandhäuser für fotografische Apparate und war im Begriff, ihre eigene Kamera zu kaufen? Wenn ihr das jemand vor ein paar Wochen gesagt hätte, hätte sie denjenigen wahrscheinlich für verrückt erklärt.

Nachdem sie am Tag nach ihrem Geburtstag ihre Eltern in ihre Pläne eingeweiht hatte, war dann doch alles erstaunlich schnell gegangen. Ihre Mutter hatte ein paar Tränen wegen der »vertanen Chance« vergossen, dann war sie mit einem Seufzer aufgestanden und hatte aus dem Sideboard einen cremefarbenen Umschlag geholt. Die Tinte war schon ein wenig verblasst, dennoch konnte Mimi die Aufschrift lesen: *Minnas Aussteuer.* »Vielleicht hast du dich gewundert, dass ich dir nie etwas für die Aussteuer gekauft habe«, sagte ihre Mutter. »Zum einen hat es mir an der Zeit für solche Einkäufe gefehlt, zum andern finde ich diese Tradition sowieso altmodisch. Ich wollte, dass du dir deine Sachen selbst aussuchen kannst. Deshalb habe ich die ganzen letzten Jahre über jede Woche ein bisschen vom Haushaltsgeld beiseitegelegt und für dich gespart«, hatte die Mutter unter dem erstaunten Blick ihres Mannes erzählt. »Im Geiste sah ich dich schon vor mir, wie du im Kaufhaus Tietz in Stuttgart ein Teeservice und Handtücher aussuchst. Tja, daraus wird ja jetzt wohl nichts…« Sie lächelte. »Aber sei's drum! Da du nun weder Kochtöpfe noch Bettzeug benötigst, kannst du dir von dem Geld wenigstens eine ordentliche Kameraausrüstung kaufen. Und falls etwas übrig bleibt, hast du auch noch eine kleine Starthilfe für die erste Zeit.« Ohne großes Aufhebens, als handele es sich um ein kleines Taschengeld, hatte sie Mimi den Umschlag überreicht. »Mach was draus, Kind!«

Mimi hatte gelacht und geweint zugleich.

Das Gespräch mit Heinrich war weniger angenehm gewesen. Er hatte Worte fallen lassen, die in Mimis Augen einem angehenden Pfarrer nicht gut zu Gesicht standen. Sie hatte versucht, Heinrichs Beleidigungen nicht persönlich zu nehmen, sondern sie darauf zu schieben, dass er sich in seiner Ehre angegriffen fühlte. Trotzdem war sie sich nach diesem Gespräch ihrer Entscheidung noch sicherer gewesen als zuvor. Die Freiheit des Geistes zu predigen war das eine – aber wehe, jemand wagte es, diese Freiheit auch auszuleben, hatte sie gedacht.

Auch das Gespräch mit Herrn Semmering war alles andere als schön. Als sie ihm ihre Kündigung überreichte und von ihren Plänen berichtete, hatte er lauthals aufgelacht. Mit ihrer mangelnden Erfahrung würde es ihr nie und nimmer gelingen, durch das Fotografieren ein Auskommen zu erzielen, hatte er ihr prophezeit. Mimi lag es auf der Zunge zu sagen, dass er an diesem vermeintlichen Mangel die größte Schuld trug. Doch dazu kam sie nicht mehr. Denn statt darauf zu bestehen, dass sie bis zum Monatsende blieb, so, wie es in ihrem Arbeitsvertrag stand, hatte ihr Chef sie aufgefordert, ihre Sachen zu packen und zu gehen. Für »eine wie sie« habe er keine Verwendung mehr, hatte er herablassend gesagt.

Mit wundem Herz und angeschlagenem Selbstbewusstsein war Mimi nach Hause gegangen. Aller Anfang war schwer, hatte sie sich jedoch getröstet und sich an Bernadettes Worten über die Liebe, die einzig zählte, festgeklammert.

»Ein fünfteiliges Metallröhrenstativ, zusammenklapp-
bar und somit problemlos zu transportieren, habe ich
ebenfalls im Angebot.« Erwartungsvoll schaute Gustav
Rüdenberg zu Mimi.

Sie lächelte den Mann an. »Das brauche ich natürlich
auch unbedingt. Aber sagen Sie, gibt es denn auch eine
Tasche für den Transport von allem?«

Gustav Rüdenberg sah sie fröhlich an. »Gnädige
Frau, glauben Sie etwa, ich würde Sie ohne Tasche wieder gehen lassen? Für diese Kamera und das Stativ gibt
es ein eigenes Taschenmodell, in dem Sie alles ganz be-
quem verstauen können. Es hat einen breiten Tragerie-
men, der nur wenig in die Schulter einschneidet.« Schon
legte er Mimi eine Tasche aus glänzend poliertem Leder
vor. »Schauen Sie, mit diesem Schloss können Sie Ihre
Tasche vor Langfingern sichern, falls Sie einmal im Gedränge vieler Menschen unterwegs sind. Und hier, das
Innenleben – alles aus Samt! Ihre Kamera wird darin
wie auf Rosen gebettet sein. In dem Fach neben der
Kamera hat ein Dutzend Glasplatten Platz, damit kommen Sie für eine Weile zurecht. Alles ist bestens durch-
dacht, wenn ich das so anmerken darf…«

Das Leder roch würzig und nach Freiheit. Der Samt
war scharlachrot wie die Soutane eines katholischen
Priesters. Und er fühlte sich seidenweich an. Jedes
Mal, wenn sie die Tasche öffnen und diese Farbe sehen
würde, würde ihr Herz einen Freudenhüpfer machen,
das wusste Mimi schon jetzt.

Sie schaute ein letztes Mal fragend zu Onkel Josef.
Sollte sie wirklich…? Er nickte ihr aufmunternd zu.

»Ich nehme alles!«, sagte Mimi, und ihr wurde ganz
schwindlig vor Glück.

61

Eine Stunde später war Mimi um 166 Mark ärmer, dafür um eine komplette Kameraausrüstung reicher. Sie konnte ihr Glück kaum fassen.

»Ganz in der Nähe gibt es einen guten Gasthof, lass uns essen gehen«, sagte Josef. »Ich lade dich zur Feier des Tages ein.«

Bestimmt würde sie keinen Bissen hinunterbekommen, dachte Mimi, deren Herz noch immer bis zum Halse hinauf schlug, willigte aber dennoch ein. Bevor sich ihre Wege wieder trennten, wollte sie sich in Ruhe mit ihrem Onkel unterhalten, sie sahen sich schließlich selten genug.

»Du kannst die Kamera ruhig abstellen, sie läuft dir nicht davon«, sagte ihr Onkel schmunzelnd, als sie bei Sauerbraten und Kartoffeln saßen und Mimi die Kameratasche wie einen Schatz auf dem Schoß hielt.

Misstrauisch schaute Mimi sich um, doch die andern Gäste waren alle mit ihrem Essen beschäftigt, niemand schien ein gesteigertes Interesse an ihr und ihrer Kamera zu haben. Schließlich stellte sie die Tasche auf dem Boden zwischen ihren Beinen ab.

»So, jetzt hast du einen Fotoapparat, aber keinen Mann«, sagte ihr Onkel zwischen zwei Bissen.

»Josef!« Entsetzt schaute Mimi ihn über den Rand ihres Wasserglases an. »Musst du jetzt auch noch so anfangen? Ich dachte, diese Sprüche hätte ich in Esslingen hinter mir gelassen.«

»Ich meine ja nur... Hoffentlich bereust du das alles nicht eines Tages«, sagte ihr Onkel sorgenvoll. »Als Ehefrau wärst du versorgt gewesen. Auf der Straße hingegen reist die Existenzangst ständig mit. Sicher, es gibt gute Zeiten, da kannst du dich vor Aufträgen kaum retten. Aber dann gibt es auch Zeiten, wo kein Hahn nach dir kräht. Ich konnte damit immer ganz gut umgehen, aber kannst du es auch? Man muss einiges einstecken können, darf vieles nicht persönlich nehmen...«

»Wenn ich nur ein bisschen aus demselben Holz geschnitzt bin wie du, wird mir das gelingen«, sagte Mimi zuversichtlich. »Außerdem – ich kann einfach nicht anders. Ich muss das jetzt tun, verstehst du?«

Josef lächelte sie verschmitzt an. »Und ob ich das verstehe. Mir ergeht es im Augenblick genauso!«

Mimi schaute ihn gespannt an. »Das Fotoatelier, von dem du vorhin gesprochen hast – war das dein Ernst? Du und sesshaft werden – das kann ich mir irgendwie gar nicht vorstellen.«

»Ich auch nicht«, gestand Josef. »Aber ich habe jemanden kennengelernt. Eine reizende Witwe, Traudel heißt sie, und sie lebt auf der Schwäbischen Alb. Dass wir uns kennengelernt haben, war Schicksal! Ich war auf der Durchreise nach Ulm, als meine Stute Grete ein Eisen verlor, also musste ich wohl oder übel eine Nacht auf der Alb verbringen, bis der Hufschmied sich am nächsten Morgen der Sache annahm. Tja, und an diesem Abend sind wir uns begegnet. Es war Liebe auf den ersten Blick.«

Wie Josefs Augen glänzten! Genau wie Bernadettes Augen, als sie von ihrem Zukünftigen erzählt hatte. Mimi seufzte sehnsüchtig – die wahre Liebe musste etwas sehr Schönes sein...

»Und diese Traudel hätte keine Lust, mit dir zu reisen?«

Josef verneinte. »Ehrlich gesagt, Kind, habe ich sie gar nicht gefragt. Ich bin ein bisschen erschöpft. Die

Vorstellung, nicht mehr jeden Tag mit Pferd und Wagen losziehen zu müssen, erscheint mir deshalb immer verführerischer. Traudel hat ein schönes Haus mit einem riesigen Garten. Dort werde ich mir ein Atelier bauen, ganz aus Glas!« Seine Augen funkelten voller Vorfreude. »Und Grete kann in dem Garten ihren Lebensabend genießen. Mit ihren achtzehn Jahren ist die Stute wahrlich nicht mehr die Jüngste.«

Mimi nickte nachdenklich. »Das hört sich nach einem guten Plan an. Trotzdem – irgendwie ist es seltsam, du wirst sesshaft, und ich ziehe los.« Josefs Reden davon, dass er erschöpft sei, beunruhigten sie. Genauso wie das leichte Schlurfen in seinem Gang, das sie vorhin festgestellt hatte. Auch kamen ihr seine Schultern gebeugter vor als früher, seine Bewegungen langsamer. Wie alt war Josef eigentlich? Sie rechnete kurz nach. Sechzig wurde er im August. Er war doch immer so dynamisch gewesen, so abenteuerlustig! Und nun wollte er sich ausgerechnet auf der abgelegenen Schwäbischen Alb zur Ruhe setzen?

»Vielleicht soll es genau so sein. Wie bei einem Staffellauf, du übernimmst den Stab von mir«, sagte Josef betont fröhlich. »Und jetzt sag – wie fühlt es sich an, eine frischgebackene Wanderfotografin zu sein?«

»Fragst du mich das bitte in ein paar Wochen nochmal?«, sagte Mimi kläglich. Auf einmal rumorte es derart in ihrem Magen, dass sie Angst hatte, zur Toilette rennen zu müssen. Und wenn sie sich in den letzten Jahren tausendmal gewünscht hatte, wie Josef auf der Reise zu sein – frei wie der Vogel, nur sich und ihren künstlerischen Ansprüchen verpflichtet – nun, da sie kurz davorstand, hatte sie einfach Angst.

Josef, der schon immer in ihr hatte lesen können wie in einem aufgeschlagenen Buch, ergriff ihre rechte Hand und drückte sie ermutigend. »Das wird schon! Eine junge, attraktive Frau werden die ansässigen Fotografen vielleicht eher engagieren als einen männlichen Konkurrenten. Es muss dir lediglich gelingen, den Herren klarzumachen, dass sie mit dir quasi eine Attraktion ins Haus bekommen. Einen Zugewinn für ihre verehrte Kundschaft!«

Mimi strahlte. Genau so hatte sie sich das vorgestellt.

»Du musst dir also gut überlegen, mit welchen Argumenten du die Herren überzeugen willst.«

»Ganz einfach — indem ich ein bisschen wagemutiger bin als die meisten Fotografen«, entfuhr es ihr. Auf diesem Parcours fühlte sie sich sicher — sie hatte sich schließlich genug Gedanken darüber gemacht! »Ich möchte keine Kopf- und Körperstützen verwenden, sondern die Menschen in ganz natürlichen Posen fotografieren. Sowieso möchte ich weg von dieser ganzen Atelieratmosphäre. Immer dieselben Requisiten, immer dieselbe Körperhaltung, dieselbe Miene. Wenn ich nur an die bierernsten Fotografien denke, die Herr Semmering stets von den lieben Kleinen gemacht hat — warum dürfen Kinder vor der Kamera nicht Kinder sein?« Ärgerlich runzelte sie die Stirn. »Und warum muss eine Ehefrau immer brav auf dem Stuhl sitzen, während ihr Mann hinter ihr steht und ihr wie einem Schulkind die Hand auf die Schulter legt? Das alles ist so... stereotyp! Ich hätte vieles anders gemacht, aber ich durfte nicht.« Sie spießte eine Kartoffel so fest auf, als sei diese schuld daran.

»Alles anders machen zu wollen — das Privileg der Jugend!« Josef Stöckle wischte sich an der Serviette den Mund ab und lachte. »Aber ich weiß, was du meinst. Dir geht es darum, die Persönlichkeit jedes einzelnen Menschen zu zeigen.«

Mimi nickte heftig. Sie wusste, dass Josef sie verstehen würde!

»Dennoch – viele Kunden bestehen auf dem schönen Schein, das wird dir nicht entgangen sein. Der Bauer möchte aussehen wie ein stattlicher Offizier. Und das Kindermädchen möchte sich vorstellen, eine reiche Dame zu sein. Einmal einen Moment lang jemand anderes sein, sich hineinträumen dürfen in ein fremdes Leben – ist das so verwerflich?« Mit schräg gelegtem Kopf sah Josef seine Nichte an.

»Versteh mich nicht falsch, ich will den Menschen keinesfalls ihre Träume nehmen«, wehrte Mimi ab. »Für einen kurzen Moment jemand anders sein zu können, das ist ja die Magie der Fotografie. Und wenn es dafür einer Verkleidung bedarf, dann bin ich die Letzte, die das nicht gutheißt.« Ihr Blick war in die Ferne gerichtet, als sie sagte: »Aber die Menschen sind auch schön, wie Gott sie erschaffen hat. Mein Traum wäre es, ihnen das mithilfe meiner Fotografien zu zeigen. Ein Lächeln auf den Lippen und ein Sonnenstrahl im Gesicht sind manchmal mehr wert als alle Requisiten dieser Welt.«

»Da hast du dir was vorgenommen, Mädchen!«, sagte Josef liebevoll. »Ich mühe mich schon ein Leben lang ab, die Leute zum Lächeln zu bringen, meist vergeblich. Aber von all deinen künstlerischen Ideen einmal abgesehen, fühlst du dich denn auch technisch für deine neuen Aufgaben gewappnet?«

»Mehr als das!« Mimi grinste. »*Einen* Vorteil hatte es,

dass Semmering mich nicht selbst fotografieren ließ –
ich konnte all seine Einstellungen in Ruhe studieren
und mir meine Gedanken dazu machen. Später beim
Entwickeln fand ich dann heraus, zu welchem Ergebnis
seine Belichtungszeiten, Blickachsen und Inszenierun-
gen geführt haben. Natürlich sind Theorie und Praxis
zwei Paar Schuhe, aber ich kann es nicht erwarten, endlich loszulegen!«

8. Kapitel

»Denk immer dran – bevor du ein Gasthofzimmer beziehst, wirf einen Blick hinein. Und wenn du im Zug unterwegs bist, setz dich nicht in ein leeres Abteil, sondern suche dir einen Platz dort, wo schon Leute sitzen. Wer weiß, wer sich sonst zu dir setzt und dich belästigt! Wenn es gegen Abend dunkel wird, solltest du immer schon im Gasthof sein, als Frau allein durch die Straßen einer fremden Stadt zu gehen ist gefährlich und ... «

»Halt!«, unterbrach Mimi ihren Onkel lachend. »Ich habe nun schon sechsundzwanzig Jahre überlebt, also beruhige dich bitte. Außerdem habe ich auf all meinen Wegen einen Schutzengel, das weißt du doch.« Sie zwinkerte ihm zu. Doch als sie seine weiterhin sorgenvolle Miene sah, fügte sie leise hinzu: »Ich werde trotzdem bei allem wachsam sein, versprochen.«

Es war der nächste Morgen. Sie standen beide am Bahnhof. Josef würde mit dem Zug zurück nach Ulm fahren, wo er Pferd und Wagen untergestellt hatte. Er hatte dort noch einige Termine wahrzunehmen, danach wollte er auf die Schwäbische Alb zu seiner Liebsten reisen.

Mimi hingegen wollte gleich hier an Ort und Stelle ihr Glück versuchen.

»Falls dir einer von den Fotografen dumm kommt, dann sag mir auch Bescheid, in Ordnung?«

»Versprochen!«, sagte Mimi und schaute Josef liebevoll an.

»Und du willst wirklich nicht wieder Richtung Süden fahren und dort loslegen? In der Gegend rund um Würzburg vielleicht, oder in den lieblichen Landschaften der Rheinebene... Karlsruhe, Baden-Baden – dort habe ich gute Zeiten erlebt! Überall, wo der Wein wächst, sind die Menschen von froher Natur und freundlichem Gemüt.«

»Du und deine geliebten Rebenlandschaften! Deshalb hast du wohl auch vor, auf die karge Schwäbische Alb zu ziehen«, sagte Mimi neckend. »Keine Sorge, ich werde irgendwann auch ins Badische kommen, aber jetzt, wo ich nun mal hier bin, fange ich auch hier an. Alles andere wäre Zeitverschwendung. Außerdem ist Hannover groß, und die Leute erscheinen mir recht wohlhabend zu sein...« Sie machte eine Handbewegung, mit der sie den Bahnhof, in dem lauter gut gekleidete Bürger hin und her eilten, mit einschloss.

Josef nickte. »Das mag sein. Aber mein Gefühl sagt mir, dass die Leute hier gern unter sich bleiben. Du hast nicht denselben Stallgeruch. Und dem Modernen gegenüber scheinen mir die braven Hannoveraner auch nicht sehr aufgeschlossen zu sein, eher ein wenig... bieder. Es wäre schade, wenn du dir an ihnen die Zähne ausbeißt.«

»Ich brauche schließlich keine zehn Ateliers, die es mit mir versuchen wollen, sondern nur eins. Und das wird sich schon finden lassen«, sagte Mimi. Mit solchen Vorurteilen würde sie sich erst gar nicht aufhalten!

Josef umarmte sie und flüsterte ihr ins Ohr: »Traudels Adresse habe ich dir ja gegeben, sie und ich sind in ständigem Kontakt. Wenn alle Stricke reißen, kommst du zu mir, in Ordnung? Und wenn du Rat brauchst, dann schreib mir einfach!«

»In Ordnung«, sagte Mimi, und plötzlich stiegen ihr Tränen in die Augen. Abschiede waren ihr noch nie leichtgefallen. Und von ihrem geliebten Onkel hatte sie sich schon zu oft verabschieden müssen.

Als Josefs Zug mit lautem Getöse und quietschenden Bremsen einfuhr, war sie fast erleichtert.

Josef schien es ebenso zu gehen. Erstaunlich behände für einen Mann in seinem Alter sprang er die zwei eisernen Stufen hinauf ins Abteil. Im nächsten Moment war sein Kopf an einem der Fenster zu sehen. Er öffnete es, winkte Mimi zu und rief: »Viel Glück, mein Liebes!«

Mimi lächelte. Glück? Das brauchte sie dringend.

»Guten Tag, mein Name ist Mimi Reventlow. Ich komme aus dem Schwäbischen und bin Wanderfotografin. Meine Spezialität sind sehr natürlich wirkende Fotografien. Ich möchte fragen, ob Sie mich für eine Weile als Gastfotografin in Ihrem Atelier einstellen wollen.«

Vor Aufregung musste Mimi schlucken. Sie hatte sich vorgenommen, gleichzeitig zu sprechen und zu lächeln, in der Hoffnung, dadurch besonders gut anzukommen. Ihr erstes Mal. Wenn schon, denn schon, hatte sie sich gedacht und als Allererstes ein Atelier in der Innenstadt von Hannover aufgesucht. Es war groß und hell und gehörte sicher zu den ersten am Platz.

»Natürlich wirkende Fotografien – denen gehört auch

meine ganze Passion...« Im Schneckentempo wanderte der Blick des Mannes von Mimis Haaransatz über ihre Brüste und den Leib hinab bis zu ihren Füßen.

Mimi fuhr unwillkürlich ein Schauer über den Rücken, sie hasste es, auf diese Art angestarrt zu werden.

»Eine Fotografin brauche ich nicht, aber ich habe mich seit kurzem der Aktfotografie verschrieben, dafür suche ich immer wieder neue, willige Modelle.« Der Fotograf leckte sich über die Unterlippe.

Mimi sog empört die Luft ein. Hatte sie das wirklich gehört? »Danke, aber nein«, sagte sie patzig, dann rannte sie aus dem Laden.

»Guten Tag, mein Name ist Mimi Reventlow. Ich würde gern mit dem Inhaber des Ateliers sprechen, ist er da?« Unsicher lächelte Mimi die herausgeputzte Dame an, die hinter der Ladentheke stand und gelangweilt in einer Zeitung blätterte.

»Mein Mann ist Zigarren kaufen. Einen Termin können Sie gern auch mit mir ausmachen.« Die Dame griff nach ihrem Kalender. »Wünschen Sie eine Porträtfotografie?«

Mimi lächelte. »Ich bin selbst Fotografin, genauer gesagt eine Wanderfotografin. Ich suche in Hannover ein Atelier, das mich für eine Weile als Gastfotografin einstellt. Damit könnten Sie und Ihr Mann Ihren Kunden etwas Neues, Besonderes bieten.«

Die herausgeputzte Dame hob spöttisch die Brauen. »So etwas kommt für uns wirklich nicht in Frage! Mein Mann ist sehr beliebt, die Kundschaft wäre enttäuscht, wenn nicht er hinter der Kamera stünde, sondern irgendeine...« – sie fuchtelte mit der rechten Hand durch die Luft, als wolle sie das ihr entfallene Wort schnappen wie eine Fliege –, »Wanderfotografin!«

»Guten Tag, mein Name ist Mimi Reventlow. Ich komme aus dem Schwäbischen und bin Wanderfotografin. Meine Spezialität sind sehr natürliche Fotografien. Ich möchte fragen, ob Sie mich für eine Weile als Gastfotografin in Ihrem Atelier einstellen wollen.«

»Natürliche Fotografien? Pfui Teufel! Wir sind ein ehrenwertes Haus, außer einem entblößten Hals gibt es hier keine nackte Haut zu sehen.«

»Verzeihung«, Mimi lachte verlegen auf, »das haben Sie missverstanden, was ich meinte, ist...« Doch der Mann unterbrach sie und schob sie zur Tür hinaus.

»Gehen Sie! Ich möchte Ihre Ausführungen nicht hören!«

Halb amüsiert, halb entsetzt, stand Mimi wieder auf der Straße. Was, bitteschön, war das gewesen? War ihre Beschreibung von »natürlichen Fotografien« so mehrdeutig? Erst der Mann mit den Aktfotografien, nun dieses Missverständnis – vielleicht sollte sie die Formulierung noch einmal überdenken. Sie warf dem Laden einen letzten Blick zu. Davon abgesehen – in solch einer verstaubten Bude wollte sie gar nicht fotografieren, vielen Dank!

»*Was* wollen Sie?«, fragte der Mann im nächsten Atelier, nachdem sie sich vorgestellt hatte.

»Ich wollte Sie fragen, ob...« Mimi rang nach Worten. Sie hatte sich doch deutlich ausgedrückt, oder hörte der Mann schlecht? »Ob ich eine Weile bei Ihnen arbeiten darf, als Gastfotografin!«

Der Fotograf, wie seine Vorgänger schon etwas älter, musterte sie herablassend.

»Ein eigener Stil? Der einzige Stiel, den eine Frau in der Hand halten sollte, ist der eines Besens! Frauen gehören ins Haus und sonst nirgendwo hin.«

»Gott sei Dank denken nicht alle Männer so rückständig wie Sie«, zischte Mimi und warf die Glastür so heftig hinter sich zu, dass es klirrte.

Beim Nächsten war es fast noch schlimmer.

Der Mann – Mimi schätzte ihn nicht viel älter ein als sie – sagte: »Ich weiß genau, was Sie vorhaben!«

»Ja?« Mimis Miene hellte sich auf. Endlich jemand, der sie verstand.

Doch dann zeigte er aggressiv mit seinem rechten Zeigefinger auf sie. »Sie wollen mir schöntun, sich dann hier breitmachen und mir meine Kunden abspenstig machen! Sagen Sie – welcher meiner Konkurrenten schickt Sie?«

»Wie bitte? Ich …« Mimi war so fassungslos, dass es ihr die Sprache verschlug.

»Richten Sie meinem Konkurrenten aus, dass er andere für dumm verkaufen kann, mich nicht! Und jetzt raus mit Ihnen, bevor ich die Polizei rufe!«

Als Mimi am Abend in ihrer einfachen Pension saß und ein ebenso einfaches Mahl, bestehend aus einem Apfel, einem hartgekochten Ei und einer trockenen Scheibe Brot, aß, wusste sie nicht, ob sie lachen oder weinen sollte. Dass es nicht ganz einfach werden würde, sich als Wanderfotografin zu etablieren – damit hatte sie gerechnet. Dass sie aber auf solch eine Wand aus Ablehnung und Misstrauen stoßen würde, hätte sie sich nie und nimmer vorgestellt.

Morgen ist auch noch ein Tag, sagte sie sich tapfer, dann schlief sie, körperlich und seelisch erschöpft, ein.

Doch auch der zweite Tag brachte kein Ergebnis.

Am dritten Tag beschloss Mimi, dass die Hannoveraner ihr gestohlen bleiben konnten. Frustriert fuhr sie mit dem Zug nach Hildesheim. Die Stadt war kleiner als Hannover, die Fachwerkhäuser und der hübsche Marktplatz erinnerten sie an Esslingen. Neue Stadt, neues Glück – hier würde sie Erfolg haben!, das spürte Mimi, als sie die Bahnhofsallee auf der Suche nach dem ersten Fotoatelier entlangschlenderte.

Doch das Glück war ihr auch in Hildesheim nicht hold. In einem Atelier suchte der Besitzer ein Mädchen für alles – Mimi lehnte dankend ab. Mehr Angebote bekam sie nicht.

In Braunschweig, ihrem nächsten Ziel, hätte sie tatsächlich als Wanderfotografin arbeiten können, allerdings forderte der ansässige Fotograf eine Provision von achtzig Prozent von jeder von ihr gemachten Fotografie. Die Trockensilberplatten sollte sie zudem selbst bezahlen. Mimi hatte schallend aufgelacht und war gegangen.

Fünf Tage später saß sie im Zug Richtung Frankfurt. Wohin es von dort aus gehen sollte, wusste sie nicht. Nur weg von hier! Dass es zurück in den Süden Deutschlands gehen sollte, da war sie sich allerdings sicher. Der Norden hatte ihr kein Glück gebracht.

Gott sei Dank würde das Aussteuergeld sie noch ein paar Wochen über Wasser halten, wenn sie sparsam lebte, dachte sie bedrückt, während der Zug durch endlos erscheinende unbewohnte Landschaften fuhr. Dennoch – irgendetwas musste bald geschehen, sonst...

Pessimistisch schaute Mimi auf ihre Ledertasche. Noch kein einziges Mal hatte sie die Kamera hervorgeholt!

Eifersüchtige Ehefrauen, krankhaft misstrauische Geschäftsleute, Frauenhasser, Halsabschneider und Aktfotografen – wen hatte sie nicht alles kennengelernt! Nur zum Fotografieren war sie bisher nicht gekommen. Tat Onkel Josef doch recht daran, dass er jahrein, jahraus mit seinem mobilen Atelier unterwegs war?, fragte sie sich. Bestimmt hatte Josef sich in all den Jahren nicht so viele Gemeinheiten anhören müssen wie sie in dieser einzigen Woche. Auch wenn sie versuchte, das alles nicht persönlich zu nehmen, so war ihr Selbstbewusstsein doch mächtig angeschlagen.

Wie gern wäre sie heim zu Mutter und Vater gefahren, um dort ein wenig die Wunden zu lecken. Vielleicht würde ihr in der Geborgenheit der Pfarrei ein neuer Plan einfallen? Oder sie würde erkennen, was sie falsch gemacht hatte? Aber sie schaffte es nicht, offen zu ihrer Niederlage zu stehen. Ehrenkäsig bist du also auch noch!, dachte sie verächtlich.

In Frankfurt übernachtete Mimi in einer preiswerten Pension in der Nähe einer Fabrik, aus deren Kaminen stinkende Dämpfe stiegen. Eigentlich hatte sie vorgehabt, am nächsten Morgen die Prachtboulevards der Stadt nach Fotoateliers abzuklappern, doch als sie nun hustend in ihrem Bett lag, dachte sie abermals: Nur weg von hier!

9. Kapitel

Am nächsten Morgen stand Mimi um halb acht erneut am Bahnhof. Gefrühstückt hatte sie nicht, dafür hatte sie es sich trotz ihrer geknickten Stimmung nicht nehmen lassen, sich wie immer perfekt herzurichten. Die Frisur saß, ihr Mantel war abgestaubt, alles war blitzsauber. Wenigstens Tante Josefina wäre stolz auf sie, dachte sie in einem Anfall von Galgenhumor.

Der Mann hinter dem Auskunftsschalter, ein junger Bursche mit roten Haaren und Abertausenden von Sommersprossen, gähnte herzhaft, als Mimi auf ihn zutrat. »Verzeihung, können Sie mir bitte sagen, wie ich von hier auf schnellstem Weg nach Baden-Baden komme?«

Der Mann hob anerkennend die Brauen. »Ein Besuch im Spielcasino? Das wäre auch mein Traum! Bei mir reicht's am Wochenende nur zur Galopprennbahn. Aber passen Sie auf, junge Frau, das Wetten kann einen arm machen.«

Mimi lachte. An das Spielcasino hatte sie bisher wahrlich keinen Gedanken verloren. Baden-Baden war Rebenland! Dort gab es Touristen und schöne Geschäfte und blühende Gärten. Dort weilten die Reichen und

Schönen zur Kur, und dort wollte sie nun ihr Glück versuchen – in der »lieblichen Landschaft der Rheinebene«, wie Onkel Josef die Gegend genannt hatte. Und wenn auch das schiefging, dann hatte sie es zumindest nicht mehr weit nach Hause.

»Der nächste Zug nach Mannheim fährt in einer halben Stunde. Dort müssen Sie dann umsteigen...« Noch während der Mann sprach, kritzelte er mit einem Bleistift die Verbindung auf einen kleinen Zettel, den er ihr anschließend grinsend überreichte. »Wenn alles gut läuft, können Sie schon heute Abend die erste Mark auf Rot setzen!«

Eine kleine Pension am Rande der Innenstadt war schnell gefunden. Das Zimmer lag ruhig in Richtung eines kleinen Parks, und Mimi schlief wie in Adams Schoß. Nach einem herzhaften Frühstück am nächsten Morgen war sie wieder bereit für große Taten.

Die Wirtin, die Mimi für eine Touristin hielt, drückte ihr einen kleinen Stadtplan in die Hand und empfahl ihr fürs Mittagessen diverse Restaurants entlang der Oos. Mimi solle ein wenig die Augen aufhalten, man munkelte, dass hoher Besuch in der Stadt weilte, flüsterte sie ihr außerdem zu. Mit ein bisschen Glück würde ihr vielleicht sogar die württembergische Königin über den Weg laufen!

Ich bin eigentlich auf der Suche nach Fotoateliers, lag es Mimi auf der Zunge zu sagen. Doch dann besann sie sich. Der Tag war so herrlich, sie selbst frohgemuter als all die Tage zuvor – warum sollte sie sich nicht einen kleinen Stadtbummel gönnen? Gewiss würde sie dabei sowieso auf ein Fotoatelier stoßen. Und wenn nicht, dann hatte die Suche nach Arbeit auch noch Zeit bis nach dem Mittagessen.

War in Hannover noch alles grau gewesen, grünte und blühte es in Baden-Baden schon an allen Ecken und Enden. Mimi konnte sich nicht sattsehen an den exotischen Blüten des Winterjasmins, der Kornelkirsche und den Salweiden, die zu Hause in den Vorgärten eleganter Villen und Luxushotels waren. Die Grasflächen der Lichtentaler Allee waren mit ganzen Teppichen aus Märzenbechern übersät. Osterglocken und Veilchen wetteiferten in hübsch angelegten Blumenrabatten um die Aufmerksamkeit der Spaziergänger. Und von denen gab es reichlich! Mimi hatte Mühe, nicht der einen oder anderen Dame nachzustarren, so elegant waren deren Ausgehkleider.

Hier war sie richtig, das spürte sie. Dein Gefühl hat dich aber schon mehr als einmal im Stich gelassen, widersprach eine leise Stimme ihr ins Ohr. Mimi schüttelte unwirsch den Kopf, als könne sie die Stimme dadurch vertreiben.

Die Trinkhalle mit ihrem Säulengang, das Kurhaus mit seinen Kolonnaden, das Theater und der Europäische Hof – Mimi kam aus dem Staunen nicht mehr heraus. Hier war alles so schön! Jetzt fehlte zu ihrem Glück nur noch eins, dachte sie und steuerte ein Café an, um sich für das zu stärken, was vor ihr lag: Klinkenputzen, auch wenn es hier vergoldete Türklinken waren.

Kaum hatte sie die Tür des Cafés geöffnet, drang ihr perlendes Gelächter und das Klirren von Sektgläsern entgegen. Die Menschen hier schienen wirklich ein sorgenfreies Leben zu haben, stellte Mimi fest.

Doch anders, als sie glaubte, hatten es sich die Sorgen derweil ein paar Häuser weiter gemütlich gemacht.

»Herr Marquardt! Bitte, wachen Sie auf!«

»Otwin, wenn du jetzt nicht aufwachst, bringe ich dich um!«

Verzweifelt rüttelten die beiden jungen Frauen an ihrem Chef, dem Fotografen Otwin Marquardt, der seit den frühen Morgenstunden mit offenem Mund auf der Chaiselongue im Hinterzimmer des Fotoateliers Marquardt lag und schnarchte. Genauso lange hatte er sich nicht gerührt.

»Und nun?«, fragte Eva Kraus, die ältere der beiden Angestellten, ihre jüngere Kollegin.

Statt zu antworten, stand Olga Moskovskaya auf, ging an das kleine Waschbecken in der Ecke des Raumes und füllte eine Tasse mit Wasser. Ohne mit der Wimper zu zucken, kippte sie ihrem Chef das Wasser ins Gesicht. Otwin Marquardt gab einen besonders lauten Schnarcher von sich – doch mehr geschah nicht.

Olga stieß auf Russisch einen Fluch aus, der jedem Ofenheizer die Schamesröte ins Gesicht getrieben hätte. Zum Glück verstand ihre ältere Kollegin sie nicht, dachte Olga. »Nun haben wir ein Problem«, sagte sie gepresst und überlegte, ob sie jetzt oder erst in fünf Minuten hinauf in ihr Zimmer gehen und die Koffer packen sollte. Sie und ihr Gespür für Männer!

Als sie im letzten Herbst beschlossen hatte, nicht im Gefolge ihres früheren Herrn – eines russischen Adligen – nach Sankt Petersburg zurückzureisen, tat sie dies im festen Glauben, in dem Fotografen Otwin Marquardt einen Garant für ein schönes, besseres Leben gefunden zu haben. Doch ihre Affäre hatte nicht lange gedauert, Otwin Marquardt liebte die Frauen zu sehr, und sie, Olga, war zu heißblütig und zu eifersüchtig, um ständig wegsehen zu können. Schließlich hatten sie in einem fast freundschaftlichen Gespräch vereinbart, dass Otwin sie so lange als Assistentin beschäftigen würde, bis sie ein neues Glück gefunden hatte. Privat war man fortan jedoch getrennte Wege gegangen.

Eine gute Lösung, hatte sie geglaubt. In dem eleganten Fotoatelier, in den Kolonnaden gelegen, ging die feine Gesellschaft täglich ein und aus − hier würde es gewiss nicht lange dauern, bis sie einen neuen Gönner fand.

Dass ihr ehemaliger Geliebter und nun Chef dem Wein und dem Spielcasino ebenso zugetan war wie den Frauen, hatte Olga damals noch nicht gewusst − schließlich hatten sie bis dahin die Nächte miteinander verbracht. Doch seit ihrer Trennung kam es regelmäßig vor, dass Otwin die Nacht hindurch spielte oder trank und dann am Morgen nicht in der Lage war, seiner Arbeit nachzugehen. Sowohl Olga als auch seine ihm seit Jahren treu ergebene Angestellte Eva waren inzwischen wahre Meisterinnen darin, immer wieder neue Ausreden dafür zu erfinden und die verehrte Kundschaft zu vertrösten. Doch heute würden sie damit nicht durchkommen, so viel stand fest.

»Olga! Sag doch was…«, riss Eva sie aus ihren düsteren Gedanken. »In einer halben Stunde kommt die Königin, was machen wir dann um Himmels willen?«

Ausnahmsweise wusste nicht einmal die mit allen

Wassern gewaschene Olga Moskovskaya weiter. »Ich…«, hob sie an, als das Klingeln der Ladenglocke sie zusammenzucken ließ.

»Guten Tag, mein Name ist Mimi Reventlow. Ich bin eine Wanderfotografin und wollte fragen, ob meine Dienste eventuell benötigt werden? Ich habe auch meine eigene Kamera dabei…« Mimi lächelte die beiden Frauen zurückhaltend an.

Sie hatte das Fotoatelier beim Bummel durch die eleganten Kolonnaden entdeckt. Der Laden mit seinen verspiegelten Fensterscheiben machte einen so eleganten Eindruck, dass sie es fast nicht wagte einzutreten. Die wollen dich nie und nimmer!, hatte sie gedacht, doch dann hatte sie allen Mut zusammengenommen und war eingetreten. Sie konnte nur gewinnen, nicht verlieren.

»Sie sind Fotografin?«, fragten die beiden Frauen wie aus einem Mund und schauten sie wie das achte Weltwunder an.

Mimi nickte unsicher. »Vielleicht könnte ich kurz mit Ihrem Chef sprechen?«

»Das ist nicht nötig, Sie sind engagiert!« Schon rannte die jüngere der beiden Frauen um die Theke herum und schnappte Mimi am Arm. »Kommen Sie, schnell!«, rief sie mit russischem Akzent, während sie Mimi zu dem Nebenraum zog, in dem das eigentliche Fotoatelier untergebracht war. Noch halb im Türrahmen hielt sie Mimi die Hand hin. »Ich bin Olga Moskovskaya, Otwin Marquardts Assistentin.«

»Mimi Reventlow«, sagte Mimi, die noch immer nicht

wusste, wie ihr geschah. Ihr Onkel hatte zwar prophezeit, dass sie es im Süden Deutschlands einfacher haben würde. Aber was hier gerade geschah, würde er ihr garantiert nicht glauben!

»Da ist die Bühne, hier sind die Requisiten, und meine Kollegin hilft beim Ausleuchten mit den Lampen.« Geschäftig zeigte die attraktive Russin von rechts nach links und verströmte dabei einen so starken Parfümgeruch, dass es Mimi ganz schwindlig wurde. »Herr Marquardt ist heute leider indisponiert, dabei erwarten wir in wenigen Minuten eine wichtige Kundin – können Sie vielleicht diesen Termin gleich für ihn übernehmen?« Die Miene der Assistentin war so sorgenvoll, dass sie fast tragikomisch wirkte.

»Kein Problem«, erwiderte Mimi freundlich. »Ich bin für jede Herausforderung bereit!«

Die schöne Russin hob ihre fein gezupften Brauen. »Ich hoffe, das sind Sie auch noch, wenn ich Ihnen sage, *wen* wir erwarten…«

»Damit Sie es gleich wissen – ich bin nur hier, weil irgendeine Etikette es erfordert, dass ich in jeder Stadt, in der ich weile, auch die Geschäfte mit meiner Anwesenheit beglücke. Da die Besuche von Damenschneidern immer so viel Zeit kosten und ich im Blumengeschäft schon war, habe ich mich für Ihr Fotoatelier entschieden!« Königin Charlotte von Württemberg funkelte die drei jungen Frauen angriffslustig an. »Wo ist denn nun der Fotograf?«

Mimi trat vor, machte einen Knicks und sagte: »*Ich* werde Sie fotografieren, Eure Hoheit.«

»Eine Frau. Warum nicht?«, konstatierte Charlotte

von Württemberg trocken. »Aber bitte beeilen Sie sich mit Ihrer Aufnahme, ich möchte mich heute noch etwas Sinnvollem widmen! Dem Besuch des örtlichen Kinderheims zum Beispiel.«

Wie ihre Mutter, wenn sie etwas Wichtiges vorhatte, dachte Mimi, die immer mehr das Gefühl bekam, in einem obskuren Traum gelandet zu sein. Mit einem konzentrierten Blick nahm sie ihr Gegenüber in Augenschein. Das forsch nach vorn gereckte Kinn, die hellwachen, klugen Augen, dazu die leicht feindselige Ausstrahlung – ihre allererste Kundin würde ihr die Arbeit nicht leicht machen. Außer...

Mimi beschloss, alles auf eine Karte zu setzen.

»Verzeihen Sie, Eure Hoheit, mit der Etikette kenne ich mich nicht aus«, sagte sie. »Aber mein Wunsch ist es, meine Kunden mit meinen Fotografien glücklich zu machen. Falls ich also einen Vorschlag machen darf?«

Sie hörte, wie Olga Moskovskaya neben ihr erschrocken die Luft einzog.

Die württembergische Königin machte eine ungeduldige Handbewegung, als wolle sie sagen: Wenn es unbedingt sein muss!

Mimi setzte ein Lächeln auf, von dem sie hoffte, dass es ehrerbietig und aufmunternd zugleich war. »Wenn Eure Hoheit mögen, könnte ich Sie ins Kinderheim begleiten! Eine Fotografie Eurer Hoheit, umringt von den Kleinen, würde gewiss eine schöne Erinnerung sein, meinen Sie nicht auch?« Nun war sie es, die den Atem anhielt.

»Wäre so etwas denn möglich? Ich meine, die ganze Technik, der Aufwand...« Misstrauisch schaute die Königin sich in Otwin Marquardts Atelier um.

»Seien Sie unbesorgt, das ist alles kein Problem«, beeilte sich Mimi zu sagen, während aus dem Nebenraum ein Geräusch erklang, das eindeutig ein Schnarchen war.

Als Mimi am Abend in ihre Pension zurückkehrte, war sie erschöpft und glücklich zugleich. Mehr noch, sie war glücklich wie noch nie!

»Hatten Sie einen schönen Tag?«, begrüßte die Zimmerwirtin sie freundlich. »Und haben Sie womöglich sogar einen kurzen Blick auf die Königin erhaschen können?«

»Das kann man so sagen«, antwortete Mimi und kämpfte gegen das hysterische Lachen an, das in ihrer Kehle aufstieg.

10. Kapitel

Sechs Jahre später
März 1911, Meersburg am Bodensee

»Den Kopf etwas höher! Bitte nicht ganz so hoch! Das Kinn etwas neigen... Sehr gut. Und jetzt bitte stillhalten.« Julius Brauneisen, dem das gleichnamige Fotoatelier in der Meersburger Unterstadtstraße gehörte, hob seine rechte Hand mit der Autorität eines Dirigenten, der ein Königliches Kammerorchester leitete.

Das Modell, eine zierliche, attraktive Dame mittleren Alters, fror in ihrer Bewegung ein wie Dornröschen im Märchen. Im gleißenden Schein der Lampen, die der Fotograf links und rechts neben ihr aufgestellt hatte, flatterten allerdings ihre Augenlider ein wenig.

Kein Wunder, dachte Mimi, die auf einer mit weinrotem Samt gepolsterten Bank an der Längsseite des Ateliers saß und das Geschehen beobachtete. Immerhin stand die Dame schon eine geschlagene Stunde im grellen Lampenlicht. Und das für gerade einmal zwei Porträts.

Unmerklich hielt Mimi den Atem an. Jetzt! Jetzt endlich würde Julius Brauneisen seine Fotografie machen und die Dame erlösen. Eine Meersburger Geschäftsfrau sei sie, hatte der Fotograf Mimi zuvor erklärt. Sie heiße Clara Berg, und die Leute würden sie ehrfürchtig »Die Schönheitskönigin« nennen. Mimi konnte sich darunter nicht viel vorstellen, aber eins wusste sie: Eine Frau wie diese hatte ihre Zeit bestimmt nicht gestohlen.

Doch statt auf den Auslöser zu drücken, begann der Fotograf erneut, das Rückteil seiner Kamera zu verschieben. Dann nestelte er zum wiederholten Mal an der Kassette herum, in die die Trockenplatte eingelegt war, welche später einmal die Fotografie ergeben würde.

Mimi verdrehte heimlich die Augen. Sie war selbstverständlich dafür, dass jeder Fotograf aus jeder Aufnahme das Beste herausholen sollte. Das war man den Kunden schuldig. Aber dazu gehörte doch auch eine gute Vorbereitung! Mimi warf der Dame einen mitfühlenden Blick zu, und sie tauschten ein unmerkliches Lächeln.

Julius Brauneisen murmelte etwas vor sich hin, während er am Objektiv der Kamera nestelte. Die Lederbalgen knarzten, die Schrauben quietschten.

Vor Langeweile ließ Mimi ihren Blick schweifen. Viel zu sehen gab es in Brauneisens Atelier allerdings nicht: eine kleine »Bühne«, auf der die Kunden auf einen kleinen Sessel gesetzt, an eine Säule gelehnt oder vor eine Balustrade gestellt wurden. Links von der Bühne ein Regal mit diversen Accessoires. Zylinderhüte für die Herren, Fächer und Seidenblumensträuße für die Damen. Das Atelier war so altertümlich wie sein Besitzer, dachte Mimi unwillkürlich. In den sechs Jahren, in denen sie nun schon als Wanderfotografin unterwegs war, war sie in Dutzenden solcher Ateliers gewesen – ob am Bodensee, im Allgäu oder in Baden-Baden. An manchen Tagen – und heute war einer davon – war sie ihrer so überdrüssig! Heute wäre ein schöner Tag für Außenaufnahmen, dachte sie, und ihr Blick wanderte sehnsüchtig nach draußen. Und selbst wenn die Kundin darauf bestand, im Atelier fotografiert zu werden – *sie* hätte die Schönheitskönigin ganz anders in Szene gesetzt! Die meisten Fotografen, bei denen sie sich einmietete, ließen sie dank ihres guten Rufes gewähren – manch einer hoffte insgeheim vielleicht sogar, sich von ihr etwas abschauen zu können. Dennoch musste sie in so manchem Atelier – und Herr Brauneisens Haus gehörte definitiv dazu – so einige List einsetzen, um frei handeln zu können.

Nach einer gefühlten Ewigkeit ertönte endlich das erlösende *Klick*.

»Geschafft!« Zufrieden lächelnd, tauchte der Fotograf hinter seiner riesigen Kamera auf.

»Ich mache mich gleich ans Werk, in einer Woche können Sie Ihre Porträts abholen, verehrte Frau Berg!« Ohne seiner Kundin noch einmal die Hand zu reichen, machte der Fotograf sich an seiner Kamera zu schaffen. Er holte die Kassette heraus und wollte schon in seine Dunkelkammer verschwinden, als Mimi dezent hüstelte.

Brauneisen runzelte irritiert die Stirn, er wirkte, als habe er Mimis Anwesenheit vorübergehend völlig vergessen. »Ach ja! Verehrte Frau Berg, darf ich Ihnen noch kurz Minna Reventlow vorstellen? Sie ist eine bekannte Wanderfotografin und arbeitet derzeit als Gast in meinem Atelier. Frau Reventlow fotografiert auf sehr moderne Art. Und da Sie doch ebenfalls eine moderne Frau sind… Vielleicht haben Sie ja Lust, sich für eine oder zwei weitere Aufnahmen auf solch einen Spaß einzulassen, jetzt, wo die Aufnahmen für die Umschlagseite Ihres neuen Versandkatalogs gemacht sind?« Gönnerhaft lächelte er Mimi zu.

Mimi verzog unmerklich den Mund. Es kam nur noch selten vor, dass ihre Gastgeber sie auf diese oder ähnliche Weise ankündigten – jovial, herablassend, gnädig. Die meisten Fotografen waren stolz, sie im Haus zu haben. Wenn es dann doch einmal geschah, versuchte sie, darüber hinwegzusehen, aber tief in ihrem Inneren ärgerte sie sich immer noch jedes Mal. Von wegen Spaß! Wenn schon, dann konnte man ihre Arbeit mit Kunst vergleichen!

»Ich wusste gar nicht, dass Frauen auch diesen Beruf ausüben. Von Ihnen fotografiert zu werden wäre sicher eine interessante Erfahrung gewesen.« Die Kundin lächelte Mimi anerkennend und bedauernd zugleich an. »Aber ich muss leider ganz dringend zurück ins Geschäft.« Schon drapierte Clara Berg ihren Schal enger um den Hals.

»Ich könnte mitkommen«, sagte Mimi eilig. »Es ist mir sowieso ein Anliegen, meine Modelle in ihrer normalen Umgebung zu fotografieren. Und Sie in Ihrem Geschäft ... das wäre sicher etwas Besonderes. Was meinen Sie, sollen wir es wagen?« Sie hielt den Atem an. Hoffentlich würde die Kundin ihr eine kleine Flucht aus dem stickigen Atelier ermöglichen ...

Clara Berg schaute skeptisch von Brauneisens großer Kamera zu Mimi. »Aber die Umstände ... Ich habe wirklich keine Zeit!«

»Das macht gar keine Umstände, ich besitze eine eigene tragbare Kamera«, sagte Mimi und zeigte auf die

Ledertasche, die neben ihr auf der Sitzbank stand. »Und wenn sich nicht rasch ein schönes Motiv ergibt, dann lassen wir das Ganze, einverstanden?« Eilig schlüpfte sie in ihren Wintermantel.

»Also gut, kommen Sie mit. Aber es ist ein Stück zu gehen, meine Manufaktur liegt am Ortsende.«

Clara Berg stellte Produkte für die Schönheit der Frauen her – Cremes, Tinkturen, wohlduftende Seifen.

»Für unseren Versandhandelskatalog benötige ich neue Fotografien«, erklärte sie Mimi, während sie durch die belebte Unterstadtstraße gingen. »Meine Assistentin und mein Parfümeur sind der Ansicht, auf der Vorderseite des Versandkatalogs müsse unbedingt mein Konterfei abgebildet sein.« Die Unternehmerin klang ein wenig verlegen.

»Eine gute Idee«, sagte Mimi. »Aber was halten Sie davon, wenn ich Sie dabei fotografiere, wie Sie eine Creme anrühren? Solch eine Fotografie würde sich in Ihrem Katalog sicher auch gut machen. Ihre Kundinnen könnten sehen, dass die Chefin selbst Hand anlegt.«

Clara Berg lachte. »In den Augen meiner Angestellten lege ich viel zu oft Hand an! Manch einem wäre es sicher lieber, ich würde mich nicht so oft einmischen. Hier hinauf...« Sie bog in eine schmale Seitengasse zu ihrer Rechten ein.

Mimi folgte ihr. Den Gesprächsfaden wieder aufgreifend, sagte die Unternehmerin: »Es ist nicht so, dass ich meinen Angestellten nicht traue. Aber mir ist es einfach wichtig, dass jedes Produkt, das unser Haus verlässt, meine Handschrift trägt.«

»Genauso geht es mir mit meinen Fotografien! Und

genau wie Sie möchte auch ich den Menschen Schönheit schenken«, sagte Mimi. »Deshalb liebe ich meinen Beruf so sehr.«

»Das glaube ich Ihnen aufs Wort«, sagte Clara Berg herzlich. »Dennoch... ich stelle es mir sehr schwierig vor, ständig auf Reisen zu sein und sich immer wieder auf neue Kundschaft einzustellen.«

»Ich finde es wunderbar, stets neue Menschen kennenzulernen. Aber aller Anfang ist schwer, und womit ich zu Beginn wirklich zu kämpfen hatte, war, überhaupt ein Fotoatelier zu finden, das mich als Gastfotografin aufnimmt! Zig Absagen habe ich erhalten!« Mimi schüttelte den Kopf. »Schrecklich war das. Aber dann bin ich in Baden-Baden gelandet, in der Stadt der Reichen und Schönen.« Sie lachte. »Und jetzt halten Sie sich fest – dort durfte ich Königin Charlotte von Württemberg fotografieren!«

»Das war sicher Ihr Durchbruch, nicht wahr?«

Mimi schaute Clara Berg erstaunt an. »Genau so war es. Die Königin war entzückt von der Natürlichkeit meiner Fotografien. Das hatte sich bald herumgesprochen. Danach war ich auf einmal so begehrt, dass ich mich vor Einladungen als Gastfotografin nicht mehr retten konnte. Woher wussten Sie...?«

Clara Berg lachte auf. »Zum eigenen Können muss immer noch das gewisse Quäntchen Glück kommen, wenn man erfolgreich sein will. Zumindest ist das meine Erfahrung. Ich habe in Baden-Baden übrigens auch eine Dependance, vielleicht laufen wir uns dort einmal über den Weg?« Sie zeigte auf ein schlichtes Gebäude auf der gegenüberliegenden Straßenseite. »Wir sind da!«

Kaum hatte Clara Berg die Tür geöffnet, schlug ihnen der betörende Duft von Veilchen und anderen Blüten entgegen. Im selben Moment kam eine Frau auf sie zu, die eine weiße Schürze umgebunden hatte.

»Frau Berg, gut dass Sie da sind! Bei der Abfüllanlage gibt es ein Problem und…«

»So ist es immer.« Lächelnd warf Clara Mimi einen entschuldigenden Blick zu, dann folgte sie ihrer Angestellten ins Innere der Manufaktur.

Clara Berg, die eine Creme anrührte. Clara Berg bei einer Duftprobe. Clara Berg, die prüfend einen Flakon Gesichtswasser ins Gegenlicht hielt, um ihn auf etwaige Trübstoffe zu kontrollieren… Mimi war in ihrem Element. Statt greller Lampen nutzte sie die blasse Wintersonne, die durch die hohen Fenster in den Raum fiel und alles wie mit einem diffusen Schleier umhüllte. Mimis Herz schlug ein bisschen schneller, und die Finger wurden kalt, als sie Glasplatte um Glasplatte auspackte und in ihre Linhof-Kamera einlegte.

Als Valentin Linhof, der Hersteller der Kamera, im Januar etliche Fotografen nach München eingeladen hatte, um sein neuestes Produkt vorzustellen, war Mimi der Einladung aus einer spontanen Laune heraus gefolgt. Sie hatte sich geehrt gefühlt, dass Linhof ausgerechnet *sie* einlud. Echte Kaufabsichten hatte sie nicht gehabt, ihre Rüdenberg-Kamera hatte ihr vom ersten Tag an gute Dienste geleistet und sie noch nie im Stich gelassen. Doch schon bei der ersten Vorführung der Linhof-Kamera hatte ihr Herz heftig zu pochen begonnen, und Mimi hatte gewusst: Die musste sie haben! Die Kosten hatten ein tiefes Loch in ihre Ersparnisse gegraben, aber Mimi hatte den Kauf seither keinen Tag bereut, im Gegenteil. Die Kamera bot ihr eine noch nie da gewesene Flexibilität und konnte weitaus mehr als ihr erster Fotoapparat.

»Was machen Sie da eigentlich?«, fragte Clara Berg irgendwann lachend. »Soll ich etwa solche alltäglichen Verrichtungen in meinem Katalog abdrucken lassen?«

»Warum nicht?«, fragte Mimi herausfordernd. »Wenn ich es richtig verstanden habe, ist Ihnen die Natürlichkeit Ihrer Produkte sehr wichtig. Um nichts anderes geht es mir beim Fotografieren.«

Clara Berg schaute sie nachdenklich an. »Vielleicht haben Sie recht. Vielleicht passen solche Bilder besser zu unseren Cremes und Tinkturen als diese ganzen gestellten Posen.« Sie musterte Mimi kritisch. »Sie sind eine sehr schöne Frau, wenn ich das sagen darf. Ihre Haare glänzen wie eine reife Haselnuss, Ihre Haut ist feinporig und rein, Ihre Statur ist schlank, und Sie scheinen sehr vital zu sein. Ich weiß, ich bin sehr neugierig – aber verraten Sie mir Ihr persönliches Schönheitsgeheimnis? Ich lerne immer gern dazu.«

»Mein Schönheitsgeheimnis?« Mimi strich sich ein wenig verlegen über die leicht zerzauste Hochsteckfrisur, dann lächelte sie. »Ich benutze keine besonderen Mittel. Aber kann es nicht sein, dass das Geheimnis einfach ›Freiheit‹ lautet? Die Freiheit, das zu tun, was man liebt. Ein Gesicht spiegelt immer den Gemütszustand eines Menschen wieder. Zumindest ist das meine Erfahrung.«

Clara Bergs Augen glänzten. »Wie recht Sie haben!«, sagte sie und drückte Mimis Arm in einer freundschaftlichen Geste. »Hoffen wir, dass dieses Glück eines Tages noch viel mehr Frauen beschieden sein wird…«

»Für Sie ist ein Brief gekommen«, sagte die Wirtin der kleinen Pension, in der Mimi seit zwei Wochen wohnte. »Und da wäre noch etwas: Meine Freundin, die Ursula, und ihr Mann haben Silberhochzeit, und ich dachte…«

Mit einem Auftrag für eine Fotografie vom Silberbrautpaar und dem Brief in der Hand ging Mimi kurz nach fünf in ihr Zimmer. Es war nicht sehr hell und immer recht kalt, und zu Mimis Leidwesen zeigte es auch nicht auf den See, sondern in Richtung des alten, düsteren Meersburger Schlosses. Aber ein Zimmer mit Seeblick hätte ein Drittel mehr gekostet – ein Betrag, den Mimi in guten Zeiten, wenn das Geld durch das Fotografieren nur so hereinsprudelte, gern investiert hätte. Doch während des Winters versuchte sie zu sparen, wo es nur ging. Die Alternative wäre gewesen, in den Wintermonaten gar nicht zu reisen und die Zeit zu Hause bei ihren Eltern in Esslingen zu verbringen, wo immer ein Zimmer für sie frei war. Doch ihr früherer Arbeitgeber Herr Semmering hatte ihr schon vor langer Zeit unmissverständlich klargemacht, dass sie keinen Fuß mehr über die Schwelle seines Ateliers setzen durfte. Und andere Fotografen gab es in Esslingen nicht. Aber den ganzen Winter über gar nichts zu tun, das hielt Mimi nicht aus.

Sie setzte sich an den kleinen Tisch vor dem Fenster. Draußen verdunkelte sich der Himmel, einer der ersten Stürme des Jahres schien aufzukommen. Mimi zog ihr Schaltuch enger um den Hals. Was für ein ungemütlicher Abend! Später würde sie sich von ihrer Wirtin eine Wärmflasche erbitten, nahm sie sich vor, dann öffnete sie den Brief, der erst am Vortag in Esslingen aufgegeben worden war.

Er kam von ihrer Mutter, sie schrieben sich regelmäßig. Das Erste, was Mimi tat, wenn sie in eine neue Stadt kam, war, ihre jeweilige Adresse nach Esslingen durchzugeben. So wussten die Eltern immer, wo sie sich befand, und sie selbst erfuhr die Neuigkeiten aus der Pfarrgemeinde. Viel Persönliches stand meist nicht in ihren Briefen. Manchmal kam es Mimi so vor, als habe die Mutter vor lauter äußerst wichtigen Pflichten gar kein Privatleben mehr.

Doch dieses Mal war es anders.

... und so möchte ich dich fragen, ob du vor deinem nächsten Auftrag nach Laichingen auf die Schwäbische Alb fahren und dort nach Onkel Josef schauen kannst. Jetzt im Winter wirst du ja nicht so viel zu tun haben wie später wieder.

Ich bin ein wenig in Sorge um Josef. Auf meine Briefe habe ich schon länger keine Antwort bekommen, dafür hat mir jedoch Josefs Nachbarin geschrieben. Angeblich steht es um seine Gesundheit nicht sonderlich gut. Seit seiner Lungenentzündung im vergangenen Jahr ist er wohl nicht mehr der Alte...

Stirnrunzelnd ließ Mimi den Brief sinken. Onkel Josef hatte eine Lungenentzündung gehabt? Wieso hatte die Mutter ihr nicht in einem früheren Brief davon geschrieben? Und hätte sie als seine Schwester nicht längst nach dem Rechten sehen sollen? Es war immerhin schon März!

Schuldbewusst biss Mimi sich auf die Unterlippe. Anstatt ihrer Mutter Vorwürfe zu machen, sollte sie sich besser an die eigene Nase fassen.

Im ersten Jahr ihres Daseins als Wanderfotografin hatten sie sich noch öfter gesehen. Einmal in München, wo Josef Inventar für sein Fotoatelier kaufte. Einmal in Esslingen, zum sechzigsten Geburtstag ihres Vaters. Zur Enttäuschung der Familie war er ohne seine frisch angetraute Ehefrau gekommen. Traudel sei nun mal ein Dorfkind, hatte Josef gesagt, sie schätze Ausflüge in die Stadt nicht. Ein weiteres Mal hatten sie sich in Pforzheim getroffen, bei der Beerdigung eines mit Josef befreundeten Fotografen, dessen Atelier Mimi vorübergehend geführt hatte. Der Onkel hatte sie zwar immer wieder zu sich auf die Alb eingeladen, und sie hatte sich immer wieder vorgenommen, ihn zu besuchen. Aber wahrgemacht hatte sie es nie...

Als Josefs Frau Traudel dann überraschend gestorben war, war es tiefster Winter gewesen, und sie, Mimi, hatte eingeschneit im Tessin festgesessen. Wie leid hatte ihr das damals getan... Danach hatten sie nichts mehr voneinander gehört.

Konnte es wirklich sein, dass sie sich fünf Jahre lang nicht mehr gesehen hatten?, fragte sie sich nun entsetzt. Josef war ihr einer der liebsten Menschen überhaupt, und auch wenn sie sich aus den Augen verloren hatten, so dachte sie fast täglich an ihn, voller Dankbarkeit und Zuneigung. Nicht vorzustellen, was ohne ihn aus ihr geworden wäre...

Der Wind war stärker geworden, er rüttelte so heftig am Fenster, dass es aufging und schmerzhaft gegen Mimis rechte Schulter schlug.

Abrupt wurde Mimi aus ihren Erinnerungen gerissen. Sie schloss das Fenster, dann nahm sie die Zeitung vom Vortag und quetschte sie zwischen Fenstergriff und

Laibung, in der Hoffnung, den kalten Luftzug so aussperren zu können.

Aktuell lag ihr eine Anfrage aus Isny im Oberschwäbischen vor. Der Bürgermeister wünschte sich für Werbezwecke schöne Fotografien von seinem Ort. Die Gemeinde wollte damit Sommerfrischler und Reisende anlocken.

Seit Baden-Baden sprach es sich stets schnell herum, in welcher Ecke des Landes sie weilte – die Welt der Fotografen war klein. Somit war es für potenzielle Kunden kein Problem, Mimi Reventlows jeweilige Anschrift herauszubekommen und ihr eine Anfrage zu senden, wie der Bürgermeister von Isny es getan hatte. Mimi solle kommen, sobald sich die ersten Frühlingsblüher zeigten, lautete sein Wunsch.

Mimi zückte ihren Baedeker.

Wie weit lag Isny eigentlich von Laichingen auf der Schwäbischen Alb entfernt?

11. Kapitel

Laichingen, auf der Schwäbischen Alb

Es war einer dieser Märztage, die einen glauben ließen, der Winter würde nie ein Ende nehmen. Ein später Wintersturm tobte, eisiger Wind rüttelte an den Fensterläden und ließ die Menschen frösteln.

Obwohl es schon fast halb acht Uhr am Morgen war, lag die Straße noch halb im Dunklen. Drinnen wie draußen war es still, nur hin und wieder sah man einen Schatten vorbeihuschen. Männer auf dem Weg in die Fabrik. Kinder auf dem Weg in die Schule. Frauen sah man selten. Am Ende des Winters hatten die Weberfamilien kaum noch Geld zum Einkaufen, und so behalf man sich mit den Vorräten, die man zu Hause hatte, und nutzte die Zeit für die Heimarbeiten.

Vom trüben Schein einer Kerze beleuchtet, saß Eveline am Esstisch. Eigentlich hätte sie sticken sollen. Ein ganzer Berg Paradekissen wartete darauf, von ihr mit Blumenranken und Blättern bestickt zu werden. Stattdessen wiegte sie, leise vor sich hin summend, ihren Säugling im Arm. Er war vier Wochen alt. Und er war so schön. Die winzigen Hände, die durchscheinenden Wangen, die seidigen Härchen, so blond wie ihre eigenen. Ihre drei anderen Kinder – die siebenjährige Erika, Marianne, die ein Jahr älter war, und ihr Großer, der fünfzehnjährige Alexander – saßen ebenfalls mit am Tisch. Mit weit geöffneten Augen schauten sie ihre Mutter an. Mach etwas! Sag etwas!, flehten ihre Blicke. Eveline tat so, als würde sie dies nicht bemerken. Sie hätte schon längst dafür sorgen müssen, dass die drei sich für die Schule herrichteten. Doch Eveline gelang es weder, ein Wort zu sagen, noch aufzustehen, um das Frühstück zuzubereiten.

Die Tür ging auf. Eveline hob nur schwach den Blick. Ihr Ehemann Klaus brachte ein paar Holzscheite mit herein, Schnee und einen eisigen Windhauch. Instinktiv drückte Eveline das Kindchen enger an sich.

»Es ist tot«, sagte sie leise zu ihrem Mann.

Er ergriff ihre Schulter, eine viel zu knappe Geste der Zuneigung, dann antwortete er: »Der Herrgott gibt, und der Herrgott nimmt. Das Leben ist ein dorniger Weg, wer weiß, was ihm alles erspart bleibt.«

Eveline gab einen tränenerstickten Laut von sich.

»Gibt es keinen heißen Brei? Und warum sind die Kinder noch nicht in der Schule?« Irritiert schaute Klaus von einem zum andern.

»Wir haben den Rest Brei vom Vorabend gegessen«, sagte Alexander leise, und Eveline unterdrückte nur mit Mühe einen erneuten Schluchzer. Er war so tapfer, ihr großer Sohn.

»Dann auf mit euch! Es ist kurz vor acht. Wenn die Lehrerin euch fürs Zuspätkommen rügt, dann sagt, wie es ist.« Klaus nickte in Richtung des toten Säuglings, den Eveline noch immer an ihre Brust drückte.

Ihr Mann warf einen letzten ärgerlichen Blick auf den leeren Breitopf, dann sagte er: »Ich bin dann auch weg.«

Sie würde für den Abend eine Suppe kochen, mit ein paar zusätzlichen Kartoffeln, nahm sich Eveline schuldbewusst vor. Es tat nicht not, dass die Lebenden auch noch verhungerten, nur weil sie es vor lauter Kummer nicht schaffte, sich an den Herd zu stellen.

Ohne jegliches Mienenspiel und ohne Widerworte zogen die Kinder sich Jacken und Schuhe an und holten ihre Tafeln aus dem Regal hinter dem Tisch. Wie kleine Maschinen, dachte Eveline.

Die Mütze schon tief ins Gesicht gezogen, überreichte Alexander ihr ein Blatt Papier. »Das ist für dich. Als Erinnerung.«

Gerührt betrachtete Eveline die Bleistiftzeichnung. Die feinen Härchen, die zu blassen Wangen – hatte er sein Geschwisterchen im Leben oder im Tod gemalt? Sie wusste es nicht.

»Danke«, flüsterte sie. »Und jetzt geht!«

Als die Kinder fort waren, stand Eveline mit den müden Bewegungen einer alten Frau auf. Vorsichtig legte sie den toten Säugling in die Krippe, in der auch ihre anderen Kinder gelegen hatten. Dann zog sie den Stuhl heran, setzte sich wieder und schaute das Kind an. Jeden Gesichtszug wollte sie sich einprägen. Die feinen Wimpern und die winzigen Halbmonde an den Fingernägeln.

Nicht einmal einen Namen hatte sie der Kleinen gegeben. Die Hebamme hatte davon abgeraten. »Jetzt warte erst mal, ob es Wurzeln schlägt. Wenn es in drei Monaten noch lebt, dann suchst du einen schönen Namen aus«, hatte die alte Elfriede nach der Geburt gesagt.

Es... als ob ihre Tochter ein Gegenstand sei. Oder ein Stück Vieh.

»Das Mädchen heißt Michaela«, hätte sie in diesem Moment sagen sollen. Oder Kirsten. Oder Caroline. Stattdessen hatte sie genickt. Der Rat der Hebamme war gut gemeint. Schließlich waren Eveline schon drei Kinder unter den Händen weggestorben.

Unwillkürlich wanderte ihr Blick zum Spülbecken. Wie immer hatte der Schwarze Brei im Topf eine unansehnliche vertrocknete Kruste hinterlassen, die sie nur mit viel Mühe und dem Einsatz einer harten Bürste wegbekommen würde.

Der Schwarze Brei.

Manchmal kam es Eveline so vor, als sei er an allem schuld. Er bestand aus Dinkelmehl, das man mit etwas Salz so lange in Wasser kochte, bis ein dicker Klumpen entstand.

»Warum nennt ihr diese Speise eigentlich Schwarzer Brei? Er ist doch eher hellgrau«, hatte Eveline Klaus gefragt, als sie als junge Braut gerade nach Laichingen gekommen war. Sie kannte Grießflammeris, verfeinert mit Butter und Sahne, und Reisbrei, serviert mit heißen Kirschen und Zimt – aber von einem Schwarzen Brei hatte sie bis dahin nie etwas gehört.

Klaus hatte wegen ihrer Frage schallend gelacht. Ja, damals hatte er noch gelacht.

»Weil allzu oft die Dinkelkörner beim Rösten im Ofen schwarz werden, also verbrennen. Am besten passt du auf, dass das nicht geschieht, sonst ist der Brei nämlich nicht nur schwarz, sondern auch bitter.«

Und Eveline hatte fortan aufgepasst. Für ihren Geschmack war dieser Brei zwar eine sehr fade Angelegen-

100

heit, was sich auch nicht dadurch änderte, dass man ein paar Löffel Milch dazugab oder ein paar geschmälzte Zwiebeln obendrauf. Aber sie wollte ihrem Klaus eine gute Frau sein. Und wenn der ab und zu seine Leibspeise auf dem Tisch haben wollte, dann sollte sie ihr auch gelingen, hatte sie frohgemut gedacht. Wie naiv und romantisch sie gewesen war...

Es hatte nicht lange gedauert, bis Eveline erkannte, dass es sich bei dem Mehlbrei nicht um eine sentimentale Erinnerung an Kindertage, sondern um die Hauptnahrung der Laichinger Weber handelte, die man täglich zu sich nahm, weil der Geldbeutel nichts anderes zuließ. Je tiefer diese Erkenntnis in ihr Bewusstsein gedrungen war, desto schwärzer waren die Körner im Ofen geworden.

Erwachsene mochten den Brei einigermaßen vertragen, aber Säuglinge und kleine Kinder? Schon mehr als einmal hatte Eveline sich gefragt, ob am Ende die derbe Kost den Kindern den Tod brachte. Mordbrei, nannte sie ihn bei sich. Aber das hätte sie niemals laut gesagt. Wozu auch? Es hätte niemand verstanden. In den Augen der Leute war sie auch nach fünfzehn Jahren noch immer eine »Reingeschmeckte«, eine, die seltsame Ideen im Kopf hatte. Dass man Kinder täglich waschen und ihre Haare bürsten sollte, zum Beispiel. Dass man bei Tisch vornehm »danke« und »bitte« sagte, wenn einem jemand die Suppenschüssel reichte.

Mit einem bitteren Lachen stand sie auf. Wenn die Leute nur wüssten! Die »vornehmen« Zeiten waren im Hause Schubert längst vorbei. Wegen der Arbeit in Haus und Hof, auf dem Feld, und mit den Feinstickereien blieb ihr gar keine Zeit für solche Sperenzchen.

Und Zeit zum Trauern hatte sie auch nicht mehr. Sie warf einen letzten Blick auf das tote Kind, dann deckte sie es mit einem Tuch zu. »Leb wohl«, flüsterte sie, während ihr Blick auf das einzige Bild fiel, das die Wand in der Küche zierte.

Es war ein billiger Druck hinter Glas in einem billigen Rahmen. »Der breite und der schmale Weg« – dieses Andachtsbild hinge hier in der Gegend bei vielen an der Wand, hatte Klaus ihr einst erklärt. Die Pfarrer sahen es gern in den Häusern ihrer Schäfchen, schließlich forderte es die Menschen dazu auf, auf dem gottgefälligen Weg zu bleiben.

Auf der rechten Seite des Bildes war ein schmaler, steiler und beschwerlicher Weg zu sehen, der vorbei an einer Kirche direkt in den Himmel führte. Dafür, dass man nicht vom Weg abkam, sorgte ein schwarz gekleideter Pfarrer, der mit ausgebreiteten Händen die Richtung wies. Auf der linken Seite des Bildes war der breite Weg abgebildet, gesäumt von einem Gasthof, einem Theater und anderen prunkvollen Gebäuden. So angenehm er auch zu gehen war – am Ende mündete er in einer Stadt, die vom ewigen Feuer verschlungen wurde. Das passierte, wenn man sich im Leben allzu sehr amüsierte!, mahnte das Bild seine Betrachter.

Voller Abscheu starrte Eveline darauf. Wie sie es hasste! Genauso, wie sie ihr Leben hasste. Es hätte nicht viel gefehlt, und sie hätte das Bild von der Wand gerissen, auf dass es für immer und ewig zerschellte. Stattdessen zog sie ihren Mantel an und machte sich auf den Weg zur Kirche. Sie musste mit dem Pfarrer über die Beerdigung sprechen. Woher sie das Geld dafür nehmen sollte, war ihr schleierhaft.

12. Kapitel

Nachdenklich schaute Mimi auf den See, während sie auf die Fähre wartete, die sie nach Friedrichshafen bringen würde. Von dort aus würde sie mit dem Zug nach Ulm fahren. Und von Ulm aus ging es dann hinauf zu Onkel Josef auf die Schwäbische Alb.

Ich bin sehr froh, dass du mir eine Sorge abnimmst und nach Josef schauen wirst. Ich werde gleich Josefs Nachbarin Luise schreiben und deinen Besuch ankündigen, damit sie Bescheid weiß. Und ich erwarte gespannt deine Nachricht, hatte ihre Mutter auf Mimis Schreiben hin erwidert. Und nachdem sie, Mimi, die Entscheidung getroffen hatte, den Onkel zu besuchen, konnte sie es kaum erwarten, ihn nach der langen Zeit endlich wiederzusehen.

Dennoch fühlte Mimi wie schon öfter in letzter Zeit, wenn der Tag der Abreise gekommen war, auch heute einen Hauch von Melancholie – dass sie die einzige Reisende war, die hier am Anlegesteg wartete, verstärkte dieses Gefühl noch. Schon immer hatte sie Abschiede gehasst! Doch je älter sie wurde, desto schwerer fiel es ihr, Adieu zu sagen.

Am Vorabend hatte es erneut einen heftigen Frühjahrssturm gegeben, aber nun lag der See wieder still und in der Morgensonne glänzend da. Der Sturm hatte einiges Treibholz angespült, knorrig und glänzend lag es im kiesigen Uferbett. Mimi griff nach einem der Holzstücke. Erging es ihr nicht ähnlich?, dachte sie, während sie auf das glatte, nasse Stück Holz in ihrer Hand starrte. Ließ sie sich nicht genauso vom Leben treiben? Die Frage stand so unvermittelt vor Mimi, dass sie den Kopf schüttelte. Wie kam sie gerade jetzt auf so etwas?

Ja, sie war eine freie Frau, konnte hierhin reisen und dorthin, ohne sich nach jemandem richten zu müssen. Es gab keinen Ehemann, der ihr Vorschriften machte. Sie musste keine Kinder versorgen. Sie hatte keinen Chef, der sie in ein Korsett aus Vorgaben, Verpflichtungen und Verboten zwängte. Und ihre Eltern hatten es auch schon lange aufgegeben, ihr Ratschläge fürs Leben zu erteilen. Sie war frei wie ein Vogel... Genauso, wie sie es sich immer gewünscht hatte.

Doch irgendwann, irgendwo – zwischen dem Hunsrück und dem Allgäu, zwischen der Kursaison im Sommer und der Ruhe im Winter – war ihr bewusst geworden, dass diese Freiheit auch einsam machen konnte. Fast sehnsüchtig schaute Mimi sich um. Jetzt einen Begleiter zu haben, der einen Arm um sie legte, wäre schön gewesen...

Abrupt warf sie das Stück Holz fort. Es mischte sich sogleich unter die anderen Treibhölzer, als hätte Mimi es nie herausgenommen.

Im nächsten Moment ertönte hinter ihr eine Frauenstimme. »Frau Reventlow, Gott sei Dank! Ich hatte schon befürchtet, Sie verpasst zu haben.« Mit wehendem Mantel kam Clara Berg angelaufen. Ihre Wangen waren gerötet, man sah ihr an, dass sie wie immer zu wenig Zeit für all die vielen Dinge hatte, die ihr wichtig waren.

Und trotzdem kommt sie, um sich von mir zu verabschieden, dachte Mimi gerührt. Wie es sich wohl anfühlte, eine Frau wie Clara Berg zur Freundin zu haben?

Es war ein Geschenk, dass sie auf ihren Reisen so vielen wunderbaren Menschen begegnen durfte. Dennoch hatte Mimi gelernt, dass es besser war, eine gewisse Distanz zu wahren, ansonsten würde sie beim Abschiednehmen gar nicht mehr aus der Wehmut herauskommen!

»Ich bin hier, um mich nochmals für Ihre wunderbaren Fotografien zu bedanken«, sagte die Unternehmerin. »Auch meine Mitarbeiter sind begeistert. Wir haben beschlossen, die letzten drei Seiten des Versandkatalogs nur mit Ihren Bildern und ein wenig Text zu bestücken. Die Kundin darf also einen Blick hinter die Kulissen werfen, der Gedanke gefällt mir ausnehmend gut!« Clara Berg nestelte in ihrer Tasche herum, dann überreichte sie Mimi ein in lavendelfarbenes Papier eingewickeltes Päckchen. »Für Sie. Eine Creme mit Hamamelis. Falls Sie einmal in rauere Gefilde reisen, wird das ausgleichende Wesen dieser Pflanze Ihrer Haut bestimmt guttun.«

»Dann nehme ich die Creme am besten ab heute!«, sagte Mimi lächelnd. »Ich fahre nämlich hinauf auf die Schwäbische Alb, um meinen Onkel zu besuchen. Er wohnt in einem Ort namens Laichingen.«

»Laichingen...« Clara runzelte die Stirn. »Werden da nicht die wunderschönen Leinenwaren hergestellt? Laichinger Weißzeug, genau! Das gehört zu jeder guten Aussteuer, hat meine Mutter immer gesagt. Ich glaube, sie hatte extra für mich einiges aus Laichingen schicken lassen.«

Mimi schmunzelte. »*Meine* Aussteuer war ein Fotoapparat – mit Weißzeug und Kochtöpfen konnte ich nie was anfangen.«

Am Ulmer Hauptbahnhof herrschte spätnachmittags lebhaftes Treiben. Die Luft war erfüllt vom Maschinenqualm und dem Lärm einer nahe gelegenen Großbaustelle auf dem Rangierbahnhof. Obwohl es höchstens noch vierzig Kilometer bis Laichingen waren, machte die etwas umständliche Zugverbindung eine Übernachtung nötig. Die nächste Bahn, die auf die Alb hinauffahren würde, ging erst am kommenden Vormittag. Noch ein klein wenig Aufschub, bevor Onkel Josef und sie sich wiedersahen – ganz unglücklich war Mimi über diese Verzögerung im tiefsten Inneren nicht.

Eine Pension in Bahnhofsnähe war schnell gefunden, und nachdem sie ihr Gepäck in ihrem Zimmer abgestellt hatte, spazierte Mimi in Richtung des berühmten Ulmer Münsters, dessen hoher Turm jedes andere Gebäude weit und breit überragte. Sie hatte es sich zur Gewohnheit gemacht, dass sie in jeder neuen Stadt zuerst ein Gotteshaus besuchte – in Ulm bot sich dafür natürlich das Münster an. Ein kleines Zwiegespräch mit Gott, ein Dank an den Schutzengel, der sie auf all ihren Reisen begleitete – danach fühlte sich Mimi stets sehr geerdet.

Als sie die Kirche wieder verließ, sah sie eine kleine Menschenansammlung, die vor einem aus Brettern offenbar eilig zusammengezimmerten Podest ausharrte. Doch ein Redner war weit und breit nicht zu sehen. War-

teten sie auf eine reisende Theatergruppe? Einen Stra-
ßenmusiker oder einen Wanderprediger?, fragte sich
Mimi. Manchmal hatten auch Pantomimen oder Zauberer mitten in einer Stadt einen Auftritt. Mit gesenktem
Blick eilte sie weiter. Nach Kaninchen, die aus Zylin-
dern gezaubert wurden, stand ihr nicht der Sinn.

Die vielen Geschäfte. Die historischen Fachwerkhäuser
und kleinen Türme – Ulm war eine schöne Stadt, stellte
Mimi fest. Als sie an einer Bäckerei vorbeikam, kaufte
sie eine Tüte voller Olgabrezeln. Die süßen Blätterteig-
brezeln, die noch immer zu Ehren der beliebten würt-
tembergischen Königin Olga gebacken wurden, hatten
ihrem Onkel früher immer besonders gut geschmeckt.
Aber Mimi beschloss, sich selbst auch etwas Gutes zu
tun. Auf dem Münsterplatz hatte sie zuvor ein Café erblickt, das angesichts des schönen Wetters schon einige
schmiedeeiserne Tische und Stühle hinausgestellt hatte.
Eine Tasse Kaffee und ein paar Sonnenstrahlen würden
ihr nach der langen Zugreise guttun!

Mimi trank in kleinen genießerischen Schlucken ihren
Kaffee. Er schmeckte stark und kräftig. Kein Wunder,
dass das Café so gut besucht war! Zeitung lesende Herren, Damen, die sich wohl vom Einkaufsbummel aus-
ruhten, und auch eine Familie sah Mimi. Sie überlegte
gerade, ob sie sich etwas zu essen gönnen sollte, als ein
paar Meter weiter laute Rufe zu hören waren. Die Versammlung vor dem Münster.
    »Da ist er endlich!«
    »Hurra!«
    »Jetzt geht's los!«

Aufregung lag in der Luft, die Menschen, die sich vor dem Rednerpodest versammelt hatten, knufften sich gegenseitig in die Seite. Manch einer reckte sich, um besser nach vorn sehen zu können. Es waren hauptsächlich Männer, die sich versammelt hatten, erkannte Mimi. Wahrscheinlich tritt gleich ein Messerwerfer auf, oder es gibt einen Wettbewerb im Armdrücken, dachte sie gelangweilt.

Doch im nächsten Moment war ihre Langeweile wie weggeblasen, und vergessen war die Frage, ob sie etwas essen sollte oder nicht. Stattdessen starrte Mimi wie gebannt zu dem Podest.

Ein Mann mit dunkelbraunen wilden Locken, breiten Schultern und ungewohnt aufrechtem Gang hielt auf das Rednerpult zu. Er war von so großer Statur, dass er alle anderen Menschen um sich herum überragte. Er schien unrasiert zu sein und staubig, als habe er eine lange Fahrt mit einem Veloziped oder auf einem offenen Karren hinter sich. Über der linken Schulter trug er einen großen, unförmigen Leinensack, wahrscheinlich sein Reisegepäck. Lässig warf er den Sack jetzt auf den Boden. Die Geste hatte fast etwas Arrogantes.

Das Antlitz des Fremden und seine braunen Locken wurden von der Sonne in einer Art beleuchtet, die Mimi an jene Jesusbilder erinnerte, die den Gottessohn inmitten einer goldenen Aura darstellten.

Und tatsächlich jubelten die umstehenden Männer ihm zu, als wäre er der Messias.

Was für eine Ausstrahlung!, dachte Mimi fasziniert. Wie ein Magnet die Eisenspäne, so schien der Mann die Menschen ringsum anzuziehen. Unwillkürlich reckte auch sie sich, um besser sehen zu können.

Diese Augen, der volle Mund... Ausdrucksvolle Gesichter hatten sie, die Fotografin, schon immer fasziniert. Für ihre Arbeit war es wichtig, Gesichter lesen – mehr noch –, sie regelrecht entschlüsseln zu können. Doch diesmal wusste sie tief in ihrem Inneren, dass die Anziehung, die der Fremde auf sie ausübte, nicht nur mit ihrem Beruf zu tun hatte.

»Darf ich Ihnen noch etwas bringen?« Der ältliche Kellner trat an ihren Tisch.

Am liebsten hätte Mimi ihn zur Seite geschoben, damit sie wieder einen freien Blick auf das Rednerpodest hatte.

»Wissen Sie, was da vorn los ist?«, fragte sie stattdessen so unbeteiligt wie möglich.

»Irgendein Kerl will wohl eine Rede halten, aber fragen Sie mich nicht, worum es geht, heutzutage scheint ja jeder etwas zu sagen zu haben.« Der Kellner verzog das Gesicht. »Ich hoffe nur, dass sich die gnädige Frau nicht allzu belästigt fühlt.«

»Keinesfalls«, murmelte Mimi. Nur aus dem Augenwinkel sah sie, wie sich eine attraktive Frau mit drei Kindern am Nebentisch niederließ. Die Miene des Kellners hellte sich auf, eilig trat er zu den Neuankömmlingen, um ihre Wünsche aufzunehmen. Mimi konnte nicht verhindern mitzuhören, was die Frau bestellte: vier heiße Tassen Kakao, dazu Kuchen für alle.

Allem Anschein nach ist sie nicht nur hübsch, sondern auch noch wohlhabend, dachte Mimi und fühlte sich an Clara Berg erinnert. Doch im nächsten Augenblick wurde ihre Aufmerksamkeit wieder von dem attraktiven Mann auf dem Podest in Beschlag genommen, dessen Rede inzwischen Fahrt aufgenommen hatte.

»…Die Zeit, in der Arbeiter alles mit sich haben machen lassen, ist unwiderruflich vorbei. Vorbei ist die Zeit der Duckmäuser! Ob New York in Amerika oder London in England – überall wagen die Arbeiter es, sich zu wehren gegen veraltete und unhaltbare Zustände. Und ich kann berichten, dass sie große Erfolge erzielen! Dies ist auch hier in unserem Land möglich. Die sozialdemokratischen Gewerkschaften sind stolz, inzwischen über zwei Millionen Mitglieder zu verzeichnen! Allein der deutsche Metallarbeiterverband ist über eine halbe Million Mann stark. Und so richte ich heute meinen Appell an euch, ihr Arbeiter von Magirus, Kässbohrer und allen anderen Fabriken in und um Ulm – werdet auch ihr Teil der immer größer werdenden Menge von…«

Ein Gewerkschafter, dachte Mimi enttäuscht. In größeren Städten gab es immer häufiger Auftritte von Gewerkschaftsvertretern, manchmal sah sie Anschläge an Litfaßsäulen, die auf eine Versammlung aufmerksam machten. Mimi achtete stets darauf, Plätze, auf denen solche Veranstaltungen stattfanden, zu umgehen, denn schon mehr als einmal hatte sie in einer Zeitung gelesen, dass es bei solchen Versammlungen zu Gewalt gekommen war, es Handgemenge oder. gar mehr gegeben hatte.

Mimi zuckte zusammen, als neben ihr ein Räuspern ertönte. Es war die Frau vom Nebentisch. »Verzeihung, darf ich Sie um einen Gefallen bitten? Ich müsste kurz… ins Café. Wären Sie so freundlich und würden ein Auge auf meine Kinder haben? Nicht dass sie etwas anstellen.« Sie lächelte entschuldigend.

Wie müde sie in Wahrheit aussieht, dachte Mimi.

»Kein Problem, gehen Sie nur«, sagte sie lächelnd, dann wandte sie sich an die drei Buben. »Na, freut ihr euch auf euren Kakao?« Mimi schätzte, dass die Kinder zwischen acht und zehn Jahre alt waren.

Die Buben nickten schüchtern, und Mimi verlor das Interesse an ihnen. Sie konnte nicht verhindern, dass sie abermals dem Redner der Versammlung lauschte.

»Und so kann es nicht angehen, dass sich der Herr Unternehmer eine goldene Nase an eurer Arbeit verdient, während ihr Arbeiter leer ausgeht! Gerechte Löhne für gerechte Arbeit – das gilt für das Dienstmädchen ebenso wie für den Metallfacharbeiter. Gerechte Löhne für gerechte Arbeit – daran soll der Knecht im Stall genauso teilhaben wie der Weber an seinem Webstuhl und der Seemann auf der Donau!«

Die Umstehenden jubelten. Reden konnte der Mann, das musste man ihm lassen, dachte Mimi. Und wie seine Augen glühten! Als versprühe er ein inneres Feuer. Es hätte nicht viel gefehlt, und auch sie wäre entzündet worden. Mimi grinste in sich hinein, dann warf sie den drei Jungen am Nachbartisch einen kurzen Blick zu. Der älteste verdrehte die Augen.

»Bist du nicht einverstanden mit dem, was der Redner sagt?«, fragte Mimi, ehe ihr im selben Moment klar wurde, dass mit dem Jungen etwas nicht stimmte. Erschrocken erhob sie sich. Im nächsten Moment begann der Kopf des Knaben zu wackeln, und er überstreckte seinen Hals auf seltsame Weise nach hinten. Und dann fiel er vom Stuhl. Mimi machte entsetzt einen Schritt auf ihn zu. Sein Leib bäumte sich auf, mit dem rechten Arm schlug er gegen ein Stuhlbein, seine Beine krampften so sehr, dass sie gegen den Tisch stießen.

»Heilige Mutter Maria, da ist einer vom Teufel besessen!«, ertönte es neben Mimi.

»Schnell weg, womöglich ist das ansteckend!«, rief eine Frau und zog ihren Mann am Handgelenk davon.

»Die Fallsucht! Der Junge hat die Fallsucht!«, sagte ein anderer.

»Eine Unverschämtheit, mit so einem Krüppel hierherzukommen«, ereiferte sich ein anderer, der bis gerade in Ruhe seine Zeitung gelesen hatte.

Der Kellner stand hilflos da.

Einen Moment lang war auch Mimi wie erstarrt. Ein Krampfanfall! In der Kirchengemeinde ihres Vaters hatte es einst auch eine Epilepsiekranke gegeben, ein junges Mädchen. Mehr als einmal hatte sie mitten im Gottesdienst einen Anfall erlitten und dabei so gekrampft wie der Junge hier. Mimi war das Ganze deshalb nicht fremd, aber was genau zu tun war, wusste sie nicht mehr. War nicht die Gefahr groß, dass der Krampfende an seiner Zunge erstickte? Oder sich die Knochen brach?

Während die Brüder des Jungen seelenruhig ihre Stühle zur Seite schoben und ein Stück zurücktraten, ließ sich Mimi neben dem Jungen auf dem Boden nieder und versuchte, ihn irgendwie zu halten. Doch das Kind entwickelte im Krampf Bärenkräfte, sein Kopf schlug hart auf das Kopfsteinpflaster, und sogleich trat aus einer Platzwunde Blut aus. Schaum bildete sich vor dem Mund des Jungen, von seinen Augen war nur noch das Weiß zu sehen.

O Gott! Warum half denn niemand? Mimi warf den gaffenden Leuten wütende Blicke zu. »Geht ins Café, holt eure Mutter!«, rief sie den Geschwistern des Jungen zu, doch sie standen wie festgewachsen da. Lieber Gott, lass den Buben nicht ersticken, betete sie stumm, während sie versuchte, ihn auf die Seite zu drehen, damit er besser Luft bekam.

»Lassen Sie mich durch! Weg da! Sofort!«

Mimi schaute hoch und riss in der nächsten Sekunde die Augen auf. Der Redner bahnte sich, seine Ellenbogen einsetzend, einen Weg durch die Menge zu ihnen. Er schob den Tisch grob zur Seite, umklammerte den Jungen mit kräftigen Armen und hob ihn sanft hoch.

»Nehmen Sie den Kaffeelöffel und versuchen Sie, ihn zwischen seine Zähne zu klemmen! Er beißt sich auf die Zunge.«

Mit zittrigen Knien richtete Mimi sich auf, einer der jüngeren Brüder reichte ihr den silbernen Löffel vom Tisch. »Das ist leichter gesagt als getan«, schnaufte sie, während sie versuchte, das Gebiss des Jungen seitlich mit einem Finger zu öffnen.

»Um Himmels willen, Gustav! Doch nicht hier! Nicht!«, hörte sie in dem Moment eine panische Frauenstimme. Die Mutter. Endlich, dachte Mimi und richtete sich auf. Im selben Moment erschlaffte der Jungenkörper in den Armen des Mannes.

Der Knabe blinzelte, dann schien er wieder zu sich zu kommen. »Mama?« Orientierungslos schaute er sich um. Sein Brustkorb hob und senkte sich so rasch, als wäre er schnell gerannt.

»Alles ist gut. Es ist vorbei«, sagte die Mutter gepresst, während sie mit einem Taschentuch seinen blutigen, speichelverschmierten Mund abwischte. Die Wunde an seinem Hinterkopf schien sie noch nicht gesehen zu haben.

»Es tut mir schrecklich leid«, sagte sie dann zu Mimi und dem Redner. »Gustav hat Epilepsie. Er hatte erst heute Nacht einen Anfall, ich habe deswegen überhaupt nicht geschlafen. Normalerweise sind die Abstände zwischen den Anfällen größer. Nie hätte ich gedacht, dass gleich ein weiterer Anfall folgen würde, sonst hätte ich mich doch gar nicht aus dem Haus gewagt!« Sie schluckte, und Mimi sah, wie sie mit aller Macht versuchte, nicht zu weinen.

Hilflos streichelte sie der Frau über den Arm. »Es ist ja alles gut gegangen.«

»Diese Krankheit ist wie der Teufel selbst«, flüsterte die Frau tränenerstickt. »Sie hält dich gefangen, sie tötet jedes bisschen Lebensfreude, sie sorgt dafür, dass du ständig in Todesangst lebst und...« Die Frau brach mitten im Satz ab, schüttelte den Kopf. Einen Arm um den noch immer leicht taumelnden Jungen gelegt, ging sie davon. Ihre beiden anderen Söhne folgten ihr mit gesenkten Köpfen.

»Aber... was ist mit dem Kakao für die Kinder? Wollen Sie sich nicht noch ein bisschen ausruhen?«, rief Mimi ihr hinterher. Hilfesuchend schaute sie dann zu dem Mann. »Sollte man die Frau nicht aufhalten? Oder zu einem Arzt begleiten?«

Der stattliche Fremde warf der Familie noch einen Blick zu. »Die Mutter erlebt einen solchen Anfall nicht zum ersten Mal, sie wird am besten wissen, was gut ist. Und nun muss ich zurück, die Leute warten auf mich.« Er wies in Richtung der versammelten Menschen, die ungeduldig von einem Bein aufs andere traten. Mancher, dem die Warterei zu lang wurde, ging bereits davon.

»Selbstverständlich! Vielen Dank für Ihre Hilfe, man fühlt sich doch recht hilflos in solch einer Situation.« Mimi lachte verlegen.

Doch der Mann schaute sie anerkennend an. »Dafür haben Sie sich aber tapfer geschlagen. Was halten Sie davon, wenn wir nach meiner Rede noch ein Glas zur Beruhigung miteinander trinken?«

13. Kapitel

Eigentlich hatte sie zu seiner Einladung nicht wirklich ja gesagt, dachte Mimi, während sie sich noch eine Tasse Kaffee bestellte. Dennoch saß sie brav hier und wartete auf ihn. Statt seine Rede nochmal aufzunehmen, verteilte der Mann nun irgendwelche Blätter an seine Zuhörer. Anmeldeformulare für eine Gewerkschaft? Informationsschriften? Was auch immer es war. Mimi war es gleich.

Die Aprilsonne ging schon unter, und Mimi fröstelte, als der Mann endlich zu ihr herüberkam. Seinen Leinensack hatte er wieder über die Schulter geworfen.
»Vielen Dank für Ihre Geduld. Morgen findet eine weitere Versammlung statt, ich musste die Leute unbedingt noch darüber informieren.« Er machte einen zufriedenen Eindruck.
»Dann sind Sie also von Beruf Gewerkschafter?«, fragte Mimi forsch. »Ich wusste gar nicht, dass es so etwas gibt.«
Er lachte. »Nennen Sie mich lieber einen Botschafter, das trifft es eher. Kommen Sie, es ist zu kalt, um länger hier sitzen zu bleiben. Es gibt am Ufer der Donau eine

Weinstube, wo um diese Tageszeit bestimmt schon ein Feuer im Kamin brennt.« Er reichte ihr seinen Arm.

»Aber...« Mimi lachte irritiert auf. »Ich kenne noch nicht einmal Ihren Namen!«

Sie folgte ihm trotzdem.

Er hieß Hannes und war wie sie immer unterwegs. Vor Jahren war er nach Amerika ausgewandert und hatte dort eine Zeitlang im Baumwollhandel gearbeitet. Auf einer Reise war er in Baltimore zum ersten Mal mit der Gewerkschaftsbewegung in Berührung gekommen, die Männer, die sich für einen Achtstundenarbeitstag einsetzten, hatten ihn fasziniert. Im so genannten *Cotton belt,* auf den Baumwollfeldern des Südens, konnten die Arbeiter von solchen Bedingungen nur träumen! Hannes hatte sich deshalb den Gewerkschaftern angeschlossen und von ihnen gelernt.

Mimi hörte nur mit halbem Ohr zu. Nicht weil sie seine Erzählungen langweilig fand. Es waren seine Augen, die sie so ablenkten.

Hannes hatte die schönsten Augen, die sie je bei einem Mann gesehen hatte. Braunschwarz, wie Kohle, warm, voller Ausdruck und Seele.

»Du scheinst ein ziemlich aufregendes Leben zu führen«, sagte sie schließlich mit rauer Stimme. Hannes und sie waren schon nach den ersten Minuten zum Du übergegangen. Es fühlte sich richtig an. So wie alles an dieser Begegnung.

Er winkte ab. »Halb so wild.«

Dass sie als Frau allein unterwegs war, schien ihn nicht weiter zu beeindrucken. Mimi fand es angenehm, ausnahmsweise einmal nicht die üblichen Fragen beant-

worten zu müssen. »*So ganz ohne männlichen Schutz...
hast du denn keine Angst?*« Angesichts seiner lockeren
Art hatte auch sie sich geöffnet. Was hatte sie ihm nicht
schon alles erzählt! Von ihrer Kindheit und dem Vorfall in der Wilderergrube. Von ihren Eltern, die mit der
Pfarrei immer so viel zu tun hatten, dass sie ihr engstes
Umfeld darüber vergaßen. Und von der Wehmut, die sie
in letzter Zeit immer dann verspürte, wenn es ans Abschiednehmen von einem Ort und seinen Menschen ging.

Nur von Onkel Josef und ihrem Besuch auf der Alb
hatte sie bisher nichts gesagt. Irgendetwas hielt sie davon ab, auch wenn sie nicht wusste, was.

»Und nun bist du nach Deutschland zurückgekommen...«, sagte sie fragend. Ihre Hände lagen auf der rot
weiß karierten Tischdecke keinen Zentimeter voneinander entfernt.

Hannes zuckte mit den Schultern. »Im Kaiserreich
wie in ganz Europa geht die Industrialisierung seit Jahren Wege, die niemand, der bei gesundem Verstand ist,
noch gutheißen kann. Ich will *hier* etwas bewegen! Die
Dinge zum Besseren verändern«, sagte er schlicht.

Mimi nickte beeindruckt. Wie Heinrich, dachte sie
unwillkürlich. Auch ihr ehemaliger Verlobter hatte diesen Missionarswillen besessen, ständig hatte er etwas
bewirken wollen. Bei ihm hatte sie dies als aufdringlich
und störend empfunden, bei Hannes jedoch nicht.

»Und jetzt bist du auf dem Weg in deine Heimat-
stadt?« Unwillkürlich hielt sie den Atem an. Würde er
ihr sagen, wohin er als Nächstes reiste? Vielleicht erzählte sie dann auch von ihrer morgigen Reise nach
Laichingen.

Ein Schatten legte sich auf seine Miene, doch er

schwand so schnell, wie er gekommen war. »Du kennst doch bestimmt den Spruch: Der Prophet gilt nichts im eigenen Land!« Sein Lachen hatte einen bitteren Unterton. »Mit meinem Heimatort habe ich abgeschlossen, dorthin bringen mich keine zehn Pferde mehr. Meine Familie... Bei uns zu Hause... « Er stockte. »Ach, lassen wir das!«

Mimi runzelte die Stirn. »Oje, das hört sich an, als würdest du nicht gerade die besten Erinnerungen an früher haben.«

»So könnte man es sagen.« Hannes verzog den Mund. »Aber jetzt erzähl noch mehr von dir! Für eine Frau ist der Beruf der Fotografin doch eher ungewöhnlich, oder nicht?«

Mimi lachte. »Das könnte man auch so sagen. Aber ich habe gelernt, mich in der Männerwelt durchzusetzen.«

Er schaute sie bewundernd an. »Das glaube ich! Und ich schätze, du bist eine Meisterin deines Fachs. Und wunderschön...«

»Und *ich* schätze, dass du ein Schmeichler bist«, gab sie spitzbübisch zurück. »Ich liebe es, Menschen im schönsten Licht darzustellen«, erzählte sie dann. »Diese Familie vorhin – wenn ich sie vor meiner Linse hätte, würde ich dafür sorgen, dass alle die Epilepsieerkrankung wenigstens für einen Moment vergessen! Ich würde mir einen ganz besonderen Bildaufbau ausdenken, außergewöhnliche Requisiten mit ins Spiel bringen, vielleicht auch eine Leinwand mit speziellem Hintergrund – im Geiste sehe ich die Fotografie schon vor mir.« Mimi lächelte. Beiläufig nahm sie wahr, dass die Weinstube, in der sie seit dem frühen Abend saßen, sich immer mehr leerte. Der Wirt, der hinter dem Tresen Gläser polierte, warf ihnen alle paar Minuten einen mürrischen Blick zu, es war ihm anzusehen, dass er gern Feierabend gemacht hätte.

Was dann?, fragte sich Mimi. Der Gedanke, sich von diesem charismatischen Mann trennen zu müssen, tat seltsam weh. Auf der anderen Seite war es höchste Zeit zu gehen. Die Pensionswirtin hatte ihr keinen Hausschlüssel überlassen, und sie hatte auch nicht danach gefragt. Sie hatte doch nur einen kleinen Bummel durch die Stadt machen wollen. Womöglich würde sie mitten in der Nacht ans Fenster klopfen müssen? Und wenn schon, dachte Mimi verwegen. Hannes riss sie abrupt aus ihren Gedanken.

»*Diese* Art von Fotografien machst du also.« Er zog seine Hand vom Tisch. Nun lag keine Bewunderung mehr in seinem Blick, eher Enttäuschung.

Mimi runzelte die Stirn. »Was hast du geglaubt? Dass ich Landschaftsfotografin bin? Nein.« Sie schüttelte den Kopf. »Es sind die Menschen, die mich faszinieren!«

»Und warum gaukelst du ihnen dann den schönen Schein vor?« Seine Augen funkelten wieder wie zuvor auf dem Rednerpodest.

Mimi glaubte nicht richtig zu hören. »Ich gaukele ihnen nichts vor!«, erwiderte sie empört. »Ich möchte ihnen Schönheit schenken.«

»Schönheit, wo keine ist?«

Der Wirt trat an ihren Tisch, aber Hannes winkte ihn unwirsch davon, dann beugte er sich über den Tisch zu Mimi. »Die Frau, von der du gerade sprachst – würde sich ihr Leben mit einer von dir gemachten Fotografie auch nur ein winziges bisschen ändern?«

»Natürlich nicht. Aber das erwartet auch niemand.«
Mimi schaute irritiert drein. »Hätte ich deiner Ansicht
nach den Jungen einfach krampfen lassen und stattdessen meine Kamera zücken sollen?«, fragte sie barsch.

»Natürlich nicht, es war gut und richtig, was du getan hast«, beschwichtigte Hannes, und Mimi beruhigte
sich ein wenig.

»Obwohl…«, hob er im nächsten Moment wieder an,
»wenn die Leute durch Bilder von einem solchen Anfall
aufgerüttelt würden, dann würden sich die Herren Wissenschaftler vielleicht mehr Mühe geben, Krankheiten
wie die Epilepsie zu erforschen.«

»Das ist nicht dein Ernst, oder?« Mimi schaute ihn
verständnislos an. »Niemandem wäre geholfen, wenn
man Menschen mit solchen Bildern erschreckt! Ich weiß,
dass es eine neue Mode in der Fotografie gibt, die…«
Zu mehr kam sie nicht, denn der Wirt baute sich neben
ihnen auf und sagte mit vor der Brust verschränkten
Armen: »Entschuldigen Sie, aber ich muss Sie wirklich
bitten zu gehen. Die Sperrstunde hat schon vor zehn
Minuten begonnen!«

14. Kapitel

Laichingen, auf der Schwäbischen Alb

»Und hier darf ich Ihnen einen Nachtrock mit Lochstickerei anbieten. Die Damen könnten ihn natürlich auch als Unterrock tragen. Der Einkaufspreis ist...« Herrmann Gehringer blätterte in seiner Preisliste, während sein Assistent Paul Merkle beflissen einen leinenen Unterrock in die Höhe hielt.

Die Luft in Gehringers Büro war zum Schneiden dick, wie immer, wenn er hier drinnen einheizen ließ. Er verabscheute die Hitze und hätte am liebsten das Fenster weit aufgerissen. Aber es ging schließlich nicht an, dass die verehrte Kundschaft fror!

Martin Scheurebe, Einkäufer eines großen Hamburger Kaufhauses, betrachtete derweil gelangweilt seine Fingernägel. Dem Unterrock schenkte er keinen weiteren Blick.

»Der Rock kostet... vier Mark fünfunddreißig. Nein, Verzeihung! Das ist ja der Preis für Modell dreivierneun.« Gehringer schaute entschuldigend von seinen Listen auf. »Ich hab's gleich. Bei so vielen unterschiedlichen Modellen kann man schon mal durcheinanderkommen.«

Warum hatte Paul Merkle die Preise der diesjährigen Kollektion nicht mit einem Kreuzchen markiert? Oder auf eine separate Liste geschrieben? Er warf seinem Assistenten einen wütenden Blick zu.

Auf der anderen Seite des Schreibtisches holte Scheurebe tief Luft. »Verzeihen Sie, Herr Gehringer, wenn ich das so offen sage – aber ich habe meine Zeit nicht gestohlen. Wenn ich schon den weiten Weg hier herauf auf die Schwäbische Alb mache, dann ist es doch nicht zu viel erwartet, dass Sie sich auf unseren Geschäftstermin entsprechend vorbereiten!«

Gehringer glaubte nicht richtig zu hören. Was für eine Frechheit! Nur mit Mühe riss er sich zusammen und sagte gespielt unterwürfig: »Da haben Sie völlig recht, verehrter Herr Scheurebe. Bitte entschuldigen Sie. Hier! Modell dreifünfnull – drei Mark und vierundfünfzig Pfennige.«

»Drei Mark vierundfünfzig für so einen einfachen Kittel?« Martin Scheurebe lachte auf.

»Die Stickerei ist handgearbeitet, wie immer bei uns.« Herrmann Gehringer hob die Brauen. »Laichinger Leinenwaren stehen nun mal für höchste Qualität, deshalb ist der Preis wirklich angemessen.«

»Das mögen *Sie* so sehen, lieber Herr Gehringer«, sagte der Hamburger Einkäufer herablassend. »Doch Sie scheinen nicht ganz auf dem Laufenden darüber zu sein, was Ihre Konkurrenz andernorts für einen solchen Preis liefert. Qualität ist nur *ein* Verkaufsmerkmal, Originalität ein weiteres. Ihre ganze Kollektion erscheint mir ein wenig angestaubt. Das sind doch dieselben Stücke, die Sie mir im letzten Herbst auch schon vorgelegt haben – so gesehen hätte ich mir die mühevolle Reise wirklich sparen können!« Er fuchtelte in Richtung des Tisches, auf dem Paul Merkle die bisher gezeigten Musterstücke abgelegt hatte. »Überall nur Zwirnknöpfe! Bei den jungen Damen sind derzeit aber glänzende Schildpattknöpfe sehr gefragt. Und dann diese ewige Lochstickerei!« Mit spitzen Fingern hob er das zum Unterrock passende Unterhemd hoch, das Merkle ihm zuvor präsentiert hatte. »Die Kundinnen möchten Blumenranken! Sie möchten verspielte Stickereien, neue, frische Muster! Und wenn es schon Lochstickerei sein soll, warum dann nicht einmal an der Schulterpartie?« Gehringer traute seinen Ohren nicht. Was fiel dem Kerl ein? Im Schweiße seines Angesichts hatte er die Weberei Gehringer hier in Laichingen aufgebaut, Tag und Nacht hatte er geschuftet, sich und seiner Familie nichts gegönnt, jahrzehntelang! Der andere wusste doch nicht einmal, was harte Arbeit bedeutete!

Schnaubend sagte er: »Und wer bezahlt mir die neuen Moden? Spitzen und Rüschen sind gefragt und moderne Stickmuster obendrein, aber kosten dürfen die Sachen nicht mehr als einfachste Kittel!«

Der Hamburger Einkäufer strich sein tiefschwarzes Sakko glatt. » Ob Sie es glauben oder nicht – ich bin gern bereit, im Einkauf mehr auszugeben. Aber wofür sollte ich bei Ihnen mehr zahlen? Für das hier?« Er machte eine ausholende Handbewegung, mit der er Gehringers nussbaumgetäfeltes Büro, den Bollerofen und Paul Merkle samt seinen Musterwaren einschloss. »Jahr für Jahr lande ich in diesem stickigen Büro. Und dann dieser Höllenlärm, jedes Mal bekomme ich Kopfschmerzen davon!« Er zeigte in Richtung Fenster, von wo das klackernde Geräusch der Webstühle zu ihnen hereindrang.

Gehringer lächelte nachsichtig. »Sie befinden sich in einer Weberei, gnädiger Herr.«

Doch der Einkäufer winkte ab. »Vom laufenden Betrieb muss ein Kunde nun wirklich nichts mitbekommen. Sie müssten sich einmal anschauen, wie das anderswo geregelt ist! Andere Hersteller haben ansprechend eingerichtete Ausstellungsräume, die Waren sind dort ordentlich auf Kleiderbügel gehängt. Schöne Modelle führen die Wäsche vor. Es ist ruhig und hell, durch große Glasscheiben fällt das Sonnenlicht. Musterkataloge gibt es auch, mit aussagekräftigen Fotografien, nicht nur ein paar Listen mit Artikelnummern.« Kopfschüttelnd stand Martin Scheurebe auf. »Nur der alten Verbundenheit zuliebe nehme ich siebzig Prozent meiner letzten Order. Aber ich hoffe wirklich, dass sich bis zu meinem nächsten Besuch hier einiges ändert, sonst werde ich mich nach einem anderen Lieferanten umsehen. Dieses Büro werde ich gewiss nicht vermissen!«

Der alten Verbundenheit zuliebe! Mit zusammengekniffenen Lippen starrte Herrmann Gehringer auf den Bestellschein, den Paul Merkle hastig ausgefüllt hatte, während Martin Scheurebe sich schon zum Aufbruch bereit machte. Hätte er dafür noch dankbar sein und eine Verbeugung machen sollen?

Er schnaubte. »Neue moderne Stickmuster will der Kerl! Kannst du mir mal sagen, was man an Blumenranken großartig neu erfinden sollte?«, sagte er zu seinem Assistenten, der die Musterstücke zusammenfaltete. Es stimmte, sie arbeiteten weitgehend mit den alten Stickmustern, aber bisher hatte niemand etwas daran auszusetzen gehabt!

»Vielleicht wäre es tatsächlich eine gute Idee, Ausschau nach einem Musterzeichner zu halten«, sagte Paul Merkle vorsichtig.

»Als ob die hier auf der Alb auf den Bäumen wachsen! Ich bin schon froh, wenn ich gute Leute für meine Webstühle bekomme.« Gehringer winkte ab. »Und dann ein Ausstellungsraum! Modelle, die die Wäsche vorführen! Ja glaubt der Mann denn, wir wären hier in Paris oder München?«

Sein Assistent schüttelte beflissen den Kopf, um sein Unverständnis auszudrücken.

»Immerhin haben wir die modernsten Webstühle, die es gibt«, fuhr Herrmann Gehringer fort. Er hatte in den letzten Jahren viel in die Technik investiert. Dazu die Löhne für über fünfzig Weber und nochmal so viele Stickerinnen, dazu die ständig steigenden Kosten für das Rohmaterial... Es gab Zeiten, da konnte er nachts nicht schlafen vor lauter Sorge. Aber davon wollte natürlich niemand etwas wissen! Fahrig ordnete Gehringer die Schreibutensilien auf seinem Schreibtisch.

Paul Merkle, der schon in der Tür stand, räusperte sich. »Hat Josef Birnbichler, der Einkäufer des Münchner Kaufhauses Ellenrieder, letzte Woche nicht auch erwähnt, dass solche Ausstellungsräume anderswo schon üblich sind?«, sagte er vorsichtig.

Gehringer stutzte. »Dieser Birnbichler ist auch so ein Wichtigtuer! Und selbst wenn die halbe Welt Ausstellungsräume besitzt – wo sollte ich deiner Meinung nach solch einen Raum herbekommen?« Jetzt fing Merkle auch schon so an!

»Ein Neubau auf dem Fabrikgelände vielleicht? Mit großen Fenstern für viel Licht. Genügend Platz wäre da.« Merkles Miene war erwartungsvoll wie die eines Schuljungen, der glaubt, eine verzwickte Rechenaufgabe gelöst zu haben.

Doch Gehringer schüttelte unwirsch den Kopf. »Mein Büro liegt am weitesten von den Webstühlen entfernt, und du hörst ja selbst, wie laut es hier drinnen ist. Jeder Neubau wäre näher an der Weberei und somit dem Klopfen der Webstühle noch viel mehr ausgeliefert.«

»So laut ist es hier nun auch wieder nicht«, beschwichtigte Merkle. »Aber wie wäre es, wenn Sie ein geeignetes Gebäude hier im Ort mieten?«

»In Laichingen? In einem der Weberhäuser womöglich, deren Dächer noch mit Stroh gedeckt sind wie der Stall von Bethlehem? Da würden sich Scheurebe und die anderen Herren Einkäufer bestimmt sehr wohl fühlen«, sagte Gehringer ironisch. »Das einzige einigermaßen helle Ladenlokal ist der Kolonialwarenladen von Helene, und die ist gewiss nicht bereit, mir ihr Heiligtum zu vermieten.«

Sein Assistent biss sich auf die Unterlippe.

Gehringer kniff die Augen zusammen. »Ein weiterer Vorschlag?« Er kannte Paul Merkle gut genug, um zu wissen, dass sein Sekretär noch nicht aufgab.

»Es ist nur so eine Idee...«, sagte Paul Merkle gedehnt. »Aber da gibt es doch das Haus vom alten Josef Stöckle, direkt am Ende vom Marktplatz.«

»Wer?« Gehringer runzelte die Stirn. Wovon sprach der Mann?

Merkle lächelte. »Der Laden ist schon länger geschlossen, kein Wunder, dass er Ihnen nicht gleich einfällt. Die Schaufenster sind abgedunkelt, niemand kann

127

hineinschauen. Aber wenn ich mich recht erinnere, ist es in dem Geschäft eigentlich sehr hell.«

Endlich fiel bei Gehringer der Groschen. »Du meinst den Laden des alten Fotografen? Lebt der überhaupt noch?«

»*Noch* ist die richtige Formulierung. Allem Anschein nach ist Herr Stöckle sehr krank...« Merkle lächelte wissend.

Gehringer kniff die Augen zusammen, wie immer, wenn er scharf nachdachte. Das Haus lag in der Nähe der Kirche, gegenüber dem Gasthaus Ochsen. Er selbst hatte die Dienste des Fotografen nie in Anspruch genommen. Als seine Frau noch lebte, hatte sie stets darauf bestanden, sich in Ulm fotografieren zu lassen. »Ich lasse mich doch nicht vor denselben Leinwänden ablichten wie jeder Hans und Franz«, hatte sie gesagt.

Gehringer nickte nachdenklich. »Die Idee ist gar nicht schlecht. Das Haus ist noch in einem relativ guten Zustand. Wenn man das ein wenig herrichtet...« Noch während er sprach, sprang er von seinem Schreibtisch auf. »Am besten schaue ich mir das gleich einmal an! Wenn mir das Gebäude zusagt, mache ich dem alten Mann ein Angebot. Wahrscheinlich wird er überglücklich sein, wenn er ein paar Mark Miete bekommt.«

Eilfertig wollte Merkle dem Webereifabrikanten Zylinder und Spazierstock reichen. Doch dieser hielt in der Bewegung inne. »Gerade kommt mir noch eine Idee. Am besten setzen wir gleich einen Vertrag auf, in dem Stöckle mir zusichert, dass ich das Haus nach seinem Ableben erwerben kann. Paul!« Resolut winkte Gehringer seinen Assistenten zum Schreibtisch. »Na komm, schreib!«

15. Kapitel

Als Mimi am nächsten Morgen aufwachte, war das Erste, was sie vor ihrem inneren Auge sah, Hannes' Gesicht. Hatte sie das Zusammensein mit ihm nur geträumt? Sie blinzelte. Und mit jedem Wimpernschlag kamen die Erinnerungen an den gestrigen Tag mehr zurück...

Hannes. Sie wusste noch immer nicht seinen Nachnamen. Sie wusste nicht, woher er kam und wohin er ging. Hatte er nicht in einem Nebensatz erwähnt, dass er nach München wollte? So intensiv sie sich auch unterhalten hatten, sosehr hatte er sich in persönlichen Dingen bedeckt gehalten. Im Gegensatz zu ihr! Sie hatte ihr Herz regelrecht auf der Zunge getragen. Was ihr eigentlich nicht ähnlich sah, aber irgendetwas an dem Mann hatte Vertrauen in ihr geweckt. Sie seien Seelenverwandte, hatte er gemeint. Verwandte Seelen, ein schöner Gedanke.

Mimi schloss die Augen, kroch noch einmal tiefer unter die dünne Decke ihres Pensionsbetts.

Nachdem der Wirt sie vor die Tür gesetzt hatte, hatte Hannes ihren Arm genommen. Eng beieinander waren sie an der Donau entlang spazieren gegangen. Später hatte Hannes sie noch zu ihrer Pension begleitet. Zum

Abschied hatte er sie geküsst und gemeint, dass er noch nie eine Frau wie sie getroffen hätte. Eine Andeutung darüber, dass es eventuell auch möglich wäre, gemeinsam zu reisen, hatte er auch gemacht. Und dass seine Pension ganz in der Nähe läge ...

Mimi hatte so getan, als höre sie beides nicht. Sie musste zu Onkel Josef, das hatte sie ihrer Mutter versprochen. Und eine einmalige Liebesnacht? Dafür war sie nicht der Typ. Außerdem – welchen Sinn hätte es gemacht, sich wirklich in ihn zu verlieben? Hannes hatte auch so schon viel zu sehr an ihrem Herzen gerüttelt. »Man sieht sich immer zwei Mal im Leben«, mit diesen Worten hatte sie sich deshalb so leichtherzig wie möglich von ihm verabschiedet. »Vielleicht komme ich in ein paar Tagen nochmal hier in Ulm vorbei?« In ihrem Zimmer hatte sie dennoch ein paar Tränen vergossen, sich dann aber gesagt, dass es so das Beste war.

Vielleicht ... unter anderen Umständen ... wäre Hannes ein Mann für sie gewesen.

Resolut schlug Mimi die Augen auf. Genug geträumt. Sie sollte dankbar sein für eine solch intensive Begegnung, statt einer Sache nachzutrauern, die in ihrem Leben keinen Platz hatte. Hannes hatte seine Verpflichtungen, und sie hatte die ihren. In wenigen Stunden würde sie Josef wiedersehen. Und es war höchste Zeit, dass sie sich auf diese Begegnung einstellte! Das wehe Gefühl in der Herzgegend, das sie bei diesem Gedanken überfiel, versuchte sie zu ignorieren.

Als Mimi in den Zug einstieg, der sie hinauf auf die Schwäbische Alb bringen sollte, saß nur ein älterer Herr im Abteil, der so in ein Buch vertieft war, dass er nicht einmal aufschaute, um Mimi zu grüßen. Und obwohl der Zug an so gut wie jeder Milchkanne haltmachte und hier und da jemand ein- oder ausstieg, blieben sie in ihrem Abteil zu zweit. Sehr viel genutzt wurde diese Strecke anscheinend nicht, dachte Mimi. Auch gut, so konnte sie sich noch ein wenig den Erinnerungen an den vergangenen Abend hingeben. Hannes... ihr intensives Gespräch...

Dass sie zu wenig geschlafen hatte, machte sich bald bemerkbar, immer wieder fielen ihr die Augen zu, und sie döste weg. Viel verpasste sie sowieso nicht – die Landschaft wurde mit jedem Kilometer, den sie zurücklegten, karger.

Als Mimi das nächste Mal aufwachte und aus dem Fenster schaute, traute sie ihren Augen kaum. »Das darf doch nicht wahr sein, hier ist ja alles weiß!«, rief sie. Entsetzt wandte sie sich an ihren schweigsamen Mitreisenden. »Ist dieser plötzliche Wintereinbruch nicht seltsam?«

Der Mann schaute von seinem Buch auf. »Welcher plötzliche Wintereinbruch?«, gab er schmunzelnd zurück. »Hier auf der Alb herrscht ein dreiviertel Jahr Winter, und drei Monate ist's kalt. Schnee ist um diese Zeit völlig normal.«

Fassungslos schaute Mimi nach draußen. Gestern, in Ulm, hatte ihr noch die Strickjacke gereicht. Nun würde sie ihren dicken Mantel wieder aus dem Gepäck kramen müssen. »So viel Schnee gibt es um diese Jahreszeit höchstens noch im Schwarzwald«, grummelte sie vor sich hin, dann schoss sie von ihrer Sitzbank empor. »Wo sind wir eigentlich? Ich habe doch nicht etwa Laichingen verpasst?«

Der Mann, erneut in seine Lektüre vertieft, schüttelte bloß den Kopf.

Der Laichinger Bahnhof lag am Ortsrand, erkannte Mimi, während sie darauf wartete, dass der Zug endgültig zum Stehen kam. Das Erste, was sie von weitem sah, war ein riesiger Kirchturm. Immer war es der Kirchturm, der ihr, der Pfarrerstochter, sofort ins Auge fiel, wenn sie in einen Ort kam. Mimi lächelte.

Eine lang gezogene Straße führte in Richtung des Kirchturms, ansonsten war weit und breit nur verschneite Natur zu sehen.

Schon beim Aussteigen schlug Mimi ein eisiger Wind entgegen. Winzigkleine Eiskristalle – kein Schnee, kein Regen, sondern eher etwas wie gefrorener Nebel – flirrten in der Luft. Fröstelnd stellte sie ihren Mantelkragen auf. Der Laichinger Bahnhof war fast so belebt wie der von Ulm, stellte sie erstaunt fest. Feine Herren in schwarzen Anzügen schienen auf dem Weg zu Geschäftsterminen zu sein. Handwerker luden Waren aus der Bahn aus. Arbeiter erneuerten gerade eine eingeschlagene Fensterscheibe am Bahnwärterhäuschen. Mimi wunderte sich nur, dass kaum Frauen zu sehen waren.

Sie hängte sich ihre Kamera über die rechte Schulter, auch ihren Koffer nahm sie auf die rechte Seite, lediglich die kleinere Fototasche trug sie links. Eine alte Marotte. Verteilt auf beide Seiten, hätte sie das schwere Gepäck sicher besser tragen können, aber links von sich ließ Mimi immer Platz. Für ihren Schutzengel. Nach ein paar Schritten spürte sie, wie es in ihrer Magengegend zu rumoren begann. Nicht mehr lange, dann würde sie ihren geliebten Onkel wiedersehen. Wie es ihm wohl ging? Würde er ihr Vorwürfe machen, weil sie sich außer mit ein paar Briefen nicht bei ihm gemeldet hatte?

Erwartungsvoll und ein wenig bang zugleich marschierte Mimi los. Ihr Bruder wohne am Marktplatz, hatte die Mutter in ihrem Brief geschrieben. Da Kirchen und Marktplätze meist in unmittelbarer Nähe zueinander lagen, würde sie den Onkel sicher problemlos finden.

Die lange Straße vom Bahnhof in den Ort hinein war belebt, Fuhrwerke aller Art kutschierten vom Ort in Richtung Bahnhof und umgekehrt, immer wieder musste Mimi zur Seite springen, um einem Gefährt Platz zu machen. Ein paar Automobile sah sie zu ihrem Erstaunen auch. In Städten wie Stuttgart, aber auch in Touristenorten wie Meersburg gehörten die »Stinkkarren«, wie viele Leute sie nannten, inzwischen zum täglichen Bild, aber dass sie hier oben auf der Alb auch schon die Luft verpesteten, hätte Mimi nicht vermutet. Der Rauch aus den Auspuffrohren vermischte sich mit dem eisigen Nebel zu einer grauen Melange, die beim Einatmen im Hals kratzte. Die Fahrer waren dick mit Jacken, Mützen und Schals vermummt, ihre Gesichter konnte Mimi nur schemenhaft erkennen. Wahrscheinlich schützen sie sich auch vor dem Gestank, den sie machen, dachte sie hustend.

Zu beiden Seiten der Straße gab es größere und kleinere Fabrikgebäude. Tischwäsche Müller, Leinenweberei Morlock, Feinste Bettwaren von Hirrler – alles hatte mit der Leinenweberei zu tun, stellte Mimi beim Lesen der Fabrikschilder fest. Die Menschen schienen nicht schlecht von diesem Handwerk zu leben, wenn die großzügigen Häuser der Fabrikbesitzer ein Maßstab waren. Vor manchem Haus stand ein Automobil, gepflegte Gärten mit Buchsbaumhecken und schmiedeeisernen Toren zeugten ebenfalls von Wohlstand. Wie die Bewohner dieser schönen Häuser allerdings tagein, tagaus mit dem lauten, monotonen »Klack-Klack-Klack« leben konnten, das aus den direkt daneben liegenden Fabrikgebäuden dröhnte, war Mimi schleierhaft. Sie lief schneller, um dem unangenehmen Geräusch zu entkommen.

Sie war noch keine fünf Minuten gegangen, als sie an einem Elektrizitätswerk vorbeikam. Die Anlage sah noch ziemlich neu aus. Mimi schätzte, dass die Fabrikbesitzer den Ausbau der Elektrizität vorangetrieben hatten. Ob Stromleitungen auch in die Wohnhäuser gelegt worden waren? Einige Straßenlaternen gab es ebenfalls, sie brannten sogar jetzt, am Nachmittag, was sicher dem Nebel geschuldet war.

Mimi blieb kurz stehen, um die Kamera ein wenig umzusetzen. Der Lederriemen drückte sie trotz des dicken Mantelstoffes. Mimi zog eine schmerzverzerrte Grimasse. Irgendwann einmal würde sie von dem vielen Schleppen ganz krumm und buckelig sein!

Nach weiteren zehn Minuten Gehzeit endete die breite Einfallstraße, und Mimi fand sich in einem Wirrwarr aus vielen kleinen Gassen wieder. Villen gab es hier nicht, dafür geduckte und eng aneinandergeschmiegte Wohnhäuser. Die Dächer waren nicht mit Schindeln, sondern mit Stroh bedeckt, das im gefrorenen Nebel aussah wie das Fell eines Eisbären. Hier wohnten wohl die ärmeren Leute...

Den Blick immer ein wenig nach oben gerichtet, um den Kirchturm nicht aus den Augen zu verlieren, ging

Mimi weiter. Automobile waren hier nicht zu sehen und auch wenige erwachsene Fußgänger. Die waren wohl alle in den Fabriken beschäftigt, dachte Mimi. Dafür sah sie Kinder auf dem Nachhauseweg von der Schule. Sie trugen einfache Leinenkittel und Strohschuhe. Froren sie nicht schrecklich? Mimi schauderte schon beim Anblick.

Eine Schusterei hatte sie bisher gesehen, eine Schmiede und eine Wagnerei. Aber gab es hier auch Geschäfte? Oder musste man zum Einkaufen in die nächste Stadt fahren? Mimi hoffte, dass sie wenigstens eine Bäckerei fand. Die Olgabrezeln, die sie am Tag zuvor gekauft hatte, waren bei dem Vorfall im Café zu Bruch gegangen, und als sie dann mit Hannes zusammen war, hatte sie nicht mehr daran gedacht, neue zu kaufen.

Eine Haustür öffnete sich zu Mimis rechter Seite, eine Frau trat heraus und schleuderte einen Eimer Schmutzwasser so schwungvoll auf die Gasse, dass Mimi gerade noch wegspringen konnte. »Entschuldigen Sie, können Sie mir bitte...«, hob Mimi an, doch die Frau würdigte sie keines Blickes, sondern verschwand gleich wieder im Haus.

Sehr gesprächig waren die Leute hier wohl nicht. Mimi stapfte weiter. Die Gasse, durch die sie lief, machte einen scharfen Bogen nach links. Im nächsten Moment stand Mimi auf einem großen freien Platz. An dessen linker Seite befand sich die Kirche, deren Kirchturm Mimi den Weg gewiesen hatte. Sie hatte braune schmucklose Fenster und wirkte nicht sonderlich einladend. Vor dem Gotteshaus entdeckte sie einen kleinen, zugefrorenen See. Das war bestimmt eines dieser für die wasserarme Gegend typischen Wasserreservoirs, über die sie in ihrem Baedeker-Reiseführer gelesen hatte, dachte Mimi. »Hüle« nannte man solch ein Wasserbecken. Die Fläche war spiegelglatt. Bestimmt konnte man gut darauf Schlittschuh laufen.

Mimi wandte ihren Blick vom Dorfteich ab und ließ ihren Blick über den Marktplatz schweifen. Ein Fotoatelier war nirgends zu sehen... In einem gefälligen Fachwerkhaus gegenüber der Kirche gab es ein Gasthaus mit dem Namen Zum Ochsen. Ein paar Häuser weiter sah sie zu ihrer Erleichterung einen Kolonialwarenladen. Dort würde sie nach dem Weg fragen. Und bestimmt würde sie da auch ein wenig Gebäck für den Onkel kaufen können!

Ob alle Gasthäuser so rochen wie der Ochsen? Nach abgestandenem Bier, nach Männerschweiß und Bratfett, das zu oft erhitzt worden war. Und nach feuchtem Putzlappen. Angewidert starrte Anton auf den Lumpen in seiner Hand, mit dem er gerade die vom Vorabend noch verklebten, schmutzigen Tische säuberte.

Morgens sauber machen. Einkaufen fürs Kochen. Kochen. Servieren und abräumen. Die Küche putzen. Spätabends die Tische aufheben und einmal durchfegen. Am nächsten Morgen von neuem beginnen. Die Vorstellung, dass dieser Kreislauf für den Rest seines Lebens andauern sollte, war so unerträglich, dass Anton einen gequälten Laut ausstieß. Verflixt, er war gerade einmal achtzehn Jahre! Er war groß und von kräftiger Statur! Nicht so ein schmaler Hänfling wie seine ehemaligen

Schulkameraden, die in ihren Weberhäusern oft den Hunger zu Gast hatten. Er sah gut aus, fand er zumindest, und auf den Mund gefallen war er auch nicht. Hieß es nicht immer, dem Mutigen gehört die Welt? Unzählige Bücher erzählten doch davon! Alexander der Große war ein blutjunger Bursche gewesen, als er vom kleinen Makedonien auszog, um die Welt zu erobern. Gute tausend Jahre später hatte Kolumbus Amerika entdeckt. Und nochmals dreihundert Jahre später war Alexander von Humboldt nach einem Studium bei Hauslehrern zu aufregenden Expeditionen aufgebrochen.

Keinem war es auch nur ansatzweise in den Sinn gekommen, in die Fußstapfen ihrer Eltern zu treten. Und er stand hier mit einem Putzlappen in der Hand!

Anton schnaubte erneut.

»Passt dem gnädigen Herrn mal wieder etwas nicht?«, fuhr seine Mutter ihn sogleich an. Wie jeden Morgen polierte Karolina Schaufler hingebungsvoll die Bier- und Mostgläser. Dass es bei ihnen im Ochsen echte Gläser und keine irdenen Humpen gab, war ihr ganzer Stolz. Nicht dass jemand außer ihr das zu schätzen gewusst hätte, dachte Anton mürrisch.

»Wenn du mit den Tischen fertig bist, geh hinters Haus. Dort hat gestern Abend jemand sein Bier nicht vertragen und erbrochen. Männer!«, fügte sie abfällig hinzu.

»Und wieso soll ausgerechnet ich …«, hob Anton an.

»Wenn du deinen nichtsnutzigen Vater findest und ihn überreden kannst, die Sauerei wegzumachen – bitte gern!«, sagte Karolina höhnisch. »Aber wie ich ihn kenne, hat er sich wieder mal auf einen Jägerstand verzogen und hält Maulaffen feil, während ich mich hier schinde.«

Anton verzog den Mund. Wahrscheinlich hatte seine Mutter damit sogar recht. Das Wildbret aus seiner Jagd bereichere die Speisekarte des Ochsen, sagte sein Vater jedem, der es hören wollte. Dass er auch in den Forst ging, wenn das Wild Schonzeit hatte, schob er auf die Hege des Waldes. Eine Entschuldigung, der ungeliebten Frau und dem Ochsen zu entrinnen, fand sein Vater immer!

Wütend warf Anton den Putzlappen auf den Tisch. »Was geht es mich an, dass ihr zwei euch ständig streitet? Warum muss ich überhaupt hier mitarbeiten? Warum kann ich nicht eine Lehre machen, so wie meine Schulkameraden auch? Als Kaufmann. Oder als...« Er fuchtelte vage mit der rechten Hand durch die Luft.

»Als was?«, fragte Karolina sogleich nach. Beide Hände in die Hüfte gestemmt, schaute sie ihn aus ihren eng stehenden Augen spöttisch an. »Welche großen Pläne hat der junge Herr denn heute? Letzte Woche wolltest du Vertreter bei der Brauerei Epple werden.« Sie nickte in Richtung des Kellers, in dem die Bierfässer gelagert wurden. »In der Woche davor wolltest du zur Marine. Und zwischendrin war, so glaube ich mich zu erinnern, auch mal die Rede davon, dass du Lokomotivführer werden willst.«

»Ja und? Ist es verboten, Zukunftspläne zu haben? Es muss ja nicht jeder hier auf der Alb versauern so wie ihr.« Anton sprach mit mehr Überzeugung, als er verspürte. Es nutzte nichts, sich etwas vorzumachen – das Versauern hatte längst begonnen. Während seine Schulkameraden in den Webereien und Wäschefabriken eine Lehre machten, war er dazu verdammt, Erbrochenes wegzuputzen.

»Zukunftspläne?« Seine Mutter schnaubte. »Träumereien nenne ich das. Wie kommst du darauf, dass die Welt ausgerechnet auf dich wartet? Da draußen gibt es studierte Leute, kluge Köpfe, da braucht's einen wie dich gewiss nicht!«

»Studieren hätte ich sehr wohl auch können!«, entgegnete er heftig. »Immerhin hatte ich das beste Zeugnis der ganzen Abschlussklasse.«

»Auf einer Dorfschule, was ist das schon wert...« Karolina winkte ab.

Antons Schultern sackten nach unten, seine Magengegend fühlte sich so wund an, als habe er einen Schlag verpasst bekommen. Eigentlich hätten die geringschätzigen Reden seiner Mutter ihm nichts mehr ausmachen dürfen. In Karolinas Augen waren alle Männer dieser Welt Faulpelze, Dummköpfe und Tunichtgute.

Aber verflixt, er war doch ihr Sohn! Warum konnte sie nicht wenigstens ihn außen vor lassen bei ihrem Hass auf die Männerwelt? Hätte sie nicht einmal etwas sagen können wie: »Wenn du hier wirklich so unglücklich bist, dann geh deinen Weg! Mit Gottes Segen und dem meinen.« Vielleicht hätte er sich dann tatsächlich getraut, die Fesseln zu sprengen.

»Ich mache hinterm Haus sauber«, sagte seine Mutter mit Märtyrerstimme und hielt ihm einen Einkaufszettel hin. »Geh du wenigstens in Helenes Laden!«

16. Kapitel

Jedes bisschen Wärme, das der Herd abgab, wie ein Schwamm aufsaugend, stand Eveline da und kochte Schwarzen Brei. Der Geruch des im langen Winter muffig gewordenen Dinkels stieg ihr in die Nase, angeekelt wendete sie sich ab. An manchen Tagen hatte sie Mühe, auch nur einen Löffel von dem Brei herunterzubekommen. Aber sie musste essen, um bei Kräften zu bleiben. Angewidert stellte sie den Topf zum Abkühlen zur Seite.

An ihrem Esstisch saß Edelgard Merkle, die auf einem Handwagen ihre Nähmaschine mitgebracht hatte und an einer Jacke für Eves Sohn Alexander arbeitete. Die Nähmaschine hatte Paul, Edelgards ältester Sohn, ihr geschenkt, erzählte Edelgard jedem, der es hören wollte oder auch nicht. Seitdem verdiente sie sich mit solchen Näharbeiten ihren Lebensunterhalt, und das ganz gut, denn sie war die Einzige im Dorf – von den Fabrikbesitzern abgesehen –, die eine Nähmaschine ihr Eigen nannte.

Eveline setzte sich und begann, die Stoffreste, die beim Zuschnitt der Jacke angefallen waren, durchzusehen. Jeden Flicken, der größer als eine Handfläche war, legte sie für spätere Zwecke zur Seite. Über die

Nähmaschine hinweg fing sie Edelgards wohlwollenden Blick auf. Ja, Sparsamkeit war eine Tugend hier im Dorf!

Eveline warf den beiden Kleinen, die am Boden saßen und ihre Hausaufgaben machten, einen kurzen Blick zu. Alexander, ihr ältester Sohn, saß auf der Fensterbank und malte, seine Wangen glühten, er schien tief in seine Arbeit versunken. Eine Woge Mutterliebe durchflutete sie.

Edelgard schaute auf und folgte Evelines Blick.

»Junge, du bekommst noch mal einen Buckel vom vielen Malen! Und was ist dann mit der Jacke?« Die alte Näherin lachte.

Eveline hingegen versetzte die Bemerkung einen Stich. Sie wusste, dass Edelgard es nicht böse meinte. Aber warum konnte nicht einmal jemand sagen, wie schön Alexanders Malereien waren? Einmal ein Lob! Nur einmal ein freundliches Wort – war das zu viel verlangt?

»Mein Alexander ist sehr künstlerisch veranlagt. Und ich finde es wichtig, dass Kinder sich entfalten können«, sagte sie spröde.

Edelgard lachte. »Wem sagst du das? Schau dir nur meine zwei Söhne an – der eine hat sich zum Assistenten vom Herrn Gehringer hochgearbeitet. Und mein Johann…« Ihr Lächeln wurde wehmütig. »Du weißt ja.«

Eveline presste die Lippen aufeinander. Anderswo waren die Wiesen immer grüner, dachte sie bitter.

»Sobald ich die zugeschnittenen Teile versäubert und zusammengesteckt habe, muss Alexander aber die Jacke anprobieren. Falls wir ihn dafür stören dürfen«, sagte Edelgard mit liebevoller Ironie.

Unsicher schaute der Junge von einer Frau zur andern.

»Mal ruhig weiter, ich sage dir, wenn wir dich brauchen«, bemerkte Eveline sanft, dann nahm sie ihre am Vortag angefangene Stickarbeit auf. Während Edelgards Maschine surrte und ihre eigene Nadel mit dem glänzenden Stickgarn immer und immer wieder durch den Batist stieß, spürte sie, dass ihre Gedanken davonflogen wie kleine Vögel.

Ihre Mutter hatte auch eine Nähmaschine besessen, das neueste Singer-Modell. Ihre Garderobe hatte die Unternehmergattin sich natürlich von den feinsten Modeateliers von Chemnitz schneidern lassen. Sie hatte nur aus Spaß genäht – Spitzenvorhänge, Tischdecken und aufwändig verzierte Kissen –, und ihrer Tochter hatte sie das Nähen ebenfalls beigebracht. Bald war ihr Salon ausstaffiert gewesen wie der einer Königin!

Wenn die Mutter wüsste, dass sie, Eveline, so arm war, dass eine eigene Nähmaschine ihre Möglichkeiten völlig überstieg... Allein der Gedanke war unvorstellbar und so demütigend, dass Eve schamvoll die Augen zusammenkniff, als könne sie so der eigenen Misere entfliehen.

Distanziert und befremdet zugleich ließ Eveline ihren Blick durch ihr Zuhause schweifen, als könne sie selbst nach all den Jahren immer noch nicht glauben, hier gelandet zu sein.

Der längliche Raum, in dem sie sich befanden, war der einzige im ganzen Erdgeschoss. Links und rechts von der Eingangstür befanden sich zwei Fenster, durch die leidlich viel Licht fiel. An der hinteren Rückwand stand der Herd, hier bereitete Eveline alle Speisen zu.

Der Esstisch, an dem die Familie ihre Mahlzeiten ein-
nahm, stand rechts hinter der Tür. Hier bestickte Eve
die Paradekissen für Herrmann Gehringer. Und wenn
sie gerade nicht dort arbeitete, machten die Kinder
ihre Hausaufgaben am Esstisch, oder Klaus reparierte
dort schadhafte Ackerwerkzeuge. An der Wand war mit
einem Lederriemen eine Blechwanne befestigt. Einmal
in der Woche – immer samstags – wurde die Wanne von
der Wand genommen. Dann kochte Eveline Topf für
Topf heißes Wasser zum Baden. Auch wenn die Arbeit
mühevoll war, waren diese Stunden für sie die schönsten der ganzen Woche. Beim Baden konnte sie sich ohne
schlechtes Gewissen ihren Kindern widmen. Sie konnten miteinander lachen und singen, ohne dass die Zeit
vergeudet war. Und sie hatte Zeit für kleine liebevolle
Gesten, was im Alltag oft unmöglich war. Und wenn am
Ende sie selbst mit Baden an der Reihe war, brachte
sie zwei weitere Töpfe Wasser zum Kochen, um die lauwarme und schmierig gewordene Brühe wieder ein
wenig wärmer und appetitlicher zu machen. Wenn sie
dann in der Wanne lag, die Beine eng an den Leib an-
gewinkelt, und die Augen schloss, konnte sie sich einbilden, es sei fast wie früher, als Bedienstete ihr ein
wohlduftendes Bad bereitet hatten, wann immer ihr der
Sinn danach stand. Sie, die Tochter des Großindustriel-
len Karl-Otto Hoffmeister und seiner Frau Berta, hatte
nur mit den Fingern schnipsen müssen, und schon war
ihr jeder Wunsch erfüllt worden.

Eveline blinzelte und fragte sich wie so oft: Hatte sie
das »Damals« nur geträumt? Oder war vielmehr ihr jet-
ziges Leben ein schlechter Traum? Vielleicht würde sie
eines Tages aufwachen und feststellen, dass alles doch

143

ganz anders war? Unwillig schüttelte sie den Kopf, um sich von den verwirrenden Gedanken zu befreien.

Ihr Blick schweifte weiter zu dem Regal links vom Herd, in dem sie eigentlich ihre Lebensmittel aufbewahrten. Doch auf allen Brettern herrschte gähnende Leere. Eine Speisekammer hatten sie nicht, nicht mal einen Keller, in dem sie Kraut und Rüben hätten lagern können. Dafür gab es im linken Teil des Raumes eine Falltür, die man öffnen konnte. Durch ein enges Viereck gelangte man mittels einer Holzleiter hinab in »das Herzstück eines jeden Weberhauses«, wie Klaus ihr stolz erklärt hatte, nachdem er sie als junge Braut das erste Mal über die Schwelle trug. In der »Dunk« – Eveline nahm an, der Name rührte daher, dass es in diesem Verlies sehr dunkel war – stand ein riesiger Webstuhl, an dem zuletzt Klaus' Vater gesessen hatte, und der war seit zwanzig Jahren tot. Immer wieder hatte Eveline ihren Mann gebeten, die Dunk als Speisekeller und Lager für dies und das nutzen zu dürfen. Doch Klaus wollte »die alte Ordnung« nicht stören. Dass es angesichts der drangvollen Enge dafür im ganzen Haus unordentlich war, schien ihn nicht zu stören.

Eveline seufzte schwer auf. Über ihre Näharbeit hinweg warf Edelgard ihr einen wissenden Blick zu. Die Kinder am Boden rührten sich nicht. Es hätte sie eher verwundert, die Mutter lachen zu hören.

In den oberen Stock führte eine schmale, unebene Treppe, vor der Eve auch nach all den Jahren noch Angst hatte. Immer wieder kam es vor, dass sie oder eins der Kinder eine Stufe nicht genau trafen und ins Straucheln gerieten. Erst letzte Woche war die kleine Erika die Treppe hinabgestürzt und hatte sich den

Knöchel verstaucht. Im oberen Stockwerk lagen das Elternschlafzimmer und der Raum, in dem die Kinder schliefen. Im Augenblick hatte Alexander sogar ein Bett für sich, während seine beiden jüngeren Schwestern sich eines teilten.

Einen Moment lang schloss Eve die Augen, ihre rechte Hand mit der Nadel hielt mitten in der Bewegung inne. Sich einfach ins Bett legen, die Decke über den Kopf ziehen und alle Sorgen vergessen – wie schön wäre das! Stattdessen plagte sie die Frage, wie sie ihre Familie satt bekommen sollte, nun, wo nach dem langen Winter fast keine Lebensmittel mehr vorrätig waren. Und dann war da noch der Gedanke an die Heimarbeit, mit der sie im Verzug war, weil sie in den Tagen nach dem Tod ihrer Kleinsten nicht richtig hatte arbeiten können. Die Paradekissen, die sie besticken musste, stapelten sich im Korb so hoch wie noch nie. Und zu all dem kam die Beklemmnis, wenn sie an ihren Ehemann dachte …

»Und wie geht es Klaus?«, fragte Edelgard in dem Moment, als könne sie Gedanken lesen.

»Wie es halt so geht«, antwortete Eve ausweichend. Es tat nicht not herumzuerzählen, dass Klaus' Schwermut immer schlimmer wurde. Dass es Tage gab, an denen er kaum ein Wort sprach. Dass sie morgens mit aller Kraft an seinem Arm rütteln musste, um ihn wach und aus dem Bett zu bekommen. Küsse? Berührungen? Nächte, in denen aus zwei Körpern einer wurde? Diese Momente kamen nur noch selten vor.

»Es wird höchste Zeit, dass der Winter endlich vorbei ist«, sagte Edelgard heftig. »Dieses Jahr ist die Schwermut in vielen Häusern zu Gast.«

Es war nicht nur der Winter, der Klaus zu schaffen

machte, dachte Eveline bei sich. Klaus' Trübsinn war mit dem Tod ihres ersten Sohnes ausgebrochen, und der war einst an einem heißen Augusttag gestorben. Ein Sohn. Ihr erster Sohn. Würde er leben, wäre er nur ein Jahr älter als Alexander. Sie war jung gewesen und hatte diesen Verlust zu ihrem Erstaunen einigermaßen gut verschmerzt. Totgeburten kamen nun einmal vor, auch in ihren Kreisen hatte man einst hinter vorgehaltener Hand darüber getuschelt. Sie war jung, das nächste Kind würde sie gewiss austragen!

Klaus hingegen hatte den Tod des Neugeborenen nicht verwunden. »In diesem Haus tanzt der Teufel«, hatte er immer wieder gesagt. »Schon meiner Mutter sind die Kinder hier weggestorben. Hätte ich dich nur nicht hierhergebracht. Was habe ich getan?« Wochenlang hatte er sich auf diese Art selbst zerfleischt. Auf den Gedanken, dass auch sie ein wenig Trost nötig gehabt hätte, kam er nicht. Der Teufel im Haus? Eveline hatte alle Mühe gehabt, sich von seinen Reden nicht bange machen zu lassen. Als dann ein gutes Jahr später Alexander auf die Welt kam, war sie sehr erleichtert gewesen. Klaus hingegen war sonderlich geblieben. Manchmal schaute er sich um, als frage er sich tief drinnen: Was mache ich hier eigentlich? Genau betrachtet erging es ihm da nicht viel anders als ihr.

Eveline holte Luft, vom vielen Nachdenken wurde ihr die Kehle eng. »Der späte Schnee gewährt einem wenigstens noch eine kleine Atempause. Wenn er weg ist, heißt es wieder, ein Dutzend Dinge auf einmal unter einen Hut zu bringen: die Heimarbeit, die Hausarbeit, das Ackern auf den Feldern ...« Erneut fiel ihr Blick auf den übervollen Korb mit Weißzeug. Wenn sie von jetzt an täglich eine Stunde früher aufstand, war es dann zu schaffen? Sie brauchten das Geld doch so dringend, nun, da Alexanders Konfirmation anstand! Und das Geld für Edelgards Dienste hatte sie auch noch nicht ganz zusammen.

Die Näherin hatte in der Zwischenzeit Alexander zu sich gerufen und ihm vorsichtig die mit Nadeln zusammengehaltene Jacke übergestreift. Die Arme in die Hüften gestemmt, schaute sie den Jungen an. »Wie ich es befürchtet habe – der Stoff von Klaus' alter Weste hat nicht ausgereicht, die Ärmel sind zu kurz. Jetzt muss ich doch eine Blende aus diesem karierten Stoffrest hier anbringen. Ach Junge, was musstest du im letzten halben Jahr auch so in die Höhe schießen!« Halb belustigt, halb verärgert, versetzte die Näherin Alexander eine leichte Kopfnuss.

Eine karierte Blende an einer schwarzen Jacke? Na, das würde ja hässlich aussehen, ärgerte sich Eveline. Wie gern hätte sie es wenigstens einmal schön gehabt! Ein wenig Stil – war das zu viel verlangt?

»Ich möchte wirklich wissen, warum der Pfarrer überhaupt darauf besteht, dass die Buben dunkle Anzüge tragen. Weißes Leinen haben wir alle im Überfluss, aber wer hat schon schwarzen Stoff zu Hause?«, sagte sie wütend.

Edelgard lachte. »Du kommst auf Ideen!« Sie kramte in ihrer Tasche und holte eine Blechdose heraus. »Kommt her, Kinder, jetzt gibt's erst mal einen feinen Keks! Wer so fleißig Schulaufgaben macht, hat eine Belohnung verdient, gell, Marianne?« Liebevoll strich sie der Achtjährigen über den Kopf und flüsterte ihr etwas ins Ohr, woraufhin beide loslachten.

Eveline verzog das Gesicht. Seit Edelgard Witwe war, hatte sie stets ein Lächeln im Gesicht. Als hätte man ihr ein neues Leben geschenkt. Gegen ein neues Leben hätte sie auch nichts einzuwenden, dachte Eveline und beobachtete eifersüchtig, wie die alte Näherin Marianne aus einem Stoffrest eine Schleife ins Haar knüpfte. Dann würde sie auch Kekse und Liebe verteilen, statt über eine Stickerei gebeugt zu sitzen. Hätte *sie* Marianne die Schleife ins Haar gemacht, wäre sie viel gleichmäßiger geworden!

»Im Winter sind's die Kälte und die Dunkelheit, im Frühjahr die Steine im Acker, die uns das Leben schwer machen«, sagte Edelgard. »Wie oft denk ich, da hat's mein Johann doch recht gemacht, als er vor sieben Jahren nach Amerika aufbrach.«

Johann Merkle... Ein kleiner Stich fuhr durch Evelines Herz, wie immer, wenn sein Name fiel oder sie an ihn denken musste.

Bilder tauchten vor ihrem inneren Auge auf. Ein Männergesicht, so ganz anders als das der meisten. Feiner, weicher, und dennoch eine innere Stärke ausstrahlend. Braune Augen, die einen wahrnahmen, anstatt über einen hinwegzusehen. Der Mund, eine Spur zu groß, aber für einen Mann, der nur Kluges zu sagen hatte, genau richtig. Und dann die dunkelbraunen, widerspenstigen Locken... Wenn sie die Augen schloss, konnte sie spüren, wie sich sein Haar unter ihrer Haut anfühlte. Johann... War auch er nur ein Traum gewesen?

Abrupt stand Eveline auf und ging zum Fenster. Wenn jetzt Hannes um die Ecke käme... Doch statt Edelgards Sohn erblickte Eveline eine fremde Frau, die vor lauter schwerem Gepäck ganz krumm lief. Eine Hausiererin?

Dafür war sie viel zu fein herausgeputzt, wie eine richtige Madame. Unsicher schaute die Fremde sich um, als könne sie nicht ganz glauben, wo sie gelandet war.

Der elegante Wintermantel, der lederne Koffer, die kunstvolle Hochsteckfrisur... Auf einmal hatte Eveline das Gefühl, in der Frau sich selbst zu sehen, damals, als sie Laichingen das erste Mal erblickt hatte. Und sie spürte wie damals ihre Fassungslosigkeit ob der Armut und Schlichtheit des Dorfes.

Geh wieder! Renn, so schnell du kannst! Und nimm den nächsten Zug!, wollte Eveline der Fremden zurufen. Du gehörst genauso wenig hierher wie ich.

»Was lugst du so naseweise aus dem Fenster?«, fragte Edelgard, die sich zu ihr gesellt hatte.

Eveline wies in Richtung der Fremden. »Weißt du, wer das ist?«

»Das könnte Josef Stöckles Verwandte sein. Luise hat erzählt, dass ihr Josefs Schwester aus Esslingen geschrieben hat. Scheinbar will endlich jemand kommen, um bei dem alten Mann nach dem Rechten zu sehen.«

Tatsächlich verließ die Frau die enge Straße in Richtung Marktplatz, wo das Haus des Fotografen lag.

Und Eveline wusste instinktiv, dass es auch für diese junge Frau kein Entrinnen geben würde.

17. Kapitel

Als Mimi die Tür zu dem kleinen Kolonialwarenladen, der dem Ladenschild nach einer Helene gehörte, aufstieß, kam ihr eine Woge unterschiedlichster Gerüche entgegen. Der Duft von frischem Brot, die Säure von eingelegten Gurken, die Würze von geräuchtem Speck. Mimis Magen grummelte noch lauter. Gestern Abend in der kleinen Weinstube mit Hannes hatte sie vor lauter Aufregung nichts essen können. Und auch heute früh war ihr Appetit noch nicht zurückgekommen, zu sehr waren ihre Gedanken immer wieder zu dem gewandert, was hätte sein können.

Der Laden war voll, mindestens ein halbes Dutzend Frauen warteten darauf, von Helene bedient zu werden. Unter ihren Mänteln lugten Kittelschürzen hervor, und Kopftücher bedeckten ihre Häupter. Bei Mimis Eintreten verstummten die Gespräche kurz, die Frauen warfen ihr teils neugierige, teils misstrauische Blicke zu. Keine Angst, ich tue euch nichts, lag es Mimi auf der Zunge zu sagen, stattdessen wünschte sie einen guten Tag und stellte sich am Ende der Schlange an. Die Frauen nahmen ihre Gespräche wieder auf. Mimi, die dem schwäbischen Dialekt nicht folgen konnte, schaute sich um. Säcke mit Mehl, Zucker und Salz. Körbe mit Eiern und Kartoffeln. In einem Regal lagen Rüben, verrunzelte Kohlköpfe und Pastinaken. Viel gab es nicht bei Frau Helene. Und manches sah aus, als läge es schon lange herum. Olgabrezeln würde sie hier vermutlich nicht bekommen, dachte Mimi gerade, als die Ladentür aufging und ein junger Bursche mit breiten Schultern hereinkam. Die Frauen unterbrachen ihre Gespräche erneut, nickten ihm kurz zu, während er sich hinter Mimi stellte. Sie lächelte ihm zu, doch er verzog keine Miene.

Kundinnen gingen, neue kamen hinzu. Nach einer Viertelstunde war sie endlich an der Reihe. »Guten Tag, ich hätte gern ein wenig Gebäck«, sagte sie.

Die Ladenbesitzerin – zumindest nahm Mimi an, dass es sich um Helene handelte –, griff nach einer alten Blechdose, die zusammen mit anderen im Regal stand. »Ich habe Kekse, Zuckerbrot und Mandelkipferl.«

Mimi überlegte noch, was sie nehmen sollte, als die Tür erneut ruckartig aufgestoßen wurde. Ein eiskalter Windhauch kam herein und mit ihm ein gut gekleideter Herr in Anzug, Mantel und Zylinderhut. Die Gespräche verstummten abermals.

»Guten Morgen, die Damen«, grüßte der Mann mit sonorer Stimme. Den Jungen schien er nicht wahrzunehmen.

Die Frauen, die hinter ihm anstanden, traten eilig zur Seite, um den Mann nach vorn durchzulassen.

Helene, die gerade noch stolz ihre Gebäckdose präsentiert hatte, würdigte Mimi keines weiteren Blickes. »Was für eine seltene Ehre! Guten Morgen, Herr Gehringer, was darf es sein?« Sie lächelte den Mann an.

»Schokolade! Feinste Herrenschokolade brauche ich!«
Was war denn das? Mimi war fassungslos. Sie räusperte sich laut. »Entschuldigen Sie, aber jetzt bin ich an
der Reihe. Das Ende der Schlange ist da hinten«, sagte
sie und zeigte hinter sich.

Unruhe kam auf, leises Gezischel, jemand atmete erschrocken ein.

»Keine Sorge, junge Frau«, sagte der Mann und lüpfte
seinen Zylinder, »es geht ganz schnell. Helene, und ich
brauche ein bisschen Gebäck, das feinste, was Sie haben!«

Mimi stieg vor Zorn die Röte ins Gesicht. »Sich einfach vordrängeln – unhöflicher geht's wirklich nicht ...«
Wütend beobachtete sie, wie der Mann in Seelenruhe
drei Schokoladentafeln wählte.

»Das ist Herr Gehringer«, raunte der junge Mann ihr
ins Ohr, als würde das alles erklären.

»Ach, und deswegen muss er sich nicht hinten anstellen? Das ist doch ein Gebot der Höflichkeit«, flüsterte
Mimi zurück.

Solche Typen gab es in jedem Ort, dachte Mimi grimmig, während sie wartete, bis sie erneut an die Reihe
kam. Bürgermeister, Schullehrer, Fabrikbesitzer – Männer, die glaubten, durch ihre Position und ihre Macht
die andern steuern zu können. Die auch glaubten, dass
alles ihnen gehöre. Die sich nicht austauschten mit anderen, sondern alles mit sich selbst ausmachten. Von
dieser Eigenbrötlerei rührten die harten Linien in den
Mienen solcher Männer her, der bittere Zug um den
Mund, die tiefen Furchen auf der Stirn. Wenn Mimi
einen dieser Herren vor der Kamera hatte – natürlich
in herrschaftlicher Pose mit Spazierstock und Zylin-

152

der –, machte sie sich im Anschluss daran nur selten die Mühe, die harten Linien wegzuretuschieren. Den meisten fiel die Härte und Kälte in ihrem Gesicht gar nicht auf, oder sie waren stolz auf das »Machtvolle«, das sie ihrer Ansicht nach ausstrahlten.

Mimi warf dem Mann, der mit einem liebevoll von Helene eingepackten Gebäckteller den Laden verließ, einen letzten wütenden Blick zu. Dass die Herren Gehringers dieser Welt glaubten, ihre Zeit sei wertvoller als die der andern, war wirklich eine Unverschämtheit!

Fasziniert hatte Anton den Wortwechsel verfolgt. Wer war diese Frau? Und was machte sie hier, in Helenes kleinem Laden? Eine Dame von Welt verirrte sich doch nicht zufällig nach Laichingen. Bei ihnen im Ochsen war so eine elegante Erscheinung jedenfalls noch nie zu Gast gewesen. Die Ehefrauen der Webereibesitzer, die sonntagmittags manchmal zum Essen kamen, wollten zwar auch immer vornehm tun, aber dann packten sie Messer und Gabel an, als wären es Harke und Schaufel auf dem Acker.

Als die Fremde kurz darauf mit etwas Gebäck den Laden verließ, folgte Anton ihr reflexartig – die Kartoffeln für seine Mutter konnte er auch später noch kaufen. Wahrscheinlich war die Frau nur auf der Durchreise und konnte es kaum erwarten, wieder wegzukommen – wenn es ihm jetzt nicht gelang, ein paar Worte mit ihr zu wechseln, dann nie! Und er, Anton Schaufler, wollte aber keine Chance verpassen, den Duft der weiten Welt zu inhalieren.

Die Frau stand mit ihrem Gepäck inzwischen mitten auf dem Marktplatz und schaute sich ratlos um.

»Kann ich Ihnen irgendwie helfen?«, fragte er, als er bei ihr war. Sogleich hüllte ihn erneut ihr Duft ein, den er schon im Laden von Helene wahrgenommen hatte. War es ein Parfüm? Oder eine Pomade für Damen? Die Haare der Frau glänzten jedenfalls wie blank poliertes Edelholz, dachte Anton bewundernd. Und wie exakt sie diese zu einer Hochsteckfrisur frisiert hatte. Kein Härchen, keine Haarsträhne wagte es, sich daraus zu lösen. Eine elegant geschwungene silberfarbene Haarnadel trug sie zum Schmuck. Anton musste dem Impuls widerstehen, die schöne Nadel zu berühren. Bestimmt war sie sehr wertvoll.

»Ich suche das Haus meines Onkels Josef Stöckle, meine Mutter meinte, er wohne am Marktplatz, aber wo?«

Anton lächelte. »Nichts einfacher als das – gnädige Frau, Sie stehen direkt davor!« Mit einer einladenden Geste zeigte er auf das Haus hinter ihr.

Stirnrunzelnd drehte die Fremde sich um und versteinerte.

Unwillkürlich versuchte Anton, das Haus mit ihren Augen zu betrachten. Es war ein solides Gebäude, errichtet aus einem grauen, unregelmäßigen Tuffstein. Sein Dach war mit Tonschindeln gedeckt, nicht mit Stroh wie der Rest der Häuser in der Umgebung. Es war außerdem wesentlich größer als die umliegenden Häuser. Im Laufe der Jahre hatte sich der Ruß der umliegenden Kamine an der Fassade festgesetzt, was dem Haus einen etwas heruntergekommenen Eindruck verlieh. Dieser wurde noch dadurch verstärkt, dass die komplette Fensterfront mit alten Zeitungen zugeklebt war. Irgendwie wirkte das Haus verlassen, ja leblos, dachte er und schämte sich fast ein bisschen dafür.

»Verzeihen Sie, aber da verwechseln Sie etwas.« Die Fremde lachte verwirrt auf. »Ich meine Josef Stöckle, den Fotografen! Er hat ein großes Fotoatelier hier in Laichingen.«

»Das Fotoatelier liegt im Garten hinter dem Haus. Und die Haustür befindet sich ebenfalls an der Rückseite des Hauses. Hier kommen Sie nicht herein, das Ladengeschäft ist nämlich schon seit einiger Zeit geschlossen.«

Ungläubig schaute die Fremde erst das verrammelte Haus, dann ihn an. »Aber … ich verstehe nicht …«

Allem Anschein nach hatte sie etwas ganz anderes erwartet, dachte Anton. In einer spontanen Geste reichte er der Fremden seinen Arm. »Kommen Sie, ich führe Sie zur Haustür! Drinnen ist es sehr schön«, sagte er in aufmunterndem Ton.

Zaghaft legte sie eine Hand auf seinen rechten Arm. Und Anton fühlte sich auf einmal wie ein feiner Herr. Gemeinsam bogen sie in die schmale Gasse rechts vom Haus ein.

»Mein Name ist übrigens Anton Schaufler, ich bin der Sohn vom Ochsen-Wirt. Als es Ihrem Onkel noch gut ging, war er oft Gast bei uns drüben im Wirtshaus.« Zu seinem Bedauern hatten sie die Haustür schon erreicht. »Licht brennt, also ist Ihr Onkel da«, konstatierte er nach einem Blick auf die gardinenverhangenen Fenster des oberen Stockwerks. »Ihr Onkel wird sich bestimmt sehr freuen, Sie zu sehen. Und falls Sie etwas brauchen – ich bin fast immer im Ochsen anzutreffen.«

Als es Ihrem Onkel noch gut ging ... Der gutaussehende und freundliche junge Bursche war längst weg, als seine Worte Mimi noch immer im Ohr hallten. Und wie geht es meinem Onkel heute?, hätte sie den Gastwirtssohn am liebsten gefragt. Aber wie hätte das gewirkt? Damit hätte sie ja zugegeben, wie wenig sich die Familie um Josef gekümmert hatte, dachte sie düster.

Statt anzuklopfen, schaute Mimi sich um. So, wie andere Häuser einen kleinen Vorgarten hatten, hatte Onkel Josefs Haus einen rückwärtigen Garten. An dessen Ende waren etliche Gebäude zu sehen. Nachbarhäuser? Oder war eins davon Josefs Atelier? Ein kleiner Trampelpfad im Schnee zeigte, dass erst kürzlich jemand durch den Garten gelaufen war. Josef selbst? Eine Nachbarin?

Mimi holte tief Luft, dann klopfte sie an.

Nichts tat sich.

»Onkel Josef, ich bin's, Mimi!«, rief sie, so laut sie konnte. Gleichzeitig pochte sie mit der Faust gegen die Tür. Was, wenn er doch nicht da war?

Mimi fragte sich gerade, in welchem Haus wohl diese Nachbarin Luise wohnte, als sie von innen ein leises Schlurfen hörte.

»Ja bitte?« Ein blasses Männergesicht lugte misstrauisch durch die nur einen Spaltbreit geöffnete Tür.

»Bitte erschrick nicht, dass ich nach so langer Zeit so einfach hier auftauche ... Ich bin's, Mimi! Zum Essen habe ich auch was mitgebracht.« Verlockend winkte sie mit der Papiertüte aus Helenes Laden.

Das schmale Männergesicht runzelte die Stirn. »Ich kaufe nichts ...«

»Onkel Josef! Ich bin's, Mimi!« Mimis Lachen gefror

auf ihren Lippen. Die Mutter hatte sie doch angekündigt, oder etwa nicht? Oder erkannte er sie nicht mehr? Nach einem langen Moment öffnete sich die Tür.

»Mimi! Kind, was machst du denn hier?« Josef Stöckles Miene verzog sich zu einem ungläubigen Staunen. »Das ist ja eine Freude!« Er taumelte ein wenig, musste sich mit einer Hand an der Wand abstützen.

»Oje, ich wollte dich nicht erschrecken«, sagte Mimi bestürzt. »Hat Mutter dir nicht geschrieben, dass ich komme?«

Der Onkel schaute sie unsicher an. »Ja... Nein. Ach, ich weiß es nicht... Wahrscheinlich schon.« Er schüttelte den Kopf. »Jetzt komm erst mal rein!«

Beklommen folgte Mimi ihrem Onkel ins Haus.

»Ich weiß jetzt gar nicht, was ich sagen soll... Mit deinem Besuch hast du mich völlig überrumpelt. Nicht dass ich mich nicht freue, aber es ist gerade sehr ungeschickt. Ich habe Besuch...«, sagte Josef Stöckle, während er den Gang entlangschlurfte.

Er hatte Besuch? Wie schön, dachte Mimi ermutigt. »Ich bin sozusagen auf der Durchreise und wollte schauen, wie es dir geht.« Wie gebeugt er lief, durchfuhr es sie. Und sein einstmals dunkelbraunes Haar war schlohweiß! »Ich will dir keine Umstände machen, du weißt doch, dass ich unkompliziert bin«, fügte sie mit übertrieben leichtem Ton hinzu.

Der Onkel warf ihr über die Schulter hinweg einen skeptischen Blick zu. »Das sagen alle.«

»Na, eine Tasse Tee wirst du ja wohl für mich haben!« Lächelnd folgte Mimi ihm in die Küche. Im nächsten Moment traf sie fast der Schlag.

»Sie?« Wie ein Fremdkörper saß dieser Mann an Josefs

Küchentisch, der sich vorhin in dem Laden so unverschämt vorgedrängelt hatte. Auf dem Tisch lag die Schokolade, die er in aller Eile gekauft hatte.

Josef Stöckle schaute von einem zum andern.

»Ihr kennt euch?«

Mimi schüttelte verwirrt den Kopf.

»Darf ich vorstellen: Minna Reventlow, meine Nichte. Sie ist Fotografin. Und das hier ist der verehrte Herr Gehringer. Er hat mir gerade ein interessantes Angebot unterbreitet.«

»Ach ja?«, sagte Mimi spröde. Unwillkürlich spürte sie tiefes Misstrauen in sich aufsteigen. Gleichgültig, worum es ging – dem Kerl traute sie jederzeit zu, dass er ihren Onkel übers Ohr hauen konnte.

Der Mann warf ihr einen feindseligen Blick zu, dann wandte er sich wieder an Josef, und seine Miene wurde sofort wieder liebenswürdig und gewinnend, als er sagte: »Ihr Ladengeschäft ist genau das, was ich suche. Und die Mieteinkünfte kommen Ihnen gewiss gelegen...« Er zog seinen Schal enger um sich und fröstelte in übertriebener Art.

Mimi, der selbst eiskalt war, funkelte ihn wütend an. Der Mann tat ja gerade so, als würde Josef am Hungertuch nagen!

Doch Josefs Augen leuchteten. »Ab wann würden Sie den Laden denn mieten wollen?«

»So schnell wie möglich«, sagte der Mann. »Sie müssen lediglich noch hier unterschreiben...« Mit einem goldenen Federhalter zeigte er auf ein Blatt Papier.

Mimi, die dem Dialog bisher schweigend gefolgt war, räusperte sich. »Verzeihen Sie, wenn ich Ihre geschäftliche Verhandlung unterbreche. Aber mein Onkel möchte sich den Vertrag bestimmt in aller Ruhe durchlesen, bevor er ihn unterschreibt, nicht wahr, Josef?« Sie lächelte den Mann übertrieben freundlich an. »Vielleicht kann ich ihm auch beratend zur Seite stehen?« Jetzt sind wir quitt, dachte sie zufrieden, als sie den fuchsteufelswilden Blick des Mannes bemerkte.

18. Kapitel

»Kind, bist du von allen guten Geistern verlassen? Was sollte das gerade?«, fragte Josef Stöckle, kaum dass sie allein waren.

Mimi verzog den Mund. »Tut mir leid, das war vielleicht wirklich ein wenig forsch von mir.« Welcher Teufel hatte sie gerade geritten?, fragte sie sich, sich so einzumischen stand ihr nun wirklich nicht zu. Und bei jedem anderen Besucher hätte sie es wahrscheinlich auch nicht getan...

Josef Stöckle setzte sich zu ihr an den Tisch und schaute sie stirnrunzelnd an. »Ich fasse es nicht!«

Da hatte sie sich ja einen guten Einstand geleistet, dachte Mimi. Zerknirscht erzählte sie von dem Vorfall in Helenes Laden, und zu ihrer Erleichterung zeigte sich auf Josefs Miene ein Schmunzeln.

»Und deshalb hast du dich hier gleich einmischen müssen, ja? Ich kann das Geld, das Gehringer als Ladenmiete bietet, wirklich gut gebrauchen.«

»Dann lass mich wenigstens den Vertrag in Ruhe durchlesen, unterschreiben kannst du auch morgen noch, in Ordnung?«, sagte Mimi.

»Bist du jetzt unter die Advokaten gegangen?«, sagte

er spöttisch und schaute dann neugierig in die Gebäck-
tüte, die Mimi auf den Tisch gelegt hatte.

»Kannst dich ruhig bedienen, ist alles für dich«, sagte
sie. »Mit Verträgen kenne ich mich so wenig aus wie du,
aber mein Gefühl sagt mir, dass man bei einem wie diesem Gehringer aufpassen muss. Außerdem kann ich solche Vordrängler nun mal nicht leiden. Am Bodensee ist
vor ein paar Wochen ein Kind ins Wasser gefallen, nur
weil ein Herr es beim Einsteigen ins Boot nach Kons-
tanz ach so eilig hatte.«

Unauffällig schaute sie sich um, ob irgendwo eine
Flasche Saft oder eine Teekanne herumstanden. Sie
hatte Durst, und kalt war ihr auch immer noch. Eine
Tasse Tee wäre jetzt wunderbar, dachte sie. Doch ihr
Onkel machte keine Anstalten, ihr etwas anzubieten.
Und nach ihrem Auftritt traute sie sich nicht, um etwas
zu trinken zu bitten.

»Die Gefahr besteht ja bei Helene im Laden nicht«,
sagte der Onkel milde. »Als Unternehmer hat Herrmann Gehringer nun mal nicht die Zeit, sich in einer
Schlange anzustellen, das weiß jeder im Ort, und die
Leute nehmen Rücksicht darauf. Gehringer gehört eine
der größten Webereien in Laichingen, er beschäftigt in
seiner Fabrik über fünfzig Leute! Und die Frauen der
Weber arbeiten auch für ihn, sie sticken in Heimarbeit.«

»Und was ist daran so besonders?«

»Besonders ist, dass Gehringer seine Leute auch in
schlechten Zeiten nicht im Stich lässt. Als es vor ein paar
Jahren plötzlich einen Einbruch im Absatz von Leinenwaren gab, ohne dass jemand genau wusste, warum, hat
Gehringer zwar die Kurzarbeit eingeführt, aber entlassen hat er niemanden. Und als die Zeiten wieder besser

wurden, gab's wieder mehr Arbeit für alle. Das rechnen die Leute ihm hoch an! Hier im Dorf muss keiner Angst haben, arbeitslos zu werden. Wenn der Vater beim Gehringer schafft, dann bekommt der Sohn auch Arbeit dort«, sagte der Onkel gewichtig. »Du weißt selbst, was die Industrialisierung mit ihren Maschinen andernorts anrichtet. Arbeitslosigkeit überall, weil seelenlose Maschinen die Arbeit der Menschen übernehmen. In Laichingen hingegen haben sich die Zeiten zum Guten gewandelt. Früher, als die Leute noch in Heimarbeit am Webstuhl saßen, waren sie den so genannten Verlegern, die ihre Ware aufkauften, auf Gedeih und Verderb ausgeliefert. Und diese Herren waren wohl richtige Ganoven, das haben mir gleich mehrere Leute erzählt!«

»Alles schön und gut, aber gibt ihm das das Recht, sich wie ein kleiner König aufzuführen?« Mimi schnaubte. »Ach, ist ja egal!«, winkte sie dann ab. »Sag mir lieber, warum du deinen Laden überhaupt vermieten willst. Allem Anschein nach ist er schon länger geschlossen?« Unwillkürlich dachte sie an die mit alten Zeitungen zugeklebten Fenster.

»Der Laden…« Josef winkte ab. »Wer von mir etwas will, weiß, wo er mich finden kann. Im Atelier nämlich!«

Mimi entspannte sich ein wenig. Nur wenige Fotografen gönnten sich den Luxus eines eigenen Ladengeschäfts. Die meisten verkauften ihre Fotografien, Postkarten und – so sie welche herstellten – lithografischen Produkte direkt im Fotoatelier.

»Könnte ich wohl eine Tasse Tee bekommen?«, brach es schließlich doch aus ihr heraus. Die Küche war geräumig und mit einem großen Herd ausgestattet. Einen weiteren Kachelofen zum Heizen gab es allerdings nicht. Töpfe und Pfannen hingen an eisernen Haken an der Wand, das Steinbecken hatte einen Hahn, der auf fließendes Wasser hindeutete. So einen Luxus gab es sicher nicht in jedem strohgedeckten Haus hier im Ort, dachte Mimi. Aber Josef hatte seiner verstorbenen Frau den Haushalt gewiss so angenehm wie möglich machen wollen.

»Gern! Wärst du so lieb und würdest kurz Feuer machen?«, sagte Josef, während er mit zittriger Hand ein Mandelhörnchen aus der Bäckereitüte nahm.

Wie konnte er mit diesem Zittern eine der Silbertrockenplatten in die Kamera einlegen?, fragte sich Mimi. Auf einmal vermochte sie nur mit Mühe die Tränen zurückhalten. Trotz seines Aufbegehrens wegen ihrer Einmischung wirkte ihr einstmals so starker Onkel jetzt sehr zerbrechlich. Und alt…

»Dann heize ich uns mal ordentlich ein«, sagte sie betont fröhlich und kämpfte weiter gegen den Kloß in ihrem Hals an. Anzündholz und ein paar kleine Holzscheite lagen in einem Korb am Boden. Darin entdeckte Mimi auch Streichhölzer. Ein wenig skeptisch öffnete sie die Ofentür, dann begann sie, das Anzündholz kegelförmig hineinzulegen. Sie glaubte, dies schon einmal bei irgendjemandem beobachtet zu haben – nicht dass sie der Angelegenheit damals viel Aufmerksamkeit gewidmet hätte. Und sie konnte sich nicht daran erinnern, dass sie jemals selbst ein Feuer gemacht hatte. In den Pensionen, in denen sie übernachtete, war so etwas nicht nötig. Und wenn sie Hausgast eines Hoteliers oder Bürgermeisters war, der Fotos von seinem Anwesen oder seinem Ort bei ihr in Auftrag gab, dann hatte sie natürlich auch keinerlei häusliche Pflichten. Trotzdem

gelang es ihr jetzt mit einiger Mühe, den Herd anzufeuern. Dann öffnete sie ein Fach des Küchenschranks
nach dem andern. Schließlich fand sie eine Dose mit un-
definierbaren graugrünen Kräutern. Hoffentlich war
das kein Beifuß für die Weihnachtsgans, dachte sie und
goss eine Handvoll davon mit dem heißen Wasser auf.
Während sie sich länger an der Teekanne zu schaffen
machte, als nötig gewesen wäre, stellte sich allmählich
ein seltsames Gefühl ein. Ein Gefühl, das sie bisher nie
mit ihrem Onkel in Verbindung gebracht hatte: dass sie
ihn beschützen musste.

»Jetzt erzähl aber mal, wie es dir in letzter Zeit ergangen ist. Mutter hat geschrieben, du seist sehr krank gewesen«, sagte Mimi, als sie endlich mit dem warmen
Getränk zusammensaßen.

Der Onkel winkte ab. »Schnee von gestern. Die Lungenentzündung hatte ich im letzten November. Ich fühle
mich längst wieder gut. Sag bloß nicht, du bist gekommen, weil ihr euch Sorgen um mich macht!« Er klang
irritiert.

»Natürlich machen wir uns Sorgen«, sagte Mimi, und
eine Woge rabenschwarzes Gewissen überflutete sie. Sie
nahm seine Hand und drückte sie.

»Papperlapapp, Unkraut vergeht nicht.« Fahrig schob
Josef das zerbröselte Mandelhörnchen auf seinem Teller
hin und her. Gegessen hatte er so gut wie nichts, dabei
bestand er nur noch aus Haut und Knochen! Wie er so
dasaß mit seinen zusammengesackten Schultern, wirkte
er regelrecht geschrumpft. Dabei war Josef immer eine
stattliche Erscheinung gewesen.

Das mulmige Gefühl in Mimis Bauch wurde stärker. Vielleicht war die Lungenentzündung tatsächlich Schnee von gestern, aber auf der Höhe war Josef dennoch nicht. Was genau fehlte ihm? Am besten sprach sie so bald wie möglich mal mit der Nachbarin. Und natürlich mit seinem Arzt! Beide konnten ihr wahrscheinlich mehr zu Josefs Gesundheitszustand sagen als er selbst.

Mimi stand auf und legte ein weiteres Holzscheit in den Herd.

»Kind, sei sparsam! Meine Wintervorräte an Holz sind fast aufgebraucht«, sagte der Onkel besorgt.

»Aber mir ist kalt...«

»Auf der Alb ist es halt einen Kittel kälter als anderswo. Am besten reist du morgen gleich wieder ab. Als Wanderfotografin gehörst du auf die Straße. Du musst die Kundschaft besuchen! Hier bei mir verdienst du kein Geld.« Während er sprach, reichte er ihr eine Decke.

Josef hatte es aber sehr eilig, sie wieder loszuwerden, dachte Mimi stirnrunzelnd, während sie sich die Decke auf den Schoß legte. Erneut nahm sie seine rechte Hand in ihre.

»Ach Josef, es ist einfach schrecklich, dass wir uns aus den Augen verloren haben! Wenn ich ehrlich bin, weiß ich gar nicht, warum es geschehen ist. Die letzten fünf Jahre waren anstrengend. Seit meinem Durchbruch in Baden-Baden war ich ständig ausgebucht, manchmal hätte ich an zwei Orten gleichzeitig sein können! Aber eine Entschuldigung ist das weiß Gott nicht. Eigentlich weiß ich gar nichts über dein Leben hier in Laichingen. Erzähl doch mal, wie haben die Leute dich hier aufgenommen? Ein weitgereister Fotograf in einem so kleinen Ort...«

Ihr Blick fiel auf ein Wandregal, auf dem allerlei Relikte aus den Wanderjahren des Onkels dekoriert waren. Ein Schwarzwälder Bollenhut. Ein Degen, der aussah, als stamme er aus einer mittelalterlichen Burg. Ein Bierkrug vom Münchner Hofbräuhaus. Italienische Fayencen und Körbe, die aussahen, als seien sie ebenfalls in fernen Ländern hergestellt worden.

Der alte Fotograf zuckte mit den Schultern. »Als ich hier gerade angefangen hatte, sind die Leute allein schon aus Neugier zu mir gekommen. So viel Glas, wie ich für mein Atelier habe herankarren lassen, hatten die Laichinger noch nie auf einmal gesehen. Und meine Traudel hat fleißig mitgeholfen. Stell dir vor, bei uns war der Sonntag immer mein Hauptgeschäftstag!«

»Sonntags?«, fragte Mimi erstaunt nach.

»Unter der Woche hatten die Leute vor lauter Arbeit keine Zeit fürs Fotografieren. Einen Pakt mit dem Pfarrer habe ich deswegen schließen müssen. Das waren noch Zeiten…« Der Onkel schüttelte, traurig lächelnd, den Kopf. »Aber der Kundenandrang hat schnell nachgelassen. Die Leute sind arm, das Geld ist in den meisten Haushalten sehr knapp. Für teure Fotografien bleibt da wenig übrig! Sicher, wenn jemand Hochzeit feiert oder eine Taufe, dann kommen sie zu mir, aber ansonsten? Und die feinen Leute hier am Ort, die Herren Unternehmer und ihre Kontoristen, fahren in eine der Städte, wenn sie etwas brauchen.«

Mimi runzelte die Stirn. Hatte er deswegen den Laden geschlossen? »Was hält dich dann noch hier? Mutter würde sich bestimmt sehr freuen, wenn du zu ihr ziehen würdest«, sagte sie mit mehr Überzeugung, als sie empfand. »Das Pfarrhaus ist groß genug.«

»Deine Mutter ist zu Höherem berufen, als sich um ihren alten Bruder zu kümmern«, erwiderte Josef mit leicht ironischem Tonfall. »Nein, nein, meinen Lebensabend verbringe ich hier. Die Laichinger sind zwar ein eigenes Völkchen, aber ich habe sie ins Herz geschlossen. Und meine Nachbarin Luise kümmert sich gut um mich. Mir fehlt es an nichts, richte das deiner Mutter bitte aus! Außerdem... hier in diesem Haus bin ich meiner Traudel noch immer nahe. Ich höre ihre Stimme, ich fühle sie – manchmal, wenn ich den Schrank mit ihren Leinenwaren öffne, kann ich sie sogar noch riechen.« Josefs Augen glänzten.

Mimi verspürte einen Stich im Herzen. Eine Liebe, die Zeit und Raum überwindet... Bei der man sich nahe ist, auch wenn man voneinander getrennt ist. Unwillkürlich erschien vor ihrem inneren Auge das Bild eines Mannes mit wilden Locken und verwegenem Gesichtsausdruck... Wo Hannes wohl inzwischen war? Noch in Ulm? Warum hatte sie ihm nicht gesagt, dass sie nach Laichingen fahren wollte? Sogar Clara Berg hatte sie von Laichingen erzählt, warum also nicht ihm? Rigoros durchgeschnitten hatte sie das Band zwischen ihnen. Aus Angst vor ihren eigenen Gefühlen?

»Jetzt bist du aber an der Reihe«, sagte ihr Onkel bestimmt. »Erzähl, mein Kind, was macht die Liebe? Bereust du es weiterhin nicht, deinen Verlobten damals verlassen zu haben?«

Mimi lachte auf. »Heinrich? O nein, an den habe ich schon seit Ewigkeiten nicht mehr gedacht. Meine Freiheit geht mir über alles. Außerdem – mein Beruf und ein Ehemann – wie sollte das zusammenpassen?«

Josef schaute sie eindringlich an. »Liebes Kind, wenn

man jemanden von Herzen liebt, gelingt einem das Unmögliche!«

»Ich bin zufrieden mit meinem Leben«, sagte sie so leichtherzig wie möglich.

»Zufrieden… Reicht das?« Josef lächelte fragend. »Laufen denn die Geschäfte? Wo warst du in letzter Zeit überall?«

Mimi, froh über den Themenwechsel, erzählte erleichtert: »Den Winter habe ich am milden Bodensee verbracht. Im letzten Herbst war ich in Bad Kissingen, wo sich die Kurgäste so sehr drängelten, dass an manchen Tagen fast kein Durchkommen in den Straßen war. Ich bat den ansässigen Fotografen Herrn Stöckmayer, im Kurgarten neben der Rakoczy-Quelle meine Dienste anbieten zu dürfen. Und dort machte ich nicht nur richtig schöne Fotos, sondern auch gute Umsätze!«

»Von denen du mindestens zwanzig Prozent an Stöckmayer hast abgeben müssen«, sagte der Onkel lakonisch. »Da hatte ich es mit meinem Atelierwagen gut! Ich musste meine Einkünfte mit niemandem teilen.« Er seufzte. »Die Zeiten, als ich mit Grete und dem Sonnenwagen unterwegs war, werde ich nie vergessen. Wen hatte ich nicht alles vor der Linse! Nur eins habe ich nie geschafft: einen König oder Fürsten abzulichten, das hast du mir voraus, Kind! Aber *das* wäre mein Traum gewesen…«

»Ich dachte, dein Atelier hier in Laichingen sei dein Traum«, erwiderte Mimi. Sie hatte nur ganz kurz einen Blick auf das Gebäude im Garten werfen können – sehr imposant hatte es auf den ersten Blick nicht gewirkt.

»Magst du es sehen?« Der Onkel stand so abrupt auf, dass seine Beine an die Tischkante stießen.

»Morgen sehr gern, lass uns jetzt lieber noch ein wenig plaudern«, wiegelte Mimi ab. Jetzt bloß nicht noch einmal durch die Kälte laufen. Sie nahm den Gesprächsfaden wieder auf. »Das Reisen mit kleinem Gepäck hat auch seine Vorteile, selbst wenn es bedeutet, dass ich mich stets mit den ansässigen Fotografen arrangieren muss.«

»Und wo musst du dich als Nächstes *arrangieren*?«, fragte der Onkel mit liebevoll-spöttischem Unterton.

Mimi straffte die Schultern. »In Isny.« Auf den sanften Hügeln der Voralpenlandschaft würde bestimmt schon junges Gras sprießen und die ersten Blumen blühen. Sie konnte es kaum erwarten, den Frühling zurückzubekommen!

»Und wirst du dann auch im Allgäu Kirchtürme und Brücken ins Bild retuschieren, wo es gar keine gibt?«

»Wenn der Kunde es wünscht«, antwortete sie lachend. »Du weißt doch, die Retusche ist meine Spezialität, schließlich hatte ich in dir den besten Meister von allen.« Unwillkürlich lief ihr ein Frösteln über den Rücken. Je länger sie sich in dem Haus aufhielt, desto kälter kam es ihr vor, daran änderte auch das kleine Feuer im Herd nichts.

»Wenn ich nochmal so jung wäre wie du, würde ich weder Menschen noch Landschaften retuschieren, sondern mich den neuen Strömungen in unserem Metier widmen. Was hat sich da in den letzten Jahren nicht alles getan. Dieser Jacob Riis aus Amerika zum Beispiel bildet den Alltag von Menschen sehr realistisch auf seinen Fotografien ab – eine spannende Angelegenheit!«

»Riis? Ist das nicht der Fotograf, der schmutzige Kohlengrubenarbeiter und halb verhungerte Kinder in irgendwelchen Armenvierteln fotografiert?«, fragte Mimi überrascht. »Woher kennst ausgerechnet du ihn?«

»Ich kenne ihn nicht, aber ich habe von ihm gehört.« Josef Stöckle lachte, doch dann ging sein Lachen in einen Hustenanfall über. Kleine Spuckefetzen flogen durch die Luft, unwillkürlich hielt Mimi eine Hand über den Gebäckteller.

Als Josef sich wieder beruhigt hatte, sagte er: »Ich bin zwar alt und wohne in deinen Augen am Ende der Welt, aber ich habe noch immer einige Kontakte in der Fotografenwelt. Wir schreiben uns Briefe, und manchmal bekomme ich auch Alfred Stieglitz' Fotografiemagazin ›Camera Work‹ zugeschickt. In einer der letzten Ausgaben stand nicht nur ein Artikel über Riis, sondern auch über den Berliner Fotograf Heinrich Zille. Er fotografiert ebenfalls im Arbeitermilieu.«

Und warum gaukelst du den Menschen dann den schönen Schein vor? Auf einmal hatte Mimi wieder Hannes' Stimme gestern in der Weinstube im Ohr. Verflixt, warum dachte sie so viel an ihn? Es war eine kurze Begegnung unter Reisenden gewesen, mehr nicht!

»Menschen in ihrem Elend zu fotografieren wäre nichts für mich!«, sagte sie heftig. »Ich empfinde eine sorgsam gestaltete Fotografie als Kunst, so wie ein Gemälde oder eine Oper. Kennst du die so genannten Lichtmaler? Das sind Fotografen, die versuchen, durch die Retusche, aber auch durch das Spiel mit Licht und Schatten eine geradezu malerische Bildwirkung zu erzeugen. Ihre Fotos wirken wie Gemälde. In diese Art der Fotografie würde ich mich gern einarbeiten, aber die meisten Kunden…« Mimi war gerade dabei, sich warm zu reden, als sie merkte, dass ihr Onkel eingenickt war.

Leise stieß er dabei Luft aus, sein Kinn sackte auf seine Brust herab. Mimi legte ihm liebevoll die Decke über die Beine.

Wenn man jemanden von Herzen liebt, gelingt einem das Unmögliche... Gedankenverloren tauchte Mimi eine Teetasse ins lauwarme Spülwasser, nachdem Josef sich zu einem kurzen Nickerchen zurückgezogen hatte. Wie er sie angeschaut hatte bei seiner Rede, fast mitleidig! Oder eher vorwurfsvoll? Gehörte er inzwischen auch zu den Männern, die glaubten, dass eine Frau unbedingt einen Ehering am Finger tragen sollte? Sie kannte ihren Onkel eigentlich als weltoffenen Mann, der...

Ein Klopfen unterbrach Mimis Gedanken. Eilig trocknete sie die Hände ab und ging zur Haustür. Eine ältere Frau in schwarzem Kleid und mit einem Kopftuch auf den grauen Haaren stand davor und hielt ihr einen tiefen Teller hin, in dem eine hellbraune Suppe schwappte.

»Ich bin Luise Neumann, die Nachbarin. Und das hier ist Josefs Abendbrot. Ich hab aber nur Essen für einen gebracht.«

»Das ist kein Problem, ich schmiere mir einfach ein Butterbrot«, sagte Mimi freundlich lächelnd. Den Teller ergriff sie mit der einen Hand, die andere hielt sie der Frau zum Gruß hin. »Ich bin Mimi, Josefs Nichte.«

»Wurde auch Zeit, dass mal jemand nach dem Mann schaut«, sagte die Nachbarin ruppig. »Ihr Onkel braucht morgens seinen heißen Brei und mittags eine Suppe. Die können Sie abends wieder aufwärmen, dann geben Sie ihm noch eine Scheibe Brot oder ein paar Kartoffeln dazu. In seiner Speisekammer leiden allerdings sogar die Mäuse Hunger, Sie müssen also dringend einkaufen gehen! Die Wäsche habe bisher ich für ihn gemacht, aber jetzt, da endlich jemand von der Familie da ist, hat sich das ja erledigt. Einen schönen Abend noch!«

Bevor Mimi auch nur die Gesundheit des Onkels ansprechen konnte, war Luise Neumann wieder fort.

Entgeistert starrte sie der Frau hinterher. Sie hätte noch so viele Fragen gehabt.

19. Kapitel

Anton war gerade dabei, die Treppenstufen vor dem Ochsen zu kehren, als Herrmann Gehringer eintraf. An seiner Seite befand sich wie fast immer sein Lakai Paul Merkle. Als wäre er sein Schatten, dachte Anton abfällig.

Wie grimmig der Unternehmer dreinschaute! Ärgerte er sich etwa immer noch über die Bemerkung von Josef Stöckles Nichte in Helenes Laden? Geschah ihm ganz recht, dass ihm mal jemand Kontra gab.

Hätte man ihn gefragt, welchen der beiden Männer er mehr verabscheute, wäre ihm eine Antwort schwergefallen.

Gehringer war in seinen Augen ein selbstgerechter Mann, der gern alle nach seiner Pfeife tanzen ließ. Und Paul Merkle war der Vater von Christel, seiner – Antons – Liebsten. Wegen ihm konnten Christel und er sich nur heimlich treffen, dabei war sie schon zwanzig Jahre alt und hätte eigentlich selbst entscheiden können, mit wem sie ausging. Aber sie hörte auf das, was der Herr Papa sagte. Und dem war allem Anschein nach ein Gastwirtsohn nicht gut genug. Wahrscheinlich wollte er Christel mit einem Unternehmer verheiraten, womöglich noch mit Gehringer selbst! Der Gedanke machte Anton so wütend, dass er die Zähne aufeinanderbiss, bis der Kiefer schmerzte.

Ohne die beiden Männer zu grüßen oder eines Blickes zu würdigen, hielt Anton ihnen die Tür zum Gasthof auf, und das nur, weil er wusste, dass seine Mutter hinterm Tresen stand und ihn im Auge hatte. Im Hineingehen hörte er Gehringer zu seinem Assistenten sagen: »Just in dem Augenblick, als Josef Stöckle meinen Vertrag unterschreiben wollte, kam seine Nichte daher. Eine vorwitzige Person! Zuvor hat sie mich schon bei Helene abgekanzelt wie einen Schulbuben.«

Mimi Reventlow! Anton grinste. Was hatte Gehringer beim alten Fotografen gewollt, von welchem Vertrag sprach er?, fragte er sich im selben Moment.

»Finde heraus, was die Frau hier will und wie lange sie zu bleiben gedenkt. So eine brauchen wir hier nicht!«, setzte Gehringer sein Gespräch mit Merkle fort, als sei Anton nicht anwesend. »Ich habe keine Lust, meine Pläne bezüglich des Ausstellungsraums wegen ihr auf Eis zu legen.«

Anton räusperte sich.

»Ja?«

»Also ... Es ist so ...« Was er zu tun gedachte, war ihm eigentlich zuwider. Aber er hatte schließlich nur wenige Chancen, aus seinem Leben etwas zu machen! Und er gedachte, jede davon zu nutzen, also gab er sich einen Ruck. »Ich wollte Sie schon lange einmal fragen, ob Sie nicht Arbeit für mich haben. Vielleicht als Aufpasser in der Fabrik? Oder als Verkäufer für die Leinenwaren. Oder als Einkäufer für die Rohstoffe. Rechnen und schreiben kann ich gut, und ich bin mir auch für nichts zu schade. Alles Weitere kann ich erlernen.«

Gönnerhaft tätschelte Gehringer ihm die Schulter. »Junge, für Kindereien habe ich heute weiß Gott keine Zeit. Jetzt bringst du uns erst einmal zwei Bier und einen Teller Suppe, und zwar flott!«

Der Lakai lachte spöttisch.

Als Mimi am nächsten Morgen aufwachte, wusste sie einen Moment lang nicht, wo sie war. Ihre Augen waren verklebt, und sie hatte Mühe, sie zu öffnen. Ihre Glieder waren vor Kälte steif, und sie fühlte sich beengt und unwohl. Als sie an sich hinabsah, erkannte sie, dass sich die Strickjacke, die sie in der Nacht vor lauter Frieren übers Nachthemd gezogen hatte, wie eine Zwangsjacke um ihren Leib wickelte. Mit steifen Bewegungen zupfte Mimi Jacke und Nachthemd glatt, ehe ihr Magen ein lautes Grummeln von sich gab. Sie konnte sich nicht daran erinnern, wann sie das letzte Mal so einen Hunger gehabt hatte! Jetzt ein gekochtes Ei und ein Schinkenbrot... Sehnsüchtig dachte sie an ihre Pension am Bodensee, wo die Wirtin sich jeden Morgen viel Mühe mit dem Frühstück gemacht hatte. Doch Luise Neumann hatte mit ihren Worten über Josefs Speisekammer nicht übertrieben – es war nicht das kleinste bisschen Essbares im Haus. Vor lauter Hunger hatte Mimi am Abend noch zwei Kekse gegessen, dabei waren sie doch eigentlich ein Mitbringsel für Josef gewesen.

Stöhnend schwang Mimi ihre Beine aus dem Bett. Auch wenn sie nicht die geringste Lust hatte, in die Kälte hinauszugehen – als Erstes würde sie in dem kleinen Laden neben dem Ochsen einkaufen müssen.

Ihr Blick fiel auf die Wasserschüssel auf der Kommode. Katzenwäsche bei dieser Kälte? Nein danke! Stattdessen zog sie alles an Kleidung übereinander, was sie dabeihatte.

Ihr Onkel schlief noch, als sie vorsichtig in sein Zimmer lugte. Kein Wunder, dachte sie, wo er die halbe Nacht gehustet hatte. Von wegen »die Lungenentzündung ist Schnee von gestern«! Es war höchste Zeit, dass Josefs Arzt vorbeischaute und ihm eine ordentliche Medizin verabreichte, damit er endlich wieder auf die Beine kam.

Die Einkäufe waren schnell erledigt. Mit klammen Händen versuchte Mimi danach, den erloschenen Herd neu anzufeuern. Sie wollte dem Onkel einen Tee kochen und eine Suppe obendrein. Außerdem musste sie Holz hereinholen, und vielleicht gab es noch den einen oder anderen Botengang für Josef zu erledigen. Den Mietvertrag, den dieser Gehringer dagelassen hatte, wollte sie auch noch durchlesen. Und zu Josefs Arzt musste sie ebenfalls! Danach würde sie ihrer Mutter den aktuellen Stand der Dinge schreiben, sodass diese dann alles Weitere organisieren konnte. Schließlich musste sie selbst nach Isny fahren. Mimi lächelte versonnen. Vielleicht würde sie vorher noch einmal in Ulm haltmachen? Wenn sie Glück hatte, war Hannes noch dort. Allein bei dem Gedanken klopfte ihr Herz schneller. Sie hatte keine Zeit zu verlieren, dachte Mimi, während sie darauf wartete, dass das Holz im Ofen endlich Feuer fing.

Im nächsten Moment schrak sie zusammen, weil sie

hinter sich ein Geräusch gehört hatte, und fuhr herum. Luise Neumann stand in der Küche. »Guten Morgen! Ich hab noch einen Schlüssel. Aber den brauch ich ja jetzt nicht mehr«, sagte sie und legte den Schlüssel auf den Tisch. Dann nahm sie Mimi die Streichhölzer ab und ordnete die Holzscheite im Ofen neu an. »Es wurde wirklich Zeit, dass sich jemand von Josefs Familie hier blicken lässt«, sagte sie, während vor Mimis Augen die Glut zu flackern begann. »Das erste Mal habe ich Ihrer Mutter geschrieben, als Ihr Onkel im November die Lungenentzündung hatte, aber außer ein paar freundlichen Worten kam nichts. An Weihnachten habe ich ihr dann wieder geschrieben, zu dieser Zeit war Josef immerzu bettlägerig. Und dann im neuen Jahr wieder ... Aber anstatt mal zu kommen, hat Ihre Mutter mich immer wieder vertröstet. Sie scheint eine vielbeschäftigte Frau zu sein.« Vorwurfsvoll schaute Luise Neumann Mimi an. Dann füllte sie einen Topf mit Wasser und stellte ihn auf den Herd.

»Davon weiß ich ja gar nichts, ich dachte ...« Betroffen brach Mimi ab. Für sie hatte sich Mutters Brief so gelesen, als hätte sie erst vor kurzem von Josefs Erkrankung erfahren.

»Scheinbar sind Sie die Einzige, die sich um meinen Onkel gekümmert hat«, sagte sie schuldbewusst. »Ich hoffe wirklich, dass es ihm bald wieder besser geht! Vielleicht sollte sein Arzt einfach die Medizin wechseln?«

»Das müsste dann schon eine Wundermedizin sein.« Die Nachbarin lachte hart auf.

»Wie meinen Sie das?« Mimi, die gerade die Teekanne mit den Kräutern befüllte, hielt in der Bewegung inne.

Luise Neumann zuckte mit den Schultern. »Ihr Onkel

ist ein alter Mann. Er hat immer mehr schlechte Tage, an denen er nicht aufstehen kann und man ihm jede Mahlzeit ans Bett bringen muss. An anderen Tagen hingegen komme ich her, und er sitzt mit seiner Zeitung am Tisch und erzählt mir von der Welt da draußen. Dann wieder hustet er ohne Unterlass und mag nichts essen. Eigentlich glaubten wir alle schon, er würde an der Lungenentzündung sterben. Es ist fast ein Wunder, dass er noch lebt, vor allem, wo unser Herr Doktor ja nicht nach ihm schauen kann…«

»Was soll das heißen?«, unterbrach Mimi sie stirnrunzelnd.

»Doktor Ludwig ist auf großer Reise, Portugal, Spanien, keine Ahnung, wohin es ihn überall verschlagen hat. Und seine Angestellte, Schwester Elke, ist auch fort, auf Familienbesuch auf Amrum. Wussten Sie das nicht?«

Mimi schüttelte den Kopf. »Und wohin gehen dann die Kranken?«

»Kranksein können sich die meisten hier im Ort nicht leisten«, sagte Luise emotionslos. »Jeder muss sein Tagwerk schaffen, und wenn einer kränkelt, dann kuriert er sich selbst aus. Die feinen Herrschaften aus den Villen hingegen fahren nach Ulm oder Blaubeuren, wenn sie etwas plagt. Manch eine Unternehmergattin reist sogar bis nach Stuttgart, habe ich gehört.« Die letzten Sätze sagte sie leise, als habe sie Angst, belauscht zu werden.

Das wurde ja immer besser, dachte Mimi. »Und wann kommt der Laichinger Arzt wieder?«

»Anfang Mai, Gott sei Dank.«

»Aber… das dauert ja noch ewig!«, rief Mimi entsetzt.

Sie benötigte *jetzt* eine ärztliche Einschätzung! Und Josef brauchte *jetzt* medizinische Betreuung!

»Sie schaffen das schon«, sagte die Nachbarin. »Ein alter Mann braucht ja nicht mehr viel. Frische Kleidung, etwas Warmes zu essen, ein bisschen Ansprache…«

»*Ich* soll Josef pflegen? Aber ich…« Fahrig strich Mimi sich übers Haar. Mit allem hatte sie gerechnet, nur damit nicht! »Natürlich möchte ich meinem Onkel zur Seite stehen, aber so einfach ist das alles nicht – ich habe geschäftliche Termine, aktuell werde ich im Allgäu erwartet.« Sie biss sich auf die Unterlippe, dann fuhr sie zaghaft fort: »Könnten nicht Sie sich weiter um meinen Onkel kümmern?«

Luise verschränkte ihre Arme vor der Brust, dann schaute sie Mimi eindringlich an. »Junge Frau, jetzt hören Sie mir mal zu. Traudel war meine beste Freundin. Als sie vor zwei Jahren verstarb, war es für mich selbstverständlich, dass ich Josef ein wenig versorge. Essen bringen, ein bisschen nach dem Haus schauen – Männer haben es ja nicht so mit dem Putzen. Dass er einmal so viel Pflege benötigen würde, konnte damals keiner ahnen. Verstehen Sie mich nicht falsch, ich habe Ihren Onkel bisher gern versorgt, allein schon aus alter Freundschaft zu Traudel. Und als er so krank wurde, blieb mir ja gar nichts anderes übrig, als mich zu kümmern…« Sie zuckte mit den Schultern. »Aber Ihren Onkel für den Rest seines Lebens pflegen – das ist beim besten Willen nicht möglich. Ich habe in den letzten Jahren meine beiden Eltern bis zu ihrem Tod gepflegt, von daher weiß ich, was da auf einen zukommt. Davon abgesehen ist es auch eine Kostenfrage! Allein die vielen Mahlzeiten, die ich ihm bringe…«

»Am Geld soll es nicht liegen«, sagte Mimi rasch. »Es ist wirklich ein Unding, dass Sie bisher für Ihre freundliche Unterstützung nicht bezahlt wurden. Dafür kann ich nur um Entschuldigung bitten. Fortan werden wir Sie gern bezahlen! Ich spreche nachher mit meinem Onkel, dann setzen wir eine Vereinbarung auf, die Ihnen Sicherheit gibt.« Und uns auch, fügte sie im Stillen hinzu.

»So geht das nicht weiter, zukünftig musst du Luise für ihre Dienste bezahlen«, sagte Mimi zu ihrem Onkel, als sie beim Mittagessen saßen.

»Ich brauche niemanden«, erwiderte Josef barsch. »Dass Luise hier ständig herumstiert, stört mich sowieso.«

»Es muss ja nicht zwingend Luise sein, wir könnten uns auch nach einem jungen Mädchen umschauen, das dir den Haushalt führt.«

»Und die kommt dann umsonst oder was?«

Mimi verdrehte die Augen. Sie hatte vergessen, wie stur ihr Onkel sein konnte. »Natürlich arbeitet die auch nicht umsonst.«

Ihr Onkel schaute trotzig aus dem Fenster, als wolle er sagen: Thema erledigt!

»Was ist, wenn du noch einmal bettlägerig wirst? Und willst du jetzt etwa noch anfangen, Wäsche zu waschen? Dich an den Herd stellen und dir jeden Haferbrei und jede Suppe selbst kochen?«, fragte Mimi in sanfterem Ton. »Du sollst deinen Ruhestand doch genießen.«

»Wer soll das denn alles bezahlen?«

Mimi lachte. »Bist du auf deine alten Tage geizig geworden? Weder Luise noch ein Dienstmädchen würden ein fürstliches Gehalt verlangen. Und wenn du den Laden tatsächlich vermietest, hättest du ja Einkünfte. Diesen Herrn Gehringer kannst du allerdings vergessen, die Miete, die er vorschlägt, ist lächerlich klein, die hilft dir nicht weiter. Am besten suchst du dir einen anderen Mieter.« Mimi hatte den Vertrag vor dem Essen nur eilig überflogen – wer wusste, was noch alles an Fallstricken darin stand!

»Als ob es hier im Ort Dutzende von Interessenten für meinen Laden gäbe … Bisher hat keiner Interesse daran gezeigt. Gehringers Angebot ist meine Rettung – also tu mir bitte den Gefallen und misch dich nicht mehr in diese Angelegenheit ein«, sagte Josef bestimmt.

»Deine Rettung?« Mimi warf ihm einen irritierten Blick zu. »Wie meinst du das?«

»Wie ich es sage. Ich brauche jede Mark, die ich bekommen kann. Meine sämtlichen Ersparnisse sind aufgebraucht. Ich bin bankrott.« Josef Stöckle kratzte mit einem Fingernagel an einem Flecken aus Kerzenwachs, als gäbe es nichts Wichtigeres. »Schau nicht so entsetzt! Ich hätte doch auch nie gedacht, dass ich durch diese dumme Lungenentzündung so lange arbeitsunfähig sein würde. Meinen Notgroschen habe ich jedenfalls schon aufgebraucht. Ich muss jetzt schauen, dass ich die Zeit bis Ende April überbrücke. Dann müssen die Konfirmandenfotografien gemacht werden, und ich verdiene endlich wieder etwas.«

»Fotos von Jugendlichen zu machen ist kein Kinderspiel. Dafür musst du erst mal wieder richtig auf die Beine kommen.«

»Wenn ich das Geld vom Gehringer habe, wird's schon

irgendwie gehen. Und wenn es hart auf hart kommt, wird mich die Luise nicht verhungern lassen.«

Mimi hatte das Gefühl, als habe ihr jemand einen dumpfen Schlag in die Magengegend versetzt. Selten in ihrem Leben hatte sie sich so hilflos gefühlt. Onkel Josef war ein mittelloser Pflegefall – mit allem hatte sie gerechnet, nur damit nicht. Wie um alles in der Welt sollte es nun weitergehen?

20. Kapitel

»Weißt du noch, damals, als wir uns in Chemnitz kennengelernt haben?« Den Wetzstein, mit dem er eine Sense schärfte, innehaltend, schaute Klaus seine Frau an.

Stirnrunzelnd blickte Eveline von ihrer Stickerei auf. Es war neun Uhr am Abend. Die Kinder lagen oben im Bett. Der Tag war lang und anstrengend gewesen, Eve war so müde, dass sie sich am liebsten auch schlafen gelegt hätte. Aber sie musste noch mindestens zwei Stunden durchhalten.

»Natürlich erinnere ich mich. Wie könnte ich das je vergessen? Und wie kommst du gerade jetzt darauf?« Ihr Blick wanderte zum Herd, in dem noch ein kleines Feuer brannte. Eine heiße Tasse Tee würde ihr jetzt guttun. Aber sie war zu erschöpft, um aufzustehen und Wasser aufzusetzen.

»Es war ein Fehler, dich hierher mitzunehmen«, sagte Klaus, dann nahm er seine Arbeit wieder auf.

Eve verdrehte die Augen. »Könntest du mir nicht etwas sagen, was meine Stimmung hebt?«, erwiderte sie ärgerlich. »Etwas, was mich all das hier vergessen lässt?« Sie zeigte auf den vor Paradekissen überquellenden Korb. »Arbeit, Arbeit und nichts als Arbeit.«

Wie blass er war. Sein Gesicht so blass wie ein Leichentuch, dachte sie. Sie überlegte, ob sie zu ihm gehen und ihn in den Arm nehmen sollte. Aber wahrscheinlich hätte er sie nur von sich geschoben. Stattdessen sagte sie: »Lass uns etwas singen, so wie früher. Etwas, das einen fröhlich stimmt!« Kraftvoller als nötig stach sie mit Nadel und Faden durch den blütenweißen Stoff.

»Singen!« Klaus schnaubte. »Wie soll ich froher Stimmung sein, wo ich doch schuld bin an der ganzen Misere hier! Ich habe dich unglücklich gemacht, die Kinder ebenfalls – und überhaupt…« Verloren starrte er ins Leere.

»Klaus, bitte!«, sagte Eveline. »Hier ist niemand unglücklich außer dir selbst. Die Kinder schlafen friedlich in ihren Betten. Sie sind satt, und sie haben es trocken und warm. Das ist mehr, als man in so manch anderem Haushalt behaupten kann.«

Ihr Dach sei undicht, hatte Franka Klein heute bei Helene im Laden erzählt. Und dass ihr Benno keine Zeit habe, es zu reparieren.

»Es ehrt dich, dass du das sagst.« Klaus lachte traurig auf. »Aber ich hab doch gesehen, mit wie viel Wasser du die Abendsuppe hast strecken müssen, um alle Mäuler satt zu bekommen. Und dass du selbst mal wieder nur einen halbvollen Teller gegessen hast, ist mir auch nicht entgangen. Und wenn ich dann noch an unser Kleines denke, das auf dem kalten Friedhof liegt anstatt hier in der warmen Krippe…« Er wandte sich ab, als wolle er Tränen vor ihr verbergen.

Eveline presste die Lippen zusammen. Was erwartete er von ihr? Dass sie ihn tröstete? Dass sie sagte, alles sei nur halb so schlimm? Auch sie weinte sich jede Nacht in den Schlaf, wenn sie an ihre verstorbene Tochter dachte. Sie hatte sich so auf das Kind gefreut. Neues Leben im Haus, neues Glück, hatte sie gehofft.

Früher, wenn es einem von ihnen schlecht ging, hatten sie sich gegenseitig in den Arm genommen. Hatten sich getröstet, so gut es ging. Hatten sogar miteinander gelacht. Galgenhumor – manchmal war er besser als nichts. Heute ertrank jeder allein an seinem Elend.

»Wie konnte ich jemals annehmen, dass es mir gelingen würde, dich glücklich zu machen?« Der Wetzstein fuhr mit einem unangenehmen Geräusch über das Sensenblatt. »Vermessen war ich. Jung und dumm. Und ihr alle müsst nun meine Dummheit ausbaden. Du hättest es so gut haben können!«

Evelines Miene verdüsterte sich. »Wenn jammern das Einzige ist, was du kannst, dann halte lieber deinen Mund! Ich hab genug mit meinem Tagwerk zu tun, da kann ich mir nicht auch noch Gedanken darüber machen, was alles hätte sein können, sollen oder müssen. Die Dinge sind nun mal, wie sie sind!«

Ratlos starrte Mimi auf ihren Koffer. Eine Stippvisite, kurz vorbeischauen beim Onkel, sicherstellen, dass alles wieder in Ordnung kam – das war ihr Plan gewesen. Doch auf einmal war es für sie unvorstellbar, morgen früh mit ihrem Gepäck in der Hand zur Tür zu gehen und Josef ein fröhliches »Adieu« zuzurufen. Ihr Onkel ging zwar davon aus, dass er in ein paar Wochen wieder würde arbeiten können, aber was, wenn das nicht der Fall war? Selbst wenn er Gehringers Angebot annahm, würde das Geld weder zum Leben noch für eine Pflegerin reichen.

Natürlich konnte sie finanziell einspringen – nach dem guten Winter am Bodensee war sie nicht gerade knapp bei Kasse, und auf der Bank lag auch noch Geld, mit dem sich vorübergehend die Pflege des Onkels bezahlen ließ. Aber falls Luise recht hatte und er wirklich nicht mehr auf die Beine kam, was dann?

War es nicht mehr als gut und richtig, dass jemand aus der Familie ihn betreute, wenn es eines Tages mit ihm zu Ende ging?

Mimi legte beide Hände an ihre Schläfen, in ihrem Kopf summten die Fragen wie ein Bienenschwarm, ohne dass es ihr gelang, auch nur auf eine davon eine Antwort zu finden. Jetzt jemanden zu haben, mit dem sie sich besprechen konnte, dachte sie sehnsüchtig. Und im nächsten Moment, wütend: Warum war ihre Mutter nicht hier? Esslingen lag schließlich nicht aus der Welt!

Resigniert begann Mimi, ihren Koffer auszupacken. Am liebsten hätte sie geheult, aber eine andere Möglichkeit, als bis Anfang Mai hierzubleiben, bis der Arzt zurückkam, fiel ihr nicht ein. Sie würde eindringlich mit dem Mediziner reden und ihm sagen, dass Geld bei Josefs Behandlung keine Rolle spielte. Wenn es sein musste, würde *sie* ihre ganzen Ersparnisse für seine Behandlung opfern! Hauptsache, Josef wurde wieder der Alte.

Der Gedanke, dass sich spätestens in vier Wochen alles regeln ließ, heiterte sie kurz auf.

Als sie ihre wenigen Habseligkeiten im Schrank verstaut hatte, nahm sie ihr Schreibzeug und begann mit schwerem Herzen zu schreiben.

Sehr geehrter Herr Bürgermeister Schönleben,

meine Anreise nach Isny wird sich aufgrund persönlicher Anliegen leider etwas verzögern. Meiner Einschätzung nach kann ich frühestens Anfang bis Mitte Mai zu Ihnen kommen, was für die von Ihnen gewünschten Fotografien jedoch durchaus von Vorteil sein kann. Denn zu dieser Zeit ist das Wetter fast durchgängig gut, und ich kann Ihren Ort im allerbesten Lichte präsentieren ...

Ulm adieu! Nun würde sie Hannes nie wiedersehen. Und die Tränen, die sie bis dahin zurückgehalten hatte, rannen nun doch salzig über ihre Wangen.

Am nächsten Morgen war nach dem Aufwachen das Erste, was sie hörte, ein seltsam eintöniges Geräusch. Pling. Pling. Pling. Und da war noch etwas. Ein Gefühl von Wärme und Licht und ... Mimi rieb sich den Schlaf aus den Augen und schaute aus dem Fenster. Der Schnee hatte zu schmelzen begonnen und fiel in dicken Tropfen vom Dach auf das Fensterbrett. Die Sonne schien ihr mitten ins Gesicht, mehr noch, sie erwärmte sogar das Zimmer ein bisschen. Wie schön! Lächelnd rappelte Mimi sich auf und trat ans Fenster. Ihr Blick fiel direkt auf das imposante Glasdach des Ateliers weiter hinten im Garten. Dass es aus Glas war, hatte man unter dem Schnee höchstens erahnen können, jetzt funkelte es im Sonnenschein wie ein Diamant.

Auf einmal hatte Mimi es eilig, sich anzukleiden. Sie wollte sich das Atelier anschauen und den Laden. Wenn sie schon hierblieb, konnte sie genauso gut ein bisschen arbeiten und schauen, dass Geld in die Kasse kam!

Im Haus war es noch still, als sie nach unten kam. Kein Herd war angeworfen, kein Tee gekocht, keine Zeitung hereingeholt. Wie am Vortag begab sich Mimi an die mühevolle Arbeit des Feuermachens. Als sie damit fertig war, öffnete sie zaghaft Josefs Schlafzimmertür.

»Mimi... Wie spät ist es? Ich steh gleich auf...« Ein Hustenanfall folgte, hilflos drückte sich Josef ein Taschentuch vors Gesicht.

»Bleib doch einfach noch ein bisschen liegen, du verpasst nichts. Ich bin hier und passe auf dich und alles andere auf. Und daran ändert sich auch so bald nichts. Ich bleibe nämlich ein Weilchen hier«, sagte Mimi in so leichtem Ton wie möglich. O Gott! Nicht vorstellbar, wenn sie jetzt mit gepacktem Koffer dagestanden hätte, ging es ihr durch den Kopf.

Er nickte schwach.

Besorgt ging sie nach unten, kochte Tee, schmierte zwei Butterbrote und brachte alles wieder nach oben. »Schau mal, Frühstück im Bett – wenn das kein Luxus ist!« Zu ihrer Erleichterung rappelte sich Josef auf und griff zitterig nach der Teetasse, ohne jedoch daraus zu trinken. Essen wollte er auch nichts.

»Kann ich mir nachher einmal dein Atelier und den Laden ansehen?«, fragte Mimi.

»Ach Kind...« Tränen stiegen in seine Augen. »Ich würde dir so gern selbst alles zeigen, aber ich fühle mich heute nicht gut«, sagte er und schloss die Augen. »Geh nur und schau dir alles an. Der Schlüssel hängt unten in der Küche an einem Brett.«

Das Atelier sah eher wie ein zu groß geratener Holz- oder Lagerschuppen aus und nicht wie ein Ort der fotografischen Künste, dachte Mimi enttäuscht, während sie den Trampelpfad, der wahrscheinlich von Luise stammte, entlangging. Zum Haus der Nachbarin kam man, wenn man am Atelier vorbei durch den Garten und dann aus dem Tor hinaustrat, hatte Josef gestern erwähnt.

Das Gebäude war nicht einmal aus Stein gebaut, sondern aus Holz – Mimi schätzte, dass es ungefähr zehn Meter lang war. Immerhin stand es auf einem Steinsockel. An der vom Haus aus sichtbaren Längsseite wies es kein einziges Fenster auf. Wie konnte man in so einem dunklen Raum fotografieren?, fragte sich Mimi. Sicher, da war das Glasdach, durch das Licht einfiel... Aber reichte das aus? Die vordere schmale Seite war ungefähr vier Meter breit und ebenfalls fensterlos. Fast zögerlich ging Mimi um die Ecke herum. Im nächsten Moment traf sie fast der Schlag. Von wegen dunkler Raum! Die zweite Längsseite des Ateliers war fast komplett verglast! Lediglich im vorderen Bereich waren eineinhalb Meter mit Holz verkleidet, hier befand sich auch die hölzerne Eingangstür. Staunend schaute Mimi auf die lange Glasfläche. Sie bestand aus lauter schmalen Fensterscheiben, die schuppenförmig aufeinanderlagen. Mimi wusste schon beim Hinsehen, was es mit dieser Anordnung auf sich hatte: Je nach Lichteinfall würde man die einzelnen Scheiben drehen können, um so immer neue Tageslichtstimmungen zu erzeugen. Dazu trugen auch die an beiden Enden der nach Osten gerichteten Glasfront zusammengerafften dunklen Vorhänge bei, die bei Bedarf auf- oder zugezogen werden konnten und mit denen eine direkte Sonneneinstrahlung vermieden werden konnte. In den meisten Ateliers, die Mimi bisher gesehen hatte, musste das spärlich einfallende Tageslicht durch stinkende Gaslampen ergänzt werden – das war hier gewiss nicht nötig! Auf einmal konnte sie es kaum erwarten, ins Innere zu gelangen. Der Gedanke, in Josefs Atelier zu arbeiten, hatte plötzlich etwas Reizvolles.

Sie war gerade dabei, die Tür aufzuschließen, als sie sah, dass ihr am Ende des Gartens über den Zaun hinweg jemand zuwinkte. Es war Luise, die Nachbarin, sowie eine weitere Frau in Begleitung zweier Jungen im Alter von zwölf und vielleicht vierzehn Jahren.

»Geht es Ihrem Onkel wieder besser?«, rief die Nachbarin.

Mimi schüttelte den Kopf. »Leider nicht. Er wollte heute nicht mal das Bett verlassen. Ich habe nun meine Termine verschoben und werde mich die nächste Zeit um meinen Onkel kümmern. Und das Fotoatelier möchte ich auch wieder eröffnen. Ich bin nämlich auch eine Fotografin«, fügte sie lächelnd hinzu.

»Da haben Sie ja einiges vor!« Die Nachbarin hob anerkennend die Brauen. »Das hier ist übrigens meine Tochter Sonja.« Sie zeigte auf die schwangere junge Frau neben sich. Die beiden Buben spielten derweil auf dem Weg Fangen.

Mimi trat an den Zaun, und die beiden jungen Frauen schüttelten sich lächelnd die Hände. Was für ebenmäßige Züge Luises Tochter hatte, dachte Mimi.

»Es ist gut, dass Sie das Atelier wieder öffnen. Ihr Onkel hat einst schöne Fotos von meinem Mann und mir gemacht«, sagte Luise Neumann unvermittelt. »Ich

durfte mir einen Hut aussuchen und einen Sonnen-
schirm aus Spitze halten, damit habe ich mich gefühlt
wie eine feine Dame.« Die Augen der Nachbarin blitzten
vor Freude. »Einen Moment lang dem Alltag entfliehen
können ... schön war das!«

»Sie dürfen mich jederzeit besuchen«, sagte Mimi
freundlich.

Die Nachbarin schüttelte bedauernd den Kopf. »So
etwas gönnen wir uns frühestens wieder zu unserem
vierzigsten Hochzeitstag.« Das Läuten der nahen Kirch-
turmuhr ließ Luise zusammenschrecken. »So spät
schon! Die Arbeit macht sich nicht von selbst, ich muss
gehen.« Eilig wandte sie sich ab.

Ihre Tochter Sonja seufzte. »So ist das hier immer, das
werden Sie irgendwann merken. In Laichingen hat nie
jemand Zeit, die Arbeit frisst uns eines Tages noch alle
auf!«

»Zeit muss man sich nehmen«, erwiderte Mimi. »Wie
wäre es, wenn Sie mein erster Gast im Atelier sind?«

»Ich? Schwanger, wie ich bin? Da würde mein Paul
mich für verrückt erklären. Der Justus« – sie zeigte auf
den älteren ihrer zwei Buben – »wird Ende des Monats
konfirmiert, dann kommen wir wegen eines Fotos zu
Ihnen. Und wenn das Kind da ist, dann lasse ich gern
ein Taufbild machen.« Schützend legte Luises Tochter
eine Hand über ihren gewölbten Bauch.

Mimi lächelte. Zu dieser Zeit würde sie längst wieder
unterwegs sein, aber das behielt sie für sich.

Als die Nachbarinnen gegangen waren, zückte Mimi
erneut den Schlüssel, öffnete die Tür und befand sich
in einem kleinen Eingangsbereich, dem so genannten

Cabinet. Es war durch eine Holzwand vom eigentlichen Atelier abgetrennt. Eine gepolsterte Sitzbank, ein Spiegel an der Wand, eine kleine Ablage mit Kamm und Bürste – hier konnten die Kunden ihren Mantel ablegen und sich noch einmal die Haare richten. Neben dem Spiegel hing außerdem ein Glaskasten, in dem einige Fotografien ausgestellt waren.

Mimi grinste beim Anblick des Wartebereichs, der aussah wie in jedem anderen Fotoatelier auch. Je nach Grad der inneren Aufregung verstummten manche Kunden schon hier im Vorraum, andere begannen ohne Unterlass zu plappern, wieder andere wollten am liebsten die Flucht ergreifen.

Mimi trat ins Atelier ein. Gleich rechts an der Fensterfront stand ein fein geschnitzter Schreibtisch, auf dem ein hölzernes Gestell platziert war. In dieses wurden die belichteten Glasplatten eingespannt und mithilfe verschiedener Kratzwerkzeuge oder Bleistifte bearbeitet. Der so genannte Retuschiertisch. Hier konnten runde Taillen schlank, spärlicher Bartwuchs zum üppigen Kaiserbart und Falten geglättet werden. In der Kunst, Menschen zu verschönern, war ihr Onkel ein wahrer Meister gewesen. Der Gedanke, dass er vielleicht nie wieder hinter der Kamera stehen würde, erfüllte Mimi mit Traurigkeit.

Der langgestreckte Raum war ansonsten eingerichtet wie die meisten Ateliers, die sie kannte: An der hinteren Rückwand gab es eine Art »Bühne«, auf der der Fotograf diverse Möbel – kleine Tischchen und Stühle – platzieren konnte. Im Moment hatte Josef ein mit Rosen verziertes schmiedeeisernes Bänkchen dort stehen, auf dem ein verstaubter Ährenstrauß lag. Er stammte sicher noch aus dem letzten Herbst. An der Rückwand hing eine von Josefs gemalten Leinwänden, ein hellblauer Himmel mit fedrig-weißen Wölkchen. Der Aufbau einer typischen Landschaftsszene.

In einem schmalen hohen Schrank links von der Bühne entdeckte Mimi über ein Dutzend weitere Leinwände. Josefs Schatz! Beinahe andächtig entrollte sie eine Leinwand nach der anderen. Eine Berglandschaft mit einer mittelalterlichen Burg im Hintergrund. Ein steinerner, römisch anmutender Säulenbau, Josef hatte dabei Licht und Schatten akribisch berücksichtigt. Ein eleganter Salon mit so lebensecht und dreidimensional gemalten Fenstern, Vorhängen und Bildern an der Wand, dass Mimi vor Staunen nur den Kopf schütteln konnte. Josef Stöckle hätte auch ein erfolgreicher Maler werden können! Sorgfältig rollte Mimi sämtliche Leinwände wieder auf.

Die Bühne war breit genug, dass auch eine größere Gruppe von Menschen darauf platziert werden konnte, stellte sie erfreut fest. Falls sich eine ganze Familie, eine kleine Hochzeitsgesellschaft oder die Belegschaft eines Handwerksbetriebs abbilden lassen wollte, würde das anstandslos funktionieren.

Probeweise öffnete Mimi eins der Fenster, es bewegte sich ohne Quietschen und Klemmen. Sehr gut. Als Nächstes zog sie einen der Vorhänge zu. Er lief leicht über die Stange, jedoch löste sich eine kleine Staubwolke.

Vor der Bühne in einem Abstand von circa zwei Metern stand Onkels Josefs riesige Holzkamera mit Balgenauszug, sie war auf einem robusten, rollbaren Stativ montiert. Mimi wusste zwar aus ihren Lehrlingsjahren, wie man diese großen, altmodischen Kameras bediente, aber sie würde lieber mit ihrer kleinen und wesentlich flexibleren Linhof arbeiten.

An der linken Holzwand hingen diverse Haken und an diesen Accessoires aller Art: Zylinderhüte für die Herren, Spazierstöcke, Regenschirme. Hübsche Strohhüte für die Damen – ob Luise wohl den mit den seidenen Margeriten gewählt hatte? Wie die Augen der Nachbarin geleuchtet hatten bei der Erinnerung an die Sitzung!

Auf diversen kleinen Tischchen gab es weitere Utensilien: Blumenvasen, Seidenblumensträuße, eine Bibel. Spielzeug für Kinderfotos war ebenfalls vorhanden – ein Schaukelpferd, eine Porzellanpuppe, ein Kreisel mit Peitsche. Alles in allem hielt sich die Auswahl an Requisiten jedoch in Grenzen.

An der Holzwand stand auch ein großer Schrank, und als Mimi ihn öffnete, schlug ihr der Geruch von Mottenkugeln entgegen. Kleider verschiedener Art und Größe hingen dicht an dicht auf einer Stange. Mimi lächelte, als sie einige davon aus Kindertagen wiedererkannte. Mit der Mode ging der Onkel definitiv nicht!

Eine Dunkelkammer gab es hier nicht, im Gegensatz zu den Retuschearbeiten schien ihr Onkel den Entwicklungsprozess der Fotografien entweder im Laden oder im Haus vorzunehmen.

Nachdem sie ihren Rundgang beendet hatte, setzte sich Mimi auf die schmiedeeiserne Bank auf der Bühne. Josefs Atelier war zwar ein wenig veraltet und angestaubt, aber es war alles vorhanden, was man für konventionelle Fotografien benötigte. Der einfache Bauer wurde hier in diesem Raum zum feinen Herrn mit Zylinder und Zigarre. Das Weberkind zog einen hübschen Matrosenanzug an und war plötzlich ein Kind aus wohlhabendem Hause. Die Magd wurde zur Herrin. Die Herrin zur Cancan-Tänzerin. Der gehbehinderte Knecht, der so gern zur Armee gegangen wäre, konnte sich hier eine Uniform überstreifen und endlich Soldat werden. Sehnsüchte wurden Wirklichkeit. Lange gehegte Träume wurden wahr. Der Wunsch, nur einmal im Leben jemand anderes zu sein, konnte dank des Zauberers mit seiner Kamera, seinen Glasplatten und seiner Kunst ausgelebt werden. Was für eine Magie…

Aber wirkte diese Magie auch hier in Laichingen? Der Onkel hatte gesagt, dass das Geschäft nur sehr schleppend lief. Sie wollte nur vier Wochen hierbleiben – wenn alle Leute so zögerlich waren wie Luise und ihre Tochter, dann konnte sie einpacken. Und davon ganz abgesehen – sie war eine Wanderfotografin. Natürlich hatte sie im Stillen so manches bekrittelt in den Ateliers, in denen sie zu Gast gewesen war. Hatte sich überlegt, was sie anders, ja besser machen würde. Aber das hieß noch lange nicht, dass sie einen Laden eigenständig führen konnte! Nicht einmal während ihrer Lehre in Esslingen hatte sie dies gelernt. Und dann sollte ihr dieses Kunststück ausgerechnet hier, unter diesen erschwerten Bedingungen, gelingen?

21. Kapitel

»Und wo ist der zweite Korb Paradekissen?« Paul Merkle, die rechte Hand von Herrmann Gehringer, runzelte die Stirn, als Eveline ihm nur einen Korb in die Hand drückte.

Eveline senkte den Blick. »Ich habe leider nur die Hälfte geschafft. Ich bin die Treppe hinuntergestürzt und habe mir dabei die Hand verletzt. Seitdem müssen die feinen Stickarbeiten ruhen…« Verlegen schaute sie auf.

»Das ist aber nicht gut«, sagte Paul hart.

»Ich weiß… Es tut mir auch furchtbar leid«, sagte Eve schuldbewusst und humpelte zum Tisch, um sich zu setzen. Außer der Hand war auch die Hüfte betroffen. Die linke Seite tat so weh, dass sie Angst hatte, etwas war gebrochen. Wütend warf sie der steilen Treppe einen Blick zu.

Alexander, ihr fünfzehnjähriger Sohn, der zusammen mit seinen Geschwistern am Tisch Hausaufgaben machte, sagte: »Ich habe eine Blumenranke gemalt, schauen Sie mal! Ob die wohl als neues Stickmuster taugt?« Er hielt Paul Merkle über den Tisch hinweg einen Bogen Papier hin. Eveline lächelte dankbar. Ihr Alexander war ein feiner Kerl!

Tatsächlich schien sein Ablenkungsversuch zu funktionieren: Interessiert betrachtete Paul Merkle die fein ziselierte Blütenranke, die aus kleinen und größeren Blumen bestand und sich in einem gekonnten Schwung übers ganze Blatt ergoss. Dabei hatte Alexander sie nur mit einem Bleistiftstummel gemalt. Eveline stellte sich vor, wie schön seine Zeichnungen erst würden, wenn er dafür wertvolle Faber-Bleistifte benutzen konnte, so wie sie in ihrer Kindheit welche gehabt hatte.

»Das hast wirklich du gemalt?« Merkle runzelte die Stirn.

Alexander errötete.

»Mein Sohn ist künstlerisch sehr begabt«, sagte Eveline stolz. Paul Merkle dachte wohl, nur weil sie arm waren, wären sie auch arm an Begabung!

Gedankenversunken schaute Merkle von der Zeichnung zu Alexander. »Bilde dir nur nicht zu viel auf deine Kritzelei ein! Es ist besser, wenn du dich auf die Schule konzentrierst.« Ohne ein weiteres Wort steckte er den Bogen Papier in seine Tasche.

Die Enttäuschung in den Augen ihres Sohnes tat Eveline in der Seele weh. Sie senkte den Kopf, was Merkle garantiert als demütige Geste wertete. Doch in Wahrheit wollte Eve nur vermeiden, dass er den Hass in ihren Augen sah.

Paul Merkle zeigte auf einen Armvoll Harken und Schaufeln, die neben dem Küchentisch an der Wand lehnten. »Pass nur auf, dass nicht eins deiner Kinder unter die Sense kommt, eine Lahme im Haus reicht schließlich.« Er lachte, als habe er einen besonders guten Witz gemacht.

»Die Sensen und Harken hat Klaus gestern Abend

geschärft, es geht schließlich bald los mit der Feldarbeit«, sagte Eveline.

»Am besten planst du die Feldarbeit ohne deinen Mann. Bei dem wird es in den nächsten Tagen später werden«, sagte Paul.

»Schon wieder?«, entfuhr es Eveline.

Paul zuckte mit den Schultern. »Nach der Wartung der Webstühle vor ein paar Tagen sind drei Maschinen nicht richtig angelaufen, deshalb sind wir mit einem Auftrag im Verzug.«

»Aber dafür können die Männer doch nichts!«

»Die Aufträge müssen fertig werden, da gibt's nun mal keine Diskussion. Am besten nimmt der Zeichenkünstler Schaufel und Harke und geht damit auf den Acker« – Paul Merkle wies auf die Werkzeuge –, »und du mach dich an die Stickarbeit! Ende der Woche komme ich wieder.« Er hob den Korb mit den unfertigen Leinenkissen vom Boden auf und knallte ihn vor Eve auf den Tisch. Den Korb mit der fertigen Ware nahm er an sich und legte ihr dafür ein paar Münzen hin.

Eve schluckte. So wenig waren all die schlaflosen Nächte wert. Das Geld reichte nie und nimmer aus, Edeltraud für ihre Näharbeiten zu bezahlen und eine Kerze für die Konfirmation zu kaufen. Und zu essen war auch kaum noch etwas da.

»Ich frag nur ungern...«, sagte sie gequält. »Aber könnte ich wohl für die anderen Kissen einen Vorschuss haben?«

Paul zögerte kurz, dann warf er ihr ein paar weitere Groschen hin. »Aber dafür hast du den Korb übermorgen fertig!«

Keiner beachtete den Fünfzehnjährigen, der mit ge-

198

ballten Fäusten dastand und gegen seine aufsteigenden Tränen ankämpfte.

»Du hättest mal hören sollen, wie diese Fotografin dem Gehringer Kontra gegeben hat! Er solle sich wie alle andern gefälligst hinten anstellen, hat sie gesagt.« Anton schüttelte lachend den Kopf. »Und wie ihre Augen dabei gefunkelt haben! Die hat keine Angst vor einem wie Gehringer. Ich glaube, die hat vor gar nichts Angst«, fügte er bewundernd hinzu. »So, wie es aussieht, richtet sie den Laden vom alten Stöckle her. Zumindest hat sie die Zeitungen abgerissen und die Fenster geputzt, das habe ich vorhin gesehen, als ich vor dem Haus gefegt habe. Sag mal, hörst du mir eigentlich zu?« Er gab Alexander, der wie ein Häufchen Elend dastand und in die Ferne starrte, einen kleinen Schubs.

Alexander zuckte zusammen. Dann nickte er, auch wenn er in Gedanken woanders gewesen war.

Wie so oft hatten sie sich für ein paar Minuten hinter dem Gasthaus getroffen, in der Nische, wo die Treppen in den Keller hinabführten. Gestohlene Zeit, von der ihre Mütter nichts wissen durften. Anton rauchte dabei gern eine Zigarette, die er einem Gast gemopst hatte, aber er, Alexander, stand meistens nur herum. Sie erzählten sich zum Beispiel, was sie am Tag erlebt hatten, sie schimpften auf diesen und lachten über jenen, manchmal schwärmte Anton auch von Christel. Dann ging jeder wieder seines Weges. Manchmal hatte Alexander das Gefühl, dass es die wenigen Minuten mit seinem Freund waren, die ihn davon abhielten, wahnsinnig zu werden.

Nun spürte Alexander Antons kritischen Blick auf sich ruhen. »Deine Augen sehen so glasig aus. Sag mal, du hast doch nicht etwa geheult?«

Eilig wischte sich Alexander übers Gesicht. »Quatsch! Ich bin nur so wütend!« Er ballte beide Hände zu Fäusten. »Vorhin war Merkle bei uns. Wie der meine Mutter zur Schnecke gemacht hat, nur weil sie ihre Stickereien nicht rechtzeitig fertig bekommen hat! Dass sie die Treppe hinuntergestürzt ist und kaum laufen kann, kümmert den überhaupt nicht.« Er spürte, wie sich sein Magen zu einem harten Ball zusammenzog.

»Paul Merkle!« Auch Antons Miene verfinsterte sich. »Der spielt sich auf, als habe er hier das Sagen. Dabei ist er doch nur der Lakai vom Gehringer.«

Alexander schaute Anton fragend an. »Was meinst du? Soll ich meiner Mutter anbieten, ihr bei den Stickereien zu helfen? Allein schafft sie den Riesenkorb bis übermorgen nie.« Er zog seine Jacke enger um sich. Sehr viel länger konnte er in dem dünnen Teil nicht in der Kälte stehen.

»Du als Junge willst Kissen besticken?« Anton runzelte die Stirn. »Das lass mal lieber bleiben. Wenn das jemand erfährt, machst du dich zum Gespött von allen.«

Alexander nickte gequält. »Wahrscheinlich hast du recht... Aber irgendetwas muss geschehen! So, wie Merkle meine Mutter schindet, macht er es mit allen Heimarbeiterinnen. Wer nicht rechtzeitig ordentliche Arbeit liefert, dem droht er gleich mit Entlassung.« Dann hätten sie noch weniger Geld, dabei tat sein Bauch schon jetzt oft vor Hunger weh. Alexander dachte an die

Zeichnung, die er Paul Merkle gegeben hatte. Naiv wie er war, hatte er wirklich gehofft, dafür ein paar Pfennige zu bekommen. Aber Merkle hatte das Blatt einfach eingesteckt. Durfte er das überhaupt? Alexander überlegte, ob er Anton davon erzählen sollte, entschied sich dann aber dagegen. Sein Freund würde dann noch wütender werden, als er eh schon war. Vielleicht auch auf ihn, weil er Merkle die Zeichnung nicht wieder weggenommen hatte.

»Das ist doch nichts als reine Einschüchterung – gute Stickerinnen wachsen nicht auf den Bäumen! Die Frauen müssten es mal wagen, sich gegen Gehringer zu stellen, dann würde er dumm aus der Wäsche schauen. Aber nein, sie lassen sich alles gefallen, genau wie ihre Männer auch. Gestern hab ich einen am Stammtisch sagen hören, dass sie fortan wieder Überstunden leisten müssen. Mich würde wirklich interessieren, ob Gehringer die überhaupt bezahlt!« Frustriert kickte Anton mit seiner Schuhspitze so heftig in den Kies, dass die Steine aufspritzten.

»Anton! Wo bist du? Anton! Wenn ich dich erwische!«, hörten sie Karolina Schaufler rufen. Ihre Stimme klang gereizt wie immer.

Unwillkürlich duckten sich die beiden Jungen tiefer in Richtung Kellertreppe.

»Keine fünf Minuten Pause gönnt sie einem«, murmelte Anton.

»Gehringer hat gesagt, dass mein Vater von jetzt ab auch länger arbeiten muss«, sagte Alexander, und wie immer, wenn er an seinen Vater dachte, wurde ihm mulmig zumute. Klaus Schubert war noch nie von kräftiger Statur gewesen, aber so mager wie im Moment hatte

Alexander seinen Vater noch nicht erlebt. Und dann die tiefliegenden Augen mit den dunklen Schatten. Die schmalen, blutleeren Lippen. Wie ein Gespenst huschte er durchs Haus, ganz unheimlich war das. Wenn er wenigstens mal etwas zu ihm sagen würde. Doch er konnte sich nicht daran erinnern, wann Klaus Schubert das letzte Mal direkt das Wort an ihn gerichtet hatte. »Der Junge soll heute mit dir auf den Acker gehen!«, oder »Das Anzündholz geht aus, der Junge soll dir welches besorgen«, sagte der Vater zur Mutter und er, Alexander, wusste, was er zu tun hatte. Das war ihre Art der Verständigung. Ob es anderswo genauso war? Antons Vater war auch nur selten zu Hause, er hatte mit seiner Jagd so viel zu tun ...

»Es ist eine Schande, wie alle hier vor Gehringer kuschen«, sagte Anton, als von ihm, Alexander, weiterhin nichts kam.

»Deine Mutter kuscht nicht.«

»Dafür macht sie jeden nieder, und das ist auch nicht besser«, erwiderte Anton harsch.

Einen Moment lang schwiegen sie, die Köpfe gesenkt, beide in ihre Gedanken verstrickt.

Anton schaute als Erstes auf. Er grinste. »Ich habe eine Idee! Lass uns die Fotografin besuchen gehen. Mich würde interessieren, was sie hier in Laichingen vorhat.«

Alexander glaubte nicht richtig zu hören. »Wir sollen eine wildfremde Frau besuchen? Einfach so?«

»Na und?«, erwiderte Anton forsch. »Ich würde sie gern kennenlernen.«

Wie lässig der Freund das sagte! »Und was ist mit deiner Mutter?«

Anton winkte ab. »Die kann warten.«

»Ich weiß nicht. Wir können doch nicht so einfach bei ihr auftauchen…«

»Du gehst doch öfter zu Josef Stöckle! Wir könnten sagen, dass wir ihm bei irgendwas helfen wollen, und dann schauen wir rein zufällig bei ihr vorbei.«

»Aber jetzt muss ich nach Hause, wir gehen nachher noch auf den Acker.« Beim Gedanken an den vom Schnee noch immer schweren Boden, in dem jeder Schritt eine Qual sein würde, sackte Alexander noch mehr in sich zusammen.

»Acker hin, Acker her – so eine tolle Frau wie diese Fotografin lernst du womöglich nur einmal im Leben kennen!«

Wie schwärmerisch sich Anton anhörte. Alexander schaute seinen Freund kritisch an. »Sag mal, hast du dich etwa in diese Fotografin verliebt? Ich dachte, du magst die Christel!«

Anton lachte laut auf. »So ein Blödsinn! Die Frau ist uralt! Aber das tut nichts zur Sache. Ich glaube, die hat mehr Mumm in den Knochen als zehn Männer zusammen.«

»An Mut mangelt es dir doch auch nicht! Du lässt dir doch auch nichts gefallen, von nichts und niemandem«, sagte Alexander eine Spur neidisch. Anton hätte vorhin gewiss nicht mit hängendem Kopf wie ein Opferlamm dagestanden und zugeschaut, wie die Mutter um einen Vorschuss bettelte. Und das alles wegen seiner Konfirmation! Er gab einen verzweifelten Wehlaut von sich. Im nächsten Moment spürte er Antons Hand auf seinem rechten Arm. Die Berührung fühlte sich an wie ein Funkenschlag, belebend und erschreckend zugleich.

»Wir lassen uns nicht unterkriegen! Ich weiß zwar noch nicht wie, aber irgendwie werden wir unser Glück schon finden. Und dann kann uns kein Gehringer und niemand sonst mehr etwas anhaben«, sagte der Gastwirtsohn mit rauer Stimme.

Und Alexander glaubte ihm.

22. Kapitel

Eine Tasse Kaffee, dazu die Ulmer Tageszeitung – die dreißig Minuten von halb acht bis acht, bevor sein Assistent im Büro erschien und die Arbeit begann, waren für Herrmann Gehringer purer Luxus. Zu dieser Zeit standen die Webstühle noch still, kein Lagerist, kein Maschinist und auch kein Paul Merkle waren zu sehen – ausnahmsweise wollte einmal niemand etwas von ihm.

Doch an diesem sonnigen Aprilmorgen hielt sich Gehringers Freude über die Morgenlektüre sehr in Grenzen. Fassungslos starrte er auf das Ulmer Tagblatt. Auf einer ganzen Doppelseite wurde von der Eröffnung einer Dependance der »angesehenen Laichinger Weberei Egon Morlock« berichtet. Angesehen – wenn er das schon hörte! Morlocks Betrieb war nicht angesehener als jeder andere in Laichingen auch!

»Egon Morlock hat eine Niederlassung in Ulm eröffnet! Ein großes Eckhaus mit drei Stockwerken«, platzte er heraus, noch bevor Paul Merkle ganz zur Tür herein war. »Hier steht: ›In den so eleganten wie hellen Ausstellungsräumen wird der Laichinger Unternehmer nicht nur die verehrte Damenwelt Ulms empfangen, sondern auch Geschäftskontakte aus aller Welt. Somit trägt die

Weberei Morlock dazu bei, dass unsere schöne Stadt in aller Welt noch bekannter wird, als sie durch das Ulmer Münster eh schon ist.«

Paul Merkle, der mit Stift und Schreibblock in der Hand vor Gehringers Schreibtisch Platz genommen hatte, lachte auf. »Den alten Morlock und das Ulmer Münster in einem Satz zu nennen – dazu gehört etwas!«

»Für ironische Finesse habe ich gerade wirklich keinen Sinn«, kanzelte Gehringer seinen Assistenten ab. »Da sitze ich hier und erfahre wie jeder Hackl und Packl aus der Zeitung, was die Konkurrenz so treibt! Warum wusste ich nicht vorher von Morlocks Plänen? In einem Ort wie Laichingen spricht sich doch normalerweise alles herum! So geht das nicht, Merkle! Ich erwarte von dir, dass du dein Ohr am Puls der Zeit hast.« Gehringer schlug mit der Faust so fest auf den Schreibtisch, dass sein Tintenfass einen Hüpfer machte.

Paul Merkle, von den Ausbrüchen seines Chefs nur selten eingeschüchtert, legte Stift und Papier beiseite. »Nun, ich habe tatsächlich neue Informationen für Sie. Allerdings befürchte ich, dass sie auch nicht sonderlich erfreulich sind ...«

Der Webereifabrikant schaute seinen Assistenten kritisch an. Täuschte er sich, oder hörte er einen leicht maliziösen Unterton aus Merkles Worten heraus? »Ich habe meine Zeit nicht gestohlen, also, was gibt's?«

»Diese Mimi Reventlow, Josef Stöckles Nichte, hat das Fotoatelier wieder eröffnet, und den Laden ebenfalls. Als ich gestern an Stöckles Haus vorbeigelaufen bin, waren die Zeitungen von den Fenstern schon weg. Sie stand im Geschäft und hat den Parkettboden gebohnert und ...« Seine Worte wurden von einem lauten

Beben erstickt, das jeden Morgen dann ertönte, wenn dreißig Webstühle auf einmal angeworfen wurden.

Gehringer nutzte den Augenblick zum Nachdenken. Diese Nachricht war das Letzte, was er heute Morgen noch brauchte. Gestern hatte er schon mit dem Schreiner gesprochen, wegen möglicher Regalbauten, die er für den Laden benötigte. Gleich nach dem kommenden Osterwochenende hatte der Mann beginnen wollen. Er würde den Auftrag wohl erst mal für unbestimmte Zeit stoppen müssen, dachte Gehringer verärgert. Dass die Frau sich hier einnisten würde, damit hatte er nicht gerechnet.

Dennoch sagte er so gelassen wie möglich: »In Gottes Namen, soll sie ihr Glück versuchen! Hier in Laichingen Geschäfte zu machen ist nicht so einfach, wie mancher glaubt. Wenn ich den Laden dann in einigen Wochen übernehme, hat sie ihn schon ordentlich hergerichtet, und ich habe weniger Arbeit damit!«

Paul Merkle schaute ihn erstaunt an. »So kann man das auch betrachten.«

»Nur so kann man das betrachten«, entgegnete Gehringer. »Und jetzt zum morgendlichen Diktat. Die Konkurrenz schläft nicht, wie man sieht – es gibt viel zu tun.«

Eilfertig ergriff Paul Merkle wieder Stift und Block. Im selben Moment rutschte ihm ein zerknittertes Papier aus der Hosentasche.

»Der Papierkorb steht in der Ecke«, sagte Gehringer unwirsch.

Merkle hob das Papier auf, doch statt es in den Papierkorb zu werfen, faltete er es auseinander und legte es vor Gehringer auf den Tisch.

»Diese Blütenranke hat Alexander Schubert gemalt, der Sohn von Klaus Schubert«, sagte Merkle. »Nicht schlecht, was?«

Gehringer rückte seine Brille auf der Nase zurecht. Nicht schlecht? Die Zeichnung war ziemlich gut, und das wusste sein Assistent auch. Blüten und Blätter, fein ziseliert, mit schwungvollen Linien... Irgendwie wirkte diese Blütenranke viel moderner als die Stickmuster seiner Firma. Dazu die geschwungenen ovalen Blattformen, sie erinnerten sehr an ein Paisley-Muster. Wurden diese nicht auf indische Seidenstoffe gestickt? Woher um alles in der Welt kannte der Webersohn ein indisches Stickmuster? Diese Bordüre links und rechts am V-Ausschnitt einer Damenbluse, das würde ihr ein modernes Aussehen verleihen. Herrmann Gehringer sah das Kleidungsstück schon genau vor sich. Exzellent...

»Das hat Klaus Schuberts Sohn gezeichnet?«, vergewisserte er sich und spürte das innerliche Beben, das ihn immer durchfuhr, wenn er einer guten Geschäftsidee auf die Spur kam. Den jungen Mann würde er sich merken, er konnte ihn für seine Pläne gut gebrauchen!

Paul Merkle nickte eifrig.

Mit Schwung warf Gehringer die Zeichnung in den Papierkorb. »Dann scheint es, dass der Sohn ein ebenso großer Tagträumer ist wie sein Vater. Erst vorgestern gab es zwei Störungen an Schuberts Webstuhl, am Ende des Tages hinkte er mit seiner Produktion den andern um eine ganze Stunde hinterher. Aber wie heißt es so schön? Der Apfel fällt nicht weit vom Stamm. Wahrscheinlich hat der Junge schlechte Noten in der Schule, weil er ständig irgendetwas kritzelt.«

»Aber... Ich dachte... Wo Sie doch auf der Suche nach einem neuen Musterzeichner sind...«

Gehringer lachte auf. »Als ob ich dafür einen Webersohn gebrauchen könnte! Der junge Schubert kommt bestenfalls an den Webstuhl, so wie sein Vater auch. Es tut nicht not, den jungen Leuten Flausen in den Kopf zu setzen.« Und dasselbe galt für seinen Assistenten, dachte er bei sich, am Ende hielt sich Paul Merkle noch für schlauer als sein Chef! Mit Genugtuung sah er, dass Merkle seine Enttäuschung nicht verbergen konnte.

»Ich habe es mir anders überlegt – Stift und Papier kannst du wegpacken«, sagte er und nickte in Richtung Ausgang. »Finde lieber heraus, wie gut diese Fotografin ist! Ich kann mir kaum vorstellen, dass ein Frauenzimmer dieses Handwerk versteht, und für dumm verkaufen lassen sich die Laichinger gewiss nicht. Wahrscheinlich werde ich den Laden früher übernehmen können, als wir denken!«

Erst am Dienstag nach Ostern gelang es Anton das nächste Mal, sich wegzuschleichen, um mit Alexander die Fotografin aufzusuchen – so sehr war er über Ostern von der vielen Arbeit im Ochsen in Beschlag genommen worden.

Als die beiden schließlich am Geschäft von Josef Stöckle ankamen, war seine Nichte gerade dabei, die Tür abzuschließen.

»Wir kommen ungelegen, lass uns wieder gehen«, murmelte Alexander.

»Nichts da, wer weiß, wann ich wieder mal wegkann!«, zischte Anton. Er warf einen Blick über den Marktplatz – hoffentlich schaute seine Mutter nicht ausgerechnet jetzt aus dem Fenster.

»Sehe ich das richtig – Sie eröffnen Herrn Stöckles Ladengeschäft neu?«, begrüßte er die fremde Frau forsch.

Mimi Reventlow antwortete mit einem schrägen Lächeln. »Das ist zumindest mein Plan, ich bin nämlich auch eine Fotografin.« Ihre Miene hellte sich auf, als sie Alexander sah. »Bist du womöglich schon der erste Konfirmand?«

Bevor Alexander antworten konnte, sagte Anton: »Das ist Alexander, mein Freund. Er hilft Ihrem Onkel öfter beim Holzmachen. Wir wollten fragen, ob auch Sie Hilfe benötigen.« Er wies in Richtung des Ladengeschäfts.

Wie bei ihrem ersten Aufeinandertreffen sah die Frau auch heute aus wie einem Modejournal entstiegen, dabei war sie doch dabei, die Räumlichkeiten sauber zu machen! Ihr dunkelblaues Kostüm wies keinen Fussel auf, der kleine Spitzenkragen war gestärkt und blütenweiß, ihre Haare hatte sie zu einem Zopf mit drei ebenmäßigen Strähnen geflochten. Und sie roch genauso gut wie beim letzten Mal. Nach Frühling und Blüten. Was für eine Erscheinung!

Die Frau überlegte kurz. »Ich würde gern den Retuschiertisch vom Atelier nach vorn in den Laden tragen – falls ihr mir dabei helfen könntet, wäre das wirklich nett!«

»Nichts einfacher als das«, sagte Anton und boxte Alexander unauffällig in die Rippe. So lernte man interessante Leute kennen.

Im Gänsemarsch liefen sie ums Haus herum durch

den Garten ins Atelier. »Mein Onkel schläft«, sagte Mimi und schaute zum Wohnhaus zurück. »Sein Zustand macht mir wirklich Sorgen.«

»Wenn es wärmer wird und alles zu blühen beginnt, geht es Ihrem Onkel bestimmt besser. Dann kommen Sie mit ihm sonntags zu uns in den Ochsen zum Essen, so, wie er es früher gemacht hat!« Zu Antons Freude schenkte die Frau ihm ein Lächeln.

Der Tisch war nicht besonders schwer, Anton konnte ihn allein tragen. Alexander nahm ein hölzernes Gestell und einen Stuhl, Josef Stöckles Nichte eine Kiste mit diversen Werkzeugen. Gemeinsam marschierten sie in den Laden.

»Den Tisch bitte direkt vors Schaufenster! So können mir die Leute bei der Arbeit zusehen. Das bewegt vielleicht den einen oder andern zum Eintreten«, sagte die Fotografin. Keine schlechte Idee, befand Anton.

»Und – wie laufen die Geschäfte?«, sagte er.

Josef Stöckles Nichte verzog das Geschäft. »Obwohl ich die ganze Woche geputzt, auf- und umgeräumt habe, ist bisher noch niemand vorbeigekommen.« Ratlos setzte sie sich auf den Stuhl. »Normalerweise ist die Anwesenheit eines Wanderfotografen immer eine kleine Sensation für die Leute! Aber hier scheint das keinen zu interessieren.«

»Die Leute hier schätzen das Besondere einfach nicht«, sagte Anton abfällig. Verflixt! Wenn niemand zu ihr kam, würde sie dann wieder abreisen? Er hätte die Fremde so gern ein wenig näher kennengelernt. Bestimmt hatte sie viel zu erzählen!

»Nach dem langen Winter ist das Geld überall knapp, die meisten sind froh, wenn sie nicht bei Helene anschreiben lassen müssen. Da denkt niemand an einen Besuch beim Fotografen«, meldete sich Alexander zum ersten Mal zu Wort. »Unsere Eltern werden schon Mühe haben, das Geld für unsere Konfirmandenfotografien zusammenzubekommen.« Noch während er sprach, lief er rot an.

Warum erzählte er so etwas, wenn es ihm doch peinlich ist?, dachte Anton ärgerlich. »Es gibt ja nicht nur arme Weber in Laichingen, sondern auch ein paar wohlhabende Leute«, sagte er rasch. »Was machen Sie denn anderswo, um Kunden anzulocken?«

Mimi hob die fein gezupften Brauen. »Gute Frage. Anderswo würde ich eine Werbeanzeige in der Tageszeitung aufgeben, aber ich schätze, das Ulmer Tagblatt bringt mir hier nichts. Meist reicht allerdings schon die Mund-zu-Mund-Propaganda aus. Als ich gestern bei Helene im Laden war, habe ich den Frauen, die dort einkauften, gesagt, dass ich Josefs Geschäft übernommen habe. Aber es hat niemanden besonders interessiert...« Sie hob in einer ratlosen Geste die Arme.

»Vielleicht liegt es an Gehringer, dass die Leute nicht kommen? Sich ihn zum Feind zu machen ist nicht gut«, flüsterte Alexander Anton zu, der ihm daraufhin einen Schubs versetzte. Zu spät. Die Fotografin hatte alles mitbekommen.

Stirnrunzelnd schaute sie von einem zum andern. »Dieser Herr Gehringer soll schuld sein, dass keine Kunden kommen? Wieso denn das?«

Alexander hatte wirklich Talent darin, die Frau zu vergraulen! »Männer wie Herrmann Gehringer können ungemütlich werden, wenn sie nicht bekommen, was sie wollen. Und scheinbar wollte er ja diesen Laden mieten…«, erwiderte Anton an Alexanders Stelle. »Kann gut sein, dass er versucht, die Leute gegen Sie aufzuwiegeln. Aber damit muss er ja nicht durchkommen, die Laichinger dürfen ja wohl noch selbst entscheiden, was sie tun!«

»Aber… woher… Wie um alles in der Welt hat sich denn schon herumgesprochen, dass Gehringer den Laden mieten wollte?«

Anton lachte spöttisch auf. »Liebe Frau Reventlow, hier im Ort bekommt jeder alles mit.« Er straffte die Schultern und sagte: »Was würden Sie davon halten, wenn Alexander Ihnen ein schönes Ladenschild malt, auf dem steht, dass Sie geöffnet haben? Man könnte auch die Schaufenster bemalen…« Seltsam, dachte er, noch während er sprach. Eigentlich hatte er vage gehofft, dass die vielgereiste Fremde *ihn* auf irgendeine Idee brachte, auf etwas, was ihm bei seinem Plan, in absehbarer Zukunft den Ochsen verlassen zu können, weiterhalf. Doch nun waren Alex und er es, die ihr zur Seite standen…

»Du kannst zeichnen?«, sagte Mimi zu Alexander. »Ich auch! Oder besser gesagt, ich kann retuschieren. Soll ich dir mal zeigen, wie das geht?«

Alexander nickte freudig.

Die Fotografin setzte sich an den Schreibtisch, auf dem sie das hölzerne Gestell platziert hatte. Darin spannte sie eine Glasplatte ein. Von oben war das Gestell beschattet und unten mit einem Spiegel versehen. Durch diese Konstruktion konnte man die eingespannte Platte perfekt gespiegelt sehen. Anton erkannte eine Frau mit ebenmäßigen, wunderschönen Gesichtszügen.

»Was für eine schöne Frau«, entfuhr es ihm, während

213

ein leicht scharfer Geruch in seine Nase stieg. Bestimmt rührte er von der chemischen Beschichtung der Glasplatte her. »Wer ist das?«

Die Fotografin schaute lächelnd auf. »Das ist Clara Berg, eine sehr erfolgreiche Geschäftsfrau. Ich habe sie am Bodensee fotografiert. Sie stellt Produkte für die weibliche Schönheit her. Cremes, Tinkturen, Lotionen... Und sie ist wirklich wunderschön!« Produkte für die weibliche Schönheit? Was sollte das sein? Anton nickte dennoch, als hätte er täglich damit zu tun. Dann trat er einen Schritt zur Seite, damit Alexander der Fotografin besser zusehen konnte.

Mimi nahm eine andere Fotografie zur Hand. Die Frau darauf war nicht so eine Schönheit wie diese Clara Berg, dachte Anton. Interessiert schaute er zu, wie die Fotografin aus einem bereitstehenden Glas einen feinen Pinsel wählte. Dann schraubte sie ein Fässchen mit Farbe auf und tauchte den Pinsel hinein. Mit leichter Hand und feinen Pinselstrichen begann sie, eine Warze auf der linken Wange der Dame zu entfernen. Schon sah sie viel besser aus, befand Anton. Was würde die Fotografin wohl mit einer Fotografie von Christel anstellen? Christel war eine Schönheit, das hörte Anton die Leute im Ochsen öfter sagen. Meist fügten sie einen Satz hinzu in der Art, dass Schönheit vergehen würde, der Glaube aber bliebe, oder dass man sich auf Schönheit nichts einbilden dürfe. Und dass Christel Merkle ein wenig eingebildet sei, ja sogar von oben herab. Manche taten gar, als sei Schönheit etwas Anrüchiges. Ihr seid doch nur neidisch, lag es Anton dann immer auf der Zunge zu sagen. Christels Fotografie würde jedenfalls keiner Retusche bedürfen. Ihrem Vater, Paul Merkle, jedoch... dem könnte die Fotografin von ihm aus eine Hakennase ins Gesicht malen! Oder eine hässliche Warze! Anton lachte leise auf.

»Warum sind die Schatten auf dem Bild hell und der Himmel dunkel?« Interessiert zeigte Alexander auf eine andere Glasplatte.

»Das hier ist lediglich ein Negativ«, sagte Mimi. »Wenn ich später die eigentliche Fotografie auf Papier entwickle, sieht das Bild so aus, wie es soll.« Sie schaute die Jungen an. »In meiner Dunkelkammer kann ich noch viel mehr machen als kleine Verschönerungsarbeiten wie hier mit dem Pinsel und Kratzwerkzeug. Mithilfe der Fotomontage könnte ich der Dame beispielsweise einen Hut aufsetzen. Oder ich könnte sie vor einen Kirchturm stellen oder vor sonst einen Hintergrund, ganz wie es mir gefällt oder wie der Kunde es wünscht.«

Anton glaubte, nicht richtig zu hören. »Aber... das ist ja... Das heißt, Sie könnten auch hinter unser Gasthaus...« – er fuchtelte mit der Hand durch die Luft, während er nach einem passenden Beispiel suchte –, »ein Gebirge setzen? Oder einen Tannenwald?« War das nicht Betrug?

Die Fotografin lachte. »Genauso ist es! Illusionen und der schöne Schein – die Menschen lieben das.« Sie hielt Alexander den Pinsel hin. »Magst du es mal versuchen?« Noch während sie sprach, stand sie auf und machte ihm Platz.

»Wolltest du nicht ein Ladenschild zeichnen?«, fragte Anton pikiert. Dass Alexander so in den Mittelpunkt rückte, war er nicht gewöhnt.

»Gleich«, murmelte Alexander, ohne von seiner Arbeit

215

aufzuschauen. Die Fotografin schaute ihm dabei über die Schulter.

»Du setzt lauter kleine Punkte, sehr interessant. Auch so kann man retuschieren. In der Malerei gibt es sogar einen Begriff für diese Art des Malens, Pointillismus wird das genannt.«

Anton runzelte die Stirn, auch Alexander schaute unsicher auf. Wovon redete die Frau? Jetzt reichte es mit der Retusche, beschloss Anton und sagte forsch: »Ich könnte bei uns im Ochsen erzählen, dass Sie wieder offen haben. Oder besser noch – ich gehe bei den reichen Webereibesitzern von Haus zu Haus und mache Werbung für Sie!«

Mimi lachte. »Und dann zahle ich dir für jeden neu gewonnenen Kunden eine Provision, ja?«

»Das wäre nicht schlecht.« Anton grinste. »Wer ein richtiger Geschäftsmann werden will, kann nicht früh genug anfangen!«

»Damit magst du recht haben«, sagte die Fotografin, »Aber ich kann mir deine Dienste leider nicht leisten.« Sie seufzte tief auf. »Doch spätestens Ende April kommen ja die Konfirmanden – zumindest sagt das mein Onkel. Ich hoffe allerdings sehr, dass die Leute vorher auf mich aufmerksam werden. Ein Ladenschild würde wirklich helfen, schaut mal, dieses Stück Pappkarton hier wäre doch gut geeignet.« Noch während sie sprach, kramte sie einen großformatigen Karton hervor.

Alexanders Augen leuchteten auf. »So ein großer, wertvoller Karton? Und ich darf ihn wirklich bemalen?«

Die Fotografin zuckte mit den Schultern. »Wenn du es dir zutraust? Hier in dieser Kiste sind verschieden farbige Tuschen, pass nur auf, dass du nichts verschüttest, die Farbe ist teuer.«

Andächtig, als hielte er wertvollstes Geschmeide in der Hand, nahm Alexander die Kiste und den Karton an sich.

Der Freund war die nächste Zeit beschäftigt, dachte Anton, dann hatte er eine Idee. »Wäre Ihnen denn geholfen, wenn die Konfirmanden – sagen wir mal –, eine Woche früher kämen?« Vielleicht gelang es ihm auch, Christel vorbeizuschicken?, dachte er im selben Moment. »Und wenn das schönste Mädchen im Ort sich von Ihnen fotografieren ließe, wäre das bestimmt doch auch eine sehr gute Werbung, oder nicht?«

Mimi Reventlow schaute ihn erstaunt und anerkennend zugleich an. »Das würde mir beides sehr helfen!«

Anton überlegte kurz. Dann hielt er Mimi erneut seine rechte Hand hin. »Ich bringe Ihnen die Konfirmanden eine Woche früher als sonst, abgemacht?« Was Christel anging, konnte er nichts versprechen.

Sie zögerte. »Ich kann dir für deine Hilfe aber wirklich nichts zahlen.«

»Das mache ich umsonst. Ein Freundschaftsdienst sozusagen«, sagte er, während sein Gehirn schon ratternd nach Argumenten suchte, die Leute zum früheren Kommen zu bewegen. Die Laichinger waren eingefahren in ihren Wegen, das wusste niemand besser als er.

»Umsonst ist der Tod«, sagte Mimi zögernd. Noch immer zauderte sie einzuschlagen.

Anton lächelte. »Wer weiß, ob Sie mir nicht auch irgendwann mal einen Gefallen tun?«

Als sie endlich seine Hand ergriff, fühlte sich das wie ein kleiner Triumph für ihn an.

23. Kapitel

»Rate mal, wer vorhin bei mir zu Besuch war«, sagte Mimi zu ihrem Onkel, während sie das Kissen hinter seinem Rücken aufschüttelte. Es war einer seiner guten Tage, an denen er es aus dem Bett aufs Sofa geschafft hatte. Mimi hatte ihm die Zeitung, einen Krug mit Wasser und ein paar trockene Kekse bereitgestellt, um es ihm so gemütlich wie möglich zu machen.

Auch sie fühlte sich zum ersten Mal seit Tagen ein wenig beschwingter, was auch mit ihren jugendlichen Besuchern zu tun hatte. Bisher hatte sie nur erwachsene Dorfbewohner getroffen, und eigentlich kam sie nur dann in Kontakt mit ihnen, wenn sie bei Helene einkaufen ging. Sehr freundlich war die Krämerfrau dabei nicht zu ihr, Mimi vermutete, dass sie ihr immer noch den kleinen Zwischenfall mit Gehringer nachtrug. Umso mehr hatte sie das Gespräch mit Anton und Alexander genossen. Der Gastwirtsohn war ein ungemein gutaussehender Bursche, dachte sie schmunzelnd. Die dunklen Haare, streng auf der rechten Seite gescheitelt, der sinnliche Mund, der eindringliche Blick, das forsche Auftreten, dazu die breite Brust und Schultern – Anton Schaufler würde sicher bald die Mädchenherzen bre-

chen! Und da war noch etwas an dem jungen Mann...
In seinem Blick lag etwas Rastloses. Er wirkte wie jemand, der große Dinge vorhatte.

»Dein erster Kunde vielleicht? Zeit wäre es ja«, sagte ihr Onkel. »Ich weiß immer noch nicht, was ich von deinen Plänen, hier einfach alles zu übernehmen, halten soll. Hätte ich bloß Gehringers Angebot angenommen, das wäre das Einfachste gewesen!«

»Die paar Mark hätten dich wirklich nicht reich gemacht. Freust du dich denn gar nicht, dass ich die Konfirmandenfotografien mache? Damit kommt doch viel mehr Geld in deine Kasse.« Dass ihr Onkel sich so gegen ihre Hilfe sträubte, verletzte Mimi. Doch sie versuchte, sich das nicht anmerken zu lassen.

»Das bleibt abzuwarten«, knurrte Josef. »Also, wer hat dich besucht?«

»Der junge Anton Schaufler und sein Freund, ein gewisser Alexander.« Wie blass Josef aussah, dachte sie, als sie auf einem Sessel Platz nahm. Von den Keksen hatte er auch nicht gegessen, erkannte sie mit einem Blick.

»Anton und Alexander. Die beiden hängen in jeder freien Minute zusammen, dabei könnten sie unterschiedlicher nicht sein. Wie Feuer und Wasser!«, sagte Josef. »Und was wollten die zwei? Doch sicher keine Fotografien, oder?«

»Ich glaube, sie waren einfach nur ein wenig neugierig.« Mimi lachte. »Aber dann hat Alexander ein Ladenschild gemalt, auf dem steht, dass das Atelier wieder geöffnet hat. Das haben wir gleich ins Schaufenster gehängt. Ein paar Leute sind schon stehen geblieben und haben es sich angeschaut...«

»Ein Ladenschild wollte ich mir auch immer anfertigen, aber irgendwie hat die Zeit nie dafür gereicht«, sagte Josef leise. »Als Traudel noch gesund war, haben wir das Leben gemeinsam genossen. Und als ich sie dann pflegen musste, hatte ich fürs Atelier irgendwie im Kopf keinen Platz mehr.«

Kein Wunder, dass alles etwas heruntergekommen war, dachte Mimi traurig. Josefs Frau hatte ein Krebsgeschwür im Unterleib gehabt, und daran war sie wohl auch gestorben.

»Ich bring schon wieder alles auf Vordermann, keine Sorge!«, sagte sie so fröhlich wie möglich. »Dieser Anton hat versprochen, dass er Werbung für mich macht, ist das nicht nett?«

Josef Stöckles Blick war skeptisch. »Auf den Anton muss man ein wenig aufpassen. Das ist ein wilder Kerl.«

Mimi lachte. »Das könnte hinkommen. Er ist älter als Alexander, nicht wahr?«

Der Onkel nickte. »Er hat die Schule schon vor zwei Jahren beendet und arbeitet seitdem im Ochsen. Seine Mutter Karolina hat Hilfe auch dringend nötig, ihr Mann gehört nicht gerade zu den Fleißigsten.«

»Anton will aber wohl auch nicht für immer im Ochsen bleiben, er meinte sogar, er wolle mal ein großer Geschäftsmann werden«, sagte Mimi. »Sein Freund Alexander erschien mir wesentlich bescheidener.«

»Ein guter Junge!« Der alte Fotograf nickte lächelnd. »Alexander besucht mich öfter, hackt Holz für mich oder erledigt andere kleine Verrichtungen. Als Gegenleistung darf er bei mir in Ruhe malen. Er freut sich immer so, wenn ich ihm den guten Zeichenblock und ein paar

Zeichenstifte hinlege! Scheinbar ist beides bei ihm zu Hause Mangelware.«

»Er malt und zeichnet wohl gern?« Mimi hatte nicht schlecht gestaunt, als sie sah, in welch gleichmäßigen, kunstvollen Buchstaben Alexander geschrieben hatte. Und zum Schluss hatte er das Schild noch mit einer schwungvollen Ranke verziert – ein Schildermaler hätte es nicht sehr viel besser machen können! Als sie ihm zwei Mark dafür in die Hand hatte drücken wollen, lehnte er jedoch ab.

Josef winkte in Richtung des Esstisches. »Geh mal an die Schublade, da liegt sein Zeichenblock.«

Mimi tat, was er gesagt hatte. Mit dem Block auf dem Schoß setzte sie sich neben Josef, gemeinsam blätterten sie Bild für Bild durch. Eine Libelle, detailgetreu gemalt, verschiedene Schmetterlinge, ein Rabe. Zwei spielende Eichhörnchen im Baum…

Mimi war fassungslos. »Diese Detailtreue! Und alles wirkt so dreidimensional! Die Proportionen stimmen auch… Das alles malt Alexander ohne jegliche Anleitung?«

»Ich habe Alexander den einen oder anderen Kniff gezeigt. Wie man eine Perspektive entwickelt oder wie man Licht und Schatten so setzt, dass es realistisch wirkt. Aber Kunstunterricht gibt es hier in der Schule nicht.«

»Er hat wirklich Talent!« Aufgeregt blätterte Mimi die Zeichnungen erneut durch. »Der Junge ist sehr begabt, so einer gehört eigentlich auf eine Kunstakademie. Was würdest du davon halten, wenn ich die Zeichnungen Mutter schicke? Sie hat gute Kontakte zur Stuttgarter Kunstschule, deren Leiter…«

»Wehe, du setzt Alexander Flausen ins Ohr!«, unterbrach Josef Stöckle sie bestimmt. »Die Schuberts gehören zu den ärmsten Weberfamilien im Dorf. Klaus Schubert leidet an Schwermut, seine Frau hat alle Hände voll damit zu tun, Haus und Hof zu versorgen und alle Mäuler satt zu kriegen. Einen Sohn studieren lassen ist das Letzte, was sie sich leisten kann«, sagte er in einem Ton, als erwarte er sogleich Mimis Widerworte. »Der Bub *muss* in die Fabrik, wie sein Vater, daran geht kein Weg vorbei.«

Mimi schwieg. Doch sie sah das völlig anders.

Laichingen, 18. April 1911

Liebe Mutter,

nachdem ich nun schon einige Tage bei Onkel Josef bin, kann ich dir eine kurze Bestandsaufnahme geben.

Mimi starrte auf ihren ersten Satz. Hörte sich das nicht ziemlich gestelzt an?

Es war halb neun abends, Josef schlief schon. Von dem Abendbrot, das sie hergerichtet hatte, hatte er nichts gegessen. Das Brot sei ihm zu hart, und die Wurst, die sie bei Helene gekauft hatte, zu salzig, hatte er gemeint. Ein wenig verschämt hatte er sie dann gefragt, ob sie ihm nicht einmal einen Schwarzen Brei kochen könne, so wie Luise öfter einen vorbeibrachte. Der würde auch schön satt machen.

Mimi, die keine Ahnung hatte, was man unter der seltsam klingenden Speise verstand, hatte zugestimmt. »Sobald ich ein wenig Zeit habe, gehe ich zu Luise und

lasse mir zeigen, wie man den Brei zubereitet.« Sie
würde alles tun, wenn sie ihm damit eine kleine Freude
bereiten konnte.

Nun saß sie an Josefs kleinem Schreibtisch und
schrieb den dringend überfälligen Brief an ihre Mutter.

Eigentlich war sie todmüde und wäre am liebsten
auch zu Bett gegangen, aber seit sie hier in Laichingen
war, hatte sie das Gefühl, ihr Tag habe nicht genügend
Stunden für alles, was anstand.

In der Spüle in der Küche stapelte sich das Geschirr,
in einem Korb daneben auf dem Boden die Schmutzwäsche. Es war erstaunlich, wie viel schmutzige Wäsche
ein alter Mann produzieren konnte.

Auf ihren Reisen hatte sie stets entweder in einem or-
dentlichen Gasthof übernachtet, oder sie war Hausgast
beim Herrn Bürgermeister oder beim Pfarrer gewesen.
Ihr wurde ein Stück Kuchen ins Zimmer gestellt und
eine Wärmflasche ins Bett gelegt. Ihre Schmutzwäsche
hatte sie dezent in einem Waschbecken gereinigt und
dann das jeweilige Hausmädchen gebeten, die Wäsche
zu bügeln. Wie man einen Haushalt führte, hatte sie nie
gelernt. Und jetzt hatte sie auch keine Zeit dafür, sie
musste schauen, dass sie das Fotoatelier zum Laufen
brachte. Vielleicht geschah ein Wunder und der Wäsche-
berg schwand von selbst?, dachte sie sarkastisch, dann
konzentrierte sie sich wieder auf ihren Brief.

*Leider ist Josefs Arzt auf großer Reise und kommt
erst Anfang Mai wieder. Somit kann ich dir lediglich
meine Eindrücke wiedergeben, nicht aber eine pro-
fessionelle Einschätzung von Josefs Gesundheitszustand.*

In knappen Worten beschrieb sie Josefs Zustand, seine prekäre finanzielle Lage und ihren Plan, erst mal so lange in Laichingen zu bleiben, bis der Doktor zurück war.

Ich kümmere mich gern um Onkel Josef, dennoch wirst du nicht umhinkommen, dir Gedanken zu machen, wie es mit ihm weitergehen soll, wenn ich wieder weg bin.

Klang das nicht ein wenig spitz? Und wenn schon!, befand Mimi. Ihre Mutter sollte ruhig spüren, dass sie verärgert war über deren fehlendes Engagement. Ihr Blick wanderte zu dem Block mit Alexanders Zeichnungen, den sie Josef in einem unauffälligen Moment stibitzt hatte.

Darf ich dich um einen Gefallen bitten, während ich bei Onkel Josef die Stellung halte? Es gibt hier einen jungen Burschen namens Alexander Schubert, der zeichnerisch in meinen Augen sehr talentiert ist. Ich lege dir ein paar seiner Zeichnungen bei, er hat sie angefertigt, ohne je Kunstunterricht genossen zu haben. Leider konnte ich auf die Schnelle nicht mehr seiner Arbeiten auftreiben. Es würde mich wirklich sehr interessieren, was ein geschultes Auge zu diesen Zeichnungen sagt. Hier gibt es weit und breit niemanden, dem ich sie einmal zeigen könnte. Ich weiß aber, dass du den Leiter der Stuttgarter Kunstschule kennst. Dürfte ich dich also bitten …

Zufrieden legte Mimi wenige Minuten später ihren Federhalter zur Seite. Es war nur fair, dass ihre vielbeschäftigte Mutter sich ihr zuliebe auf den Weg zur Stuttgarter Kunstschule machte, um dort wegen Alexander vorzusprechen. Und wenn das ihren eigenen ach so wichtigen Plänen in die Quere kam, dann geschah ihr das nur recht.

Am nächsten Morgen, als Mimi mit dem Brief in der Hand in der kleinen Poststelle stand und wartete, dass sie an die Reihe kam, war sie sich ihrer Sache nicht mehr so sicher. Tat sie das Richtige? Der Onkel hatte sie eindringlich gebeten, sich nicht einzumischen. Sollte sie nicht vorher mit Alexander oder seinen Eltern sprechen? Andererseits: Es war ja gar nicht gesagt, dass sie überhaupt eine Antwort oder gar eine positive bekam! Die Kunstleute waren eigen, und Mimi hatte keine Ahnung, ob der naturalistische Stil von Alexanders Zeichnungen überhaupt derzeit auf Interesse stieß. Wahrscheinlich würde sie eh nur eine knappe Abfuhr erhalten.

»Der Nächste bitte!«

Mimi gab sich einen Ruck. »Ich möchte gern diesen Brief aufgeben. Nach Esslingen.«

24. Kapitel

»Du siehst so schön aus...« Anton hatte Mühe, seinen Blick von Christel abzuwenden. »Deine blonden Haare glänzen in der Sonne wie gesponnenes Gold.«

Die Tochter von Paul Merkle lachte kokett auf. »Ich bin doch keine Prinzessin in einem Grimm'schen Märchen!«, wehrte sie ab, doch Anton sah, dass sich ihre Wangen vor Freude röteten.

»Für mich bist du eine Prinzessin!«, sagte er heftig.

Der Gastwirtsohn und die junge Frau hatten sich zu einem ihrer seltenen Rendezvous weggeschlichen. Raus aus dem Dorf, auf einem einsamen Weg ein wenig spazieren gehen und Händchen halten. Und dabei immer Obacht geben, dass niemand sie sah. Seine Mutter glaubte, er sei beim Wagner, und Christels Mutter wähnte die Tochter bei einer Freundin.

Vergeblich schaute Anton sich unter den Bäumen zu ihrer Linken nach einer trockenen Stelle um, wo sie sich hätten hinsetzen können. Dann hätte er einen Arm um Christel legen können. Vielleicht hätte sie es erlaubt, und sie wären dem ersten Kuss endlich näher gekommen. Er wusste genau, wie sich ihre Lippen anfühlen würden − warm und weich und süß... Doch die blasse

Grasdecke, durch die sich hie und da ein Gänseblümchen kämpfte, war vom vergangenen Schnee und Regen noch durchweicht, Christel hätte nie eingewilligt, sich darauf niederzulassen.

Anton zwang sich, nicht weiter über Christels Lippen nachzudenken, und sagte stattdessen so lässig wie möglich: »Hat dein Bruder eigentlich schon seine Konfirmandenfotografie machen lassen?«

»Nein, wieso? Die Konfirmation ist doch erst in zwei Wochen.«

»Das schon...«, sagte er gedehnt. »Aber ich habe gehört, dass es im Fotoatelier einen Engpass bei diesen Glasplatten gibt, die man zum Fotografieren braucht. Josef Stöckles Nichte muss erst neue Glasplatten bestellen, und sie weiß nicht, wann die kommen. Wenn es dumm läuft, kann sie gar nicht alle Konfirmanden bedienen.«

»Meine Mutter wäre entsetzt, wenn es kein Konfirmandenbild von Justus gäbe!« Christel schaute ihn erschrocken an. »Woher weißt du das überhaupt?«

Anton zuckte mit den Schultern. »Ich bekomm halt im Gasthof so einiges mit«, sagte er vage. »Aber ich an eurer Stelle würde dem Atelier so schnell wie möglich einen Besuch abstatten. Sonst geht dein Bruder am Ende noch leer aus.«

»Und was ist dann mit Justus' Schulkameraden?«

»Wenn's sein muss, soll Justus seinen besten Kumpels halt auch Bescheid sagen«, sagte Anton großzügig. »Aber von mir hast du diese Information nicht, einverstanden?«

»Danke«, sagte Christel erleichtert.

Anton legte versuchsweise einen Arm um sie. Sie ließ

es geschehen. Ein wenig ungelenk, aber eng aneinandergeschmiegt, liefen sie weiter. Es fühlte sich wunderbar an, Christel so nah zu sein. Sie roch fast so gut wie die Nichte von Josef Stöckle.

»Die Fotografin meinte übrigens auch, sie würde immer Ausschau halten nach besonders hübschen Mädchen, die sie fotografieren könne...«

Wie erwartet, blieb Christel sogleich stehen. »Wozu denn das?«, fragte sie so gleichgültig wie möglich, doch Anton sah, dass ihre Augen interessiert aufleuchteten.

»Sie hat Kontakte zu einer Geschäftsfrau, die Produkte für die Schönheit herstellt. Die braucht für ihren Katalog öfter gut aussehende Modelle. Zu Werbezwecken sozusagen...« Anton schaute Christel betont nachdenklich an. »Eigentlich kommt da niemand anderes außer dir in Frage, oder?«

Sie gab ihm einen kleinen Schubs. »Du Schmeichler! Du weißt genau, dass du solche Sachen nicht sagen sollst.«

»Wenn's doch wahr ist!«, rief er lachend. Nachdenklich fügte er hinzu: »Ich habe Fotografien von Frauen gesehen, die diese Mimi Reventlow gemacht hat. Wie Filmstars sehen die Damen aus...«

»Was weißt du denn schon von Filmstars?«, erwiderte Christel spöttisch. »Oder warst du etwa in der Zwischenzeit schon einmal in einem Lichtspielhaus? Ohne mich?«

Seine Miene verdüsterte sich. »So viel, wie ich derzeit arbeiten muss? Vor dem Maienfest und später dem Pfingstmarkt gibt es viel zu tun bei uns im Gasthaus!« Von einem Besuch in einem Lichtspielhaus träumten sie schon lange. Er konnte sich partout nicht vorstellen, wie die berühmten »bewegten Bilder«, von denen in der Zeitung stand, aussahen.

Christel entspannte sich wieder. »Frag mal mich! Jetzt, wo Mutter wieder schwanger ist, lässt sie mich noch mehr schuften. Ich glaube, keine Dienstmagd wird so geschunden wie ich. Gestern habe ich den ganzen Tag Wäsche gewaschen, schau dir mal meine Hände an!« Vorwurfsvoll und wütend zugleich hielt sie ihm ihre Hände hin. Sie waren gerötet und voller Schrunden. Die Haut rund um die Fingernägel war teilweise offen und blutig. »Gestern Abend konnte ich nicht mal mehr sticken, weil ich sonst die feinen Kissenbezüge verschmutzt hätte. Da wurde mein Vater auch noch wütend und meinte, ich hätte besser auf meine Hände achtgeben sollen. Nur wie?«

Anton schluckt hart. Paul Merkle! Wie er ihn hasste! Mit großer Zärtlichkeit nahm er Christels Hände in die seinen, dann küsste er jeden einzelnen Finger. »Eines Tages, das verspreche ich dir, wirst du keinen Finger mehr rühren müssen. Du wirst die feinsten Cremes und Tinkturen haben, und deine Hände werden aussehen wie die von Königin Kleopatra! Die Ägypterin soll nämlich wunderschön gewesen sein, zumindest habe ich das in einem Buch vom Herrn Pfarrer gelesen. Aber schöner als du war sie gewiss nicht, Königin hin oder her.«

Christels Kichern war nicht gerade die Reaktion, die er sich auf seine innige Rede erhofft hatte, aber immerhin war es ihm gelungen, seine Liebste ein wenig aufzumuntern.

»Wenn das ›eines Tages‹ nur nicht so weit weg wäre…«, sagte Christel sehnsüchtig. Sie nickte in Richtung der wenigen knorrigen Zwetschen- und Apfelbäume, die ihren Weg säumten. Auch sie waren noch immer kahl, und das, obwohl es nun schon Mitte April war. »Keine Farben, nirgendwo, alles nur grau. Manchmal kann ich die ganze Armut und Kahlheit hier droben kaum mehr ertragen.«

Anton schlang seinen Arm enger um sie, er glaubte, durch seine Jacke hindurch ihren Herzschlag spüren zu können. »In der Zeitung gab es am Samstag einen Reisebericht über Italien. Darin stand, dass im Süden jetzt schon die Mandelbäume blühen. Und Tulpen. Und auf den Zitronenbäumen hängen schon reife Früchte«, sagte er verträumt.

Christel seufzte verdrossen. »So etwas bekommt unsereiner eh nie zu sehen. Aber immerhin ist es nicht mehr so kalt wie noch vor ein paar Wochen. Und hörst du, wie schön die Vögel schon zwitschern?«

»Die Vögel können mir gestohlen bleiben. Ich würde dir gern mal einen bunten Blumenstrauß schenken. Oder dich in ein Café einladen. Aber bei uns gibt's ja nichts! Und selbst wenn es eine Bar oder ein schönes Restaurant gäbe, wäre das nicht möglich, weil dein Vater mich ablehnt und wir uns nur heimlich treffen können«, sagte Anton verdrossen. Wie sollte er da Christel ordentlich den Hof machen?

»Hör endlich auf damit!«, sagte Christel heftig und entwand sich seiner Umarmung.

»Womit soll ich aufhören?« Anton verstand gar nichts.

»Blühende Mandelbäume und eine Einladung ins Café – immer schwingst du solche Reden, die einen zum Träumen verführen! Danach fühle ich mich aber noch schlechter als zuvor. Vielleicht wird es uns nie gelingen, einmal ins Lichtspielhaus zu gehen – was dann? Vielleicht komme ich in meinem ganzen Leben nicht mal nach Ulm? Und was ist, wenn ich niemals einen Friseur besuchen kann? Oder einen schönen Laden, in dem es Kleider und Hüte und Blumen gibt?« Ihre Stimme wurde rau, als täte das Sprechen ihr weh. »Durch solche Reden wird meine Sehnsucht nur immer größer, und es fällt mir noch schwerer als sonst, eine brave, liebende Tochter zu sein.« Tränen der Verzweiflung liefen jetzt über ihr Gesicht. »Wenn der liebe Gott oder mein Vater wüssten, was mir so alles durch den Kopf geht...«

Hilflos fuhr sich Anton durchs Haar. So hatte er Christel noch nie sprechen hören. »Aber warum willst du dich mit all dem hier zufriedengeben, wenn du solche Sehnsucht hast? Lass uns weggehen, gemeinsam! Wir haben unser ganzes Leben noch vor uns, warum also hier versauern? Wir schlagen uns schon irgendwie durch und...«

»Anton, es reicht nun wirklich!«, unterbrach Christel ihn mit einer Strenge in der Stimme, die in seltsamem Kontrast zu ihrer Jugend und Schönheit stand. Sie strich sich die Tränen aus dem Gesicht, glättete ihre Zöpfe und sagte kühl: »Ich werde nie hier weggehen, schließlich hat der liebe Gott mir diesen Platz zugewiesen. Die Menschen in der Stadt mögen vielleicht mehr Möglichkeiten haben als wir, aber ob es ihnen damit besser geht, bezweifle ich. Wenn du so viele schöne Dinge in den Schaufenstern siehst, dann willst du sie auch haben! Gier aber sieht der liebe Gott nicht gern, er schätzt die Bescheidenheit. Am Ende verschulden sich die Menschen wegen unnützen Dingen, oder sie bestehlen sich gegenseitig, betrügen sich, frönen dem Glücksspiel oder schlagen sich tot!« Christel schüttelte sich, als sei ihr schon jetzt angst und bange.

»O Herr, führe mich nicht in Versuchung ...« Anton wusste nicht, ob er lachen oder weinen sollte. »Gerade noch hast du ganz andere Reden geschwungen. Und jetzt tust du so, als ob die ganze Welt ein Sündenpfuhl ist und einzig Laichingen der Ort der Seligen! Hat der liebe Gott dich etwa festgeklebt hier im Ort? Hat er dir Ketten angelegt? Wie kommst du nur auf solche Ideen?«

»Das ist die Realität. Und du, du bist nichts als ein Träumer! Wenn mein Vater wüsste, was du für Reden schwingst, würde er erst recht nie erlauben, dass du mir den Hof machst.« Wütend riss Christel sich los und rannte davon.

Verständnislos schaute Anton ihr hinterher. Er hatte doch nur gesagt, dass er sie gern mal in ein Café einladen wollte. Was bitte schön war daran so schlimm?

25. Kapitel

»Die Hand auf die Lehne des Polsters, ja, genau so... Und mit der anderen Hand hältst du die Bibel. Sehr gut, Vincent.« Mimi strich das Jackett des Konfirmanden glatt, dessen Stoff störrische Falten warf. Der Junge stand wie seine Vorgänger so stocksteif da, als hätte er einen Besenstiel verschluckt. Seine Miene war verschlossen, sein kantiges Kinn stur nach vorn gerichtet. Da hatte so manche aus Holz geschnitzte Marionette ein lebhafteres Mienenspiel, dachte Mimi leicht genervt. In lockerem Plauderton versuchte sie, ihn aus der Reserve zu locken: »Und – was willst du mal werden nach der Schule?«

Vincent Klein schaute sie erstaunt an. »Ich werde natürlich Weber!«

Mimi lachte auf. »Du bist jetzt schon der dritte Konfirmand an diesem Tag, der das sagt. Mir ist schon klar, dass dieser Beruf hier in Laichingen die erste Wahl ist, aber jetzt mal ehrlich – was würde dir sonst noch gefallen?«

Der Junge zuckte nur mit den Schultern, seine Miene fiel zurück in ihre alte Starre.

»Hast du denn kein Steckenpferd? Etwas, was du in der Freizeit gern machst?«

Der Junge schaut sie erneut an, als wäre sie ein Mondkalb. »Wie meinen Sie das?«

»Na, bist du zum Beispiel im Winter Schlittschuh auf eurer Hüle gefahren? Oder Schlitten auf den umliegenden Hügeln? Oder bist du einer von diesen modernen Radfahrern? Oder im Schützenverein?« Während sie die Kamera scharf stellte, zählte Mimi alles auf, was ihr an jugendlichem Zeitvertreib einfiel.

Vincent schüttelte den Kopf. »Für so was habe ich keine Zeit. Nach der Schule helfe ich daheim und auf dem Feld.«

»So ist es! Und nachher müssen wir auch noch aufs Feld, Steine klauben«, meldete sich seine Mutter Franka Klein, die auf einem Stuhl im Hintergrund saß, mürrisch zu Wort. »Nächste Woche hätte uns dieser Fototermin wirklich besser gepasst. Aber wir wollten natürlich angesichts des Engpasses nicht leer ausgehen.«

»Wir haben es gleich«, sagte Mimi, während sie durch den Sucher schaute. Welche Steine wollte die Frau klauben? Und welcher Engpass? Was um alles in der Welt hatte Anton den Leuten erzählt?

»So, und nun bitte lächeln!«

Der Junge verzog keine Miene.

Mimi seufzte innerlich auf, dann legte sie ihre Kamera ab. »Du kannst dich bewegen«, sagte sie zu ihrem Modell, und zu seiner Mutter: »Ich komme gleich wieder!« Eilig rannte sie ins Haus. Täuschte sie sich, oder roch es hier muffig? Nach ungewaschener Wäsche und Staub? Sie riss im Vorbeigehen ein Fenster auf, dann ging sie zum Küchenregal, wo Josefs Reisemitbringsel dekoriert waren. Eilig suchte sie alles durch. Den Degen konnte sie gebrauchen. Den Bollenhut. Die Welt-

234

kugel. Eine gefaltete, kunstvoll gestaltete Landkarte vom Kaiserreich. Den Atlas aus dem 18. Jahrhundert...

»Was machst du denn da, Kind?«, fragte der Onkel, der just in dem Moment mit einer leeren Tasse in der Hand in der Küche erschien. Seine Hand zitterte so sehr, dass Mimi sich schon nach Besen und Schaufel umschaute, um die Scherben der Tasse aufzukehren.

»Ich versuche, die Laichinger Jugend aus der Reserve zu locken!«, antwortete sie so fröhlich wie möglich. »Und was machst du? Du solltest dich doch auf dem Sofa ausruhen.« Sie warf ihm einen besorgten Blick zu.

In der letzten Nacht hatte Josef Blut gespuckt und das Taschentuch verschämt im Wäschekorb versteckt. Mimi hatte es trotzdem gesehen und war zu Tode erschrocken. Mehr als einmal hatte sie in den letzten Tagen darauf gedrängt, einen Arzt aus einem der umliegenden Dörfer kommen zu lassen, doch Josef hatte sich mit Händen und Füßen dagegen gewehrt. Also pflegte sie ihren Onkel, so gut es nur ging. Kochte Gemüsesuppe – das einzige Gericht, das sie kochen konnte –, entkernte schrumpelige Äpfel und schnitt sie in Scheiben. Sie schüttelte ihm die Decke auf und las ihm vor, wenn er selbst zu schwach zum Lesen war.

Liebevoll strich sie dem alten Mann jetzt über die Wange. »Leg dich wieder hin, in der Mittagspause koche ich dir frischen Tee, und warme Suppe gibt's dann auch.«

»Kind!«, rief er ihr nach, als sie schon fast aus der Tür hinaus war.

»Ja?« Mimi drehte sich noch einmal um.

»Gell, heute bist du so richtig in deinem Element.« Der Onkel lächelte stolz und wehmütig zugleich.

Mimi nickte. Den Kloß in ihrem Hals ignorierend, rannte sie zurück ins Atelier.

»Wenn Sie nichts dagegen haben, würde ich Vincents Konfirmandenfotografie gern ein wenig moderner gestalten«, sagte sie zu Franka Klein. Noch während sie sprach, stellte sie Josefs Reiseandenken am Rand der Bühne auf.

»Und was ist mit der Bibel?«, fragte Franka Klein erschrocken.

»Die kommt natürlich auch ins Bild. Wir könnten sie hier auf das Tischchen stellen, in den Vordergrund. Und zusätzlich könnte Ihr Sohn sich noch einen anderen Gegenstand aussuchen, der mit auf die Fotografie kommt.«

»Aber ist das nicht gotteslästerlich?«

»Wie kommen Sie denn darauf? Ich würde es viel eher gottgefällig nennen, der liebe Gott hat doch einen Sinn für die schönen Dinge des Lebens«, sagte Mimi erstaunt.

Franka Klein überlegte noch einen Moment, dann sagte sie: »Also gut, wenn's nichts extra kostet.«

»Schau dir mal an, was ich mitgebracht habe – interessiert dich davon etwas besonders?«, fragte Mimi den Konfirmanden.

Vincent zeigte vorsichtig auf den Globus.

Mimi lächelte. »Eine gute Wahl. Der Globus steht für die große, weite Welt! Wer weiß, was du in den nächsten Jahren noch alles zu sehen bekommst? Afrika, Indien und womöglich auch noch China?«

Und der Junge lächelte tatsächlich ein wenig zurück.

Der nächste Konfirmand war Justus Merkle, einer der Enkel von Josefs Nachbarin Luise. Der Junge mit den Pickeln im Gesicht wurde von seiner Mutter Sonja und seinem jüngeren Bruder begleitet. Beide Jungen schubsten sich gegenseitig und kicherten dabei aufgekratzt.

»Wie schön, dass wir uns so bald wiedersehen«, sagte Mimi zu Sonja Merkle. Erst jetzt bemerkte sie, dass die Frau außer ihren Söhnen auch ein junges Mädchen dabeihatte. Einen Moment lang stockte Mimi der Atem, so schön war die junge Frau. Und sie hatte wahrlich schon viele Schönheiten gesehen.

»Wir haben uns auch beeilt«, sagte Luises Tochter. »Wegen der Glasplatten!« Sie zwinkerte Mimi vertraulich zu.

Diese runzelte die Stirn. Hatte die Bemerkung auch mit Antons »Werbung« zu tun? Hatte er etwa erzählt, sie hätte nicht genügend Material für alle Fotografien?

»Wer zuerst kommt, mahlt zuerst«, sagte sie unverbindlich und konnte nur mit Mühe ein Grinsen vermeiden. Was für ein kleiner Ganove!

»So ist es. Und jetzt kommt das Beste!« Triumphierend schaute Sonja Merkle sie an. »Mein Mann Paul erlaubt nämlich, dass Sie auch eine Fotografie von unserer Tochter Christel machen. Ist das nicht schön?« Sie schob das Mädchen nach vorn.

Mimis Miene hellte sich noch weiter auf, und an die junge Frau gewandt, sagte sie: »Ich verspreche dir, du wirst auf der Fotografie aussehen wie eine Märchenprinzessin!« Sie konnte es kaum erwarten, diese Schönheit vor die Linse zu bekommen.

Mutter und Tochter lachten verschämt.

»Wissen Sie, mein Mann ist die rechte Hand vom Herrn Gehringer«, sagte Sonja Merkle vertraulich, während Mimi den Konfirmanden auf die Bühne führte. »Wir könnten uns also die eine oder andere Fotografie

237

leisten, aber normalerweise ist mein Mann nicht so spendabel. Deshalb war ich ja überrascht, als Paul heute Morgen meinte, Christel solle sich ebenfalls fotografieren lassen.«

Mimi nickte. Was sollte sie dazu auch sagen?

Justus wollte keine von Josefs Requisiten haben, sondern nur die Bibel halten. Auf ihre Frage, welchen Beruf er erlernen wollte, antwortete er einsilbig: »Weber beim Gehringer!« Genauso schnell war die Konfirmandenfotografie gemacht, und der Junge sprang von der Bühne, um sich im nächsten Moment wieder mit seinem jüngeren Bruder zu kebbeln. Eine zweite Aufnahme wollte er nicht. Schade, dachte Mimi, die ihn gern noch einmal anders in Szene gesetzt hätte. Aber so konnte sie sich mehr Zeit für Christel nehmen.

»Magst du dich auf das kleine Mäuerchen hier setzen?«, sagte sie zu Justus' Schwester und zeigte auf eine Gipsbalustrade. Die junge Frau tat stumm, wie ihr geheißen.

Christel war wirklich ein ungewöhnlich schönes Mädchen, mit feinen Gesichtszügen, einer Haut wie Milch und Honig und goldblonden Haaren, dachte Mimi, während sie eine neue Glasplatte in ihre Kamera legte. Das diffuse Licht des regnerischen Tages würde Christels schimmernde Haut wunderbar zur Geltung bringen. Lächelnd justierte Mimi eins der Fenster ein wenig anders, sodass Christels linke Seite noch ein wenig mehr erhellt wurde. Perfekt! Aus dem Augenwinkel heraus sah sie besorgt auf die beiden Jungs, die sich unentwegt gegenseitig schubsten. Hoffentlich würde nicht noch einer in eine Glasscheibe fallen!

Wie die Konfirmanden vor ihr trug auch Christel

ein schwarzes, störrisches Gewand, das weder zu ihrer Jugend und Anmut noch zu ihrer Schönheit passte.

»Und welchen Beruf hast du?«, fragte Mimi, während sie noch überlegte, wie sie trotz des vielen Schwarz ein wenig mehr Leichtigkeit in das Bild bringen konnte.

»Unsere Tochter muss nicht arbeiten gehen, sie wird später mal eine gute Partie machen«, antwortete Sonja anstelle ihrer Tochter. »Bis dahin hilft sie mir ein bisschen im Haushalt. Und natürlich arbeitet sie zu Hause als Näherin, so wie ich auch. So gesehen schafft die ganze Familie beim Gehringer.« Sonja Merkles dunkelbraune Augen glänzten vor Stolz.

Mimi warf ihrer Kundin einen Blick zu, sagte aber nichts. Eigentlich hätte sie gedacht, dass sich dieser Herr Gehringer bei ihr melden würde – immerhin hatte sie ihm eine kurze Nachricht geschrieben, in der sie ihm mitteilte, dass ihr Onkel vorerst von einer Vermietung des Ladengeschäfts absah. Doch der Unternehmer hatte weder von sich hören lassen noch sich blicken lassen. So wichtig konnte es ihm mit dem Laden also nicht gewesen sein, dachte sie, während sie eine Leiter herzog, um eine Leinwand mit einem Wolkenhimmel aufzuhängen. Die Steinmauer und der Himmel – weitere Accessoires brauchte es bei der jungen Schönheit nicht.

Mimi hatte die erste Stufe gerade erklommen, als Sonja sich auf ihrem Stuhl vor Schmerz krümmte. Erschrocken stieg Mimi von der Leiter wieder hinab. »Ist alles in Ordnung, Frau Merkle?«

»Ich habe gestern nur zu schwer getragen, das hat dem Kindchen und mir nicht gutgetan«, sagte die schwangere Frau schmerzverzerrt. »Ruhe jetzt, sonst setzt es ein paar Ohrfeigen!«, schrie sie im nächsten

Moment ihre Söhne an, die weiterhin Unfug machten. Dann jagte sie die Jungs nach draußen.

»Buben sind immer etwas anstrengender als Mädchen«, sagte Mimi lächelnd.

»Das können Sie laut sagen. Und von denen habe ich nochmals zwei daheim, die sind gerade bei meiner Mutter. Und jetzt noch ein Nachzügler! Fast jedes Jahr ein Kind...«, sagte sie halb ratlos, halb ablehnend, ehe sie unvermittelt das Thema wechselte. »Wieso sind Sie eigentlich nicht verheiratet?«

Mimi runzelte die Stirn. Die gute Frau war ziemlich neugierig! »Wenn es nach den Wünschen meiner Eltern gegangen wäre, wäre ich das längst – sogar einen Heiratsantrag hat mir mein Liebster damals gemacht.« Sie lachte leise. »Aber dann habe ich gespürt, dass eine Heirat und alles, was damit zusammenhängt, nicht mein Leben ist. Ich war so neugierig auf das, was mich in der großen, weiten Welt erwartet!« Wie großspurig sich das anhörte. Sie lachte verlegen.

»Und deswegen haben Sie zu einem Heiratsantrag nein gesagt?« Sonja Merkle schaute sie ungläubig an. Christel, die noch immer auf dem Mäuerchen saß, hörte ebenfalls atemlos zu.

Mimi nickte. »Sehr begeistert war meine Mutter nicht, das können Sie sich ja vorstellen. Aber man kann halt nicht immer alle Menschen um einen herum glücklich machen, wenn man selbst glücklich sein will.«

Sonja Merkle schüttelte den Kopf. »So was habe ich noch nie gehört! Hier in Laichingen lebt jede Tochter das Leben ihrer Mutter und Großmutter weiter, so will es die Tradition. Ich kenne jedenfalls keine einzige Frau, die eine Verlobung ausgeschlagen oder aufgelöst hätte.«

Sie schaute ihre Tochter streng an. »So was würde dir nie einfallen, nicht wahr, Christel?«

Das junge Mädchen nickte mit unergründlicher Miene. Obwohl Mimi sich eigentlich einer guten Menschenkenntnis rühmte, konnte sie nicht erkennen, was in Christel vorging.

»Traditionen sind etwas Schönes. Aber sie dürfen nicht zum Gefängnis werden«, erwiderte Mimi bestimmt. »Mir ist schon bewusst, dass sich nicht jeder solche Freiheiten herausnehmen kann – oder will –, wie ich es getan habe. Aber ein wenig sollte man schon die Neigungen des einzelnen Menschen berücksichtigen, sei es beim Ehepartner oder bei der Berufswahl, finden Sie nicht?« Während sie sprach, wies sie Christel an, ihre linke Schulter ein wenig in Richtung des Fensters zu drehen. Das Mädchen folgte der Aufforderung mit natürlicher Anmut.

»Unbedingt!«, stimmte Sonja Merkle ihr zu. »Das ist ja bei uns nicht anders. Unser Leben ist das Leinen. Genauso wollen wir es haben und nicht anders, oder, Christel?«

Ein Schatten huschte über die Miene des jungen Mädchens, just in dem Moment, in dem Mimi auf den Auslöser drückte. Verflixt, diese Silberplatte konnte sie gleich wegwerfen, die brauchte sie gar nicht zu entwickeln. Mimi warf Christels Mutter einen unwilligen Blick zu. Das hatte man vom vielen Plappern!

Doch Sonja Merkle kam gerade erst in Fahrt. »Wir müssen uns unbedingt mal auf einen Schwatz treffen. Bestimmt haben Sie schon viel gesehen und können spannende Dinge erzählen. Hier im Ort gibt's ja leider nie etwas Neues! Als ich das kürzlich zu meinem Mann sagte, meinte er, das läge daran, dass die Leute genug

mit dem Alten zu tun haben. Auch wieder wahr, oder?«
Sonja lachte.

Mimi konnte den Scherz nicht ganz nachvollziehen.
»Dann bleibt Ihnen wohl nichts anderes übrig, als selbst
etwas Neues zu wagen«, sagte sie kühl. »Oft sind gerade Frauen sehr erfinderisch. In Meersburg, wo ich den
Winter verbracht habe, gibt es beispielsweise einen so
genannten Kindergarten. Die Kinder dürfen dort den
ganzen Tag spielen, bekommen ein warmes Mittagessen und werden gut betreut, während ihre Mütter einer
Arbeit nachgehen.« Prüfend schaute Mimi durch den
Sucher ihrer Kamera. Das einfallende Tageslicht zauberte einen goldenen Schimmer auf Christels Haar, ihr
leicht nach rechts geneigtes Profil wirkte edel und klas-
sisch. Wenn nur der schwarze Kittel nicht wäre!

»So was brauchen wir nicht, bei uns laufen die Kleinen einfach mit, meine Mutter hilft mir viel. Und
manchmal kann ich die Kinder auch zu meiner Schwiegermutter bringen. Vielleicht haben Sie die auch schon
kennengelernt? Edelgard Merkle, sie ist Näherin und
erledigt mit ihrer Nähmaschine Aufträge für fast alle
hier im Ort.«

»Das ist gut zu wissen«, sagte Mimi. »Ein Rocksaum
hat sich aufgelöst, vielleicht könnte Ihre Schwiegermutter ihn nähen.«

»Ganz bestimmt«, sagte Sonja entschieden. »Aber nun
erzählen Sie doch einmal, finden Sie es nicht schön hier
bei uns?«

»Leider habe ich vor lauter Arbeit bisher so gut wie
nichts von Ihrem Städtchen gesehen. Ich kenne gerade
mal den Weg von Onkel Josefs Haus zu Helene und wieder zurück. Aber Josef und das Geschäft gehen nun ein-

242

mal vor«, sagte Mimi. Sehnsüchtig wanderte ihr Blick durch die Glasfront nach draußen. So gern sie für ihren Onkel da war, so sehr freute sie sich auch darauf, einmal wieder eine längere Wanderung zu machen. Das Gefühl von Freiheit zu spüren. Neue Landschaften zu entdecken, interessante Menschen zu treffen, mit Bürgermeistern und Hoteliers zu verhandeln – wenn sie ehrlich war, vermisste sie all das schon sehr. Und irgendwo da draußen in der Welt war auch Hannes unterwegs… Würde sie ihn je wiedersehen?

Mimi riss sich zusammen.

»Und jetzt bitte lächeln!«

»Wenn Pfarrer Hildebrand es erlaubt, werde ich die Fotografien nach dem Konfirmationsgottesdienst im Vorraum der Kirche ausstellen. Und Christels Fotografien bringe ich ebenfalls mit, dann können Sie sich gleich vor Ort die schönste davon aussuchen«, sagte sie und zeigte geheimnisvoll auf die drei Glasplatten, die sie für Christel verwendet hatte und die nun schon, geschützt vor Licht, in Papier eingepackt in einer Kassette lagen. Im Geiste machte sie sich sogleich eine Notiz, spätestens morgen den Pfarrer deswegen aufzusuchen. Die Idee, die Fotografien direkt in der Kirche zu verkaufen, war ihr am Vorabend gekommen, als ihr Onkel ein wenig vom Pfarrer erzählt hatte, der wohl ein sehr freundlicher, honoriger Mann war. Wenn jeder seine Fotografien gleich mitnahm, würde ihr Onkel keine Arbeit mehr damit haben, wenn sie weg war.

26. Kapitel

Der nächste Konfirmand wählte aus Mimis neuen Requisiten die Weltkugel aus. Während er die Kugel auf dem Schoß hielt und andächtig betrachtete, hatte Mimi tatsächlich das Gefühl, einen Augenblick lang in die Seele des Jungen blicken zu können.

Der übernächste – er hieß Fritz – blätterte begierig durch Josefs Atlas. Als der Junge sich in eine Landkarte besonders vertieft hatte, machte Mimi mit jubelndem Herzen ihr Foto.

Ein Mädchen mit dem Namen Gisela wollte gern den Bollenhut aufsetzen, doch ihre Mutter war dagegen. Mit einem aufmunternden Lächeln fotografierte Mimi die verzagt dreinschauende Konfirmandin mit der Bibel in der Hand.

Nach einer kurzen Mittagspause machte sich Mimi daran, die verpackten Glasplatten, die sie während des Vormittags verwendet hatte, zu nummerieren und zu sortieren. Dadurch würde sie es später beim Entwickeln leichter haben.

Zufrieden schaute Mimi auf den Stapel Platten. Sie konnte es kaum erwarten, Josefs Dunkelkammer auszuprobieren. Bestimmt gehörten die Fotografien von Christel zu den besten, die sie je gemacht hatte...

Es war vier Uhr am Nachmittag, als Eveline mit Alexander und ihren beiden Töchtern im Schlepptau ins Fotoatelier kam. Als sie eine junge Frau hinter der Kamera stehen sah, war sie einen Moment lang ganz durcheinander. Wo war Josef Stöckle? Doch dann erinnerte sie sich daran, dass der alte Fotograf Besuch von seiner Nichte hatte und diese derzeit sein Atelier führte. Vor lauter Müdigkeit wirst du schon vergesslich!, schalt sie sich.

»Ich bin gleich für Sie da, setzen Sie sich doch bitte kurz ins Entree!«, rief die Fotografin ihr über die Schulter zu.

Dankbar ließ Eveline sich auf dem Bänkchen nieder, die Kinder taten es ihr gleich. Eine kleine Verschnaufpause. Eigentlich war sie ganz froh, dass die Fotografin noch Kundschaft hatte. Marianne und Erika hatten fast die ganze Nacht durchgehustet. Warum sie gerade jetzt Husten bekamen, wo es wärmer wurde, war Eveline schleierhaft. Durch den fehlenden Schlaf waren die Mädchen quengelig und müde, Eveline konnte es ihnen nicht verdenken. Eigentlich gehörten sie mit einer Wärmflasche ins Bett, dachte sie, aber sie hatte sie nicht allein lassen wollen. Also mussten sie mit, schließlich konnte es nicht angehen, dass Alexander als einziger Junge kein Erinnerungsbild an seine Konfirmandenzeit bekam! Sie warf ihrem Sohn, der aufgeregt von einem Bein aufs andere trat, einen liebevollen

Blick zu. Er war so ein guter, genügsamer Junge. Erst gestern Abend hatte er wieder behauptet, bei Anton im Wirtshaus etwas zu essen bekommen zu haben, nur damit sie seine Portion aß. Sie hatte es getan. Jeder seiner verstohlenen Blicke, die er ihrem Teller zuwarf, hatten ihr einen Stich ins Herz versetzt. Aber hätte sie ihren Sohn als Lügner entlarven sollen? Sie hatte ihm heute früh zusätzlich zum Schwarzen Brei eine dicke Scheibe Brot hingelegt. Richtig hinuntergeschlungen hatte er sie.

Gedankenverloren strich Eveline mit ihrer rechten Hand über das samtene Polster der Sitzbank. Samt. Es war lange her, dass sie seine Textur unter den Fingern gespürt hatte. Ihr Blick wanderte weiter zu den Vorhängen, die in großzügige Falten gelegt waren. Kein knitternder Leinenstoff, sondern Brokat. Samt und Seide, feiner Atlasstoff und Goldbrokat...

Eveline schloss für einen Moment die Augen. Es hatte eine Zeit gegeben, in der auch sie von schönen Stoffen umhüllt gewesen war. Damals... Da war auch ihr Rock gebauscht wie der der Fotografin, und die Tageskostüme, die sie getragen hatte, verziert mit Bordüren, Spitzen und Litzen. Wie aus dem Ei gepellt hatte sie ausgesehen, genau wie das Fräulein hier. Ihre Haut war zart wie die eines Pfirsichs gewesen, ihre dunkelbraunen Haare hatten geglänzt wie eine frisch gepellte Kastanie. Und das hatte nicht nur daran gelegen, dass sie damals noch sechzehn Jahre jünger war. Nein, sie hatte ein ganz anderes Leben geführt.

Eine Woge Veilchenduft riss Eveline aus ihrem Tagtraum. Um diese Tageszeit Parfüm? Das hätte ihre Mutter sicher nicht gutgeheißen. Parfüm trug man erst ab dem späten Nachmittag. Oder gar nicht. Verstohlen schnupperte Eveline an ihrer rechten Achsel. Hätte sie nicht heute Vormittag auf dem Acker gearbeitet, käme sie auch sauber und adrett daher! Und stünde ihr zur Körperpflege mehr zur Verfügung als ein Stück braune Kernseife, würde auch sie nach Rosen und Veilchen duften und nicht nach beißendem Schweiß. Aber nicht jeder konnte es so gut haben wie das gnädige Fräulein hier.

Irritiert schüttelte Eveline den Kopf. Warum war sie eigentlich so garstig? Die Fremde konnte nun wirklich nichts für ihr Elend.

»Hier, putz deine Nase!« Eveline reichte ihrer ältesten Tochter, die vor sich hin schniefte, ein Taschentuch. Ihr Blick fiel auf die lange Fensterfront. So viel Licht! Was für ein Unterschied zu den winzigen Fenstern bei ihnen daheim. Sie hatte ganz vergessen, wie hell es hier war.

Wann war sie das letzte Mal hier gewesen? Es musste zu Erikas Taufe vor sieben Jahren gewesen sein, rechnete sie nach.

So winzig klein war Erika gewesen auf ihrem bestickten Taufkissen! Und schön wie ein schlafender Engel, kein einziges Mal hatte sie während der Taufe geweint, darauf war sie, Eve, sehr stolz gewesen.

Der Gedanke versetzte Eveline einen schmerzhaften Stich. Morgen wäre ihre namenlose Tochter zwei Monate alt geworden, wenn der Tod sie ihr nicht weggeschnappt hätte. Wenn sie hätte leben dürfen, dann würde es sie, Eveline, keinen Deut mehr kümmern, ob ihr Mädchen die ganze Kirche zusammenheulte oder nicht! Die Kehle hätte die Kleine sich aus dem Hals schreien dürfen.

247

Hätte, wäre, wenn... Es tat nicht not, sich Gedanken darüber zu machen, was alles hätte sein können, sollen oder müssen, hatte sie vor ein paar Tagen noch barsch zu Klaus gesagt. Weil die Dinge nun mal waren, wie sie waren. Die meiste Zeit hielt sie sich tatsächlich an diese Regel. Doch manchmal kamen sie halt doch zurück. Die Gedanken an damals und daran, was alles hätte sein können, wenn sie nicht ganz so naiv und romantisch gewesen wäre. Wenn sie Klaus nicht gefolgt wäre. Wenn sie stattdessen getan hätte, was ihre Eltern sich für sie gewünscht hatten.

Hätte, wäre, wenn...

Sie war zwanzig gewesen und eine der begehrtesten Partien von Chemnitz. Ihre Mutter hatte große Hoffnungen in sie gesetzt. Geld heiratet Adel, oder Geld heiratet Macht – so hatten ihre beliebtesten Thesen gelautet. Mehrmals die Woche hatte sie Eveline ausgeführt: ein Empfang hier, eine Soiree da, ein Tanzabend auf Schloss Lichtenwalde. Natürlich empfing Berta Hoffmeister auch selbst, ausgewählte Gäste wurden zu einem Dinner eingeladen. Oder zu einem Picknick im eigenen Garten, der eher die Ausmaße eines Parks hatte. Eveline war der Mittelpunkt eines jeden Festes gewesen, die jungen Männer – Diplomaten- und Unternehmersöhne – hatten sich um die schöne junge Frau mit dem glänzend braunen Haar geschart. Und sie hatte deren Aufmerksamkeit genossen, hatte mit den Herren gelacht und geplaudert. Doch ihr Herz hatte keiner berührt, zu oberflächlich, zu glatt, zu... uninteressant waren sie ihr allesamt vorgekommen. Ihre Wege vorgezeichnet bis zur letzten Gabelung – der Diplomatensohn wurde Diplomat wie sein Vater. Der Unternehmersohn stieg ins elterliche Unternehmen ein. Wo blieb das Abenteuer?, fragte sie sich. Wo die Leidenschaft, das Herzblut? Eveline war von diesen Lebenskonzepten und den jungen Herren gleichermaßen gelangweilt gewesen. Dass es ihr jedoch im Grunde nicht anders erging als ihnen – dass auch ihr Weg vorgezeichnet war durch den Wunsch ihrer Eltern nach einer guten Heirat ihrerseits –, verstärkte dieses Gefühl noch weiter. Mit ihren zwanzig Jahren hatte sie eine romantische Sehnsucht nach dem Fremden, dem Unberechenbaren in sich gespürt.

Und eines Tages war ihr genau das, wonach sie sich gesehnt hatte, erschienen…

Sie hatte einen ihrer seltenen Besuche in der Fabrik ihres Vaters gemacht, hatte ihm nur kurz etwas übergeben wollen – einen Brief, eine Einladung, sie wusste es nicht mehr genau. Ihr Vater war nicht in seinem Büro gewesen, seine Sekretärin hatte nicht gewusst, wo er sich gerade aufhielt. Sie streckte schon die Hand nach Evelines Post aus, doch diese hatte ihrem Vater mit ihrer Stippvisite eine Freude machen wollen. Also hatte sie sich auf die Suche nach ihm gemacht.

Die väterliche Fabrik gehörte zu den größten Webstuhlfabriken von ganz Deutschland und beschäftigte fast 700 Angestellte. Ihr Vater, Josef Hoffmeister, galt als Pionier der industriellen Serienproduktion von Webstühlen, mit seiner Produktion hatte er einst Deutschland von englischen Webstuhlimporten unabhängig gemacht. Hoffmeister-Webstühle galten außerdem als die besten und wurden weltweit verkauft. Doch all das interessierte Eveline nicht. Webstühle waren laut und langweilig, sie war froh, dass es ihr Bruder Alois war, der das Werk einmal übernehmen sollte. Und so war sie mit ihren Gedanken schon wieder in der Stadt, wo ihr am Nachmittag eine Kleideranprobe im ersten Schneideratelier am Platz bevorstand.

Sie hatte ihren Vater schließlich in der Schulungshalle angetroffen: Hier wurden Vorführungen an den neuesten Modellen abgehalten, hier wurden die Käufer der Webstühle in die neuesten Techniken eingewiesen. Eigentlich hatte ihr Vater dafür zwei ausgewiesene Experten, doch als Eveline in der Halle eintraf, stand Josef Hoffmeister hemdsärmelig und umringt von circa zwanzig jungen Männern selbst vor seinem jüngsten Modell und führte voller Stolz die technischen Raffinessen vor. Er war so in seinem Element, dass er seine Tochter nicht bemerkte. Und Eveline wollte ihn nicht stören, also blieb sie im Türrahmen stehen. Während sie darauf wartete, dass ihr Vater zum Ende seines Vortrags kam, fiel ihr Blick auf einen jungen Mann mit blondem, streng gescheiteltem Haar. Und mit einem Schlag waren sämtliche Gedanken an Samt und Seide vergessen…

Er war schlank, fast schmal, und trug einen einfachen dunklen Anzug. Seine Hände waren so fein wie die eines Pianisten, er hatte Mühe, sie stillzuhalten, gerade so, als könne er es nicht abwarten, selbst am Webstuhl zu stehen und an den Knöpfen und Hebeln zu drehen, die ihr Vater gerade erklärte. Seine Augen waren vom tiefsten Blau, das sie je gesehen hatte, konzentriert beobachtete er jeden Handgriff ihres Vaters.

Es war diese Konzentration, in die Eveline sich verliebte. Das Interesse am Neuen, der Wunsch nach etwas

Ungewohntem, den sie in den Augen des Fremden las. Diese Intensität! Die Ernsthaftigkeit, mit der er an der Schulung teilnahm. Die jungen Männer aus ihrem Bekanntenkreis taten meist so, als würden sie gelangweilt über allem stehen. Wie mochte es sich wohl anfühlen, sich einer Sache mit so viel Herzblut zu widmen? Eveline war fasziniert. Sicher, auch die anderen jungen Männer um ihn herum hörten ihrem Vater zu, allerdings offenbar nur mit halbem Ohr. Der eine gähnte verstohlen, der andere schaute auf seine Taschenuhr, der Blick des Nächsten wanderte aus dem Fenster hinaus in den süßen Frühling.

Diesen Mann wollte sie unbedingt kennenlernen!, wusste Eveline in diesem Moment. Nur wie? Eine Schulung an einem neuen Gerät dauerte eine Woche, danach würden die jungen Herren wieder abreisen. Wenn sie es richtig mitbekommen hatte, hielt ihr Vater gerade einen Einführungsvortrag, das hieß, die jungen Männer waren gerade erst gekommen. Ein paar Tage blieben ihr also, dennoch hatte sie keine Zeit zu verlieren. Eveline atmete tief durch und begann Pläne zu schmieden, wann und wo sie dem jungen Weber »unauffällig« über den Weg würde laufen können.

Gleich am nächsten Tag war es so weit. Sie hatte nachmittags vor dem Fabriktor gewartet, bis die Schulungsteilnehmer herauskamen. Bei seinem Interesse würde er sicher nicht der Erste sein, der der lauten Fabrik entfloh, hatte sie spekuliert. Als er dann aber tatsächlich als Allerletzter herausgetreten war, war ihr dies dennoch wie eine Fügung vorgekommen.

Ein ungeschicktes Stolpern ihrerseits, und ein junger Mann, der ihr aufhalf und sie auf eine Bank am

Rande des Fabrikgeländes begleitete. Eines größeren Aufwands hatte es nicht bedurft. Ein zaghaft-schüchtern geführtes Gespräch. Blicke, die sich unter niedergeschlagenen Lidern immer wieder begegneten.

Klaus Schubert hieß er, und er war dreiundzwanzig. Er kam aus Württemberg, sein Arbeitgeber war Herrmann Gehringer, ein bekannter Leinenweberfabrikant. Klaus empfand es als große Ehre und Privileg, dass ausgerechnet er an dieser Schulung teilnehmen durfte. Seine Kollegen zu Hause waren neidisch auf ihn.

Sie, die zwanzigjährige Fabrikantentochter. Und er, der ernsthafte junge Weber. Es war Liebe auf den ersten Blick gewesen. Aber niemand durfte davon erfahren.

»Lass uns gemeinsam weggehen«, hatte sie zu ihm gesagt. »Irgendwohin, wo uns keiner kennt. Ein neues Leben anfangen.«

»Das geht nicht, der Herr Gehringer hat doch meine Reise hierher bezahlt«, hatte er ihr geantwortet und von Laichingen erzählt. Einem kleinen Ort auf der Schwäbischen Alb, wo die Winter rau und die Sommer heiß und trocken waren. Württemberg – war das nicht das Land, in dem geradezu paradiesische Zustände herrschten? In Württemberg hatte ihr Vater seine zahlungskräftigsten Kunden, wusste Eveline, als Vorarbeiter in der Fabrik Gehringer würde Klaus ihr sicher ein gutes Leben bieten können. Dennoch – nie, niemals! – hätten ihre Eltern diese Liaison gebilligt, das wusste Eveline. Zu einer guten Partie gehörte mehr als ein respektables Auskommen. Macht. Ein guter Name. Eine Position in der Gesellschaft. Hätte sie sich in Herrn Gehringer höchstpersönlich verliebt, hätte die Sache anders ausgesehen. Aber ihre Zuneigung gehörte dem jungen Weber.

Sich ihrer Gefühle sicher, hatte sie das Nötigste gepackt. Ein kleiner Koffer nur, versteckt unter ihrem Bett. Dann war sie durch die elterliche Villa gegangen, Zimmer für Zimmer, und hatte einen letzten Blick auf dieses Bild geworfen, hatte ein letztes Mal über jenen Sekretär gestrichen. Sie hatte sich mit ihren Freundinnen getroffen, mit ihnen getuschelt und gelacht und so getan, als sei alles ganz normal. Doch in Wahrheit hatte sie Abschied genommen. All das hier würde sie niemals wiedersehen. Der Gedanke hatte sich fremd angefühlt, aber nicht wehgetan. Auf sie wartete schließlich ein neues Leben. Als Klaus' Schulung zu Ende war, war sie mit ihm gegangen. Mitten in der Nacht. Der Liebe wegen...

»Verzeihen Sie bitte, dass Sie warten mussten. Mein Name ist Mimi Reventlow, ich vertrete Josef Stöckle zurzeit hier im Atelier. Herzlich willkommen!«

Eveline zuckte zusammen, ihre Erinnerungen zerplatzten wie Seifenblasen. Wie betäubt ergriff sie die gepflegte Hand der Fotografin. Sogleich fühlten sich die Schrunden an ihren eigenen Händen noch rauer an als sonst.

»Eveline Schubert.«

»Hallo Alexander, wie schön, dich wiederzusehen!« Schon reichte die Frau Alexander die Hand.

Eve schaute verwirrt von einem zum andern. Woher kannten die zwei sich?

Als hätte sie die unausgesprochene Frage gehört, sagte die Fotografin: »Ihr Sohn und Anton Schaufler waren vor ein paar Tagen hier, um meinem Onkel Holz ins Haus zu bringen. Alexander hat ein Ladenschild für mich gemalt, auf dem steht, dass das Atelier wieder geöffnet hat. Es hängt im Fenster, haben Sie es nicht gesehen?« Sie lächelte Alexander verschwörerisch an. »Ich glaube, es hilft schon«, flüsterte sie. »Heute hatte ich alle Hände voll zu tun.«

Sosehr Alexander strahlte, sosehr verdüsterte sich Evelines Miene. Anton! Sie konnte nicht sagen, warum, aber es gefiel ihr nicht, dass sich Alexander als einzigen Freund ausgerechnet den Gastwirtsohn ausgesucht hatte. Es war nicht so, dass Anton irgendeinen schlechten Einfluss auf Alexander ausgeübt hätte. Aber wo Alexander leise war, war Anton laut. Eve empfand ihren Sohn als kultiviert, Anton hingegen als roh und unfein. In Evelines Augen passte diese Freundschaft einfach nicht!

Du und dein Standesdünkel, rügte sie sich.

»Alexander braucht eine Konfirmandenfotografie«, sagte sie knapp.

Die Fotografin nickte. »Ich würde mich gern für das Schild revanchieren, Sie bekommen die Fotografie deshalb umsonst.«

Eveline glaubte nicht richtig zu hören. »Das ist das erste Mal, dass deine Malerei uns etwas einbringt«, sagte sie verdutzt zu ihrem Sohn. Eine Ausgabe weniger, Gott sei Dank!

Mimi Reventlow lächelte. »Wenn du magst, kannst du dir wie deine Schulkameraden zuvor eine Requisite aussuchen. Was soll außer der Bibel auf deiner Fotografie noch zu sehen sein? Der Atlas, der Globus oder das Grammophon?« Mimi zeigte von einem Gegenstand zum andern.

»Eigentlich hätte Alexander schon letztes Jahr konfirmiert werden sollen, aber eine schwere Krankheit hat ihn viele Wochen ans Bett gefesselt«, sagte Eveline, während ihr Sohn die Requisiten durchschaute. »Ein seltsames Fieber hat in ihm gewütet...« Sie schüttelte den Kopf, als wolle sie die Erinnerung daran rasch wieder loswerden. Nacht für Nacht hatte sie am Krankenbett ihres Sohnes gebangt und gebetet. »Umso froher bin ich, dass er dieses Jahr an der Segenshandlung teilnehmen kann.« Sie warf ihrem Sohn einen liebevollen Blick zu.

»Das glaube ich Ihnen«, antwortete die Fotografin warmherzig. In dem Moment begann Erika zu husten. Solidarisch stimmte Marianne mit ein.

»Oje, die armen Kleinen. Salbeitee ist gut bei Husten. Und natürlich Hustenbonbons, leider habe ich beides nicht hier. Aber ein Glas Wasser könnte ich anbieten.« Sie warf den Mädchen einen mitleidigen Blick zu, dann schenkte sie aus einer Karaffe, die auf einem kleinen Tisch stand, ein Glas Wasser ein und reichte es Eveline.

Eve wickelte Erikas Schal ruppig enger um ihren Hals. Auf solche Ratschläge konnte sie gut verzichten! Der Salbei, den sie mühevoll im letzten Sommer gesammelt und getrocknet hatte, war im Dezember verfault, als es durch eine undichte Stelle im Dach hereingeregnet hatte. Und für Hustenbonbons hatte sie kein Geld.

»Kann ich das hier halten?«, fragte Alexander und zeigte auf ein kleines Ölgemälde, welches ein wenig schief an der linken Atelierswand hing.

Während Eveline Marianne und Erika abwechselnd einen Schluck Wasser trinken ließ, setzte die Fotografin Alexander in einen eleganten Sessel. Das Gemälde legte sie ihm so in die Hände, als sei er darüber in Gedanken versunken. Nichts an dem Bild wirkte gekünstelt oder gestellt, im Gegenteil: Alexander betrachtete das Gemälde tatsächlich mit großer Aufmerksamkeit. Der Anblick ließ Eveline lächeln. Ihr Sohn, ein Liebhaber der schönen Künste... Dennoch sagte sie: »Ich kenne mich ja nicht aus, aber wirkt die Bibel, die eigentlich die Hauptrolle spielen sollte, nicht ein wenig wie Staffage? Sollte Alexander nicht eher in der Bibel lesen? Es ist doch immerhin seine Konfirmandenfotografie...«

Die Fotografin dachte kurz nach, dann sagte sie: »Sie haben völlig recht! Wir können die Fotografie noch realistischer gestalten...« Resolut nahm die Fotografin Alexander das Bild aus der Hand und stellte ihm stattdessen einen Federhalter, ein Tintenfässchen und einen alten Zeichenblock hin. »Die Bibel lassen wir im Vordergrund stehen. Wenn du jetzt etwas zeichnest, dann wirkt die Fotografie wie aus dem Leben gegriffen!«

Alexander strahlte.

Verstimmt lehnte Eveline sich auf der Bank zurück. Genau das hatte sie eigentlich nicht gewollt, dachte sie, während Mimi Reventlow begann, ihre Kamera einzustellen.

Klaus schimpfte mit dem Jungen schon genug wegen der Malerei. *»Was sitzt du hier untätig herum mit einem Stift in der Hand? Möchte der gnädige Herr wieder malen, während wir andern ackern wie die Stiere?«* Fast kam es ihr so vor, als ärgerte es ihn, dass Alexander überhaupt Freude empfand! Dass er an etwas Interesse zeigte, was ihm, dem Vater, verschlossen war. Dass sie stolz auf den Sohn war und ihm altes Einwickelpapier aus Helenes Laden zum Zeichnen gab, durfte Klaus gar nicht wissen, sonst hieß es nur wieder, sie würde die

Kinder zu sehr verwöhnen. Verwöhnen – er wusste doch gar nicht, wie das ging! Eveline verzog missfällig den Mund.

Wenn sie an ihre Kindheit und Jugend zurückdachte, wo ihr jeder Wunsch von den Lippen abgelesen wurde…

»Kind, du wünschst dir einen Wasserfarbenkasten?«
»Du möchtest dich am Piano versuchen? Aber natürlich, liebes Kind, bekommst du dein eigenes kleines Pianino!«
»Ach, es ist doch eher das Geigenspiel, das dich reizt? Dann wird Vater herausfinden, wo es den besten Geigenbauer weit und breit gibt.«

Gutmütig hatten ihre Eltern jeder ihrer Launen nachgegeben. Und wenn sie nach kurzer Zeit den Spaß am Piano und der Geige verlor, so war auch dies kein Drama gewesen. »Das Kind schätzt eben die Abwechslung«, hatte ihr Vater lachend gesagt. Und ihre Mutter hatte genickt und hinzugefügt, dass der Ernst des Lebens noch bald genug beginnen würde.

Der Ernst des Lebens! Als wollte sie ihre Töchter davor bewahren, legte sie je einen Arm um die beiden Mädchen.

Einen Moment lang war nur der leise Federstrich auf dem Papier zu hören.

Wie sicher Alexander mit dem fremden Federhalter umging! So einen würde sie ihm auch gerne schenken, dachte Eveline sehnsüchtig. Einen mit Silbergriff, fein ziseliert, wie sie im selben Alter einen gehabt hatte. Alexander hatte die ganze Schulzeit über mit dem Griffel über die Tafel kratzen müssen, und nicht einmal jetzt, zum Ende der Schulzeit, sah es danach aus, dass er je so ein Schreibwerkzeug besitzen würde. Was für ein Leben, dachte Eve hasserfüllt.

Die Kamera hatte längst mehrmals geklickt, als Alexander noch immer selbstvergessen und mit konzentrierter Miene an seiner Zeichnung arbeitete. Wie erwachsen er auf einmal wirkte, dachte Eve. Aber war es denn ein Wunder? Wo er im Sommer immerhin schon sechzehn wurde. Die Zeit ging dahin, und sie alle mit ihr …

»Er hat wirklich Talent. Sie sind sicher sehr stolz auf Ihren Sohn«, flüsterte die Fotografin Eveline lächelnd zu.

»Ja, zeichnen kann er«, sagte Eveline, aus ihren trüben Gedanken gerissen. »Aber was bringt ihm das?«

»Was es ihm bringt?« Mimi runzelte die Stirn. »Ein solches Talent ist ein Gottesgeschenk! Andere wären dankbar, wenn sie derart künstlerisch begabt wären. Mein Onkel hat mir ein paar Zeichnungen gezeigt, die Alexander für ihn angefertigt hat. Ich kann mir durchaus vorstellen, dass das Talent Ihres Sohnes auf einer Kunstschule noch weiter gefördert werden könnte …«

Eve spürte, wie sich innerlich Stacheln in ihr aufstellten. Eine Kunstschule! Was war denn das für ein Unfug?

»Was unsere Kinder machen, müssen Sie schon uns überlassen«, sagte sie barsch. »Alexander wird Weber wie sein Vater.« Falls Gehringer ihn einstellt, fügte sie stumm hinzu.

»Aber ich …«, hob die Fotografin an.

Eveline bedachte sie mit einem ärgerlichen Blick. Was ging sie ihr Sohn überhaupt an?

»Der Weberberuf ist natürlich auch sehr ehrenhaft, vor allem hier in Laichingen.« Die Frau lächelte versöhnlich, dann zeigte sie auf Marianne und Erika, die auf dem Sofa eingeschlafen waren. »Wie wäre es mit einer Fotografie von Ihren hübschen Töchtern? Die

Kindheit geht so schnell vorbei, da ist es doch schön, eine Erinnerung daran zu haben.«

Eine Erinnerung… Mit jedem Tag verblasste das Gesicht ihrer verstorbenen Tochter mehr in ihrer Erinnerung. Bevor Eve sichs versah, schossen Tränen in ihre Augen, und sie schluchzte auf.

»Um Himmels willen, habe ich etwas Falsches gesagt?«, fragte Mimi völlig aufgelöst.

Statt zu antworten, rüttelte Eveline an ihren Töchtern und lief mit den drei Kindern davon.

27. Kapitel

In der letzten Aprilwoche traf das ein, was keiner mehr zu hoffen gewagt hatte: Das Frühjahr kam auch auf der Schwäbischen Alb an. Die unendlichen Mulden und Hügel der Albhochfläche waren mit einem Mal grün. Wie aus dem Nichts waren die jungen Triebe gekommen, hatten die Wälder grün gefärbt, und sogar auf den trockenen, steinigen Ackerböden wagten die ersten grünen Sprosse es, sich zu zeigen.

In Laichingen wurden die Vorgärten grün. Die Bäume vor der Kirche schüttelten sanft die Äste mit den kleinen Blüten, und am Himmel zogen die Schwalben weite Kreise. Schauten sie hinab in den Ort, dann sahen sie eine stattliche Menschenmenge, ganz in Schwarz gekleidet, die in Richtung der Kirche strömte. Die Mienen der Leute waren verschlossen, lediglich bei der Jugend des Dorfes war eine gewisse Aufregung zu spüren.

Auch Mimi war unter den Kirchgängern. Mehr noch, sie war sogar eine der Ersten, die sich auf den Weg gemacht hatte. Auf ihren rechten Arm gestützt, schaute Josef Stöckle auf eine entrindete, schlanke Tanne, die in der Mitte des Marktplatzes lag und fürs kommende Wochenende aufgestellt werden sollte. »Unser Maibaum.

Ach, was haben Traudel und ich immer für schöne Stunden beim Maienfest erlebt. Das waren noch Zeiten...«

»Warum schaust du nicht für ein Stündchen bei dem Fest vorbei?«, sagte Mimi geistesabwesend. Hatte sie genügend Wechselgeld eingepackt? Und reichte das Einwickelpapier für die Fotografien? Zur Not konnte sie einfach schnell zurückrennen und holen, was fehlte...

»Ach, für so ein Fest bin ich doch viel zu alt«, winkte Josef ab. »Aber vielleicht willst du ja dieses Jahr teilnehmen? Der Gesangsverein wird dabei sein, und im Ochsen wird das erste Maienbier ausgeschenkt.«

»Mal sehen«, sagte Mimi vage. Als alleinstehende Frau mied sie solche Feste in der Regel. Zum einen tat ihr der Anblick der glücklichen tanzenden Paare ein wenig weh, zu solchen Gelegenheiten spürte sie ihr Alleinsein plötzlich schmerzhaft. Zum andern gab es immer wieder Herren, die nach ein paar Bier zu viel unangenehm wurden. Beides würde in Laichingen nicht anders sein. Und wahrscheinlich war sie am nächsten Wochenende sowieso nicht mehr da. Doch über beides wollte sie mit dem Onkel nicht sprechen.

»Gehen wir weiter?«, sagte sie so aufmunternd wie möglich. Bis zur Kirche waren es nur noch wenige Schritte über den Marktplatz, doch Mimi kamen sie inzwischen wie eine endlose Strecke vor.

Als Josef darauf bestanden hatte, mit in die Kirche zu gehen, hatte sie innerlich frohlockt und dies als ein gutes Zeichen gedeutet. Doch sein Gang war quälend langsam, immer wieder mussten sie innehalten, damit er zu Atem kam. Wäre er nur besser daheim geblieben und hätte sich ausgeruht, dachte sie bang, während der Leiterwagen, den sie mit ihrer freien Hand zog, so laut übers Kopfsteinpflaster rumpelte, dass sie dafür rügende Blicke der anderen Kirchgänger einfing.

Josef schüttelte den Kopf. »Was du dir für Umstände machst! Hätten die Leute ihre Fotografien nicht im Laden abholen können? Ich dachte, für diesen Zweck hättest du ihn eröffnet?«

»Das stimmt, aber nirgendwo kommen so viele Leute zusammen wie in der Kirche. Wenn ich die Fotografien dort zeige, ist das die beste Werbung fürs Fotoatelier überhaupt! Deshalb bin ich froh, dass Pfarrer Hildebrand mir erlaubt, die Fotografien im Kirchenfoyer auszustellen«, gab Mimi zurück.

Beste Werbung für das Fotoatelier? Wie lange wollte sie sich eigentlich noch vorgaukeln, dass Josef jemals wieder kräftig genug sein würde, um fotografieren zu können? In den drei Wochen, die sie nun schon hier war, hatte sich sein Zustand nicht wesentlich gebessert, noch immer überwogen die schlechten Tage die guten. Und trotzdem hoffte sie, sein Doktor würde ihr am morgigen Tag verkünden, dass alles nur halb so schlimm sei?

»Heute Mittag, wenn wir wieder Geld in der Tasche haben, gehen wir zum Essen in den Ochsen, wie du es in alten Zeiten getan hast.« Mimi nickte, als wollte sie ihre Aussage damit noch bekräftigen.

»Denket nur nicht, dass ihr bei euch wollt sagen: Wir haben Abraham zum Vater. Ich sage euch: Gott vermag dem Abraham aus diesen Steinen Kinder zu erwecken. Es ist schon die Axt den Bäumen an die Wurzel gelegt. Darum, welcher Baum nicht gute Frucht bringt, wird abgehauen und ins Feuer geworfen. Ich taufe euch mit Wasser zur Buße; der aber nach mir kommt, ist stärker denn ich, dem ich nicht genügsam bin, seine Schuhe zu tragen; der wird euch mit dem Heiligen Geist und mit Feuer taufen...«

Wie kam der Pfarrer nur darauf, ausgerechnet diesen Bibeltext für eine Konfirmation zu wählen?, dachte Mimi stirnrunzelnd. Wäre es nicht schöner gewesen, den Jugendlichen, die an der Schwelle zum Erwachsensein standen, Gottes Segen auf allen Wegen mitzugeben? Stattdessen schüchterte der Pfarrer sie mit dem göttlichen Gericht ein. War es den jungen Menschen nicht erlaubt, eigene Erfahrungen zu machen? Sollten sie aus der Predigt etwa schlussfolgern, dass es keinen Sinn machte, einen eigenen Willen zu entwickeln, weil ihr Weg durch Herkunft und Geschlecht vorbestimmt war?

Ich taufe euch mit Wasser zur Buße...

Wenn sie da an die Predigten ihres Vaters dachte... Im Geiste sah sie ihn auf der Kanzel stehend, mit funkelnden Augen und überfließendem Herzen. Wie positiv gestimmt und eindringlich zugleich waren seine Predigten! Als 1904 vor New York das Schiff General Slocum unterging und unter den knapp 1400 Toten auch fast 1000 deutsche Auswanderer waren, rief Franziskus Reventlow seinen Schäflein zu: »Danket Gott, dass er eure ausgewanderten Familienangehörigen verschont hat!« Und als in Finnland das Frauenwahlrecht eingeführt wurde, nahm er das zum Anlass, so manche Bibelstelle zu zitieren, in der es hieß, dass der Mann die Frau zum Untertan machen solle. Nicht aber, weil er selbst auch dieser Meinung war, im Gegenteil! »Auch der Glaube erlebt einen Zeitenwandel, wer weiß, ob die Bibel nicht eines Tages neu interpretiert werden muss. Gott hat uns die Gabe zum freien Denken nicht umsonst gegeben«, rief Pfarrer Reventlow den Gläubigen zu, was zu einigem Tumult in der Kirche geführt hatte. Irgendwie hatte sich diese Predigt damals sogar bis zum Landesbischof herumgesprochen, was ihrem Papa erheblichen Ärger eingebracht hatte. Nicht dass Pfarrer Reventlow sich von so etwas hätte einschüchtern lassen. Ihr lieber, großartiger Papa! Wie aus dem Nichts wurde Mimi von so abgrundtiefem Heimweh überfallen, dass es wehtat.

»... Und er hat seine Wurfschaufel in der Hand: Er wird seine Tenne fegen und den Weizen in seine Scheune sammeln; aber die Spreu wird er verbrennen mit ewigem Feuer...«

Unter niedergeschlagenen Lidern sah Mimi, wie die Konfirmanden, die in vorderster Reihe saßen, ihre Köpfe immer tiefer zwischen die Schultern zogen. Der schüchterne Vincent. Alexander, der Zeichenkünstler. Der zappelige Justus. Die stille Gisela. Wer war die Spreu? Wer der Weizen?, schienen sie sich angstvoll zu fragen.

Ihr dürft wachsen und gedeihen, wie es euch beliebt!, wollte sie ihnen am liebsten zurufen. Ihr dürft eine Blume werden oder ein stacheliger Farn. Ihr dürft Weizen werden oder etwas ganz anderes. Aber damit hätte sie den jungen Leuten wahrscheinlich ebenso etwas vorgemacht, wie der Pfarrer es tat. Denn das Leben der Jungen war schon jetzt bis ans Ende ihrer Tage vorbestimmt. Nur weil ihr Vater Weber war, wurden sie auch Weber. Nur weil die Eltern einen Gasthof besaßen, mussten auch sie im Gasthof arbeiten, »weil es die Tradition so wollte«.

Mimi unterdrückte nur mit Mühe ein Schnauben. Solches Traditionsbewusstsein war ihr auf ihren Reisen schon oft genug begegnet. Im Thüringer Wald zum Beispiel wurden die Söhne von Glasbläsern ebenfalls Glasbläser. Und in Gönningen, eine Tagesreise von hier gelegen, gab es außer dem Beruf des Samenhändlers auch nicht viel anderes. Traditionen brachten Sicherheit. Sie waren etwas, woran ein Mensch sich festhalten konnte. Aber genauso gut konnten sie ihm auch zum Gefängnis werden. Hoffentlich würde wenigstens der ein oder andere von ihnen seine Träume umsetzen können, dachte Mimi traurig. Vor allem Alexander würde sie es gönnen. Es wäre eine wahre Schande, wenn sein Talent hier verkümmerte, noch bevor es gänzlich erblüht war.

Mimis Gedanken wanderten unwillkürlich zu ihrem Brief an die Mutter. Bisher hatte sie von ihr nichts gehört. Weder hatte sie sich zu Onkel Josef geäußert noch zu Mimis Bitte wegen der Anfrage bei der Kunstschule. Ob tatsächlich öfter Briefe verloren gingen? Und was, wenn Mutters Brief erst kam, wenn sie schon wieder weg war? Dann war es zu spät für Alexander, dachte sie dumpf. Ihr Onkel würde sich bestimmt nicht für den Jungen einsetzen, er hielt sich lieber aus dem Dorfgeschehen heraus.

Eigentlich war es schade, dass sie Alexander und die andern Jugendlichen nicht mehr sehen würde … Sie hätte zu gern miterlebt, ob aus dem einen oder andern nicht doch etwas anderes als ein Weber wurde.

Mimi blinzelte verwirrt. Was war das nun wieder für eine Anwandlung? Einmal bitte lächeln, ein Klick, eine Fotografie und dann adieu. Das war nun mal ihr Leben – Wehmut oder gar Abschiedsschmerz hatte sie bisher nie gespürt, im Gegenteil. Die Freude und Neugier auf das, was kommen würde, hatten immer überwogen. Und frei zu sein wie ein Vogel – das war für sie bisher das Wichtigste überhaupt gewesen. Konnte es sein, dass ihr die Freiheit nun langsam nicht mehr über alles ging?, fragte sich Mimi verwirrt, während die Kirchengemeinde ein Lied anstimmte.

»Jesus Christus, unser Heiland,
der von uns den Gotteszorn wandt,
durch das bitter Leiden sein
half er uns aus der Höllen Pein...«

Die erste Strophe war gerade zu Ende, als Josef Stöckle zu husten begann. Eilig zog er ein Taschentuch hervor und hielt es sich vor den Mund. Der Husten wurde heftiger. Besorgt schaute Mimi den alten Mann an, dessen Oberleib sich vor Schmerz krümmte. Sie sah, wie sich das Taschentuch vor Josefs Mund dunkel färbte. Blut! Einen Schluchzer unterdrückend, stand Mimi auf und führte Josef aus der Kirche.

Der Vorraum der Kirche war kalt, daran änderte auch der schmale Sonnenstrahl, der durch die angelehnte Tür fiel, nichts. Josef Stöckle saß auf einem von Mimi eilig herbeigeholten Stuhl und hielt sich weiterhin das Taschentuch vor den Mund. Sein Blick war zu Boden gerichtet, dennoch sah Mimi in seinen Augen die Erschöpfung, die der Hustenanfall mit sich gebracht hatte.

Wenn sie nur etwas für ihn tun könnte! So sehr sie die morgige Rückkehr des Laichinger Arztes herbeigesehnt hatte, so wurde ihr jetzt immer banger vor dem Gespräch mit ihm.

Fahrig ordnete sie die Konfirmandenfotografien auf

dem Gestell, das normalerweise zur Aufbewahrung von Gesangsbüchern diente. Die Mädchen nach oben, die Buben darunter… Das Format der Gesangbücher und der Fotografien war ähnlich, die Bilder standen in Reih und Glied. Doch freuen konnte Mimi sich an der gelungenen Präsentation nicht, vielmehr schaute sie besorgt den Onkel an, der in sich zusammengesunken dasaß. »Du gehörst dringend ins Bett!«, sagte sie sanft. »Wenn der Arzt morgen zurückkommt, muss er dir gleich einen Hausbesuch abstatten. Und wenn ich ihn dafür eigenhändig am Bahnhof abfange! Es ist höchste Zeit, dass er dich ordentlich untersucht und dir die richtige Medizin gibt. Der Hustensaft, den du nimmst, hilft dir jedenfalls nicht.«

»Jetzt lass den armen Mann doch erst mal ankommen. Deine Bemühungen in Ehren, aber ich weiß längst, woran ich leide«, sagte Josef müde. Er schaute auf, und sein glasiger Blick wirkte einen Moment lang fast trotzig. »Ich habe die Schwindsucht«, sagte er bitter.

»Du hast… was?« Mimi lachte verwirrt auf. Ein dummer Scherz?

Seelenruhig faltete Josef sein blutverschmiertes Taschentuch zusammen. »Du hast richtig gehört, mein Kind. Ich, der ich noch keinen einzigen Tag in der Dunk gesessen habe, habe die Krankheit der Weber. Der Arzt meinte bei seinem letzten Besuch, die inneren Organe seien schon in Mitleidenschaft gezogen. Er befürchtete, dass ich nicht mal den Winter überleben werde. Tja, da wird der gute Doktor Ludwig Augen machen, wenn er sieht, dass ich noch da bin. Den Winter habe ich überlebt, aber den Sommer…« Er schüttelte den Kopf. »Das wird nichts mehr, ich spüre es, das Ende ist nah.«

Mimi sackte zusammen, als habe sie einen Schlag in die Magengrube bekommen. Tuberkulose! Sie schaute ihren Onkel fassungslos an. Der unnatürliche Glanz in den Augen. Der weißlich-grüne Auswurf in seinen Taschentüchern, vor dem es sie so ekelte. Das Blut, das er manchmal spuckte. Warum war sie nicht viel eher darauf gekommen?

Auf einmal fiel es ihr wie Schuppen von den Augen. Auf ihren Reisen war sie hin und wieder Schwindsüchtigen begegnet. Die Art und Weise, wie der Tod sie gezeichnet hatte, war dieselbe gewesen wie bei Josef.

Bei der Schwindsucht half nicht mal eine »Wundermedizin«, wie Luise es ausgedrückt hatte.

Aus dem Kircheninnenraum ertönte ein trauriges Lied. Mimi schluckte hart gegen die aufsteigenden Tränen an.

Josef drückte ihre Hand. »Sei nicht traurig, Kind. Ich hatte ein gutes Leben, der Tod macht mir keine Angst. Ich freue mich auf meine Traudel. Und wer weiß, wen ich dann noch alles wiedersehe...« Tränen stiegen in seine Augen, und bevor Mimi wusste, wie ihr geschah, weinten sie beide.

28. Kapitel

Mimi war erleichtert, als das Glockengeläut das Ende des Gottesdienstes verkündete. Sie wischte sich die Tränen aus dem Gesicht, verjagte das Gefühl von Hoffnungslosigkeit, das sie überfallen hatte, dann stellte sie sich neben ihre Fotografien. Als die ersten Kirchgänger den Vorraum betraten, zwang sie sich zu einem Lächeln. Es war die Familie Klein, deren Sohn Vincent Mimi mit der Weltkugel fotografiert hatte.

»Und – gefällt Ihnen Vincents Foto?« Ein bisschen Ablenkung war genau das, was sie jetzt brauchte.

Vater und Mutter Klein traten ganz nah an den Holzständer heran. Während Vincents Mutter voller Stolz lächelte, sagte ihr Mann: »Nicht ganz schlecht, die Fotografie.«

Mimi spürte, wie ihr die Gesichtszüge entglitten. Nicht ganz schlecht? Was...

»Wenn ein Schwabe sagt, er findet etwas nicht ganz schlecht, ist das das größte Lob, das du bekommen kannst«, flüsterte Josef ihr zu. Der alte Mann lachte, was sogleich einen neuen Hustenanfall auslöste.

Und tatsächlich hielt Vincents Vater Mimi einen Geldschein hin. »Haben Sie auch einen Bilderrahmen dafür?«

»Leider nein«, sagte Mimi bedauernd. Verflixt, warum hatte sie keine Rahmen für die Konfirmandenfotografien geordert? Damit hätte sie ein zusätzliches Geschäft machen können. Unter der Theke in Josefs Laden hatte sie erst kürzlich eine Kiste mit verstaubten, angeschlagenen Bilderrahmen entdeckt – spätestens da hätte ihr die Idee kommen können.

»Schaut mal, unser Justus! Wie erwachsen und brav er aussieht mit der Bibel in der Hand!«, rief Sonja Merkle, die sich samt Ehemann und Kinderschar in den Vorraum schob. Auch Christel war dabei, wie schon im Atelier hielt sich das junge Mädchen im Hintergrund.

»Paul Merkle, wir kennen uns noch nicht.« Christels Vater hielt Mimi die Hand hin. Seine kleinen Augen schauten sie dabei seltsam prüfend an, sein zu spitzes Kinn war forsch nach vorn gereckt.

Die Schönheit hatte das Mädchen definitiv von der Mutter geerbt, schoss es Mimi durch den Kopf, während sie versuchte, sich aus Merkles schmerzhaftem Handgriff zu lösen. »Die Fotos von Christel habe ich auch dabei«, sagte sie und hielt Sonja Merkle die drei Aufnahmen hin, die sie in ihrer Tasche aufbewahrt hatte.

»Ich habe gar nicht mitbekommen, dass Sie gleich drei Fotografien von Christel gemacht haben! Ausgemacht war doch nur eine«, sagte Sonja Merkle und warf ihrem Mann einen erschrockenen Blick zu. »Müssen wir die alle nehmen?«

»Natürlich nicht. Sie dürfen auswählen, welche Ihnen am besten gefällt, nur diese eine wird berechnet. Aber jetzt schauen Sie erst mal in Ruhe«, forderte Mimi Christels Mutter auf.

Begierig wandten sich Mutter und Tochter den Fotografien zu. »Die sehen aus wie wertvolle Zeichnungen! So kunstvoll und edel...« Sonja Merkle schüttelte verdutzt den Kopf. »Wie haben Sie das gemacht?«

Mimis Lächeln wurde breiter. »Durch die Nutzung eines entsprechenden Lichteinfalls kann man auch bei Fotografien eine malerische Gesamtwirkung erzielen. Es freut mich, wenn Ihnen meine Kompositionen gefallen.«

Paul Merkle schaute sich um, als wollte er überprüfen, wer alles mitbekam, welche Einkäufe er hier tätigte. »Wir nehmen alle drei«, sagte er dann gewichtig und zückte seinen Geldbeutel.

Frohlockend beschloss Mimi, die Gunst der Stunde zu nutzen. »Ich würde Ihre Tochter gern auch einmal in der Natur fotografieren – an einen Baumstamm gelehnt oder vor der Hüle. Bestimmt wird ihre Schönheit im direkten Tageslicht noch mehr hervorgehoben.«

»Das würde mir gefallen«, sagte Sonja Merkle. »Paul?«

»Warum guckt sich unser Sohn einen Atlas an? Sollte er nicht besser in der Bibel lesen?«, ertönte es im selben Moment hinter Christels Familie. Ein Mann zeigte auf die Fotografie des Konfirmanden Martin, der neugierig Josefs alten Atlas betrachtete.

»Der Atlas und die Bibel – beides zusammen ergibt ein wahrlich frommes Bild. Mit Gottes Segen auf allen Wegen«, sagte Josef Stöckle zu dem Mann, der daraufhin unsicher nickte.

»Wie ein Gelehrter sieht er aus, unser Martin, dabei sind wir doch einfache Leut«, sagte Martins Mutter und strich andächtig über die Fotografie. Sie ergriff Mimis rechte Hand und drückte sie fest. »Danke«, sagte sie.

»Die Fotografie von Martin ist wirklich sehr schön. Sie verstehen Ihr Handwerk«, fügte Sonja Merkle mit Ehrfurcht in der Stimme hinzu.

Den Menschen Schönheit schenken – die Magie der Fotografie wirkte also auch in Laichingen, dachte Mimi. Doch Sonja Merkles Stimme beendete jäh den Moment der Freude. »Hättest du dich nur auch mit dem Atlas fotografieren lassen! Die Requisite hätte nichts extra gekostet«, fuhr sie ihren Sohn Justus an. »Sogar Alexander Schubert hat was in der Hand. Nur ... was ist das eigentlich?« Die Schwangere trat so nah an den Ständer, dass ihr Bauch fast an das Holz stieß.

»Alexander hält Stift und Zeichenblock. Er malt doch so gern«, sagte Mimi lächelnd.

»Alexander malt?«, wiederholte Martins Mutter, den Geldbeutel schon in der Hand, erstaunt.

»Seit wann habt ihr denn einen Künstler in der Familie?«, sagte Sonja Merkle zu Eveline Schubert, die gerade mit ihrer Familie näher kam.

Verwirrt schaute die Weberfrau von einem zum andern. »Bitte was?«

»Na, Alexanders Konfirmandenfotografie! Er malt!« Sonja Merkle lachte, als hätte sie gerade einen besonders guten Scherz gehört.

»Ja und?«, sagte Eveline ungerührt. »Mein Sohn ist eben sehr talentiert. Vielleicht darf ich das Bild jetzt auch mal ansehen?« Noch während sie sprach, verschaffte sie sich mit ihren Ellenbogen Platz. »So stellt man sich einen wahren Künstler vor!«, sagte sie und betrachtete die Fotografie andächtig. Voller Zuneigung drückte sie den Arm ihres Sohnes, der seinen Vater erwartungsfroh anschaute.

»Herr Schubert? Wollen Sie nicht auch einen Blick auf die Fotografie werfen?«, sagte Mimi.

»Was kostet die?«, fragte der Mann kühl, ohne auf ihre Bemerkung einzugehen.

Mimi runzelte die Stirn. Was für ein unfreundlicher Kerl! Sah er nicht, dass sein Sohn regelrecht um ein wenig Anerkennung bettelte?

»Du kannst wirklich sehr stolz auf deine Gabe sein. Malen und zeichnen zu können ist etwas Besonderes«, sagte Mimi betont laut zu Alexander. Das sollten ruhig alle hören!

»Nun ja, für so was muss man erst mal Zeit haben«, sagte Sonja Merkle.

»Und Geld für Papier und Bleistifte«, fügte Martins Mutter an.

»Bei manchen sitzt das Geld wohl lockerer als anderswo«, kam es von Paul Merkle.

Als hätte es eine geheime Absprache gegeben, hefteten sich plötzlich sämtliche Augenpaare auf Alexander. Doch statt Bewunderung las Mimi in den Blicken der Leute Argwohn und Ablehnung, gerade so, als sei der junge Mann ihnen unheimlich.

Mimi blinzelte verwirrt. Fast kam es ihr vor, als nähmen die Leute es dem Jungen übel, dass er ein außergewöhnliches Talent besaß!

Alexander starrte zu Boden. Eveline, die seine Qual spürte, stellte sich schützend vor ihn.

In diesem Moment nahm die Unruhe unter den Konfirmanden und ihren Eltern noch weiter zu. Mimi folgte dem Blick der Leute und sah Pfarrer Hildebrand auf sie zukommen. Neben ihm lief Herrmann Gehringer. Heute war der Unternehmer mal der Letzte, dachte Mimi grimmig. Es war das erste Mal seit ihrer Begegnung in Josefs guter Stube, dass sie den Mann traf. Unwillkürlich klopfte ihr Herz schneller. Spinnst du?, schalt sie sich sogleich. So weit kam es noch, dass sie sich vor dem Mann fürchtete!

»Ein Verkaufsraum in der Kirche?«, bemerkte der Fabrikant stirnrunzelnd.

Pfarrer Hildebrand hob zu einer Erwiderung an, doch Gehringer unterbrach ihn mit einer barschen Handbewegung. »Was für eine geschäftstüchtige Idee, die Konfirmandenfotografien hier auszustellen! Da braucht ja niemand mehr zu Ihnen ins Atelier kommen. Darf ich die Fotografien mal sehen?«

Zögerlich reichten die umstehenden Leute ihm ihre Fotos.

»Der Vincent mit dem Globus, als hätte er schon die große, weite Welt im Blick! Und Martin blättert wissbegierig in einem Atlas, als plane er seine nächste Reise. Und sehe ich das richtig? Der kleine Otto mit einer Landkarte? Da fehlt eigentlich nur noch ein Bub mit einem Doktorhut. Was es nicht alles gibt!« Der Unternehmer schüttelte lachend den Kopf. »Sind das jetzt die neuen Sitten? Da kommen wir Alten nicht mehr mit, nicht wahr, Benno?«, wandte er sich jovial an Vincents Vater, der sich wie die anderen Eltern äußerst unwohl zu fühlen schien. Gerade noch hatten sie Mimis außergewöhnliche Fotografien bewundert, doch plötzlich schienen sie sich ihrer Sache nicht mehr sicher.

Ohne die Antwort von Vincents Vater abzuwarten, sprach Gehringer weiter: »Und was haben wir denn da? Alexander Schubert übt sich als Vincent van Gogh?« Er lachte erneut. »Das ist ja wirklich originell!« Seine

Augen funkelten amüsiert, als betrachte er eine gelungene Karikatur.

Mimi spürte, wie sie vor lauter Ärger zu zittern begann. Was fiel dem Mann ein, sich über die Jungen lustig zu machen? »Wo steht geschrieben, dass alle Konfirmandenfotografien gleich aussehen müssen?«, sagte sie herausfordernd.

Statt zu antworten, schaute Gehringer in die Runde. »Diesen Fotografien nach zu urteilen fühlt ihr euch zu Höherem berufen«, sagte er ironisch zu den umstehenden Jugendlichen. »Wenn das so ist, muss ich mich demnächst wohl selbst an den Webstuhl stellen. Gut, dass ich das nun weiß. Da kann ich mir wohl den einen oder anderen Lehrvertrag sparen...« Er klopfte Martin auf die Schulter, gab Vincent eine sanfte Kopfnuss, dann marschierte er davon.

»Das mit den Requisiten war wohl doch keine gute Idee«, sagte Martins Mutter und schaute Mimi vorwurfsvoll an. »Ich war ja von Anfang an dagegen.«

»Der Herrgott schätzt das Schlichte«, sagte Evelines Mann. »Eitelkeit ist keine Zier.«

Mimi schaute ihn verständnislos an. »Meine Fotografien sind Kunst! Was hat das bitte schön mit Eitelkeit zu tun?«

»Bekommen wir jetzt Ärger?«, fragte einer der Jugendlichen angstvoll. »Was, wenn der Gehringer uns jetzt nicht einstellt?«

Einen Moment lang herrschte betroffenes, ja ratloses Schweigen.

»Blödsinn«, sagte Eveline Schubert dann heftig. »Jeder darf sich fotografieren lassen, wie er mag. Das ist Privatsache und geht niemanden etwas an.« Sie legte schützend einen Arm um Alexander, der aussah, als würde er gleich zu weinen beginnen.

»Das wird sich noch zeigen. Mit diesen Fotografien habt ihr euch alle keinen Gefallen getan«, sagte Paul Merkle gewichtig in die Runde, dann trat er näher zu Mimi. »Sich mit Herrn Gehringer anzulegen ist nicht gut. Sie werden schon noch sehen, was Sie davon haben«, flüsterte er ihr ins Ohr, dann wandte er sich zum Gehen. Der Blick, den er ihr schräg über die Schulter zuwarf, war verächtlich und schadenfroh zugleich.

29. Kapitel

»Es tut mir leid, Ihnen keine besseren Nachrichten übermitteln zu können, aber Tuberkulose in diesem Stadium ist nicht mehr heilbar. Schon vor meiner Abreise hat Josef Stöckle Blut gespuckt. So gesehen freut es mich zu hören, dass er noch am Leben ist.« Der Arzt Otmar Ludwig, der nach seiner ausgedehnten Reise selbst aussah wie das blühende Leben, schaute Mimi über seinen Schreibtisch hinweg ernst an.

»Aber Onkel Josef hat nie unter Tage oder in einer kalten Dunk gearbeitet, wie kann er da an der Schwindsucht erkranken?«, fragte Mimi verzweifelt. Der Arzt war noch jung, Mimi schätzte ihn auf Mitte dreißig. Vielleicht täuschte er sich ja aus Mangel an Erfahrung? Er hatte schließlich auch geglaubt, Josef würde den letzten Winter nicht überleben!

Es war ein Uhr am Montagmittag. Der Arzt war mit demselben Zug in Laichingen eingetroffen, den Mimi vor drei Wochen genommen hatte. Seine Koffer standen noch im Flur seines Hauses, als Mimi ihn in seiner Praxis, die im selben Haus untergebracht war, aufsuchte. Die Nacht war ruhig gewesen, Josef hatte fest geschlafen, der Husten hatte ihn wenigstens ein paar

Stunden lang verschont. Dafür hatte Mimi die halbe Nacht wach gelegen aus lauter Gram.

»Sie dürfen sich gern eine zweite Diagnose bei einem meiner Kollegen einholen«, sagte der Arzt ungerührt. »Aber sie wird nicht anders ausfallen, das garantiere ich Ihnen. Es ist ein weitverbreiteter Irrglaube, dass die Schwindsucht eine reine Arme-Leute-Krankheit ist. Sicher, die Arbeit unter Tage in einem kalten, feuchten Klima, das die Lunge angreift, oder die Arbeit in staubigen Fabriken, dazu viele Menschen auf engstem Raum, wie man es in den Armenvierteln der Städte findet – all das sorgt dafür, dass sich das Bakterium in geschwächten Körpern ausbreiten kann. Somit kommt die Tuberkulose gehäuft in diesen Kreisen vor. Aber bedenken Sie, mit wie vielen Menschen Ihr Onkel bei seiner Arbeit tagtäglich zusammenkam! Es muss ihn nur ein Tuberkulosekranker angehustet haben. Manche Wissenschaftler behaupten sogar, eine Ansteckungsgefahr bestehe schon dann, wenn man über einen Platz läuft, auf den ein Erkrankter kurz zuvor ausgespuckt hat. Wann genau Ihr Onkel sich infiziert hat, lässt sich nicht feststellen, es kann schon Jahre her sein. Aber Tatsache ist, dass er die fortgeschrittene Schwindsucht hat.«

Eine junge Frau im weißen Kittel kam herein und legte ihm einen Stapel Post auf den Schreibtisch.

»Darf ich vorstellen – Schwester Elke«, sagte der Arzt.

Mimi nickte der Krankenschwester kurz zu. »Und wie erklären Sie sich, dass es meinem Onkel zwischendurch gut geht? Er hat Tage, da schaut er mir im Atelier stundenlang bei der Arbeit zu – das würde ein Todgeweihter doch nicht machen!«, sagte sie verzweifelt.

Der Arzt erklärte: »Die Tuberkulosebakterien sind

nicht immer gleich aktiv, manchmal schlummern sie in den Zellen vor sich hin. Wenn das Wetter gut ist, so wie jetzt, wenn der Erkrankte gutes, stärkendes Essen zu sich nimmt oder wenn er sich in gesunder frischer Luft bewegt, dann gelingt es seinen Abwehrkräften, die Bakterien zeitweise einzudämmen.«

Mimis Miene hellte sich auf. »Aber wenn es nur daran liegt... Für gutes Essen kann gesorgt werden. Und wenn es nötig ist, muss Josef halt doch in wärmere Gefilde umziehen. Nach Italien zum Beispiel, wo die Winter mild sind. Es gibt doch auch spezielle Sanatorien für Lungenkranke, in der Schweiz und...« Sie brach ab, als sie die mitleidige Miene sah, mit der der Arzt sie bedachte.

»Wie ich Josef Stöckle kenne, wird er zu allem nein sagen. Einen alten Baum verpflanzt man nicht, heißt es doch...« Der Arzt faltete seine Hände wie zum Gebet. »Es tut mir leid, aber Sie müssen sich leider an den Gedanken gewöhnen, dass Ihr Onkel bald sterben wird.«

»Manchmal kommt alles anders, als man denkt«, murmelte Mimi, während vor ihrem inneren Auge das Bild einer jungen Frau auftauchte, die einen Verlobungsring vom Finger streifte.

»Vermutlich schon bald wird Ihr Onkel sein Bett nicht mehr verlassen können. Dann benötigt er Pflege. Schwester Elke kann Sie gern darin einweisen, denn es gibt einiges zu beachten. So sollten Sie Ihrem Onkel beispielsweise nicht zu nahe kommen. Natürlich achtet Josef Stöckle auch selbst darauf, dass er niemanden ansteckt, aber sicher ist sicher.« Der Arzt begann, den Stapel Post, der auf seinem Schreibtisch lag, durchzusehen. Allem Anschein nach war für ihn das Gespräch beendet.

Mimi schlug eine Hand vor den Mund, als wolle sie ein Wehklagen unterdrücken. Ihr lieber Onkel lag tatsächlich im Sterben?

»Und wie lange hat Josef noch zu leben?«, sagte sie mit belegter Stimme, nachdem sie sich einigermaßen gefangen hatte.

Der Arzt schaute von seiner Post auf. »Das ist schwer zu sagen, ich habe seine Kräfte ja schon einmal unterschätzt. Vielleicht ein halbes Jahr?«

Wie betäubt machte sich Mimi auf den Rückweg. In der Mitte des Marktplatzes lag noch immer der Maibaum, der für das Fest am nächsten Wochenende aufgerichtet werden sollte. Beim Anblick des gefällten Baumes schossen Mimi die Tränen in die Augen. Vielleicht würde Josef noch das Maienfest erleben, aber Weihnachten gewiss nicht mehr! Halb blind stolperte sie auf die Sitzbank zu, die unter den Linden vor der Kirche stand. Obwohl das Wetter so schön war, war die Bank verwaist. Mimi war froh darüber.

Wie sollte es nun weitergehen?, fragte sie sich. Wie würden sich die letzten Monate von Josef gestalten? Würde er sehr leiden müssen? Am Ende gar ersticken?

Noch konnte er sich selbst waschen und anziehen, und auch den Gang auf den Abort schaffte er allein, aber was, wenn er das bald nicht mehr konnte? Wenn sie sich entschied, ihn zu pflegen, würde sie ihn in seinem Bett waschen müssen. Sie würde ihm die Bettschüssel bringen, ihn füttern müssen wie ein Kind. Und wenn er im Sterben lag, brauchte er jemanden, der ihm die fiebrige Stirn mit einem feuchten Lappen kühlte. Der Gedanke an das, was auf sie zukommen würde, jagte ihr Angst ein. Würde sie all dem gewachsen sein? Und wenn Schwester Elke sie zehn Mal in alles einwies – sie war keine Krankenschwester und hatte noch nie jemanden gepflegt! Zeit für das Fotoatelier hätte sie dann wahrscheinlich auch nicht mehr, und wovon sollten Josef und sie dann leben?

Aber ihn allein lassen? Einen fremden Menschen für die Pflege engagieren und einfach wieder abreisen, wie ursprünglich geplant? Der Gedanke war genauso abwegig wie jede andere Option.

Mimi fühlte sich verloren wie lange nicht. Sie schaute in den Himmel, an dem ein paar Schwalben ihre Kreise drehten. Gottes Nähe spürte sie immer. Aber wie schön wäre es, jetzt einen lieben Menschen neben sich sitzen zu haben. Jemanden, mit dem sie ihre Sorgen hätte teilen können. Jemanden, der zuhörte, der kluge Fragen stellte oder eine kluge Antwort gab, wo sie nicht weiterwusste. So wie Hannes an jenem einen Abend in Ulm …

Aber sie war auf sich allein gestellt, wie immer.

Mit schweren Schritten und noch schwererem Herzen machte sie sich auf den Nachhauseweg.

Als Mimi daheim ankam, saß Josef in der guten Stube und blätterte in einem Fachblatt, das ihm ein alter Kollege schon vor ein paar Tagen geschickt hatte. Mimi war erleichtert. Er hatte also einen guten Tag.

Es war doch seltsam – die Zeitschriften, die Josefs Freunde an ihn sendeten, gingen nie verloren, die Briefe ihrer Mutter hingegen scheinbar schon!, dachte sie bitter, während sie sich in die Küche begab, um für sie beide ein Butterbrot zu schmieren. Der Anblick des überquellenden Wäschekorbs und des Spülbeckens, das vollgestellt war mit schmutzigem Geschirr, brachte Mimi erneut an den Rand der Tränen. Sie schaffte es nicht mal, einen ganz normalen Haushalt ordentlich zu führen – wie sollte sie da die Pflege eines Sterbenden übernehmen können?

»Und, was hast du Wichtiges von Doktor Ludwig erfahren?«, fragte Josef, als sie später beim Essen zusammensaßen.

Mimi, der eh schon jeder Bissen schwerfiel, ließ abrupt das Brot fallen. »Wie kannst du so ironisch sein? Hier geht es um dein Leben!« Bevor sie wusste, wie ihr geschah, flossen schon wieder die Tränen.

»Mimi, Kind... Sei nicht traurig.« Unbeholfen tätschelte Josef ihren Arm. »Mit deinem Besuch hast du mir eine so große Freude bereitet! Dass sich nochmal jemand so lieb um mich kümmern würde, habe ich nicht erwartet. Dafür danke ich dir von Herzen.«

Mimi blinzelte. Das hörte sich ja an, als würde der Onkel schon Abschied von ihr nehmen. »Was habe ich denn groß getan? Wenn Luise wüsste, wie ich deinen Haushalt verlottern lasse, würde sie die Hände über dem Kopf zusammenschlagen! Aber irgendwie hat der Tag immer zu wenig Stunden für alles, was ich tun will... Noch nicht mal deinen heißgeliebten Schwarzen Brei habe ich dir gekocht, dabei will ich seit Ewigkeiten Luise nach dem Rezept fragen. Ach, ich fühle mich so nutzlos!«, schluchzte sie.

Josef lächelte. »Du bist einfach keine Hausfrau, mein Kind. Du gehörst hinter die Kamera! In der großen, weiten Welt findet dein Beruf statt, nicht hier in diesem kleinen Ort. Und deshalb bestehe ich darauf, dass du dich wieder auf den Weg machst. Am besten gleich morgen!«

»Wie – ich soll gehen?« Was hatte sie Falsches gesagt oder getan?

»Ich will nicht, dass du mir beim Sterben zuschaust! Ich möchte, dass du mich in einigermaßen guter Verfassung in Erinnerung behältst«, erwiderte Josef so nüchtern, als würde er übers Wetter reden. »Hast du mir nicht selbst erzählt, dass in Isny ein Auftrag auf dich wartet?«

»Isny! Als ob mir jetzt der Sinn danach steht, ein Rathaus im besten Licht zu fotografieren! Ich will für dich da sein!«

»Kind, mach es mir doch nicht so schwer. Du bist eine junge Frau, meine Nichte obendrein. Der Gedanke, dass du demnächst meinen Hintern abputzen musst, weil ich es selbst nicht mehr kann, ist mir schrecklich unangenehm, das verstehst du doch, oder? Außerdem – alles kommt, wie es kommen muss. Und ich bin bereit dafür«, sagte der alte Fotograf.

»Und wer soll sich dann um dich kümmern?«, wollte Mimi mit kleiner Stimme wissen. So weh es ihr tat, dass er sie fortschickte – seine Beweggründe vermochte sie sehr gut zu verstehen. Scham… sie konnte einem Menschen arg zu schaffen machen.

»Luise zum Beispiel«, sagte er übertrieben zuversichtlich. »Und wenn es ganz schlimm wird, sind der Doktor und Schwester Elke ja auch noch da. Du könntest höchstens…« Er zögerte. »Vielleicht wäre es hilfreich, wenn du einen kleinen Obolus für meine Pflege beisteuerst. Oder deine Mutter…«

283

Nachdem Josef sich hingelegt hatte, ging Mimi ins Atelier hinüber. Irgendwie hatte sie das Gefühl, ihrer Mutter erneut zu schreiben, würde ihr in der tröstlichen Umgebung von Josefs Requisiten leichter fallen.

Im Atelier roch es nach abgestandener Luft. Mimi schob ein paar der Fensterscheiben auf. Sogleich wehte süße Frühlingsluft herein. Sie stand in einem seltsamen Kontrast zu Mimis düsteren Gedanken. Traurig setzte sie sich auf die Bühne, vor der vor ein paar Tagen noch die Laichinger Konfirmanden posiert hatten. Irgendwie waren die Fotositzungen in Josefs Atelier etwas Besonderes gewesen. Als Mimi gleich darauf die Ereignisse im Vorraum der Kirche einfielen, runzelte sie die Stirn. Warum die Kirchbesucher gestern schon vor Gehringers dummem Kommentar so ablehnend auf den talentierten Alexander reagiert hatten, verstand sie noch immer nicht. Waren sie neidisch auf seine Gabe? Nein, eher hatte sie das Gefühl gehabt, der Junge sei ihnen nicht ganz geheuer.

Sie seufzte. Dann stand sie auf und ging zum Tisch. Genug der Grübeleien, nun galt es, Fakten zu schaffen.

Laichingen, 1. Mai 1911

Liebe Mutter,

entweder ist dein Brief verloren gegangen, oder du hattest noch keine Möglichkeit, mir zu schreiben. Dabei hätte ich deinen Beistand und Rat gerade jetzt so dringend nötig.

Mimi hielt mit dem Federhalter in der Hand inne. Resolut strich sie sich mit der Hand über die Augen. Jetzt bloß nicht mehr weinen. Josef hatte alles dafür getan, dass sie sich besser fühlte, da konnte er von ihr auch eine kleine Anstrengung erwarten.

Um es kurz zu machen: Onkel Josef leidet an fortgeschrittener Tuberkulose. Ich war heute bei seinem Arzt, und er hat mir zu verstehen gegeben, dass Josef nicht mehr viel Zeit bleibt. Wenn es mit ihm zu Ende geht, wird er Pflege und Beistand benötigen – der Gedanke, dass er dann niemanden von der Familie um sich hat, ist mir unerträglich. Ich bin mir sicher, du siehst das genauso. Liebe Mutter, ich habe in den letzten Wochen für Josef getan, was ich konnte. Aber nun gebe ich den Stab an dich, seine Schwester, weiter. Sehr gern bleibe ich noch ein paar Tage, bis du alles geregelt hast und kommen kannst.

Nachdenklich hielt sie erneut inne. Irgendwie wollte ihr die Vorstellung, dass Amelie Reventlow ihren Bruder pflegte, nicht gelingen.

30. Kapitel

Wie zu jedem Monatsanfang war Herrmann Gehringer über die Liste mit den aktuellen Auftragseingängen gebeugt, als sein Assistent ins Büro kam und sich erwartungsvoll vor seinem Schreibtisch aufbaute.
»Was gibt's, Merkle?«, fragte er abwesend. Fünfhundert Nachthemden einfachster Machart wollte ein Mannheimer Kunde geliefert haben, und das am besten vorgestern! Er wollte damit einen Stand auf dem Mannheimer Maimarkt bestücken. Himmel nochmal – das wusste der Mann doch nicht erst seit gestern, oder? Wie um alles in der Welt sollte er diesen Großauftrag in seine bestehende Planung einbauen? Viel einbringen würden die schlichten Nachthemden der untersten Preisklasse ihm eh nicht, außer einer schlaflosen Nacht!
Paul Merkle räusperte sich. »Es geht um die Fotografin. Sie haben sich ja gestern selbst ein Bild von ihren ›Künsten‹ machen können. Aber da Sie mich beauftragt haben herauszufinden, wie gut sie in ihrem Metier ist, möchte ich Ihnen die Fotografien nicht vorenthalten, die Mimi Reventlow von meiner Tochter gemacht hat.« Wie ein Kartenspieler, der sein bestes Blatt präsentierte, legte er die drei Bilder auf Gehringers

Schreibtisch. »Wie Sie sehen, ist die Frau eine wahre Meisterin ihres Fachs!«

Einen Moment lang stockte dem Fabrikanten der Atem. Verflixt, war Merkles Tochter schön! »Deine Tochter im besten Licht darzustellen ist nun wahrlich kein Kunstwerk«, sagte er dennoch wegwerfend. Warum arbeitete Christel eigentlich nicht bei ihm in der Fabrik? Heimarbeit war etwas für alte Frauen und Mütter! Die Schönheit der Jugend, dachte er, und im selben Moment kam ihm noch ein Gedanke. »Was würdest du davon halten, wenn deine Christel unsere Modelle für die verehrte Kundschaft vorführt?«, sagte er rasch und in schmeichelndem Tonfall.

Paul Merkle runzelte die Stirn. »Meine Christel soll sich vor fremden Leuten entblößen?«

Gehringer lachte. »Davon kann nun wirklich keine Rede sein. Die Nachthemden und Unterröcke müsste sie natürlich nicht vorführen, lediglich Schürzen, Blusen und Kittel. Ganz vornehm und züchtig.« Dass Merkle sich bei so etwas zieren würde wie eine Jungfrau, hätte er sich denken können, dachte er verärgert. »So ein Angebot mache ich wahrlich nicht jedem, das ist eine Ehre! Du könntest ruhig ein wenig dankbar sein«, sagte er streng.

»Ja schon«, entgegnete Paul Merkle eilig. »Aber eine Modenschau hier in diesem Büro?« Er machte eine Handbewegung, mit der er den Bollerofen, die dunkel getäfelten Wände und die hoch gestapelten Aktenordner einschloss. »Verzeihen Sie, Herr Gehringer, wenn ich das so sage – aber das wären nun wirklich Perlen vor die Säue geworfen.«

Statt weiter verärgert zu sein, lachte Gehringer laut heraus. Es gefiel ihm, dass Merkle kein Duckmäuser war.

287

»Wo du recht hast, hast du recht!« Er stand schwungvoll
auf. »Komm, lass uns gehen.«

»Habe ich einen Termin verpasst?« Merkle zückte seinen Diktierblock und blätterte ihn hektisch durch.

Gehringer lachte noch lauter. »Beruhige dich! Spon-
tanität gehört zum Unternehmertum ebenso dazu wie
gute Planung, mein Lieber. Und Biss! Will man etwas
erreichen, muss man es machen wie ein Terrier mit dem
Wadenbein – einfach nicht mehr lockerlassen ...«

Das Wetter war schön, statt den Wagen zu nehmen, beschloss Herrmann Gehringer, sich einen Spaziergang in
den Ort hinein zu gönnen. Auf den umliegenden Äckern
begann die Feldarbeit, Frauen mit Harken und Spaten
über der Schulter waren unterwegs, im Schlepptau viele
Kinder. Gehringer grüßte jeden. Niemand konnte ihm
nachsagen, er habe einen Standesdünkel! Außerdem –
das hier waren seine Leute. Und Laichingen war *sein*
Ort. Irgendwo hatte er einmal den Spruch gelesen: »Lieber ein großer Karpfen in einem kleinen Teich sein als
eine Makrele im Meer.« Das gefiel ihm ausnehmend gut.
Sein Laichingen war zwar nur ein kleiner Ort mitten
auf der Schwäbischen Alb, aber dank der Leinenwaren
war er fast in der ganzen Welt bekannt. Genauso wie die
Weberei Gehringer. Und er, Herrmann Gehringer, hatte
vor, diesen Ruhm weiter zu verbreiten.

Mit dem Spazierstock in der Hand und Merkle im
Schlepptau schlenderte er an den Fabriken der Konkurrenz vorbei, als hätte er nicht die kleinste Sorge.
Überall war das Klopfen und Schlagen der Webstühle
zu hören. Ob Hirrler, Morlock und die andern sich auch
mit Kunden wie dem Mannheimer herumärgern muss-

ten? Hirrler wahrscheinlich, aber Morlock mit seinem feinen Ulmer Ausstellungsraum eher nicht. Die Käufer edler Leinenwaren wussten, dass gute Qualität eine gewisse Lieferzeit mit sich brachte – von heute auf morgen ging da gar nichts!

Josef Stöckles Laden war geschlossen. »So viel zur Geschäftstüchtigkeit von Frau Reventlow«, sagte Herrmann Gehringer triumphierend.

Merkle rüttelte ein zweites Mal an der Tür. »Vielleicht waren die Einnahmen aus dem Konfirmationsgeschäft so üppig, dass sie sich noch gleich gestern aus dem Staub gemacht hat?«, sagte er spöttisch.

Das wäre das Beste, dachte Gehringer. Der Laden würde sich als Ausstellungsraum wirklich eignen, wurde ihm erneut bewusst, als er nun davorstand. Die großen Fensterflächen, das viele Licht, die Lage direkt am Marktplatz. Und zum Ochsen waren es von hier auch nur ein paar Schritte. Er würde seine Kunden, nachdem die Auftragsformulare ausgefüllt waren, gleich zum Essen einladen können. »Finden wir es heraus!«, sagte er und ging ums Haus herum in Richtung Atelier.

Mimi Reventlow saß an einem Tisch über ein Blatt Papier gebeugt. Das Schreiben – wahrscheinlich war es ein Brief – schien ihre ganze Aufmerksamkeit zu erfordern, sie bemerkte die beiden Männer, die im Türrahmen standen, nicht.

Herrmann Gehringer räusperte sich geräuschvoll.

Die Fotografin schreckte zusammen. »Ja bitte? Wie kann ich Ihnen helfen?«

Indem du von dannen ziehst, hätte er am liebsten gesagt. »Ist heute nicht ein herrlicher Tag?«, bemerkte er stattdessen, als wären sie gute Bekannte, die sich regelmäßig sahen. »Gerade jetzt im Frühjahr ist es doch wunderschön hier oben auf der Alb, finden Sie nicht auch?« Er zeigte mit seinem Spazierstock nach draußen.

»Ich habe noch nicht viel von der Landschaft gesehen, die Arbeit und die Pflege meines Onkels gingen vor«, sagte Mimi Reventlow kühl. Sie legte ihr Schreibzeug beiseite und stand auf. »Gibt es sonst noch etwas?«, fragte sie und strich ihre seidene Bluse glatt.

Kein Leinen für die Madame, registrierte Gehringer. Samt und Seide mussten es wohl sein. Es hätte ihn zu sehr interessiert, warum eine attraktive Frau wie sie überhaupt arbeitete. Hatte es zum Ehemann nicht gereicht? Es wunderte ihn nicht – welcher Mann wollte schon ein derart widerspenstiges Frauenzimmer haben? Er lächelte breit. »Eigentlich bin ich nur gekommen, um Ihnen alles Gute für Ihre Weiterreise zu wünschen.«

»Woher wissen Sie …« Die Fotografin brach mitten im Satz ab und beäugte ihn misstrauisch.

Plante sie also tatsächlich schon ihre Abreise! Gehringer frohlockte innerlich. »Nun ja, eine erfolgreiche Frau wie Sie kann doch nicht ewig in unserem kleinen Ort bleiben, bestimmt haben Sie zig andere Engagements, die Sie wahrnehmen müssen«, sagte er. Nun, da er wusste, dass sie abreisen würde, konnte er großzügig sein und ihr ein Kompliment machen. »Und jetzt im Frühjahr ist die Zeit ideal zum Reisen! Ach ja – falls Sie sich Gedanken um Ihren Onkel machen, keine Sorge. In Laichingen kümmern sich die Leute umeinander. Bei uns wird Verantwortungsbewusstsein nämlich noch großgeschrieben.« Er schaute betont auf den Brief, auf dem ihr eilig abgelegter Federhalter gerade einen dicken Tintenfleck hinterließ. »Mein Angebot, das Ladengeschäft Ihres Onkels zu mieten, gilt übrigens immer noch.« Er schaute sich interessiert um. »Wenn ich es mir recht überlege... Eigentlich könnte ich Josefs Atelier gleich dazumieten. Die Leinwände... die Bühne... Beides wäre ideal für die Präsentation meiner Leinenwaren. Eine Modenschau in diesem gläsernen Bau – das würde meiner Kundschaft gefallen!«

»Sie wollen hier einen Ausstellungsraum eröffnen?«, sagte die Fotografin erstaunt. »Das ist mir neu.«

»Hat Ihr Onkel Ihnen das nicht erzählt? Was um alles in der Welt glaubten Sie denn, was ich mit den schönen Räumen vorhabe?« Verflixt, hatte er den Laden nur deshalb nicht bekommen, weil der alte Fotograf vergessen hatte, seiner Nichte die wichtigsten Fakten mitzuteilen?

»Ehrlich gesagt habe ich mir keine weiteren Gedanken darüber gemacht«, sagte die Fotografin.

Was für ein arrogantes Ding! »Natürlich erhöhe ich die Miete dann um, sagen wir mal, zehn Mark«, sagte er nichtsdestotrotz. »Wenn Sie meinen Assistenten kurz an Ihren Tisch sitzen lassen... Merkle! Der Vertrag! Bitte ändern Sie ihn entsprechend ab.«

»Moment mal, ich habe noch nicht ja gesagt«, warf die Fotografin ein. Wie entgeistert sie tat, dachte Gehringer. Wollte wohl den Mietpreis hochtreiben. Aber nicht mit ihm!

»Aber das werden Sie, junge Frau. Ihr Onkel braucht ein Einkommen, das wissen Sie so gut wie ich«, erwiderte er. »Es war nett von Ihnen, dass Sie ihn besucht haben. Es geht doch nichts über familiäre Bande. Aber es ist auch gut, dass Sie nun wieder gehen. Hier bei uns in Laichingen würden Sie nicht glücklich werden, glauben Sie mir. Bei uns herrscht eine jahrhundertealte Ordnung! Die Leute schätzen das Althergebrachte, alles andere ist Blödsinn. Ich meine – einen Konfirmanden mit einer Weltkugel zu fotografieren! Oder mit einem Atlas! Als ob wir uns in München oder Berlin befinden, wo eine neue Mode die nächste jagt.« Er lachte glucksend auf. Dann wedelte er betont streng mit dem Zeigefinger. »Ich weiß genau, was Sie damit bezwecken wollten, junge Frau. Den Jungen Flöhe ins Ohr setzen, nicht wahr? Dabei wissen Sie doch so gut wie ich, dass unsere Jungen zeit ihres Lebens nicht aus dem Ort hinauskommen werden.« Vorwurfsvoll zeigte er mit der Spitze seines Spazierstockes auf Mimi. »Aber was soll's! Falls nötig, rücken wir der Jugend den Kopf schon wieder zurecht, nicht wahr, Merkle?«

Sein Assistent nickte gehorsam.

Mimi Reventlow stieß hörbar die Luft aus, als habe er etwas völlig Abstruses gesagt. »Wegen meiner Fotografien brauchen Sie gewiss niemandem den Kopf zurechtzurücken. Und was Ihre jahrhundertealte Ordnung angeht – was die Zukunft bringt, wissen doch weder Sie noch ich!«, sagte sie heftig.

Nun reichte es aber, befand Gehringer aufgebracht. »Da täuschen Sie sich. Ich weiß sehr genau, was die Zukunft uns hier in Laichingen bringen wird.« Verflogen war sein jovialer Ton, seine Stimme war nun voller Schärfe. »Ihnen mag das Leben hier vielleicht bescheiden oder gar hinterwäldlerisch anmuten, aber glauben Sie mir, die Leute wollen es nicht anders. Wir leben hier in unserer eigenen Welt. Ich sorge für die Menschen hier, und dafür sind sie mir dankbar.«

Mimi Reventlow lachte auf. »Habe ich das richtig verstanden? Wollen Sie mir etwa vorschreiben, in welcher Art ich meine Fotos zu machen habe?« Beide Arme in die Hüfte gestemmt, funkelte sie ihn wütend an.

»Nichts liegt mir ferner.« Er hob entschuldigend beide Hände. So langsam ging ihm dieses Gespräch auf die Nerven. Er riss Merkle den korrigierten Vertrag aus der Hand und reichte ihn der Fotografin. »Bitte schön! Ihre Unterschrift ist für mich genauso gut wie die Ihres Onkels.«

Doch die Fotografin war mit ihrer Leier noch nicht fertig. »Für mich hat sich das sehr nach Einmischung in meine Arbeit angehört. Und noch etwas: Wie abfällig Sie gestern die Konfirmandenfotografien kommentiert haben! Das war unmöglich. Kunst ist und bleibt Geschmacksache, das sollten Sie nicht vergessen.«

»Das sehe ich genauso. Ich bedauere, wenn Sie mich diesbezüglich missverstanden haben«, sagte er milde. Dann tippte er erneut auf den Vertrag. »Rechts unten bitte!«

Die Fotografin schaute erst den Vertrag, dann ihn scharf an. »Ich glaube, *Sie* haben hier etwas missverstanden, Herr Gehringer...«, sagte sie gedehnt. »Einen Ausstellungsraum müssen Sie sich anderweitig suchen, das Atelier und der Laden sind nicht zu vermieten. Ich habe nicht vor, Laichingen so bald zu verlassen. Mein Onkel braucht familiären Beistand. Deshalb bleibe ich und werde sein Atelier übernehmen. Mit allem, was dazugehört...«

Es kam selten vor, dass es Herrmann Gehringer die Sprache verschlug. Aber als er aus dem Fotoatelier trat, war dies ein solcher Moment.

»Tut mir leid«, sagte Paul Merkle leise und machte die Sache damit auch nicht besser.

»Da gibt es nichts leidzutun«, presste der Fabrikant heraus. »Diese Frau wird hier in Laichingen keinen Fuß auf den Boden bekommen, das schwör ich dir. Der mach ich fortan das Leben schwer, wo es nur geht.«

Schmunzelnd schaute Mimi dem davonstürmenden Unternehmer hinterher. Den hatte sie richtig in Harnisch gebracht! Mit welcher Selbstgerechtigkeit er ihr wie einem kleinen Kind die Welt erklärt hatte...

Doch ihre gute Stimmung verflog so schnell, wie sie gekommen war, Nachdenklichkeit trat an ihre Stelle. Ganz gleich was sie gegenüber Gehringer behauptet hatte – sie konnte immer noch gehen. Aber wollte sie noch? Auf einmal spürte sie, dass der Ausbruch gerade eben mehr gewesen war als eine Trotzreaktion. Und sie erkannte: Ihr Herz hatte sich schon längst zum Bleiben entschieden. Lediglich ihre Zweifel, ob sie der Aufgabe gewachsen sein würde, hatten sie zaudern lassen. Dass Josef ihr außerdem ziemlich deutlich zu verstehen gegeben hatte, er wolle nicht von ihr gepflegt werden, hatte die Sache auch nicht leichter gemacht. Natürlich verstand sie seine Scham, ihr selbst würde es nicht anders ergehen! Aber wäre es wirklich angenehmer für ihn, wenn ihm ein wildfremder Mensch bei den täglichen Verrichtungen half? Gegen Geld?

Ihr Blick fiel auf den Brief an ihre Mutter, sie überflog ihn ein letztes Mal. Dann zerriss sie ihn in kleine Fetzen.

Langsam, fast schlafwandlerisch, stand sie auf und ging hinüber ins Haus.

Josef war inzwischen von seinem späten Mittagsschlaf erwacht und saß mit roten Wangen über der Tageszeitung.

»Ich bleibe!«, sagte Mimi, kaum dass sie im Türrahmen stand. Sie setzte sich zu ihrem Onkel.

Josef öffnete den Mund zu einer Erwiderung, doch sie hob abwehrend die Hand. Jetzt war sie dran. »Wahrscheinlich hast du recht, und die kommende Zeit wird weder für dich noch für mich einfach. Wahrscheinlich werde ich mich manchmal dumm anstellen. Ich verspreche dir aber, dass ich mein Bestes geben werde. Wir werden streiten und bestimmt nicht immer derselben Meinung sein. Aber ganz gleich was geschieht und wie die Krankheit dich zeichnen wird – du wirst für mich immer der großartige Wanderfotograf Josef Stöckle bleiben. Du bist und bleibst mein Held und mein Vorbild.«

Der alte Fotograf schaute sie an, und Mimi sah, wie Tränen in seinen müden Augen glitzerten. »Aber warum willst du dir das antun, Kind, warum?«, flüsterte er tränenerstickt.

»Weil ich dich liebhabe«, sagte Mimi schlicht.

31. Kapitel

»Wo bleibt nur der Fahrer der Brauerei Schlössle?« Zum wiederholten Mal schaute Karolina Schaufler auf die Uhr, die gegenüber dem Herd an der Küchenwand angebracht war. »Wenn das Bier nicht bald zum Kühlen in den Keller kommt, können wir es unseren Gästen lauwarm servieren.«

Es waren nur noch zwei Tage bis zum großen Festwochenende. Dann würde der Maibaum aufgestellt werden. Obwohl es erst Anfang Mai war, waren die Temperaturen sommerlich warm. Dabei hatte es vor drei Wochen noch geschneit. Der plötzliche Wetterumschwung machte Mensch und Tier zu schaffen, doch gleichzeitig freute man sich auf ein Maienfest, bei dem man ohne dicke Socken und Jacken um den Maibaum würde tanzen können.

»Bei der plötzlichen Hitze wird er seine Pferde nicht schinden wollen und einfach länger brauchen für den Weg von Ulm bis hierher«, sagte Anton lustlos. Seit dem frühen Morgen war er dabei, Wurzelgemüse kleinzuschneiden, Knochen zu zerhacken und alles in großen eisernen Töpfen anzubraten. Später wurde dann alles mit Wasser abgelöscht. Dass es zu gewöhnlichen Würsten eine Bratensoße gab, war an Festtagen die Spezialität des Ochsen.

»Bist du jetzt unter die Pferdeexperten gegangen?«, bemerkte seine Mutter spitz. »Und wo bitte schön treibt sich dein Vater schon wieder herum?«

»Er stellt draußen die Tische auf.« Anton wies mit dem Kinn durchs Fenster in Richtung Marktplatz, wo sein Vater gerade ein Schwätzchen mit dem Hufschmied hielt.

»Dann tut er ja ausnahmsweise mal etwas Sinnvolles«, grummelte Karolina, während sie das Besteck aus den Schubladen holte und in große Körbe legte. Bei so schönem Wetter würden alle Gäste draußen sitzen und essen wollen, da war es klug, Besteck und Geschirr auf einem Beistelltisch griffbereit zu haben.

Wenn nur auch draußen gekocht werden würde!, dachte Anton nicht zum ersten Mal. Angewidert schaute er auf die Pfannen, die nun für Stunden auf dem Herd vor sich hin simmern würden. Bald war die Luft hier in der Küche garantiert so dick, dass man sie schneiden konnte.

»Warum muss es zu jedem Dorffest Würste mit Soße geben? Lass uns doch mal ein Spanferkel auf offenem Feuer braten! Platz hätten wir draußen genug. Und der Geruch nach gebratenem Fleisch würde sich über den ganzen Marktplatz verbreiten und noch mehr Gäste anlocken, da bin ich mir sicher.«

Karolina winkte ab. »Gekocht wird in der Küche, wozu haben wir die? Außerdem kann sich nicht jeder Spanferkel leisten, ein Paar Würstchen hingegen können sich die Leute zur Not auch teilen.«

»Wir könnten große und kleine Portionen anbieten. Dazu eine Scheibe Schwarzbrot, ein Stück gesalzener

Rettich – das kostet nicht die Welt, und die Leute wären begeistert«, sagte Anton. »Einmal etwas Neues...«, fügte er fast flehentlich hinzu und schöpfte einen Moment lang Hoffnung, da Karolina ihm nicht gleich wieder über den Mund fuhr. Doch nach einer kurzen Pause sagte sie: »Die Idee an sich ist nicht schlecht. Aber damit ein Spanferkel auch wirklich innen gar wird, braucht man einen Drehspieß auf einem eisernen Gestell. Für die ein, zwei Mal im Jahr, zu denen diese Vorrichtung in Gebrauch wäre, lohnt sich die teure Anschaffung nicht.«

»Wer sagt denn, dass sich der Spieß nicht öfter drehen könnte? Wenn die Städter in der Umgebung wüssten, wie hübsch unser Gasthaus am Marktplatz und an der Hüle liegt, würden viele von ihnen sicher Gefallen an einem Ausflug auf die Schwäbische Alb finden. Ein bisschen Werbung, mehr bräuchte es nicht! Die Fotografin könnte eine Fotografie vom Ochsen machen, und wir könnten damit eine Anzeige in der Ulmer Zeitung aufgeben und so die Sonntagsausflügler in den Ort locken. Stell dir mal vor, dann hätten wir sonntags immer genauso viel Gäste, wie wir am Wochenende erwarten!« Anton spürte, wie er allein bei der Vorstellung innerlich ganz unruhig wurde. Die Festtage, an denen auf dem Marktplatz und vor dem Ochsen alle Bewohner des Ortes zusammenkamen, gehörten zu seinen liebsten Zeiten. Dann war endlich mal etwas los!

»Und wer soll das alles schaffen? Für deine Ideen bräuchten wir eine doppelt so große Mannschaft«, sagte seine Mutter lachend. Sie zeigte aus dem Fenster. »Da kommt endlich das Bier! Geh und hilf beim Abladen!« Resolut nahm sie Anton den Kochlöffel aus der Hand und stellte sich selbst an den Herd, um die Knochensoße weiter zu rühren. »Und noch was: Die Fotografin lass mal schön aus dem Spiel. Beim gestrigen Stammtisch habe ich zufällig gehört, wie der Gehringer sich abfällig über sie geäußert hat. Er fand es wohl unmöglich, dass sie die Konfirmandenfotos direkt in der Kirche verkauft hat. Er meinte, dass man mit so einer ›gotteslästerlichen‹ Person gar keine Geschäfte machen solle.«

Anton lachte. »Ausgerechnet Gehringer schwingt solche Reden? Wie oft hat er seine Leute schon sonntags schuften lassen! Als ob gerade ihm der Sonntag heilig wäre.«

Seine Mutter verzog den Mund. »Mag ja sein. Es tut trotzdem nicht not, dass wir mit der Frau Geschäfte machen. Am Ende verlegt Gehringer seinen Unternehmerstammtisch noch woanders hin.«

»Wo sollen die feinen Herrschaften denn hin? Es gibt doch nur den Ochsen! Oder glaubst du, dass die abends wegen eines Biers und ein bisschen Klatsch extra nach Ulm oder Blaubeuren hinunterfahren?«

»Das mag für den Stammtisch zutreffen. Aber oft kommt Gehringer ja auch mit einem seiner Kunden hierher zum Essen. Und dann sind da noch die alljährliche Weihnachtsfeier bei ihm im Herrenhaus und seine Geburtstagsfeier, die wir ebenfalls ausrichten. Und was, wenn außer ihm noch andere Fabrikanten wegblieben, oder deren Vorarbeiter und die Kontoristen? Von den Weberleuten, die sich einen Abend lang an einem Glas Bier festhalten, können wir nicht leben. Deshalb – und wenn die Fotografin noch so schöne Werbefotografien macht – wir lassen keine machen, Schluss!«

Was war er nur für ein Narr zu glauben, dass einmal etwas anders sein könnte! Wütend stapfte Anton davon.

Anton war gerade dabei, eins der großen Bierfässer ums Haus herum in Richtung der Kellertreppe zu rollen, als Alexander mit hängendem Kopf vorbeikam.

»Na, ist heute etwa auch nicht dein Tag?«, bemerkte Anton.

»Heute? Die ganze Woche war bisher schrecklich«, erwiderte Alexander. »Meine Eltern streiten sich fast ohne Unterlass. Vater ist wegen der Konfirmandenfotografie mächtig verärgert. Das habe dem Gehringer nicht gefallen, sagt er. Wenn ich jetzt deswegen nicht in der Fabrik anfangen darf, dann gute Nacht!«

»So ein Blödsinn!«, sagte Anton heftig. »Wenn ich es richtig mitbekommen habe, dann hat sich Gehringer doch über alle eure Konfirmandenfotografien lustig gemacht. Also müssten sich ja alle Sorgen machen, ob sie eine Lehrstelle bekommen.«

»Das tun sie ja auch!«

»Was für ein Quatsch. Gehringer ist doch froh, dass er neue Sklaven für seine Webstühle bekommt!« Anton stöhnte, während er das Bierfass unter Einsatz seines ganzen Gewichtes gerade noch davon abhielt, die Treppe hinunterzukullern. Im Laufe der Jahre war der Boden vor der ersten Treppenstufe durch die vielen Lasten immer glatter und abschüssiger geworden, es galt, hier höchste Vorsicht walten zu lassen.

»Wird das da hinten heute noch was?«, hörten sie den Bierkutscher vor dem Haus rufen.

Eilig packte Alexander mit an, gemeinsam bugsierten sie das Fass vorsichtig Stufe für Stufe hinunter. »Das ist ganz schön schwer. Pass bloß auf, dass dir von diesen Fässern nicht mal eins auf den Fuß fällt«, sagte er ächzend.

»Ein Klumpfuß würde mir gerade noch zum Glück fehlen«, erwiderte Anton und musste lachen. »Aber einen Trost gibt es – das Rauftragen ist immer wesentlich leichter.«

»Wenn das so ist – vielleicht sollte ich mich dann bei eurem Bierkutscher als Hilfsarbeiter bewerben?«, sagte Alexander, ebenfalls etwas fröhlicher. »Dann kann es mir egal sein, ob Gehringer mich einstellt oder nicht.«

»Gehringer, Gehringer! Ich kann den Namen nicht mehr hören!« Anton rüttelte heftig an Alexanders Arm. »Er braucht euch, kapier das doch endlich. Gute Weber wachsen nicht auf den Bäumen. Und selbst wenn er dich aus irgendeinem dummen Grund nicht einstellt – dann machst du halt was anderes. Es gibt noch andere Fabriken. Vielleicht braucht jemand ja einen Musterzeichner oder Schildermaler? Das Talent dazu hast du.«

Alexander schüttelte den Kopf. »Solche Stellen wachsen leider auch nicht auf den Bäumen. Nein, der Vater hat schon recht, es wäre das Beste, der Gehringer nimmt mich. Als Weber hat man wenigstens ein regelmäßiges Einkommen.« Ein leichter Schauer schien über den Webersohn hinwegzugehen, gerade so, als fröstele ihn schon bei der Vorstellung, bald am Webstuhl stehen zu müssen.

Anton konnte den Freund nur zu gut verstehen. »Warum muss eigentlich jeder in die Fußstapfen der Eltern treten? Das steht doch nirgendwo geschrieben!«

»Das sagt ja gerade der Richtige«, stellte Alexander fest und schaut traurig auf das Bierfass, das Anton gerade auf einen kleinen Ständer bugsierte.

32. Kapitel

Mit gemischten Gefühlen ging Mimi durchs hintere Gartentor auf Luises Haus zu. Von ihren Reisen war sie es gewohnt, die meisten Dinge allein regeln zu müssen. Dass sie jemanden um Hilfe bat, kam selten vor. Dementsprechend unwohl fühlte sie sich in der Rolle der Bittstellerin. Aber nun kam sie nicht darum herum... Und schlimmer noch: Ohne Luise würde ihr ganzer Plan nicht aufgehen!

Aus Luises Haus drang das Geklapper von Töpfen und ein Gesang. Josefs Nachbarin war offenbar beschäftigt, und da kam sie daher und störte! Zögerlich klopfte Mimi an. Einen Wimpernschlag später ging die Tür auf, und Luise Neumann stand vor ihr.

»Frau Reventlow! Erzählen Sie, was hat der Arzt gesagt?«

Luises freundliche Miene ließ Mimi innerlich ein wenig entspannen. Mit knappen Worten erzählte sie von der niederschmetternden Diagnose.

»Ich habe beschlossen, die nächste Zeit hierzubleiben und meinen Onkel zu pflegen«, schloss sie.

Luise nickte. »Man muss füreinander da sein. Das machen Sie richtig«, sagte sie leise.

Mimi lächelte. Ja, es fühlte sich »richtig« an zu bleiben. »Es gibt da nur ein Problem…«, sagte sie gedehnt. »Jetzt, wo ich länger bleibe, muss ich mich dringend vernünftig um den Haushalt kümmern. Allerdings habe ich darin keinerlei Erfahrung! Ich weiß nicht, wie man gut kocht und wäscht oder wie man eine gute Vorratshaltung hinbekommt.« Josefs Speisekammer war noch immer so leer wie zu der Zeit, als sie angekommen war. Sie wusste einfach nicht, was lange haltbar war und was man mit den Lebensmitteln dann anfing. Stattdessen sprang sie fast täglich zu Helene und kaufte wahllos ein paar Dinge ein. Inzwischen hatte sie gemerkt, wie sehr das ins Geld ging. Wenn sie so weitermachte, waren ihre Einkünfte aus Meersburg schneller aufgebraucht, als sie gucken konnte. Natürlich würde sie zur Sparkasse nach Ulm fahren und Geld von ihrem Konto abheben können. Aber eigentlich lautete ihr Plan, in Josefs Atelier Geld zu verdienen anstatt nur welches auszugeben…

»Und das alles soll ich Ihnen mal eben beibringen?« Luise runzelte die Stirn. »Junge Frau, ich helfe gern, aber das sind alles Dinge, die junge Frauen normalerweise im Laufe von *Jahren* von ihren Müttern lernen. Oder in einer Haushaltsschule.«

Mimi verzog kläglich das Gesicht. »Ich weiß. Ich war aber nie in einer Haushaltsschule, und meine Mutter hatte nie Zeit, mich Praktisches dieser Art zu lehren.« Beinahe flehend rang sie beide Hände. »Könnten Sie mir nicht wenigstens das Kochen beibringen? Josef wünscht sich schon so lange einen Schwarzen Brei, wie Sie ihn wohl immer für ihn gekocht haben. Ich aber weiß nicht einmal, was das für eine Speise ist!« Mimi zuckte mit den Schultern. »Seit ich hier bin, essen wir Schmalzbrote und manchmal eine dünne Suppe aus Maggi-Speise-würze. Ein kranker Mensch sollte aber nahrhaftere Kost bekommen, finden Sie nicht auch?«

Luise runzelte die Stirn. »Ich wollte gerade anfangen, das Mittagessen zu kochen, Sie könnten zuschauen und dabei etwas lernen…«

Mimi, der schon allein beim Wort »Mittagessen« das Wasser im Mund zusammenlief, nickte begierig. Schon lange war ihre eine heiße Mahlzeit nicht mehr so ver-führerisch vorgekommen wie nach den letzten Wochen bei trockenem Brot und Schmalz.

»Wichtig ist, dass man immer alles herrichtet, was man fürs Kochen braucht«, sagte Luise Neumann, als sie im dunklen Flur des Hauses standen. Sie zeigte auf einen kleinen Beistelltisch, auf dem diverse Schüsseln mit Ge-treide und Kartoffeln standen. Über dem Tisch hing ein Regal mit Lebensmitteln darauf. Und daneben stand der Herd.

»Sie kochen hier draußen im Flur? Haben Sie keine Küche?«, entfuhr es Mimi.

Luise lachte nur. »Das hier ist ein altes Weberhaus, kein Hotel! Kommen Sie, ich zeige Ihnen was.« Sie ging in eine kärglich eingerichtete Stube und öffnete eine Klapptür im Boden. »Schauen Sie!«

Mimi sah staunend und entsetzt zugleich hinunter in einen kalten, dunklen Raum, in dem ein riesiger Web-stuhl stand. »Was ist das?«

»Das ist die Dunk! Bevor es die Arbeit in der Fabrik gab, haben unsere Männer dort unten gearbeitet. Jeder hat eine Dunk im Haus.« Erneut klang Stolz in Luises Stimme mit. »Gehen Sie ruhig mal hinunter.«

Große Lust, in das düstere Loch zu steigen, hatte Mimi nicht, eher sträubte sich etwas in ihr. Doch beim Blick in Luises erwartungsvolle Augen konnte sie nicht anders, als der Nachbarin den Gefallen zu tun.

Tritt für Tritt, um den Halt auf den über Jahrzehnte glatt gewordenen Sprossen nicht zu verlieren, hangelte sich Mimi nach unten.

Wie kalt es hier war! Und wie dunkel! Lediglich durch ein kleines Fenster im oberen Teil einer Wand drang ein wenig Tageslicht hinein. Mimi konnte die Füße von einem vorbeilaufenden Passanten sehen, mehr aber auch nicht. Ihr Hals wurde eng, ein kalter Schauer lief über ihren Rücken, und sie begann unmerklich zu zittern. Hier unten war man wie lebendig begraben… Mimi vermochte sich nicht vorzustellen, wie die Männer es einst geschafft hatten, tagein, tagaus viele Stunden hier zu arbeiten.

»So etwas haben Sie auf Ihren Reisen bestimmt noch nicht gesehen, oder?«, rief Luise.

»Ich glaube nicht«, sagte Mimi beklommen, während sie die steilen Sprossen wieder emporstieg. Oben angekommen, schlug sie die Arme um sich, um sich wieder aufzuwärmen. »Ganz schön kalt ist es dort unten. Hatten die Weber wenigstens einen kleinen Bollerofen?«

»Von wegen«, sagte Luise. »Kalt und feucht musste es in der Dunk sein, alles andere hätte dem Flachs beim Weben nicht gut getan. Bis zu seinem dreißigsten Lebensjahr saß mein Georg auch noch da unten, Winter für Winter. Ich habe ihm einen heißen Tee gebracht oder auch mal eine Brühe, damit ihm ein bisschen warm wurde. Aber wenn er abends nach oben kam, waren seine Glieder steif wie die eines alten Mannes. Kein

Wunder, dass ihm heutzutage die Knochen so wehtun.«
Sie seufzte. »Dagegen haben es die Leute heute wirklich
angenehm in der Fabrik. Die mechanischen Webstühle
arbeiten doch wie von selbst, die Weber müssen nur ein
bisschen aufpassen, dass alles rundläuft.«

»Was bin ich froh zu hören, dass heute niemand mehr
in solch einer Dunk sitzen muss«, sagte Mimi erleichtert.

»Ob Sie es glauben oder nicht – es gibt immer noch
ein paar Weber, die das tun. Die allermeisten arbeiten
heutzutage jedoch in den Fabriken. Frauen machen das
natürlich nicht!«, ergänzte sie eilig. »Wir arbeiten zu
Hause. Ein- oder zweimal in der Woche kommt jemand
und bringt uns Wäsche zum Besticken, in der Woche
darauf wird die fertige Ware wieder abgeholt. Eine feine
Sache ist das!«

Mimi, die Handarbeiten hasste, nickte vage. »Und
seit wann gibt es diese Fabriken schon?«

Luise lehnte sich am Tisch an. »Da muss ich nachdenken. Mein Georg hatte noch nicht um meine Hand
angehalten, als der Morlock seine aufmachte. Und ein
paar Jahre später fing der Hirrler mit seiner Weberei
an. Aber beide hatten nur wenige Angestellte, die meisten waren Verwandte von ihnen. Wir waren frisch verheiratet, da hat dann der Herr Gehringer seine Fabrik
eröffnet. Kurz darauf ist mein Georg bei ihm in An-
stellung gegangen, Gott sei Dank.« Noch während sie
sprach, ging Luise zu einem Schrank. »Schauen Sie –
alles Laichinger Leinenwaren ...« Fast andächtig faltete sie gewobene Tischdecken auf, zog Bettwäsche
heraus, führte Kissenbezüge und Nachthemden vor.
»Alles feinste Qualität und wunderschön bestickt. Das

ist unser Schatz!«, sagte sie und strich liebevoll über ein Nachthemd, das noch nie jemand getragen hatte.

Mimi war beeindruckt. »So feine Stoffe sieht man wirklich selten. Und die Stickereien sind alle von Hand ausgeführt?«

»Die hier schon«, sagte Luise. »Heutzutage gibt es auch Stickmaschinen, aber die können nicht das, was wir Frauen von Hand können. Ja, Laichinger Leinen ist ein Qualitätsbegriff, unsere Ware wurde in früheren Jahren sogar bis nach Italien und Spanien verkauft. Ach, was rede ich, sogar bis Mittel- und Südamerika wurde Laichinger Leinen versendet! Das ist heute nicht mehr so viel, denn auch bei uns im Kaiserreich träumt jedes junge Mädchen davon, Laichinger Leinen in seiner Aussteuer zu haben. Und so manche alte Frau erfüllt sich auch hin und wieder noch einen Wunsch.« Lächelnd zog sie eine weitere Tischdecke hervor. »Schauen Sie – meine neueste Errungenschaft. Ich habe lange gespart, um mir die leisten zu können.«

»Die ist wirklich wunderschön. Aber täusche ich mich, oder haben Sie die Tischdecke noch nie verwendet?« Sie zeigte auf die exakten Falten der Tischdecke.

»Auflegen würde ich die nie, dazu ist sie mir viel zu schade!«, gestand Luise lachend. Sie zog einen Kissenbezug aus dem Schrank. Er war kleiner als die andern und mit unzähligen Blumen und Gräsern bestickt. »Die Traudel war auch eine begnadete Stickerin, das hier ist von ihr. Sehen Sie ihre besondere Art, den Stich zu führen?«

Für Mimi sah die Stickerei aus wie alle andern, dennoch war sie fasziniert von der Leidenschaft, mit der Luise sich dem Thema widmete. Laichingen war scheinbar wirklich ein ganz besonderer Ort ...

Eines verstand sie dennoch nicht. »Wenn euer Leinen so begehrt ist, wie kommt es dann, dass die Arbeit der Weber so schlecht bezahlt wird? Zumindest habe ich das gehört...«, fügte sie hinzu. War es Anton gewesen, der von »Hungerlöhnen« gesprochen hatte?

»Nun, die Zeiten ändern sich«, sagte Luise. »Heutzutage ziehen viele Leute Nachthemden und Bettwäsche aus Baumwolle vor, weil sich diese Ware besser bügeln lässt. Und es heißt, dass in den großen Städten auch schon billige Leinenwaren aus dem Ausland angeboten werden, keine Ahnung, wo die herkommen.« Sie zuckte mit den Schultern. »Und es gibt noch einen anderen Grund. Es ist lange vorbei, dass die Felder rund um Laichingen blau sind vom blühenden Flachs. Unser heimischer Flachs taugte nicht für die mechanischen Webstühle, leider. Deshalb müssen die Fabrikanten die Rohware für gutes Geld aus dem Ausland beziehen. Würden sie ihren Leuten dann noch fürstliche Löhne zahlen, wäre das Leinen so teuer, dass es niemand mehr kaufen würde.« Luise seufzte. »Ja, die Zeiten haben sich sehr geändert, so viel steht fest. Aber wir alle haben ein Auskommen, dafür sorgt schon der liebe Gott. Und noch immer begleitet uns das Leinen von der Geburt bis zum letzten Atemzug, und das wird auch ewig so bleiben.« Resolut klatschte Luise in die Hände. »So, und nun wird gekocht!«

»Eine der einfachsten Speisen überhaupt ist eine gute gebrannte Mehlsuppe. Dafür geben Sie einfach ein bisschen Fett in den Topf...«

»Welches Fett?«, unterbrach Mimi Luise, die schon emsig in einem riesigen gusseisernen Topf rührte.

»Schweineschmalz, das schmeckt am würzigsten«, sagte sie bestimmt. »Und wenn das Fett zerlassen ist, fügen Sie ein paar Esslöffel Mehl hinzu. Das Mehl jetzt schön goldbraun werden lassen, so!« Sie schaute Mimi an.

Mimi nickte. Bisher konnte sie noch folgen.

»Jetzt gießen Sie einen Krug Wasser dazu, aber schön langsam. Und immer kräftig rühren, damit das Mehl nicht klumpt!«

Neugierig beobachtete Mimi, wie aus der Mehlpampe binnen kürzester Zeit eine sämige Flüssigkeit entstand, die schon fast wie eine Suppe aussah.

»Ich trockne im Herbst immer ein paar Möhren, Sellerie und Pastinaken, von dieser Mischung gebe ich in jede Suppe etwas.« Luise lüpfte den Deckel eines blau lasierten Tontopfes und hielt ihn Mimi unter die Nase. Sogleich atmete sie den würzigen Duft von Suppengrün, Herbst und reicher Ernte ein.

»Und hier in diesem Topf habe ich getrockneten Oregano, der wächst außerhalb vom Ort an etlichen Stellen. Bis in Ihrem Gärtchen wieder etwas aus der Erde kommt, können Sie Ihre Maggi-Würze verwenden, aber wer Kräuter im Garten hat, der braucht so teures Zeugs nicht. Wenn demnächst der Schnittlauch sprießt, gebe ich davon immer etwas über die Suppe, oder auch ein paar geröstete Brotwürfel.« Luise lachte. »Probieren Sie mal!« Sie hielt Mimi einen Löffel Suppe hin.

Die Suppe schmeckte einfach, aber gut.

»Das bekomme ich auch hin, danke!«, sagte Mimi erfreut.

Luise nickte zufrieden. »Wenn Sie anstelle des Mehls ein paar Löffel Grieß nehmen, wird es halt eine Grießsuppe, die müssen Sie dann aber etwas länger köcheln lassen. Aus etwas Mehl, Schmalz und ein paar Eiern können Sie auch eine vorzügliche Einlaufsuppe machen. Und eine Brotsuppe mag Ihr Onkel auch sehr gern. Alle Zutaten gibt's bei Helene im Laden. Und sie sind viel preiswerter als Wurst und Brot. Dafür braucht man das Geld gewiss nicht herzugeben«, ergänzte sie in leicht kritischem Tonfall.

Anscheinend waren ihre Einkäufe schon Dorfgespräch. Mimi musste innerlich grinsen.

»Und nun zum Schwarzen Brei…«

So schwierig war Kochen also gar nicht, dachte Mimi eine Stunde später.

»Vielen Dank, das war mir wirklich eine große Hilfe. Darf ich Sie als Dankeschön vielleicht einmal fotografieren? Zum Beispiel ein Porträt von Ihnen und Ihrem Mann aufnehmen?«

»Wenn's sein muss… Wir haben doch bald unseren vierzigsten Hochzeitstag.« Luise lächelte verlegen, Mimi konnte ihr jedoch ansehen, dass sie sich freute.

Im nächsten Moment stemmte die Nachbarin beide Hände in die Hüfte. »So, und nun zur Wäsche! Ich habe Sie noch nie waschen sehen. Wissen Sie tatsächlich auch nicht, wie das geht?«

Mimi lachte peinlich berührt auf. »Vielleicht könnten Sie mich ein wenig aufklären – wie hält man das hier in Laichingen? Gibt es eine Wäscherei?«

Luise schüttelte halb schmunzelnd, halb entsetzt den Kopf. »Ich sehe schon, da ist wohl auch eine Einführung fällig! Sie haben Glück, dass heute auch mein Waschtag ist.« Sie wies auf einen riesengroßen Topf, der auf dem Herd vor sich hin simmerte, und stapfte, ohne Mimis Antwort abzuwarten, mit einem Korb Wäsche und einem Waschbrett nach draußen. Mimi lief hinterher.

»Gewaschen wird vor dem Haus«, sagte die Nachbarin und zeigte auf die Hauswand, wo eine ganze Batterie an Holzzubern parat stand.

»Aber hier sieht einen doch jeder!«, sagte Mimi pikiert. Ihre Unterwäsche ging nun wirklich niemanden etwas an.

»Die Leute sollen ruhig mitbekommen, dass man fleißig ist«, erwiderte Luise trocken. Sie warf einen Berg Wäsche in einen Zuber mit eiskaltem Wasser.

»Sobald die Wäsche ein wenig einweichen konnte, kommt sie in heißes Wasser. Dann nehmen Sie die Kernseife. Und dann heißt es Flecken herausschrubben. Schauen Sie, so!« Luises Hände begannen die Wäsche hin und her zu walken. »Und jetzt Sie!«

Zögerlich langte Mimi in den Waschzuber und hoffte, nicht gerade eine Unterhose von Luises Mann zu erwischen. Doch es war ein leinener Bettbezug. Nach wenigen Minuten waren Mimis Hände lahm, und ihre Haut begann unangenehm zu schrumpeln. Ihre Oberarme taten weh, als hätte sie ihre Kamera eine Stunde lang in die Höhe gehalten.

»Sehr gut«, lobte Luise. »Und jetzt auswringen…«

»So, junge Frau, das wär's für heute«, sagte Luise eine Stunde später, als sie die letzte Ladung Unterhemden an einem langen Seil quer durch Luises Garten aufgehängt hatten. Sie zwinkerte Mimi freundschaftlich zu. »Jetzt sind Sie gerüstet!«

Mimi ließ sich auf ein kleines Mäuerchen sinken. Sie fühlte sich nicht gerüstet, sondern völlig erschöpft. »Als Fotografin habe ich mich auf meinen Reisen stets über den heimeligen Anblick von waschenden Frauen an einer Quelle oder am Ufer eines Sees gefreut – wie viel Kraftaufwand hinter dem Waschen steckt, darüber habe ich mir nie Gedanken gemacht! Wie man wäscht, weiß ich nun.« Sie schaute die alte Nachbarin fast beschwörend an. »Aber eins müssen Sie mir noch verraten: Die Wäsche, das Kochen, der Haushalt – wie um alles in der Welt soll ich das alles neben der Arbeit im Fotoatelier hinbekommen?«

»So wie wir abends nach unserem Tagwerk noch die Heimarbeit erledigen, so können Sie sich nach einem Tag im Atelier um Ihren Haushalt kümmern«, sagte Luise lachend. »Das dürfte für Sie doch kein Problem sein, oder?«

33. Kapitel

Es war ein strahlender Samstag, die Luft war erfüllt von einer leichten Süße, die Sonne wärmte angenehm – bessere Bedingungen für das Maienfest hätten sich die Laichinger nicht wünschen können.

Gegen elf am Morgen schulterte Mimi ihre Linhof-Kamera, und Onkel Josef, der einen seiner guten Tage hatte, nahm sie ebenfalls mit. Und wenn er nur eine oder zwei Stunden auf dem Fest verweilte – er sollte schöne Dinge erleben, solange es ihm noch möglich war.

Mit einem fröhlichen Gesichtsausdruck ließ sich der Fotograf neben ein paar anderen alten Herrschaften auf dem Bänkchen unter den Linden nieder. Und jedem, der bei ihm vorbeikam, erzählte er, dass Mimi den Sommer über bleiben wollte und wie froh ihn das stimmte.

Die Leute nickten und taten so, als ob sie sich für den alten Fotografen freuten. Doch dass sich Herrmann Gehringer nach dem Konfirmationsgottesdienst über Mimi Reventlows Fotografien lustig gemacht hatte, hatte sich im Ort herumgesprochen. Einer hatte den Unternehmer sagen hören, man solle das Fotoatelier besser erst gar nicht besuchen, die Frau zeige sich schließlich nicht gottgefällig. Der Nächste behauptete, da sei noch etwas anderes gewesen – ein Vorfall in Josef Stöckles altem Ladengeschäft –, Genaueres wusste man nicht. Aber eine Frau, die, kaum dass sie hier war, den Herrn Gehringer verärgerte, war den meisten Leuten nicht geheuer.

Durch den Sucher ihrer Kamera schauend, trat Mimi einen Schritt nach rechts, so dass sie den Maibaum genau in der Mitte des Visiers hatte. Zu statisch! Stirnrunzelnd machte sie einen weiteren Schritt. Der Maibaum als Mittelachse war schön und gut, aber eine gewisse Dynamik sollte das Bild doch haben! Sie kniff die Augen zusammen, ließ den nun ausgewählten Bildausschnitt auf sich wirken. Etwas links von der Mitte der Maibaum, dessen Bänder leicht im Wind wehten... Rechts davon die Kastanienbäume in voller Blüte... Schräg dahinter der hohe Kirchturm... Eine Aufteilung, wie sie ein Maler nicht besser hätte gestalten können, perfekt! Zufrieden lächelnd, drückte Mimi auf den Auslöser. Dann verstaute sie die Trockenplatte in ihrer Tasche und tauchte kurz unter ihr schwarzes Tuch, um eine neue Trockensilberplatte in die Kamera einzulegen. Als Nächstes schraubte sie das Zeiss-Objektiv, das sie bisher verwendet hatte, ab und tauschte es gegen ein Weitwinkelobjektiv der Marke Plaubel aus. Dieses benötigte sie, um ein Bild von der versammelten Festgemeinde aufzunehmen.

Mit zusammengekniffenen Augen schaute Mimi zum Himmel, wo sich ein paar Federwolken vor die Sonne schoben. Die Schatten, welche die Kastanien warfen, wirkten im hellen Mailicht gleich nicht mehr so scharf, sondern diffuser und weicher. Beste Lichtverhältnisse für das, was sie im Sinn hatte! Den Rest würde ihre heißgeliebte Linhof erledigen, dachte sie schmunzelnd, während sie sich umschaute, um die bestmögliche Position für ihre nächste Fotografie zu finden.

Männer, die sich mit Bierkrügen zuprosteten. Frauen, die miteinander schwatzten, junge Burschen und Mädchen, die sich verstohlene Blicke zuwarfen – durch den Sucher ihrer Kamera wirkte das Ganze auf einmal wie ein impressionistisches Gemälde. Wie so oft, wenn sie kurz vor einer guten Aufnahme war, verspürte Mimi einen wohligen Schauer.

»Mich mit meinem dicken Bauch nehmen Sie aber nicht auf, gell?«, ertönte Sonja Merkles Stimme. Luises Tochter kam schwerfällig am Arm ihres Mannes daher. Ihre Söhne rannten lärmend durch die Tischreihen.

»Keine Sorge, alles wird ein wenig verschwommen sein, wie auf einem Gemälde von Renoir. Ein künstlerischer Effekt sozusagen«, versicherte Mimi eilig, woraufhin Sonja fast ein wenig enttäuscht dreinschaute. Ihr Mann Paul warf Mimi einen unfreundlichen, geradezu feindseligen Blick zu, dann setzten sich die beiden an einen der Biertische, an dem unter anderem auch schon Luise und ihr Mann saßen.

»Setzen Sie sich doch zu uns!« Sonja Merkle machte eine einladende Handbewegung.

»Gern, aber nur kurz, dann muss ich wieder ans Werk gehen.« Mit ihrer Kamera auf dem Schoß quetschte sich Mimi zu den andern auf die hölzerne Bank. »Ich habe nämlich vor, ein wenig frischen Wind ins Fotoatelier zu bringen. Neue, moderne Fotos möchte ich machen, mit viel Licht und in meinem ganz eigenen Stil!«

»Ihren eigenen Stil haben wir ja schon kennengelernt«, sagte Paul Merkle spöttisch. »Aber was, wenn uns Laichingern der alte Stil besser gefällt? Gegen das Althergebrachte ist schließlich nichts einzuwenden, oder was meint ihr?« Beifall heischend, schaute er in die Runde am Tisch. Die Leute nickten.

»Haben Ihnen die Porträts, die ich von Ihrer Tochter gemacht habe, nicht gefallen? Immerhin haben Sie gleich drei Stück gekauft«, sagte Mimi unschuldig. An die andern gewandt fügte sie hinzu: »Hochzeiten, Taufen, der Schulabschluss der Kinder – der heutige Stand der Technik bietet einem wundervolle Möglichkeiten, die schönsten Momente im Leben fotografisch festzuhalten. Stellen Sie sich doch nur mal vor, wie schön es ist, den Kindern und Enkeln später einmal Fotografien von früher zeigen zu können!« Sie warf Paul Merkle über den Tisch hinweg einen herausfordernden Blick zu.

»Ein Fotoalbum würde mir auch gefallen. Ich weiß nicht warum, aber wenn Sie erzählen, könnte ich stundenlang zuhören. Bei Ihnen hört sich alles so... schön und modern an!«, sagte Sonja Merkle bewundernd. Sie strich über ihren dicken Bauch. »Lange wird's ja jetzt nicht mehr dauern... Dann lassen wir Tauffotos machen, nicht wahr, Paul?«

»Das werden wir sehen«, antwortete ihr Mann knapp. »Vielleicht fahren wir dafür auch nach Ulm.«

»Nach Ulm? Aber wozu...« Sonja Merkle runzelte die Stirn.

»Ich liebe es, Säuglinge zu fotografieren!«, sagte Mimi eilig. »Sie strahlen etwas so Unschuldiges aus, kein Wunder, sind sie schließlich ein Geschenk Gottes. Wenn das Kind im Sommer zur Welt kommt – vielleicht könnte man die Wiege unter einen blühenden Wildrosenstrauch stellen...« Ihre Stimme klang verträumt. Eine solche Fotografie wollte sie schon lange einmal versuchen, doch die Fotografen, bei denen sie zu Gast gewesen war, hatten stets auf den klassischen Aufbau »Säugling auf dem Taufkissen« bestanden.

Sonja Merkle strahlte. »Ich glaube, Sie sind gar keine Fotografin, sondern eine Zauberin! Wenn ich mir überlege, wie Sie unsere Christel fotografiert haben – wie eine Märchenfee!«

»Märchenfee, Zauberin – jetzt hört mal auf mit dem Getue! Eine Fotografie ist eine Fotografie, nicht mehr und nicht weniger«, sagte ihre Mutter Luise. »Unser Josef Stöckle hat sein Handwerk schließlich auch verstanden.«

Mimi nickte heftig. »Mein Onkel war mein bester Lehrmeister! Er würde sich übrigens auch sehr freuen, wenn ich Sie demnächst einmal als Kunden empfangen dürfte.«

»Das wird in den nächsten Monaten schwierig. Wir arbeiten jetzt zusätzlich zu allem anderen auf den Feldern, da hat niemand mehr Zeit für unnützes Zeug«, sagte eine Frau, die am Ende des Tisches saß. Sie war in etwa in Sonja Merkles Alter, Mimi kannte sie noch nicht.

»Wie meinen Sie...«, hob Mimi an, doch da hatte sich das Tischgespräch schon dem Pfingstmarkt Anfang Juni zugewandt.

Paul Merkle warf ihr einen schadenfrohen Blick zu.

Als unnützes Zeug hatte noch niemand ihre Arbeit bezeichnet, dachte Mimi brummig, während sie aufstand.

»Warum gehen Sie denn schon, das Fest hat doch gerade erst angefangen!«, ertönte eine männliche Stimme hinter ihr. Es war Anton, der mit einem Tablett voller Biergläser um die Ecke kam. »Darf ich Sie zu einem Glas Bier einladen?«

Mimi winkte ab. »Das ist sehr nett, aber nein danke. Ich will noch ein paar Fotografien von der Hüle machen. Und später, wenn ich meinen Onkel nach Hause gebracht habe, vielleicht noch eine kleine Wanderung, zum Albtrauf oder sonst wohin.« Sie zuckte mit den Schultern. »Da ich ja doch noch eine Weile hierbleibe, möchte ich so viel wie möglich vom Ort, seinen Menschen und der Umgebung kennenlernen.«

Antons Miene hellte sich auf. »Wenn Sie mögen, kann ich Ihnen an meinem freien Tag ein paar schöne Wege zeigen.«

»Wer läuft wem über den Weg?«, mischte sich eine Frau, die ein Tablett mit Essen trug, ein. Sie roch nach Schweiß und hatte eine mürrische Miene. »Soll das Bier noch wärmer werden? Schau, dass es zu den Gästen kommt!«

»Das ist meine Mutter, Karolina Schaufler«, sagte Anton knapp zu Mimi und ging davon.

»Und ich bin Mimi Reventlow, ich bin Josef Stöckles Nichte. Schön, Sie kennenzulernen!« Mimi lächelte die Gastwirtin an.

»Ich wäre Ihnen sehr verbunden, wenn Sie meinen Sohn nicht von der Arbeit abhielten«, sagte die Frau spitz, dann rauschte auch sie davon.

Verwundert schaute Mimi ihr hinterher.

Alexander Schubert starrte trübselig vor sich hin. Die meisten seiner Klassenkameraden hatten ein Glas Most vor sich stehen, nur er nicht. »Trinkt alle noch einen großen Schluck Wasser«, hatte seine Mutter ihn und seine Schwestern aufgefordert, bevor sie zum Marktplatz aufgebrochen waren. »So kurz nach der Konfirmation ist kein Geld für Extrawürste da.«

Für Vaters Bier und Schnaps schien allerdings Geld da zu sein, dachte Alexander, während er unter niedergeschlagenen Lidern zu einem der Nachbartische hinüberschielte. Mindestens drei Mal hatte sein Vater die Wirtin schon hergerufen, bestimmt nicht nur, um mit ihr über das Wetter zu reden! Warum trank er überhaupt so viel? Er wusste doch selbst am besten, wie knapp das Geld bei ihnen war. Seine Mutter saß mit zusammengepressten Lippen daneben. Alexander kam es vor, als könne er ihre Gedanken lesen: Nächste Woche würde die Suppe noch dünner sein als sonst…

In dem Moment spürte er einen leichten Stoß in die Rippen. Vincent Klein, der neben ihm saß, zeigte über den Marktplatz hinweg zu Josef Stöckles Laden. »Und dieses Schild hast wirklich du gemalt?«

Alexanders Blick folgte dem Blick des Schulkameraden. Von weitem konnte man die Schrift kaum lesen, aber die Schnörkel, die er in jede der vier Ecken gezeichnet hatte, waren gut sichtbar. Vielleicht sollte er die Buchstaben noch einmal nachziehen, damit sie dunkler wurden?

»Ja, das habe ich gemalt«, sagte er stolz und fühlte sich gleich ein bisschen besser. Noch nie in seinem Leben hatte er so ein großes Stück Pappe zur Verfügung gehabt. So locker er gegenüber der Fotografin getan hatte, so sehr hatte er vor Angst innerlich geschlottert. Was, wenn er sich vermalte und den wertvollen Karton ruinierte? Wenn ein Buchstabe größer wurde als der andere? Oder wenn er irgendwo über den Rand malte? Doch seine Hand war ruhig gewesen, die Stifte waren ebenmäßig über den feinen Karton geglitten...

»Respekt! So ein Talent hätte ich auch gern«, sagte Vincent. »Vielleicht will die alte Helene auch, dass du ihr ein Ladenschild malst? Oder einer von den Weberfürsten?«

Fritz Braun, ebenfalls ein Schulkamerad, kicherte. »Die müssten dich dann aber gut bezahlen!«

Alexander winkte ab. »Dafür gibt es doch extra Schildermaler. Die arbeiten mit ganz anderen Farben, glaube ich.« Wahrscheinlich würde die Sonne Stöckles Ladenschild in Kürze verblassen lassen.

Vincent gab einen Brummlaut von sich, und Alexander musste grinsen. Das tat der Schulkamerad schon von klein auf immer dann, wenn er intensiv über etwas nachdachte. »Wenn Schildermaler ein Beruf ist, warum wirst du dann nicht so was?«

»Oder Landkartenzeichner«, sagte Fritz Braun. »Die Landkarte, die ich für meine Konfirmandenfotografie habe halten dürfen, war bis ins kleinste Detail ausgearbeitet, da hat man jedes kleine Bächlein erkannt und jeden Schlenker, den die Donau macht. Ich hätte stundenlang draufschauen können!«

Einen Moment lang schwiegen die drei Jungen. Landkartenzeichner, Schildermaler, Musterzeichner – er würde alles nehmen, dachte Alexander. Die Vorstellung, als Beruf mit Papier und Farben hantieren zu dürfen... Er legte beide Hände um seinen Leib, als könne er sich

320

so vor dem drückenden Schmerz unerfüllter Sehnsucht schützen, den er verspürte.

Im selben Moment kam Anton an den Tisch und stellte ein Glas Most vor Alexander ab. »Geht aufs Haus!«

»Danke!« Erfreut schaute er den Freund an. Fast ehrfürchtig trank er einen Schluck des säuerlichen Mosts und fühlte sich sofort erwachsener.

»Ich kann ja ziemlich gut schnitzen«, sagte Fritz Braun unvermittelt. »Überhaupt liebe ich alles, was mit Holz zu tun hat.«

»Seit wann kannst du was *gut*?«, sagte Anton foppend. Fritz tat so, als wolle er sein Glas nach Anton werfen. Lachend ging der Gastwirtsohn davon.

Alexander sah Fritz an. »Was schnitzt du denn so?«

Fritz' Wangen erröteten, auf einmal schien ihm sein Geständnis peinlich zu sein. Dennoch sagte er: »Ob ihr es glaubt oder nicht – alle Figuren in unserer Weihnachtskrippe habe ich geschnitzt, nicht mein Vater.«

Das glaubte Alexander sofort. Josef Braun, der Vater von Fritz, war ebenso von der Schwermut befallen wie sein eigener Vater. Wahrscheinlich starrte er auch immer stundenlang ins Leere.

Fritz' Augen leuchteten. »Münder, Nasen, Augen – alles hab ich ganz fein geschnitzt. Und das Jesuskind hat Locken bekommen. Meine Mutter hat mir mal zugeflüstert, unsere Krippe sei schöner als die in der Kirche.«

Alexander hob gerade sein Glas Most an, als er Mimi Reventlow über den Marktplatz laufen sah. Sie winkte ihm und den andern fröhlich zu.

»Die Frau ist schon sehr besonders«, murmelte Fritz Braun.

Alexander lachte. »Besonders gut oder besonders schlecht?«

Sein Schulkamerad zuckte mit den Schultern. »Keine Ahnung. Jedenfalls ist sie nicht so langweilig wie alle andern. Und die Fotografien, die sie von uns gemacht hat, fand ich echt gut.«

»Mein Vater sagt, bei unserer Schulabschlussfotografie darf sie nicht solche Mätzchen machen«, sagte Vincent dumpf.

»Und mein Vater sagt, ich darf nicht mit aufs Bild! Das Geld könnten wir uns sparen«, spie Alexander bitter aus. »Und das alles, nur weil der Gehringer sich über meine Fotografie lustig gemacht hat. Was geht ihn das überhaupt an?«, fragte er und hörte sich in dem Moment an wie Anton.

Die beiden Schulkameraden nickten heftig.

»Trotzdem«, sagte Vincent. »Vielleicht ist es wirklich besser, den Gehringer nicht weiter gegen sich aufzubringen. Wenn das mit der Lehrstelle nichts wird, dann ist bei uns der Teufel los.«

Den Gedanken hatte Alexander auch schon gehabt, doch das behielt er für sich.

»Jetzt macht euch nicht so viele Gedanken!« Fritz Braun legte lachend je einen Arm um Alexander und Vincent. »Was haltet ihr davon? Ich such mir eine Lehrstelle als Schreiner, der Alexander wird Schildermaler, und für dich, Vincent, finden wir auch noch was. Dann kann der Gehringer uns gestohlen bleiben!«

Wie blass Alexander aussah, dachte Mimi, während sie auf dem Weg zur Hüle den Konfirmanden zuwinkte. Und sorgenvoll, viel zu sorgenvoll für einen Jungen in seinem Alter! Ob ihn eine positive Antwort der Stuttgarter Kunstschule wohl aufheitern würde?

Gestern war endlich ein Brief ihrer Mutter eingetroffen. Obwohl – Brief konnte man die kurze Nachricht eigentlich nicht nennen. Amelie Reventlow hatte fast in Telegrammform geschrieben.

Bei uns war die Hölle los! Verzeih, dass ich mich nicht früher gemeldet habe! Tausend Dank für deine Hilfe. Ich melde mich ausführlich in den nächsten Tagen. Deine Mutter
PS: Ich kümmere mich natürlich auch um dein Anliegen bezüglich des Webersohnes!

Mimi glaubte aus der kurzen Nachricht herauszulesen, dass ihr letzter Brief, in dem sie über ihr Gespräch mit dem Arzt und ihre Entscheidung zu bleiben geschrieben hatte, noch nicht angekommen war. Sonst hätte die Mutter ihr doch sicher mehr als nur ein paar Zeilen geschrieben, oder?

Mutters nächster Brief würde interessant werden, dachte sie, dann packte sie ihre Kamera wieder aus. Fotografien mit Wasser, in dem sich der Himmel und die nächste Umgebung spiegelten, waren oft besonders schön.

Teppiche aus Wasserlinsen bedeckten teilweise die Oberfläche des alten Wasserreservoirs, Moos und Gräser den Uferbereich. Wie gut, dass die Hüle nicht mehr zur Trinkwasserversorgung benötigt wurde, das wäre eine ziemlich unappetitliche Angelegenheit, dachte Mimi schmunzelnd. Aus fotografischer Sicht betrachtet, hatten die vielen unterschiedlichen Grüntöne jedoch durchaus ihren Reiz.. Mimi lächelte. Vielleicht würde sie auch einen Storch hineinretuschieren, der einen Säugling im Wickeltuch brachte. Solche Fotografien erzeugten immer viel Freude bei den Leuten und verkauften sich sehr gut. Sie könnte natürlich auch…

»Kind, was fotografierst du da eigentlich?«, hörte sie Onkel Josef hinter ihr sagen. Er kam mit langsamen Schritten von seiner Bank herübergeschlurft. »Du glaubst doch nicht im Ernst, dass jemand eine Fotografie von der alten Hüle kauft? Oder von der Kirche? Wir sind hier nicht in der Großstadt, wo sich Leute Alben anlegen und darin Fotografien von Bismarck und dem Brandenburger Tor sammeln.«

Mimi sah ihn fröhlich an. »Was nicht ist, kann ja noch werden! Außerdem will ich gar keine Fotografie verkaufen. Von den schönsten Motiven lasse ich nämlich *Postkarten* drucken! Postkarten mag jeder. Die Laichinger wären die Ersten, denen es nicht gefällt, ihren Ort im besten Licht dargestellt zu sehen. Anfang nächster Woche fahre ich nach Ulm und suche mir eine gute und günstige Druckerei.«

»Postkarten. Aha.«

»Vertrau mir einfach. Hast du Lust auf ein Glas Bier? Anton wollte mir vorher schon eines spendieren.« Mimi runzelte die Stirn. »Oder hast du Hunger?« Fragend schaute sie den Onkel an. Wie durchscheinend die Haut unter seinen Augen war. Wie zusammengesunken seine Schultern. Hatte sie den alten Herrn überfordert mit dem kleinen Ausflug zum Fest?

»Nichts von all dem. Ich bin nur ein wenig müde ...« Josef Stöckle lächelte entschuldigend.

Mimi legte ihrem Onkel einen Arm um die Schulter, und gemächlich spazierten sie in Richtung seines Hauses.

»Ich will ja nicht schwarzmalen, aber um deine Postkarten zu kaufen, müssen die Leute erst einmal ins Atelier kommen. Dazu hat hier in Laichingen keiner Zeit, gerade jetzt im Frühjahr nicht«, sagte Josef.

Mimi hatte sogleich wieder die Bemerkung von Luises Sitznachbarin im Ohr, von wegen »unnützes Zeug«.

»Dass es in Laichingen nicht einfach ist, Geschäfte zu machen, habe ich auch schon mitbekommen.« Sie verzog das Gesicht. »Aber du kennst doch den Spruch ›Wenn der Prophet nicht zum Berg geht ...‹ Die Leute haben mir vorhin von eurem Pfingstmarkt erzählt. Ich habe spontan beschlossen, einen Stand zu mieten und dort meine Postkarten zu verkaufen.«

»Du hast für alles eine Lösung, was?« Der Onkel lachte. »Aber neu ist deine Idee nicht, ich bin früher sehr oft auf Märkte gegangen und habe dort sogar fotografiert und ziemlich gute Geschäfte dabei gemacht. Beim Marktbesuch hat so mancher die Spendierhosen an, und was den Laichinger Pfingstmarkt angeht – er ist weit über die Grenzen des Dorfes bekannt! Dutzende von fliegenden Händlern kommen mit ihren Waren angereist, und natürlich bieten auch die hiesigen Leinenhersteller ihre Waren feil. Unterhemden, Schürzen, Blusen, Tisch- und Bettwäsche – das Angebot ist riesengroß. So manche junge Frau kauft ihre ganze Aussteuer hier auf dem Pfingstmarkt ein. Webermarkt nannte man den Markt deshalb früher, manche nennen ihn auch Weibermarkt.« Er blieb stehen, um wieder zu Atem zu kommen, dann fuhr er fort: »So mancher Weber lernt seine Herzallerliebste nämlich auf dem Markt kennen. Kein Wunder, wo die Leute aus allen umliegenden Dörfern hierherkommen! Nach dem langen Winter ist der Pfingstmarkt für viele der erste größere Ausflug im Jahr. Trotzdem... Schraub deine Erwartungen lieber nicht zu hoch. Sonst ist nachher die Enttäuschung groß, wenn deine Pläne doch nicht so aufgehen, wie du dir das vorstellst. Die Leute sind arm hier, den Luxus, Postkarten zu schreiben, kann sich nicht jeder leisten!«

Mimi machte eine abwehrende Handbewegung. »Warte nur ab – ich werde sie mit meinen schönen Bildern so verführen, dass sie gar nicht anders können, als zuzuschlagen!«

34. Kapitel

Während Josef sich für ein Nickerchen zurückzog, entwickelte Mimi die Fotografien. Die Festgesellschaft. Die Hüle. Die Kirche. Die lange Straße, die zum Bahnhof führte ...

Das Ergebnis war wie erwartet gut, aber für ihre Postkarten reichten schöne Aufnahmen nicht aus. Deshalb rannte Mimi in den nächsten zwei Stunden immer wieder von der Dunkelkammer hinüber in den Laden und wieder zurück, um die Fotografien mit allen ihr möglichen Techniken noch weiter zu verschönern.

In der Dunkelkammer bearbeitete sie als Erstes die Aufnahme von der Hüle. Die Idee mit den Störchen und den Säuglingen verwarf sie dabei wieder, vielleicht kamen solche scherzhaften Postkarten hier auf dem Land nicht so gut an wie in der Stadt. Stattdessen schwamm nach einiger Zeit eine kleine Schwanenfamilie auf der Wasseroberfläche – Mutter, Vater und drei kleine Schwäne. Das Schwanenmotiv hatte Mimi mittels einer Art Fotomontage von einer anderen Glasplatte aus ihrem Fundus einbelichtet – für den Betrachter sah es hingegen so aus, als gehörten die Tiere dort und nirgendwo anders hin.

Mimi hielt ihr Werk eine Armlänge von sich fort und betrachtete es kritisch. Proportionen und Umrisse waren so lebensecht, dass es selbst für ein geübtes Auge später einmal fast unmöglich sein würde zu erkennen, dass die Schwäne erst nachträglich ins Bild gekommen waren.

Als Nächstes spannte sie an Josefs kleinem Schreibtisch, der inzwischen im Laden stand, die Glasplatte mit dem Bild vom Maibaum ein. »Gruß aus Laichingen« schrieb sie mit schwarzer Farbe in geschwungenen Lettern darauf – beim späteren Papierabzug würden die Buchstaben weiß sein. Diese Aufgabe hätte Alexander bestimmt auch Freude bereitet, dachte Mimi lächelnd.

Einer Laune folgend, schnappte sich Mimi die Fotografie und ging damit noch einmal in die Dunkelkammer. Dort belichtete sie aus einer anderen Glasplatte aus ihrem Fundus rund um das Bild noch eine Bordüre ein, sie sah fast aus wie eine Stickerei. Und schon kam ihr eine weitere Idee. Hastig durchsuchte sie den Stapel an Fotografien. Die Straße, die vom Ortsanfang zum Bahnhof führte! Mimi lief zurück an den Schreibtisch, nahm diesmal ihr Kratzwerkzeug und begann damit Buchstaben in die Glasplatte einzukratzen: »Laichingen, die Leinenweber-Stadt!« Bei dieser Technik würde die Schrift nach der Papierentwicklung schwarz herauskommen.

Zu guter Letzt machte sie sich an die Fotografie von der Festgesellschaft. Etwas dazuerfinden wollte sie hier nicht, dafür schenkte sie Luise Neumann eine schlankere Taille und ihrem Mann, dem Georg, einen kräftigeren Bart. Luises Sitznachbarin, die einen sehr hohen Haaransatz hatte, zeichnete Mimi ein paar Haarsträhnen über die Stirn, sofort wirkte sie weicher und jünger.

Nach zwei Stunden war Mimis Werk vollbracht. Ihr

Nacken schmerzte, sie hatte Hunger und musste dringend Wasser lassen. Doch als sie die vier von ihr bearbeiteten Fotografien betrachtete, spielte all das keine Rolle. Das würden wunderschöne Postkarten werden! Gleich am Montag wollte sie nach Ulm fahren und sie bei einer Druckerei in Auftrag geben.

»Wenn du damit fertig bist, hast du heute frei.«

Anton, der gerade dabei war, das gespülte und polierte Besteck vom Fest wieder in die dafür vorgesehenen Schubladen einzuräumen, fuhr erstaunt zu seiner Mutter herum. Sie saß an einem der Tische und zählte das Geld, das sie am Wochenende bei dem Maienfest eingenommen hatten. Die Stapel mit den Münzen waren stattlich.

Ohne von ihrer Arbeit aufzuschauen, fuhr Karolina Schaufler fort: »Du hast schon richtig gehört. Der Gasthof bleibt heute zu. Ich muss zum Arzt. An den Tagen direkt nach einem Festwochenende kommt eh so gut wie niemand.«

»Bist du krank?« Eigentlich sah seine Mutter aus wie immer, fand Anton und ging im Geiste schon die Möglichkeiten durch, die ein freier Tag ihm bieten würde. Viele waren es nicht.

Statt auf seine Frage zu antworten, winkte seine Mutter ihn zu sich. Sie nahm einen der Stapel Münzen in die Hand. »Da, für dich. Hast fleißig gearbeitet am Wochenende!«

Sie musste ernsthaft krank sein, dachte Anton und steckte das Geld eilig ein.

»Lass uns einen Ausflug machen! Nach Blaubeuren, zum Beispiel. Dort gibt es einen See, der soll blauer sein als der Himmel. Blautopf heißt er, und es ranken sich einige Sagen um ihn, habe ich in einem Buch von Pfarrer Hildebrand gelesen. Es...«

»Bist du verrückt? Wie soll ich mich so einfach von zu Hause wegschleichen?«, unterbrach Christel ihn, während sie sich hektisch umschaute. Mit einem Wink gab sie ihm zu verstehen, dass er ihr nach hinten in den Hühnerstall folgen sollte, wo sie außerhalb der Sichtweite ihrer Mutter waren.

Nachdem er so unerwartet freibekommen hatte, war Anton sogleich zum Haus der Familie Merkle gegangen. Er wusste inzwischen genau, mit wem er den geschenkten Tag verbringen wollte! Er hatte ein paar kleine Steinchen aufgehoben und hatte sie an Christels Zimmerfenster geworfen – ihr Erkennungszeichen. Kurz darauf war Christel herausgekommen, mit einem Putztuch in der Hand. »Mutter will, dass ich heute die ganzen Fenster putze, der Dreck vom Winter muss weg.«

»Wir können auch erst am Mittag fahren, wenn du damit fertig bist.« Anton spürte, wie Enttäuschung in ihm aufstieg. Der Gedanke, Laichingen für einen ganzen Tag entrinnen zu können, war zu schön gewesen... Vielleicht musste er Christel den Ausflug noch schmackhafter machen? »Einer der Sagen nach soll im Blautopf eine Fee leben, sie heißt die schöne Lau. Vielleicht zeigt sie sich uns? Bestimmt bist du tausendmal schöner als sie...« Er deutete eine zärtliche Geste an, als würde er ihr übers goldene Haar streicheln, und über die Wangen, so glatt und fein wie Porzellan...

Christel lächelte. Es gefiel ihr, wenn Anton ihr Komplimente machte. Sie nahm kurz seine Hand und drückte sie.

»Rate mal, was Susanne und Hilde gesagt haben, als ich ihnen meine Fotografie gezeigt habe!« Ihre Augen funkelten erwartungsvoll.

Anton zuckte mit den Schultern. »Keine Ahnung.« Die Meinung ihrer Freundinnen interessierte ihn nicht im Geringsten. »Was ist jetzt mit unserem Ausflug? Sag doch zu deiner Mutter, du bist mit Susanne oder Hilde unterwegs!«

»Danke für deinen tollen Rat, aber mit dieser Lüge würde ich sofort auffliegen. Die zwei arbeiten in der Fabrik, das weiß meine Mutter ganz genau«, sagte Christel vorwurfsvoll, doch gleich darauf leuchteten ihre Augen wieder. »Die Susanne hat gesagt, so schön wie ich bin, könnte ich als Modell für eine Schneiderin arbeiten. Und die Hilde meinte sogar, ich könne Schauspielerin werden! Ich in einem Film, der dann in einem Lichtspieltheater gezeigt wird, stell dir das vor!« Sie kicherte aufgeregt.

»Du wärst die schönste und beste Schauspielerin von allen.« Antons Herz schlug so hart, dass es fast wehtat. »Endlich wagst du es, auch von einem besseren Leben zu träumen. Lass uns abhauen, am besten heute noch!«, sagte er mit rauer Stimme. »Ich helfe dir dabei, Schauspielerin zu werden. Wir müssen nur die richtigen Leute kennenlernen. Einen Kontakt habe ich schon, am Bodensee gibt es eine Fabrikantin, sie stellt Produkte für die Schönheit her. Bestimmt könnte sie uns weiterhelfen!« Atemlos schaute er Christel an. Alles würde er für sie tun, alles! Im Geiste sah er sie beide schon Arm in Arm am Bodenseeufer entlangspazieren, auf dem Weg zu wichtigen Terminen...

»Das wäre was«, sagte Christel verträumt.

»Wir könnten die Frau auch besuchen. Schau! Geld hab ich auch. Damit kommen wir schon mal ein Stück weit.« Triumphierend hielt er ihr die Handvoll Münzen hin, die seine Mutter ihm gegeben hatte.

»Christel! Wo bist du? Christel!«, ertönte im selben Moment Sonja Merkles schrille Stimme.

Der selige Ausdruck in Christels Miene verschwand. »Genug geträumt!«, sagte sie resolut. »Aber wer weiß? Vielleicht darf ich ja mal Modell stehen für den Herrn Gehringer. Mein Vater hat so was angedeutet. Bisher fährt der Gehringer ja extra nach Stuttgart, um seine Nachthemden, Schürzen und Blusen für den Katalog ablichten zu lassen. Zwei Frauen hat er dort als Modelle dafür. Aber womöglich nimmt er mich zukünftig dafür?« Ihr Blick war ungewöhnlich keck.

Anton war fassungslos. Vom Leinwandstar zum Nachthemdenmodell – schneller konnte sich eine Karriere kaum in Luft auflösen.

»Vergiss doch endlich den Gehringer! Warum willst du eine Raupe bleiben, wo du zum Schmetterling werden kannst?« Er trat auf sie zu, als wollte er sie am liebsten wachrütteln.

»Du vergleichst mich mit einer Raupe?« Entgeistert wich Christel einen Schritt zurück.

»Das ist doch nur eine Redensart, was ich damit sagen will...«

»Ich habe sehr wohl verstanden, was du damit sagen wolltest, ich bin schließlich nicht dumm«, unterbrach Christel ihn heftig. »Du glaubst, nur in der Fremde kann man zum Schmetterling werden, wohingegen die Leute hier bei uns auf ewige Zeiten hässliche Raupen bleiben. Danke, dass ich das jetzt weiß!« Ihr Blick war feindlich, die Stimmung auf einmal eisig.

Einen Moment lang hatte Anton Angst, dass ihm vor lauter Wut und Enttäuschung die Tränen in die Augen stiegen. Warum verdrehte sie ihm jedes Wort im Mund? Erkannte sie nicht, dass er es nur gut mit ihr meinte?

»Dann versauere doch als Kindermädchen und Magd bei deinen Eltern! Ich habe das jedenfalls nicht vor«, sagte er zornig.

»Das ist mir völlig klar«, entgegnete Christel höhnisch. »Du versauerst lieber in eurem Wirtshaus!«

35. Kapitel

Als der Zug pfeifend in den Ulmer Hauptbahnhof einfuhr, war Mimi gemischter Gefühle. Dabei hatte sie den Ausflug in die Stadt so herbeigesehnt! Sie freute sich schon auf das Gefühl eines wehmütigen Déjà-vu.

Sie hatte sich Hannes nahe fühlen wollen. Sie hatte sogar einen sentimentalen Abstecher in die Weinstube am Donauufer erwogen. An dem Tisch sitzen, wo sie vor gerade mal vier Wochen mit ihm gesessen hatte… Träumen von dem, was hätte sein können. Und ja, vielleicht hätte sie auch die eine oder andere dezente Frage nach seinem Verbleib gestellt. Der Kellner in dem Café vor dem Münster wusste beispielsweise bestimmt, ob der Gewerkschafter weitere Reden am Platz geführt hatte. Vielleicht hätte ihr auch der Wirt von der Weinstube etwas über Hannes' Aufenthaltsort sagen können?

Doch für all das hätte sie allein sein müssen.

Aber Mimi war nicht allein. Denn an ihrer Seite lief Anton Schaufler.

Sie hatte sich gerade auf den Weg zum Laichinger Bahnhof gemacht, als sie Anton begegnete. »Du schaust aus wie sieben Tage Regenwetter!«, hatte sie zu ihm gesagt.

»So ähnlich fühle ich mich auch«, erwiderte er mürrisch. Dann hatte er ihr von seinem freien Tag erzählt und von irgendeinem Streit, den er gehabt hatte.

Mimi hatte nur mit halbem Ohr zugehört und ihn unterbrochen. »Verzeih, aber ich muss zum Bahnhof. Dringende Geschäfte in Ulm ...«

»Ulm?« Antons Miene hellte sich augenblicklich auf. »Würde es Ihnen etwas ausmachen, wenn ich Sie begleite?«

Mimi hatte gezögert. Er erwartete doch nicht etwa, dass sie ihm die Fahrkarte bezahlte?

Als könne er Gedanken lesen, hatte der Gastwirtsohn eine Handvoll Münzen aus der Hosentasche gezogen. »Keine Angst, Geld für die Fahrkarte und ein warmes Mittagessen habe ich.«

Und so hatte Mimi keinen Grund gefunden, seine Begleitung abzulehnen.

»Hier ist ganz schön viel los!«, sagte Anton, kaum dass sie aus dem Zug gestiegen waren. Erwartungsvoll krempelte er seine Jackenärmel hoch, er schien es kaum abwarten zu können, sich ins Getümmel zu stürzen.

Mimi hingegen benötigte einen Moment, um sich an den Trubel zu gewöhnen. So viele Menschen! Und jeder hatte es eilig, jeder schob und drängelte, um so schnell wie möglich den Bahnhof zu verlassen. Und wie die Leute den Kopf hoch trugen! Wie die Damen ihre Täschchen schwangen und die Herren ihre Spazierstöcke. Aus dem Weg, und zwar flott!, schien ihre ganze Körperhaltung zu sagen. Jeder nahm sich furchtbar wich-

335

tig, dachte Mimi spöttisch, ehe sie im nächsten Moment einen schmerzhaften Schubs in den Rücken bekam.

»Passen Sie doch auf!«, rief Anton dem Rüpel hinterher, doch der lief einfach weiter.

»Wahrscheinlich hat er einen Termin«, sagte Mimi, dann steuerte sie auf ein Bahnwärterhäuschen zu. »Entschuldigung, können Sie mir vielleicht sagen, wo es in Ulm eine Druckerei gibt?«, erkundigte sie sich beim diensttuenden Beamten.

»Unten am Donauufer gibt es gleich zwei oder drei«, sagte der Mann und schrieb hektisch etwas in ein schwarzes Buch.

Am Donauufer! Sogleich machte Mimis Herz einen kleinen Stolperer. Wenn das kein Zeichen war! Vielleicht würde sie dort Hannes wiedersehen? Sei nicht verrückt, sagte sie sich sogleich. Die Chance, ausgerechnet heute und hier dem gut aussehenden Gewerkschafter nochmal über den Weg zu laufen, war äußerst gering.

Sie bedankte sich für die Auskunft, doch der Beamte schaute nicht einmal auf. »Ich hatte ganz vergessen, wie höflich Städter sein können«, murmelte Mimi in ironischem Tonfall vor sich hin, während Anton und sie das Bahnhofsgebäude verließen.

Draußen sagte sie so bestimmt wie möglich: »Am besten trennen wir uns jetzt, mit mir würdest du dich sicher nur langweilen. Heute fahren noch zwei Züge zurück nach Laichingen, der letzte geht um kurz vor vier. Die genauen Abfahrtzeiten kann dir der freundliche Herr im Bahnwärterhäuschen sagen.« Sie musste allein sein. Auf dem letzten Wegstück war ihr nämlich eine Idee gekommen: Sie wollte unbedingt in die Pension gehen, in der sie damals übernachtet hatte. Hannes hatte sie spätnachts bis an die Haustür gebracht, vielleicht war er am nächsten Tag zurückgekommen und hatte seine Adresse für sie hinterlegt?

Doch der Gastwirtsohn reagierte nicht auf ihren Versuch, ihn loszuwerden. »Nichts, was Sie tun, kann langweilig sein. Wenn es Ihnen nichts ausmacht, würde ich Sie gern begleiten«, sagte er beschwingt. Er zeigte mit dem ausgestreckten Arm in Richtung Stadt. »Zum Donauufer geht's laut diesem Schild dort entlang!«

Mimi blieb nichts anderes übrig, als ihm zu folgen. Wahrscheinlich war ihm ganz allein und fremd in der Stadt ein wenig unwohl, sehr oft kam er bestimmt nicht hierher, dachte sie, während sie im Vorbeigehen die Anschläge an einer Litfaßsäule überflog. Ein Zirkus gastierte vor der Stadt. Ein Wohlfahrtsverband lud zur Hauptversammlung ein. Ein Möbelhaus bewarb Nussbaumvitrinen. Von gewerkschaftlichen Veranstaltungen war nichts zu lesen. Konzentriere dich auf dein geschäftliches Vorhaben!, ermahnte sie sich.

Sollte sie die Postkarten aus Hochglanzkarton machen lassen? Oder war matter Karton schöner? Bilderrahmen brauchte sie auch noch. Ob der Inhaber der Druckerei ihr eine Adresse dafür nennen konnte? Es war nicht sehr geschäftstüchtig gewesen, zur Konfirmation keine im Angebot gehabt zu haben...

Mimi war so in ihre Gedanken verstrickt, dass sie keines der vielen Geschäfte auch nur eines Blickes würdigte. Auch für die schönen Fachwerkbauten und die reichen Bürgerhäuser mit ihren hübschen Giebeln hatte sie kein Auge. Und selbst ihren Begleiter hatte sie fast vergessen, doch mitten auf dem Münsterplatz zupfte Anton an ihrem Ärmel.

»Sind wir spät dran? Haben Sie doch einen Termin?« Der Gastwirtsohn schaute sie fragend an.

Notgedrungen blieb auch Mimi stehen. »Nein. Warum fragst du?«

»Dann müssen Sie wegen Ihres Onkels am besten mit dem nächsten Zug schon wieder heim?«

»Nein, eigentlich nicht.« Mimi runzelte die Stirn. Für alles war gesorgt. Luise hatte versprochen, gegen Mittag mit einem Teller Suppe bei Onkel Josef vorbeizuschauen, und am Ladengeschäft hing ein Zettel mit der Aufschrift »Heute geschlossen«. Nicht, dass sie jemand dort vermissen würde.

Anton grinste sie an. »Und warum hetzen Sie dann so, als wäre der Teufel hinter Ihnen her?«

»Tue ich das? Ist mir gar nicht aufgefallen. Aber du hast völlig recht – ich habe Zeit!« Mimi lachte. Nach den letzten Tagen war das ein fast schon ungewohntes Gefühl für sie. »Dann versuche ich mich mal an einem gemächlicheren Tempo, in Ordnung?«

Anton zeigte auf das Schaufenster einer Buchhandlung. »Jules Vernes ›Reise um die Erde in 80 Tagen‹, das habe ich auch schon gelesen. Pfarrer Hildebrand leiht mir hin und wieder eins seiner Bücher aus. Meist ist es erbauliche Literatur – Anleitungen zu einem tugendhaften Leben, Bekehrungsgeschichten, Heiligenlegenden…« Er zog eine Grimasse. »Ein spannender Roman ist leider selten dabei.«

Mimi trat näher an das Schaufenster heran, um besser sehen zu können. »Was für eine schöne Ausgabe! Ob mein Onkel daran Freude hätte?« Wann immer sie Josef lesen sah, freute sie sich. Solange er das noch konnte, war nicht alles verloren.

»Bestimmt!«, erwiderte Anton voller Überzeugung. Schon hielt er ihr die Tür zur Buchhandlung auf.

»Ich sehe schon, wie weit ich mit dir komme«, sagte Mimi lachend, trat dann aber bereitwillig ein. Vielleicht würde sie auch noch einen neuen Roman für sich finden?

Ein paar Häuser weiter blieb Anton vor dem Schaufenster eines Modegeschäftes erneut stehen. »Beinkleider für die Damen?« Er klang fassungslos. »Normalerweise wagen Frauen doch nicht einmal, das Wort in den Mund zu nehmen!«

Mimi lächelte, als sie über einem Stuhl drapiert ein Paar schwarze Beinkleider entdeckte. »Ob du es glaubst oder nicht, aber es hat schon immer Frauen gegeben, die es wagten, Hosen zu tragen. Aber dass Hosen für die Frau jetzt tatsächlich in Mode kommen, ist auch mir neu. Es würde mich reizen, solch ein Kleidungsstück mal anzuprobieren…«

»Wollen Sie meine Meinung hören?«, sagte Anton. »Davon abgesehen, dass ich mir nicht vorstellen kann, dass Ihnen solche Beinkleider jemals so gut stehen könnten wie das Kostüm, das Sie tragen – in Laichingen stechen Sie auch ohne diese neue Mode schon genug heraus.«

Mimi lachte schallend auf. »Dann lasse ich es. Ich will ja nicht, dass jemand vor Schreck in Ohnmacht fällt!«

Das nächste Geschäft warb damit, dass seine Grammophone den höchsten Anforderungen entsprächen und man mit einem reichhaltigen Plattenrepertoire aufwarten konnte.

»In früheren Zeiten hörte man aus dem Haus Ihres

Onkels öfter Musik, aber seit seine Frau verstorben ist nicht mehr«, sagte Anton. »Eigentlich schade. Da hat jemand ein Grammophon und benutzt es nicht. Wenn ich so ein Stück hätte, würde es wahrscheinlich Tag und Nacht laufen!«

Mimi schaute den jungen Burschen nachdenklich an. »Jetzt, wo du es sagst... Das Grammophon steht ziemlich vernachlässigt auf dem Boden hinter meinem Schrank. Ich habe mir noch gar keine Gedanken darüber gemacht.«

Von Anton begleitet, ging Mimi in das Geschäft und kaufte eine Platte mit Opernarien von Enrico Caruso. Der Verkäufer gab ihr einen kleinen Prospekt mit weiteren Neuerscheinungen mit und bot an, weitere Platten auf Wunsch auch zu versenden. Mimi bedankte sich. Wenn der Onkel Freude daran hatte, würde sie ihm gern die eine oder andere Aufnahme schenken.

»Bücher, Schallplatten, schöne Caféhäuser... An das Leben in der Stadt könnte ich mich gewöhnen.« Mit geröteten Wangen schaute Anton in die Auslage des Cafés am Donauufer. »Wie köstlich das alles aussieht!«

Kleine Törtchen, Schokoladenherzen, Olgabrezeln... Auch Mimi lief das Wasser im Mund zusammen. Es war lange her, dass sie etwas Süßes gegessen hatte.

»Sollen wir?«, fragte Anton und zeigte auf den Eingang. »Ich würde Sie gern auf eine Tasse Kaffee einladen.« Er klimperte mit den Münzen in seiner Tasche.

Mimi hob erstaunt die Brauen. Für seine achtzehn Jahre war der Junge recht forsch! Sie schüttelte rasch den Kopf. »Erst die Arbeit, dann das Vergnügen.«

Anton seufzte theatralisch. »Ich sage jetzt nicht, dass Sie sich anhören wie meine Mutter.«

Mimi grinste und ging weiter. »Schau mal, das Schild da vorn: Druckerei Brauneisen.«

Zwei Häuser weiter schien es noch eine Druckerei zu geben, denn »Drucken, stempeln und gravieren« stand dort auf einem Firmenschild. »Zwei Druckereien so nah beieinander? Das ist ja praktisch für mich«, sagte Mimi frohgestimmt.

Anton nickte zufrieden, als wäre er höchstpersönlich für diesen Umstand verantwortlich. Es machte Mimi Spaß, mit ihm durch die Stadt zu gehen. Durch seine Begeisterung für alles Neue hatte auch sie das Gefühl, sie würde alles zum ersten Mal sehen. Oder lag es daran, dass sie vergessen hatte, wie belebend der Besuch einer Stadt sein konnte? Dagegen wirkte Laichingen wie abgeschnitten von der Welt. »Wir leben in einer eigenen kleinen Welt«, hatte Gehringer gesagt. Ganz Unrecht hatte er damit nicht. Die Frage war nur, ob Laichingen jemals *ihre* Welt werden konnte.

»Minna Reventlow ... Sind Sie nicht die bekannte Fotografin, die letztes Jahr in Ammergau als Hoffotografin bei den Passionsfestspielen engagiert war?« Mimis Fotografien in einer, einen Stift in der anderen Hand, schaute der Chef der Druckerei von seinem Auftragsformular auf. Er hatte sich als Otto Brauneisen vorgestellt.

Ein feiner Herr, dachte Anton und schaute bewundernd auf Brauneisens gezwirbelten Kaiser-Wilhelm-Bart. Und sein Jackett war aus einem edlen dunklen Zwirn, der aussah, als würde er einen an warmen Tagen wie diesem schön kühl halten. Unwillkürlich schaute Anton an sich und seiner alten Jacke hinab und kam sich auf einmal richtig schäbig vor.

»Ja, das war ich. Aber woher wissen Sie...?«, sagte die Fotografin lachend.

»Ich habe Verwandte in Ammergau«, erwiderte der Mann. »Und zur Festspielzeit besuche ich sie immer. Alle sind sich einig, dass noch nie jemand die Kreuzigungsszene so ausdrucksstark fotografiert hat wie Sie. Und wie Sie die neue Bühne zur Geltung gebracht haben, einfach fantastisch.« Er deutete eine kleine Verbeugung an. »Gnädige Frau, es ist mir eine Ehre, von Ihnen einen Auftrag zu erhalten.«

Lächelnd verzog Mimi den Mund. »Ich würde die Postkarten spätestens in der Woche vor Pfingsten benötigen, wäre das möglich?«

Der Mann zuckte nur kurz zusammen. »Kein Problem!«, sagte er dann. »Vier mal fünfzig Stück. Sie sind derzeit in Laichingen, sagten Sie?«

Mimi nickte. »Da fällt mir wirklich ein Stein vom Herzen. Am Pfingstmarkt in Laichingen möchte ich die Postkarten verkaufen. Ich habe gehört, dass dies ein sehr beliebter Markt mit vielen auswärtigen Gästen ist.«

»Machen Sie sich keine Sorgen, gnädige Frau, das bekommen wir hin! Ich würde vorschlagen, dass wir...«

Anton hörte dem Gespräch gebannt zu. Probleme schienen für Mimi Reventlow wie auch für den Druckereibesitzer nur da zu sein, um gelöst zu werden. Da gab es kein Lamentieren. Kein Zögern oder Hadern. Einmal im Leben so geschäftstüchtig zu sein... Sich fühlen wie ein richtiger Geschäftsmann. Handeln, nicht darauf

warten, dass andere das Geschäft machten. Wie sehr
wünschte er sich das ...

Und wie gut es hier roch! Nach Papier und Druckerschwärze. Nach guten Geschäften und feinen Herrschaften. Nach der großen, weiten Welt ...

»Darf ich Sie noch etwas fragen?«, sagte Mimi zu
dem Mann, nachdem er ihren Auftrag endgültig notiert
hatte. »Ich brauche auch Bilderrahmen und Fotoalben –
wo bekomme ich die in Ulm wohl?«

Der Mann zeigte schmunzelnd auf die Tür in seinem
Rücken. »Im Nebenraum habe ich eine schöne Auswahl parat. Und falls Sie dort nichts finden, können
wir gemeinsam in meine Lithografische Anstalt nach
Münsingen fahren, dort ist die Auswahl noch größer.
Sie könnten sich dann gleich anschauen, wie Ihre Postkarten gedruckt werden, die eigentlichen Druckarbei-
ten führen wir nämlich nicht hier, sondern in unserer
Fabrik auf der Schwäbischen Alb durch.«

Zum Glück hatte die Fotografin das nicht vorab gewusst, dachte Anton. Sonst wäre sie womöglich nach
Münsingen gefahren, wo es außer Schafen nicht viel anderes gab. Ob er sie dahin auch begleitet hätte? Wahrscheinlich eher nicht.

Auch Mimi winkte ab. »Vielleicht komme ich ein andermal auf Ihr Angebot zurück. Aber heute habe ich
nicht viel Zeit.« Sie schaute betont in Richtung des Rah-
menlagers.

»Ich mache Ihnen nur rasch Licht!« Ein wenig um-
ständlich öffnete Herr Brauneisen die Tür. »Hereinspa-
ziert!«

343

»Besser hätte es nicht laufen können«, sagte Mimi, als sie eine halbe Stunde später die Druckerei verließen. »So ein netter Mann und so hilfsbereit noch dazu! Ich kann es kaum erwarten, meine Postkarten, Bilderrahmen und Fotoalben in Empfang zu nehmen.«

»Sie sind ja richtig berühmt«, sagte Anton, und Ehrfurcht schwang in seiner Stimme mit. »Dagegen komme ich mir vor wie ein Dorftrampel, der von nichts eine Ahnung hat.«

»Jetzt stellst du dein Licht aber sehr unter den Scheffel«, sagte Mimi lachend. »Hättest du die Konfirmanden nicht früher zu mir geschickt, würde ich vielleicht jetzt noch deren Fotografien entwickeln, statt mit dir hier in Ulm zu sein. Das war sehr hilfreich von dir.«

Ihr Lob tat ihm gut. »Ich werde dafür sorgen, dass die Laichinger erfahren, welche berühmte Fotografin ihnen die Ehre erweist«, sagte er großspurig.

»Solange du ihnen nicht wieder etwas von Verknappung und Rohstoffmangel vorflunkerst«, erwiderte Mimi und stupste ihn in die Seite. »Nun aber zum zweiten Streich! Ich brauche ein paar neue Requisiten und Accessoires für das Atelier.« Voller Elan steuerte sie zu Antons Freude das große Kaufhaus an, das ihm schon auf dem Hinweg ins Auge gefallen war. »Waren aller Art« stand auf dem großen Ladenschild, das zwei ganze Schaufenster überspannte.

Was es hier alles gab! Schreibwaren. Tabakwaren. Toilettenwaren für die Dame und den Herrn. Anton wusste nicht, wohin er als Erstes schauen sollte. Von ihm aus konnten sie ruhig den Rest des Tages hier verbringen. Er würde für Christel ein Geschenk aussuchen, beschloss er spontan und befingerte die Münzen in sei-

344

ner Hosentasche. Wenn es sein musste, würde er auf ein Mittagessen verzichten, er konnte schließlich behaupten, keinen Hunger zu haben. Sein Bauch grummelte sogleich in lautstarkem Protest. Vielleicht würde er auch das billigste Gericht nehmen, das die Speisekarte hergab.

Mithilfe einer jungen Verkäuferin wählte Mimi einen versilberten Handspiegel aus, eine dazu passende Haarbürste, verschieden farbige Schleifen fürs Haar, mehrere Seidenschals mit orientalischem Muster.

Verstohlen traf auch Anton seine Wahl.

»Bei meinen nächsten Aufnahmen sollen die Laichinger Frauen besonders schön aussehen«, flüsterte Mimi ihm zu, während sie an der Kasse standen.

»Eine gute Idee«, flüsterte Anton zurück. »Aber ganz ehrlich – meine Mutter kann ich mir mit so einer Schleife im Haar nicht vorstellen.«

»Und für wen ist dann diese Schleife hier, wenn nicht für deine Mutter?« Lächelnd tippte die Fotografin auf die rosafarbene Schleife in seiner Hand.

»Für meinen Schatz!«, sagte Anton forsch und fühlte sich gut dabei.

Mit einem großen Paket, das Anton trug, gingen sie zum Mittagessen in das Café am Münsterplatz.

»Ach, ist das schön, sich wieder einmal an einen gedeckten Tisch setzen zu können!« Mimi fühlte sich so zufrieden und gelöst wie schon lange nicht mehr, auch wenn die Einkäufe ein empfindliches Loch in ihre Kasse rissen. Doch daran wollte sie jetzt gar nicht denken.

Stattdessen schaute sie sich unauffällig um, doch vor dem Münster war an diesem Tag weder eine Bühne aufgebaut, noch hielt irgendjemand eine Rede.

»Was hat Sie eigentlich bewogen, nun doch in Laichingen zu bleiben?«, fragte Anton.

»Mein Onkel«, sagte Mimi schlicht. »Ich will für ihn da sein, solange…« Sie brach ab.

»Und danach?«, wollte Anton wissen, als hätte sie zu Ende gesprochen. »Werden Sie Laichingen wieder verlassen?«

Und ob!, dachte Mimi. Laut sagte sie: »Hier und jetzt ist erst mal nur Onkel Josef wichtig. Ich will dafür sorgen, dass er es auf seine alten Tage gut hat. Ich will ihm nicht nur Schwarzen Brei servieren, sondern auch mal etwas Feines. Und wenn er einen guten Tag hat, möchte ich auch mal zu euch in den Ochsen kommen. Aber ein schönes Leben kostet Geld, deshalb muss ich dringend etwas verdienen.«

Anton nickte wissend. Welche Zukunftspläne er wohl hatte?, fragte sich Mimi, behielt die Frage aber für sich. Seine Mutter hatte auf sie nicht den Eindruck gemacht, als würde sie ihrem Sohn viel Spielraum lassen.

»Ich bin gespannt, wie meine neuen Requisiten ankommen werden«, sagte sie stattdessen.

»Es wird nicht einfach sein, die Laichinger aus der Reserve zu locken«, antwortete Anton vorsichtig.

»Du hörst dich schon an wie mein Onkel«, erwiderte Mimi kichernd, während die Bedienung die Getränke brachte. Anton hatte nur Wasser für sich bestellt, Mimi einen aufgebrühten Bohnenkaffee.

»Ihr Onkel weiß halt, wie es in Laichingen zugeht. Was habe ich meiner Mutter nicht schon an Neuerungen für den Ochsen vorgeschlagen! Vielleicht war nicht jede Idee gut, aber die eine oder andere gewiss. Doch nein, alles soll beim Alten bleiben. In Städten wie Ulm, München oder Stuttgart dagegen spielt die Musik! Bei uns jedoch herrscht Stillstand. Und das wird auch immer so bleiben.« Die gerade noch frohgemute Miene des Jungen verdüsterte sich.

»Jetzt malst du aber alles sehr schwarz«, sagte Mimi stirnrunzelnd. »Vielleicht kannst du deine Ideen nicht sofort verwirklichen, aber spätestens dann, wenn du den Ochsen einmal übernimmst.«

»Dann bin ich selbst ein alter Mann«, schnaubte Anton.

Mimi schwieg. Ihr Apfelstrudel mit Sahne wurde gebracht, doch das Gebäck hatte für sie plötzlich seine Süße verloren. Als sie sich in dem gut besuchten Café umschaute, wurde ihr der Kontrast zwischen den wohlhabenden Städtern und den einfachen, arbeitsamen Weberfamilien mehr als deutlich. Lief sie einer Illusion hinterher, wenn sie glaubte, in einem abgelegenen Ort wie Laichingen mit dem Fotografieren Geld verdienen zu können? Bisher hatte sich kaum jemand im Fotoatelier blicken lassen. Was, wenn sich ihre Ideen als Hirngespinste herausstellten? Wenn selbst der rebellische Anton so skeptisch war, was seinen Heimatort betraf...

Der Apfelstrudel lag auf einmal schwer wie ein Stein im Magen, als Mimi an die teuren Postkarten dachte, die sie in Auftrag gegeben hatte. Würde sie am Ende darauf sitzen bleiben?

Bis zur Abfahrt des Zuges war noch eine Stunde Zeit. Sollte sie, oder sollte sie nicht? Mimi überlegte nur kurz. »Ich muss noch etwas erledigen. Wir treffen uns am Bahnhof, in Ordnung?«, sagte sie dann. Bevor Anton etwas erwidern konnte, sprang sie davon.

Die Wirtin der Pension war gerade dabei, den Gehsteig zu kehren, als Mimi bei ihr ankam. Die Miene der Frau hellte sich bei ihrem Anblick sogleich auf. »Die Wanderfotografin, wie schön! Brauchen Sie wieder ein Zimmer?«

»Nein, ich wohne immer noch in Laichingen bei meinem Onkel«, sagte Mimi lächelnd. »Es ist nur so... Ich wollte eigentlich nur fragen... War zufällig am Tag nach meiner Abreise ein Herr hier und hat seine Adresse für mich hinterlassen?« Unmerklich hielt sie den Atem an.

Die Wirtin runzelte die Stirn. »Nicht dass ich wüsste...«

»Danke. Es hätte ja sein können.« Nur mit Mühe konnte Mimi ihre Enttäuschung verbergen. Du und deine Illusionen, dachte sie traurig, als sie mit hängenden Schultern davonging.

Nur kurze Zeit später trat der Mann der Wirtin aus dem Haus. »War das nicht die Fotografin, die vor ein paar Wochen bei uns übernachtet hat?«

Seine Frau nickte. »Sie wollte wissen, ob ein Mann seine Adresse für sie hinterlegt hat. Wahrscheinlich etwas Geschäftliches. Aber da war nichts, oder?«

»Doch«, sagte der Wirt zum Erstaunen seiner Frau. »Lass mich überlegen... Die Fotografin war gerade fort, als ein Mann zu uns kam. Er sah ein wenig ungepflegt aus und trug einen Leinensack auf dem Rücken. Ob das ein Geschäftsmann war? Eine Adresse hinterließ er auch nicht, vielmehr wollte er wissen, wohin die Fotografin als Nächstes gereist ist.«

»Und?«, fragte die Wirtin gespannt.

Ihr Mann zuckte mit den Schultern. »Ich habe kurz überlegt, ob ich überhaupt Auskunft geben soll. Aber dann habe ich ihm doch gesagt, dass Frau Reventlow nach Laichingen wollte. Das war doch kein Geheimnis, oder etwa doch?«

36. Kapitel

»Der Kartoffelacker ist bisher nur zu einem Drittel frei von Unkraut, dabei müssen sowohl die Rüben- als auch die Krautsetzlinge jetzt nach den Eisheiligen dringend in die Erde! Aber statt den Boden vorzubereiten, arbeitest du seit Mitte April jetzt schon zwölf statt zehn Stunden in der Fabrik. Wie lange soll das noch so weitergehen?«, fragte Eveline, während sie Eier in eine gusseiserne Pfanne schlug. Ein unangenehmer Geruch kam ihr aus der Pfanne entgegen. Ranziges Fett? Sie würde mit Helene reden müssen, dachte sie, womöglich hatte das Fett schon länger bei ihr im Laden gelegen. Daran, dass eins der Eier schlecht sein könnte, wollte sie lieber nicht denken. Sie konnte doch nicht eine ganze Pfanne Rührei wegwerfen!

Klaus Schubert stopfte das letzte Stück Brot in den Mund und zuckte mit den Schultern. Nur selten kam er in der Mittagspause nach Hause. Warum er es ausgerechnet heute getan hatte, wusste Eveline nicht. Vielleicht hätte sie ihn fragen oder ihm auch etwas vom Rührei anbieten sollen. Ging es ihm gut? Wollte er vielleicht einmal sein Herz bei ihr ausschütten? Doch sie sagte nichts. Es interessierte schließlich auch niemanden, wie es ihr ging.

»Laut Paul Merkle trudeln gerade täglich Großaufträge ein. Die bekommen wir nun mal nur mit Überstunden erledigt. Ich muss weg, gleich beginnt die zweite Schicht.« Schon an der Tür, warf er ihr einen drängenden Blick zu, als wollte er sagen: Mach wenigstens du mir nicht auch noch Ärger.

»Weg, immer nur weg! Wärst du nur damals mit mir weggegangen, als ich dich so sehr darum bat«, sagte Eveline bitter. Gehringer und seine Großaufträge! Jetzt würde noch mehr Arbeit an ihr hängen bleiben.

Klaus zuckte zusammen, als habe sie ihm einen Schlag versetzt. Einen Moment lang sah sie etwas Helles in seinen Augen aufleuchten. Einen Hauch von Leben und die Frage: Was wäre gewesen, wenn?

»Wir sind damals aber nicht weggegangen. Wir sind geblieben. Der Liebe wegen«, sagte er. Dann fiel die Tür hinter ihm ins Schloss.

Der Liebe wegen! Eveline lachte bitter auf. Liebe vergeht, Hunger bleibt – hätte ihr das damals nur jemand gesagt. Wie so oft ließ sie ihren Blick durch den Wohnraum schweifen, so als könne sie immer noch nicht glauben, hier gelandet zu sein.

»Mutter, ist alles in Ordnung?«, fragte Alexander, ihr Ältester, der zusammen mit seinen beiden Schwestern hereingekommen war, besorgt. Er schaute zu der Pfanne mit dem Rührei. Es kam selten vor, dass Eveline in der warmen Jahreszeit mittags etwas auftischte, meistens blieb dafür keine Zeit. Ein Kanten Brot, auf dem Weg zum Acker gegessen, damit mussten sie sich zufriedengeben. »Müssen wir nicht aufs Feld?«

»Heute nicht. Jetzt esst erst mal«, sagte Eveline, teilte das Rührei aus und strich ihrem Sohn dann geistesabwesend über den Kopf. In Gedanken war sie gerade ganz woanders.

Ja, sie war geblieben. Der Liebe wegen.

An ihre Ankunft in Laichingen konnte sie sich noch erinnern, als wäre es erst gestern gewesen: Nach einer anstrengenden Reise in überfüllten Bahnabteilen waren sie hier angekommen. Eveline war völlig erschöpft und durchgefroren. Ein heißes Bad – das war das Einzige, wonach ihr der Sinn stand. Voller Besitzerstolz hatte Klaus sie über die Schwelle des winzig kleinen Häuschens getragen. Es stand in einer Reihe mit anderen Häusern derselben Bauweise, getrennt durch lediglich ein, zwei Meter Land. Eveline hatte das strohgedeckte Dach gesehen und irritiert gefragt, warum sie die erste Nacht in Laichingen nicht gleich bei ihm zu Hause, sondern in einer Scheune verbringen mussten.

»Das *ist* unser Zuhause«, hatte Klaus ernst erklärt.

Seine Eltern waren früh gestorben, die Geschwister auch. Klaus war der einzige Schubert, den es noch gab. »Im ganzen Ort gibt es keinen in meinem Alter, der schon ein eigenes Haus besitzt«, hatte Klaus ihr stolz erklärt.

Haus nannte er diese Bretterbude? Eveline war aus allen Wolken gefallen. Und gefallen und gefallen. Bis zum heutigen Tag hatte sie keinen Fuß mehr auf den Boden bekommen. Eigentlich wäre dieser Moment, damals an der Türschwelle, der Zeitpunkt gewesen, an dem sie umgehend ihre Heimreise hätte antreten sollen. Ein bedauerlicher Irrtum. Mehr nicht. Irgendwie hätte sie ihren Eltern diese kleine »Flucht« schon erklären können. Aber da waren Klaus' blaue Augen gewesen und die Art, wie er sie anschaute. So innig, dass es ihr

352

durch und durch ging. Und da waren die Nächte gewesen, in denen sie in seinen Armen das Liebesglück gefunden hatte. Gleich in einer der ersten Nächte hatten sie ein Kind gezeugt. Aber das hatte sie damals nicht gewusst, nicht einmal geahnt, jung und dumm wie sie war. Noch immer hatte sie geglaubt, ihr stünden alle Wege offen. Heimkehren konnte sie später noch. War es nicht spannend, ein bisschen länger zu bleiben? Für Eveline war am Anfang alles wie ein Spiel gewesen...

Dann kam der Brief ihres Vaters. Er hatte ihn an Gehringer adressiert, mit der Bitte um Weiterleitung an sie. In knappen Worten hatte Josef Hoffmeister ihr eröffnet, dass sie fortan für ihn gestorben sei.

Die Tür zu ihrem alten Leben war mit einem Rums laut zugeschlagen worden. Das Spiel war zu Ende. Keine Heimkehr.

Seitdem hatte sie kein Wort mehr von den Eltern gehört und sich selbst auch nicht bei ihnen gemeldet.

Eveline seufzte tief auf. Das hier war alles, was sie hatte. »Was hockt ihr hier herum und haltet Maulaffen feil?«, fuhr sie ihre Kinder an, die ihre Teller leer gegessen hatten und auf eine Anweisung von ihr warteten. »Alexander, kämm dich ordentlich. Und zieh dein gutes Gewand an. Erika, komm her, auch du bekommst eine Schleife ins Haar. Aber zuerst flechten wir deine Zöpfe neu.« Noch während sie sprach, nahm Eve einen der Stoffstreifen, die beim Nähen von Alexanders Konfirmandenjacke übrig geblieben waren. »Heute wollen wir alle hübsch aussehen!«

»Hübsch?« Die Siebenjährige runzelte die Stirn. Mit diesem Wort konnte sie nichts anfangen.

Eveline ballte ihre linke Hand zur Faust. Es hätte nicht viel gefehlt, und sie wäre in Tränen ausgebrochen. »Ja, hübsch«, sagte sie mit rauer Stimme. »Wenn du fertig bist, kommt Marianne an die Reihe.«

Früher, in ihrem alten Leben, hatte ihre Mutter immer großen Wert auf »hübsch« gelegt. Das ganze große Herrenhaus war wie eine Puppenstube ausstaffiert gewesen. Kunstvolle Blumensträuße, gestickte Sinnsprüche an der Wand, Häkeldecken auf dem Sofa. Wenn ihre Mutter sehen würde, wie sie nun hauste...

Eveline hätte es auch gern hübsch gehabt, aber dafür blieb ihr keine Zeit. In jeder freien Minute, die ihr neben Haus und Hof blieb, bestickte sie Gehringers Paradekissen, da konnte sie nicht auch noch für die Kinder hübsche Kleidchen nähen oder Schleifen fürs Haar. Beides hätte ihr Spaß gemacht, sie war geschickt im Handarbeiten. Ein bisschen Stoff, eine Nähmaschine... Im Geist sah sie schon die Kleidungsstücke vor sich, die sie für ihre Mädchen nähen würde. Und die Konfirmationsjacke für Alexander hätte sie auch allein hinbekommen, aber sie hatte ja vor lauter Paradekissen nicht einmal Zeit für so etwas. Und eine Nähmaschine besaß sie schon gar nicht. Aber wenn sie etwas benötigten, Stoff zum Beispiel, musste sie es auf dem Pfingstmarkt oder anderswo kaufen. Und da nie genug Geld für alles da war, konnte sie auch nichts nähen. Vielleicht war dies das Grundübel von allem, ging es ihr durch den Sinn. Nicht das wenige Geld. Nicht die viele Arbeit. Sondern die Tatsache, dass sie nie, nicht mal für einen Augenblick, das machen konnte, was sie gern machen würde.

Doch heute sollte das einmal anders sein! Eveline langte tief in einen alten Blumentopf, in dem sie ihren

Notgroschen versteckt hatte. Als sie die wenigen Münzen sah, die sie schließlich in der Hand hielt, überlegte sie es sich fast noch einmal anders. Doch dann holte sie tief Luft und sagte: »So, Kinder, wir gehen jetzt ins Fotoatelier zu der netten jungen Dame und lassen von jedem eine Fotografie machen. Ist das nicht schön?« Aufmunternd schaute sie in die kleine Runde.

»Aber was ist mit dem Acker? Das viele Unkraut muss doch weg.« Alexander wirkte besorgt.

»Das Unkraut läuft uns nicht davon«, antwortete Eveline knapp. Ja, sie hatte eigentlich tausend andere Dinge zu tun. Und vielleicht war sie sentimental. Und unvernünftig. Aber als die Fotografin von den Erinnerungsfotos ihrer Kinder gesprochen hatte, brachte sie damit eine Saite in Eveline zum Klingen, von der sie geglaubt hatte, sie sei längst gerissen. Liebe. Sie war keine schlechte Mutter, auch wenn ihr Alltag so gut wie keine Zeit ließ für Streicheleinheiten und andere Gesten der Zuneigung. Sie liebte ihre Kinder! Und sie wollte von jedem eine Fotografie zum Erinnern haben. Da sie Alexanders Konfirmandenfotografie umsonst bekommen hatte, konnte sie sich diese einmalige Extraausgabe schon leisten, rechtfertigte sie ihr Vorhaben.

»Mama, mir ist so seltsam zumute…«, sagte Marianne in diesem Moment mit kreidebleichem Gesicht. »Ich glaube, ich muss mich übergeben.«

Verflixt! War doch eins der Eier schon schlecht gewesen. Eilig zog Eveline das Kind zum Waschtrog. Im selben Moment fiel ihr Blick auf den billigen Druck an ihrer Wand: »Der schmale und der breite Weg«. Konnte Gott wirklich wollen, dass der Weg *so* schmal war?, fragte sie sich, während die Achtjährige sich würgend übergab. Dass man sich wund stieß an der Beengtheit? Dass man vor lauter Beklemmungen keine Luft mehr bekam? Oder war es nicht eher der Teufel höchstselbst, der sie auf diesen Weg geschickt hatte?

Wie gut es heute roch!, dachte Mimi, während sie die gute Stube fegte. Nach Frühling, Frohsinn und Kernseife. Ihr Blick fiel durch das offene Fenster nach draußen, wo auf einer Leine frisch gewaschene Wäsche hing. Sie lächelte. Allem Anschein nach wurde sie noch eine richtig gute Hausfrau. Sie war gerade dabei, die Decke, mit der ihr Onkel sich während seines Mittagsschlafs auf dem Sofa zudeckte, auszuschütteln, als der Postbote mit seinem Pferdewagen anhielt. Auf den Wagen gestapelt, sah Mimi etliche Kartons und Kisten. War das etwa schon Herrn Brauneisens Lieferung von Bilderrahmen, Alben und Postkarten? Eilig lief sie nach draußen. »Bitte laden Sie alles gleich hier im Geschäft ab, vielen Dank!«, sagte Mimi.

Nachdem der Mann mehrere Kisten und Kartons unter viel Grummeln die zwei Stufen hoch in den Laden getragen hatte, unterschrieb sie den Empfangsschein.

Der Postbote war schon halb wieder auf seinem Kutschbock, als er sagte: »Fast hätte ich's vergessen. Ich habe noch einen Brief für Sie.«

Mimis Gesicht hellte sich noch weiter auf. Kaum dass der Postbote seinen Weg fortgesetzt hatte, setzte sie sich auf die Treppenstufen vor dem Laden und ritzte eilig den Briefumschlag auf. Die Sonne schien wie ein Scheinwerfer auf den knisternden Briefbogen.

Esslingen, am 13. Mai 1911

Liebe Mimi,

tiefe Demut erfüllte mich beim Lesen deines letzten Briefes. Dass Josef in diesen schweren Tagen nicht allein ist, ist eine so große Beruhigung für mich! Ich danke dir von Herzen für alles, was du für ihn tust.

Mimi runzelte die Stirn. Schön und gut, aber war das alles, was die Mutter zu dem Thema zu sagen hatte? Sie las weiter.

Wie gern würde ich dir beistehen. Würde für Josef eine gute Suppe kochen oder ihm etwas vorlesen. Aber wieder einmal hat Gott mir so viele Pflichten aufgebürdet, dass ich nicht einmal dazu kam, dir früher zu schreiben!
Die letzten Wochen war völlig Land unter im Hause Reventlow!

Was war daran neu?, dachte Mimi ironisch.

Stell dir vor, mir wurde die große Ehre zuteil, in den Vorstand der Landesvereinigung zum Wohle der öffentlichen Armenspeisung gewählt zu werden. Zur selben Zeit hat der Allgemeine Deutsche Frauen-verein angefragt, ob ich wohl einen Essay schreiben könne über die Notwendigkeit einer ausreichenden Förderung von Hausangestellten. Er soll in einem Handbuch veröffentlicht werden, welches das Stan-dardwerk zur Führung eines Haushaltes wird. Das

357

*Werk soll noch diesen Sommer in Druck gehen,
somit ist Eile geboten. Dennoch habe ich bei beiden
Projekten zugesagt! Es ist so wichtig, dass sich
jemand für die Schwächeren der Gesellschaft einsetzt, da stimmst du mir sicher zu, nicht wahr?
Aber eins verspreche ich dir hoch und heilig – sobald
es meine Zeit erlaubt, komme ich nach Laichingen
und löse dich ab. Es ist mir eine Herzensangelegen-
heit, Josef noch einmal wiederzusehen, uns verbindet
so viel. In der Zwischenzeit richte dem Onkel bitte
gute Wünsche von mir aus.*

Mimi ließ den einzelnen Bogen Papier sinken. Einen
Moment lang wusste sie nicht, ob sie lachen oder weinen
sollte. Was hatte sie eigentlich erwartet? Dass die Mutter mit wehendem Mantel anreisen würde? In Wahrheit
war sie, Mimi, mal wieder auf sich allein gestellt – und
eigentlich hatte sie das schon gewusst, als sie der Mutter schrieb.

Mimi wollte den Brief schon zur Seite legen, als sie
sah, dass ein weiteres Papier in dem Umschlag steckte.

Liebe Mimi,

*nun zu deiner Bitte, die ich hier separat beantworte,
für den Fall, dass du das Schreiben weiterreichen
möchtest.*

*Zuerst einmal darf ich dir sagen, wie sehr es
mich freut, dass du dich für den jungen Alexander
Schubert einsetzt. Denen helfen, die keine Stimme
haben ... Der Apfel fällt eben nicht weit vom Stamm.*

Auch ich war nicht untätig, was deinen talen-

*tierten Schützling angeht, und habe trotz meiner
vielen Verpflichtungen den Weg nach Stuttgart auf
mich genommen. Der Direktor der Stuttgarter
Kunstschule, Wilhelm Hahnenkamm, ist ein viel-
beschäftigter Mann, aber rein zufällig kenne ich
seine Cousine. Sie und ich ...*

Komm doch endlich zur Sache!, dachte Mimi, während
ihre Mutter ausführlich erörterte, welchen Wohltätigkeiten die Cousine und sie sich gemeinsam gewidmet
hatten.

*... und so war es mir möglich, relativ kurzfristig
einen Termin bei dem Herrn zu bekommen. Ich legte
ihm Alexanders Zeichnungen vor, und was soll ich
sagen? Du hattest mit deiner Einschätzung recht.
Der Direktor der Kunstschule sieht in Alexander
Schuberts Zeichnungen großes Potenzial!*

Mimis Mund wurde vor lauter Aufregung immer trocke-
ner. Alexander sollte zur Aufnahmeprüfung nach Stuttgart kommen? Bei Erfolg stünde einem Stipendium
nichts im Wege? Die Schule benötigte lediglich noch die
Adresse des jungen Mannes, damit sie eine offizielle
Einladung zur Aufnahmeprüfung an ihn senden konnte?

Benommen ließ sie den Brief sinken. Ihr Herz klopfte
heftig, und einen Moment lang wusste Mimi nicht,
warum. Lag es an der freudigen Nachricht, auf die sie
so sehr gehofft hatte? Oder war ihr Herzklopfen der
Tatsache geschuldet, dass weder Alexander noch seine
Eltern bisher das Geringste von ihrem eigenmächtigen
Handeln wussten?

37. Kapitel

Es war fast drei Uhr am Nachmittag, als Eveline in Richtung des Fotoateliers hastete. Außer den beiden Mädchen war auch Alexander an ihrer Seite. Warum er unbedingt darauf bestanden hatte, sie zu begleiten, wusste Eve nicht, aber sie hatte nicht widersprochen. Hoffte er, dass die Fotografin ihm noch einmal einen guten Bogen Papier zum Zeichnen gab? Oder wollte er einfach nur zur Stelle sein, sollte es Marianne erneut übel werden?

Eveline war gerade durch Josef Stöckles vorderes Gartentor getreten, als Luise und Sonja ihr übers hintere Gartentor zuwinkten.

»Komm doch mal kurz her!«, rief Sonja. Mutter und Tochter waren beim Wäschewaschen. Wohl oder übel ging Eveline am Atelier vorbei durch Josef Stöckles Garten, um mit den beiden ein paar Worte zu wechseln.

»Was führt dich hierher? Willst du dich jetzt noch über Alexanders Konfirmandenfotografie beschweren?«, sagte Luise mit einem Blick in Richtung Fotoatelier.

»Was sollte ich daran zu kritisieren haben?« Stirnrunzelnd winkte Eve ab. »Ich möchte vielmehr meine Mädchen ebenfalls fotografieren lassen.«

»Wozu das denn?« Skeptisch schaute Sonja auf die beiden mit den hübschen Zöpfen.

Eve zuckte mit den Schultern. »Als schöne Erinnerung an die Kindertage«, sagte sie beiläufig.

»Wenn es dir das wert ist?«, sagte Luise skeptisch.

»Kinderfotografien als Erinnerung – was für eine gute Idee!«, sagte jedoch Sonja.

Eveline nickte. »Diese Frau Reventlow versteht ihr Handwerk.«

»Ihr Handwerk mag sie verstehen, aber…« Sonja Merkle winkte Eveline und ihre Mutter näher zu sich heran. »Stellt euch vor«, flüsterte sie, »gestern Nachmittag, als ich auf dem Weg zu Helene war, saß die Frau auf den Stufen vor dem Haus, das Gesicht in der Sonne, und hat gelesen! Und von drinnen schallte Musik von Traudels altem Grammophon heraus. Na, so was müsste mir mal einfallen! Da täte mir der Paul den Marsch blasen. Und das zu Recht, denn Fleiß ist des Glückes rechte Hand, Sparsamkeit die linke! Die Fotografin täte gut daran, sich ein wenig um Josefs Gemüsegärtchen zu kümmern, darin sieht es noch furchtbar aus.«

Eveline grinste verstohlen. Die Fotografin wurde ihr immer sympathischer. Deshalb ergriff sie ihre Partei. »Steht in der Bibel nicht auch: ›Sie säen nicht, sie ernten nicht, sie sammeln nicht in die Scheunen; und euer himmlischer Vater nährt sie doch‹? Wenn ich könnte, würde ich es genauso machen wie Frau Reventlow.«

Die beiden andern Frauen stimmten in ihr Lachen ein, nicht sicher, ob Eveline einen Scherz gemacht oder es ernst gemeint hatte.

»Josefs Nichte ist schon in Ordnung«, lenkte Luise ein. »Sie hat bloß nie gelernt, wie man ordentlich einen

361

Haushalt führt. Da haben es meine beiden Mädchen gut gehabt.« Sie warf Sonja, die schon wieder am Waschbrett stand, einen zufriedenen Blick zu. »Und wenn unsere Berta im August heiratet, wird sie auch eine fleißige Ehefrau werden.«

Das sollte sich Luises zweitälteste Tochter nochmal gut überlegen, dachte Eve.

»Ich muss dann mal«, sagte sie, gerade als Edelgard um die Ecke gelaufen kam. Eveline biss sich auf die Unterlippe. Sie schuldete der Näherin immer noch eine Mark für die letzten Näharbeiten.

Sonja schaute ihre Schwiegermutter erschrocken an. »Was tust du hier? Ist was mit Paul?«

»Mit deinem Mann ist alles in Ordnung«, beschwichtigte die Näherin ihre schwangere Schwiegertochter. »Aber ratet mal, wer mir geschrieben hat!« Aufgeregt wedelte sie mit einem Brief in der Luft herum.

»Johann?«, fragten die drei Frauen wie aus der Pistole geschossen.

Edelgard nickte. Tränen liefen über ihre Wangen, als sie sagte: »Er kommt nach Hause. Für immer, wenn ich das richtig verstanden habe. Der Herrgott hatte endlich ein Einsehen und schickt mir mein Kind«, sagte Edelgard und bekreuzigte sich. »Deshalb will ich ganz schnell in die Kirche, eine Kerze anzünden, aus lauter Dankbarkeit.«

Evelines Herz pochte heftig. Röte schoss ihr in die Wangen, sodass sie sich rasch hinkniete und begann, mit zitternden Händen Mariannes Schuhe neu zu binden. Niemand sollte ihren Gefühlstumult sehen.

»Der Brief wurde vor ein paar Tagen in München aufgegeben. Das kann doch nur bedeuten, dass er in den nächsten Tagen hier ankommt, oder?« Aufgeregt schaute Edelgard von einer zur andern.

»Wenn das Paul erfährt...«, sagte Sonja und schaute nicht sonderlich glücklich dabei drein.

Ihre Mutter Luise hob unmerklich die Brauen. Dass zwischen den beiden Merkle-Brüdern nicht viel Sympathie herrschte, wusste ganz Laichingen.

Während sich die Frauen über mögliche Gründe für Johanns Rückkehr unterhielten, versuchte Eve, wieder normal zu atmen.

Johann Merkle. Eine Zeitlang hatte sie geglaubt, er sei ein Ausweg aus ihrer trostlosen Ehe. Darüber, wie das hätte funktionieren sollen, hatte sie sich nie Gedanken gemacht, es wäre nicht viel dabei herausgekommen. Aber geträumt hatte sie von ihm. Und in ihren Träumen war alles möglich gewesen...

Johann Merkle. Groß, eine stattliche Figur, kräftige Muskeln und Oberarme. Ein Mund, eine Spur zu groß, aber für einen Mann, der nur Kluges zu sagen hatte, genau richtig. Und dann die dunkelbraunen, widerspenstigen Locken... Eveline hatte sich auch an seiner Art zu gehen nicht sattsehen können: der raumgreifende Schritt, die Schultern locker, das Kinn nach vorn gereckt, seine ganze Haltung hatte besagt: Ich lass mir von niemandem etwas vorschreiben!

Johann hätte niemals zwei Stunden Mehrarbeit in der Fabrik zugestimmt, während es auf den Äckern so viel zu tun gab. Edeltraud Merkles ältester Sohn war kein Ja-und-Amen-Sager wie die andern Männer.

Er hatte ebenfalls ein Auge auf sie geworfen, das hatte Eve ganz genau gespürt, damals, vor acht Jahren. Marianne war noch ein Baby gewesen, Erika noch gar nicht auf der Welt. Die Art, wie er sie über die Sitzbänke in der Kirche hinweg ansah, wenn keiner es merkte... Wie er mit ihr beim Maientanz über die Bretterbühne rauschte... Die Mühe, die er hatte, Worte unausgesprochen zu lassen. Ich verstehe dich so gut, hätte Eveline ihm am liebsten zugeraunt. Mir geht es nicht anders!

Sie hatte nicht nur nachts von ihm geträumt. Immer öfter hatte er sich auch tagsüber in ihre Gedanken geschlichen. Wie es wohl wäre, mit ihm am Tisch zu sitzen und nicht mit Klaus und seiner Schwermut? Johanns Leidenschaft für sie würde ganz gewiss nicht so schnell erlöschen wie die ihres Mannes, der sich nachts lieber in den Schlaf weinte, anstatt sie in den Arm zu nehmen. Er würde mit ihr sprechen, sie beachten und nicht die meiste Zeit wie Luft behandeln. Er würde sie küssen, ihr über den Kopf streichen und ihr aufmunternde Worte sagen. *Gemeinsam* würden sie den Alltag meistern, und nicht jeder für sich allein. Träume... Manchmal konnte Eveline das Leben ohne sie nicht ertragen.

Aber es hatte nicht sein dürfen, was nicht sein konnte. Sie war schließlich eine verheiratete Frau und Johann Merkle ein ehrenwerter Mann. Als er ging und sie allein ließ, war Eveline sogar ein wenig erleichtert gewesen.

Doch nun kam er zurück... Ausgerechnet jetzt, wo sie manchmal glaubte, unter der Last ihres Alltags zusammenzubrechen. Ein Zeichen. Eine Fügung. Am liebsten wäre Eve ebenfalls in die Kirche gegangen, um eine Kerze anzuzünden.

»Ich kann's kaum erwarten, ihn wiederzusehen«, sagte Edeltraud mit tränenerstickter Stimme.

Ich auch nicht, dachte Eveline.

»Das gibt's doch nicht – zu Ihnen wollte ich gerade!«, sagte Mimi Reventlow, kaum dass sie das Atelier betreten hatten. Die Fotografin, die den Schlüssel schon in der Hand hielt, schaute von einem zum andern. »Das war wirklich Gedankenübertragung.«

Alexander sah, wie seine Mutter sich innerlich versteifte und sich zurückzog wie eine Schnecke, die man zu heftig angetippt hatte. Vorhin, als die Nachbarinnen mit ihr gesprochen hatten, war sie auch schon so seltsam gewesen. Vermutete sie schon wieder nur das Schlechteste? Die Fotografin war nicht wie andere Menschen, sie meinte es gut mit einem, das hatte er schon bei seinem ersten Besuch hier gespürt. Wie viel Zeit sie sich genommen hatte, um ihm die Technik der Retusche zu erklären! Anton war ganz ungeduldig geworden ...

Alexander musste unwillkürlich lächeln. Normalerweise war ihm wichtig, was sein Freund sagte und dachte. Doch in diesem Moment hatte sogar Anton die zweite Geige gespielt. Er, Alexander, hätte noch Stunden in ihrem Atelier sitzen und zeichnen können!

Seit diesem Tag hatte er auf eine weitere Möglichkeit gehofft, die Fotografin besuchen zu können. Aber ihm war kein Vorwand eingefallen, unter dem er hier hätte erscheinen können. Und nachdem sein Vater so verärgert gewesen war wegen der Fotografie, war es vielleicht das Beste so, hatte er sich eingeredet. Dennoch – als Anton ihm von seinem Ausflug mit der Fotografin nach Ulm erzählt hatte, war er ganz neidisch geworden.

»Wollen Sie jetzt etwa doch Geld für die Konfirmandenfotografie haben?«, fragte seine Mutter spröde.

365

Alexander presste die Lippen zusammen. Herrje, sah sie denn nicht, wie fröhlich die Augen der Fotografin funkelten?

»Du liebe Güte – wie kommen Sie denn auf so etwas?«, sagte die Frau verwirrt. »Jetzt treten Sie erst einmal ein, was wir zu besprechen haben, geht nicht zwischen Tür und Angel.« Sie zwinkerte Alexander verschwörerisch zu. Der Tag wurde immer seltsamer, dachte er.

»Ich möchte meine Töchter fotografieren lassen. Aber zuerst muss ich wissen, was das kostet«, sagte seine Mutter, kaum dass sie drinnen waren.

»Kinderfotografien kosten dasselbe wie bei Erwachsenen, denn der Aufwand ist derselbe. Dafür habe ich aber auch eine große Auswahl an Spielzeug da, mit dem ich die Kleinen ablichten kann. Porzellanpuppen, ein Kreisel und sogar ein Schaukelpferd.« Die Fotografin zeigte auf die Bühne. »Vielleicht wollen sich Ihre Töchter schon mal ein wenig umschauen? Ich muss Ihnen nämlich etwas sagen… Dringend!«

Marianne und Erika schauten ihre Mutter fragend an, und auf ihr Nicken hin erklommen sie eilig die Bühne. Im nächsten Moment schon hörte man ihre leisen entzückten Rufe wegen der Puppen und der anderen Spielzeuge.

Alexander und die beiden Frauen lächelten.

»Was haben Sie denn auf dem Herzen?«, sagte seine Mutter etwas versöhnlicher.

Mimi Reventlow strich nervös über ihre makellose Hochsteckfrisur. »Ich weiß gar nicht, wie ich anfangen soll…«

Alexander runzelte die Stirn. Wie ein verunsichertes Schulmädchen sah Mimi Reventlow auf einmal aus, nicht wie eine Dame von Welt. Zu seinem Erstaunen stellte er fest, dass seine Mutter lächelte.

»Wie wäre es mit frei von der Leber weg?«

Die beiden Frauen lachten. Wie Anton und er, dachte Alexander. Kameradschaftlich. Seine Mutter schien die Fremde zu mögen. Das war gut.

»Es geht um dich, Alexander...«, hob Mimi Reventlow an.

»Soll ich nochmal etwas für Sie zeichnen? Das mache ich gern, gar kein Problem!« Sein Herz schlug rascher.

Doch die Fotografin winkte ab. »Ein andermal vielleicht. Es ist so: Mein Onkel hat mir vor einiger Zeit ein paar Zeichnungen gezeigt, die du für ihn angefertigt hast. Eichhörnchen, Vögel, Schmetterlinge... Sehr detailgetreue Naturstudien, ich war begeistert!«

Alexander sah, wie seine Mutter die Stirn runzelte. Worauf wollte die Fotografin hinaus?, fragte auch er sich.

Mimi Reventlow biss sich auf die Unterlippe. »Einer spontanen Eingebung folgend, habe ich die Zeichnungen einem Brief an meine Mutter beigelegt. Sie wohnt in Esslingen und hat Kontakte zum Direktor der Kunstschule in Stuttgart.«

In Alexanders Ohren surrte es plötzlich so sehr, dass er Angst hatte, hier und jetzt ohnmächtig zu werden.

»Und?«, krächzte er, als wäre er noch im Stimmbruch.

»Was soll ich sagen?« In einer hilflosen Geste hob die Fotografin beide Hände, dann verzog sich ihre Miene zu einem breiten Lächeln. »Die gelehrten Herren waren scheinbar von deinen Zeichnungen sehr angetan. Sie wollen dich zu einer Aufnahmeprüfung einladen. Vielleicht gibt es die Möglichkeit eines Stipendiums! Das würde bedeuten...«

»Ich weiß, was ein Stipendium ist«, unterbrach seine Mutter die Frau. »Heiliger Himmel, Sie haben wirklich etwas unternommen? Jetzt ist mir ganz schlecht vor Aufregung!« Sie drückte Alexanders Hand so fest, dass es wehtat.

Auch ihm war auf einmal so schwindlig, dass er sich am nächstbesten Möbelstück, dem Requisitenschrank, festhalten musste. Er sollte nach Stuttgart zur Aufnahmeprüfung. Und ein Stipendium. Das würde bedeuten, dass er endlich malen lernen dürfte! Wenn er das Anton erzählte – der würde schwarz werden vor Neid!

»Als vorhin der Brief meiner Mutter kam, bin ich vor Freude fast an die Decke gesprungen. Junge, ich freue mich so für dich!« Impulsiv ergriff Mimi Reventlow seine linke Hand, während seine Mutter noch immer die rechte festhielt. Alexander kam der Moment auf einmal so irrwitzig vor, dass er lachen musste. Sein Lachen hörte sich rau an, wie eingerostet. »Zunächst muss ich diese Prüfung bestehen, dann erst haben wir einen Grund zur Freude«, sagte er steif, doch tief drinnen spürte er, dass schon dies hier der schönste Moment seines Lebens war.

Die Fotografin eilte davon, und als sie zurückkam, hatte sie Block und Bleistift in der Hand. »Jetzt brauche ich nur noch Ihre Adresse, damit die Kunstschule Ihnen eine offizielle Einladung zusenden kann.« Erwartungsvoll schaute sie seine Mutter an. Doch sie hatte wieder ihren abwesenden Blick.

»Mutter?« Warum sagte sie nichts? Es hätte nicht viel gefehlt und Alexander hätte an ihrem Arm gerüttelt.

»Ist alles in Ordnung?«, wollte auch die Fotografin wissen. »Sind Sie mir doch böse? Ich weiß, ich hätte vorher mit Ihnen sprechen sollen. Aber ich wollte keine falschen Hoffnungen wecken, verstehen Sie?«

Zu seiner Erleichterung entdeckte Alexander ein kleines Lächeln auf Evelines Lippen. »Was Sie getan haben, ist sehr freundlich«, sagte sie leise. »In all den Jahren hat noch keiner ein lobendes Wort für Alexanders Talent gefunden. Ich bin zwar keine Expertin, aber dass er eine gute Chance bei solch einer Aufnahmeprüfung haben könnte, kann ich mir vorstellen. Ich bin ja selbst sehr stolz auf ihn...« Ihr Blick wanderte zu ihm. Dann fuhr sie fort: »Glaube mir, ich werde alles daransetzen, um dir diese Chance zu ermöglichen. Aber schraube deine Hoffnung nicht zu hoch.« Ihre Stimme war nur noch ein Hauch. Vielleicht dröhnten ihre Worte gerade deshalb in Alexanders Ohren wie ein nahendes Unwetter.

»Seien Sie doch nicht so skeptisch«, sagte die Fotografin. »Die Stuttgarter Gelehrten werden nicht jedermann einladen, sondern nur junge Leute, die ein gewisses Talent zeigen.«

»Ich rede nicht von Stuttgart«, sagte seine Mutter barsch. Und Alexander wusste, was kommen würde.

»Es geht um meinen Mann. Er wird so etwas nicht gutheißen, im Gegenteil. Er wird fuchsteufelswütend sein, wenn ich ihm das erzähle...« Sie schluckte und blinzelte heftig.

Bevor seine Mutter ihn davon abhalten konnte, riss Alexander der Fotografin den Block aus der Hand und kritzelte seine Adresse darauf. »Ich lasse mir diese Chance nicht von Vater kaputtmachen!«, rief er, während sich ein Kloß in seiner Kehle bildete. Jetzt bloß nicht heulen, dachte er.

»Ach Junge, die meisten Träume zerplatzen wie Seifenblasen, das wirst du auch noch lernen«, sagte seine Mutter traurig. »Für verrückt würden die Leute uns erklären, wenn sie wüssten, was wir hier miteinander reden! Schauen Sie sich doch um – haben Sie, seit Sie hier sind, auch nur einen Menschen gesehen, der es wagt, seinen Neigungen nachzugehen? Hier leben die Söhne wie ihre Väter und die Töchter wie ihre Mütter – etwas anderes ist im großen Plan nicht vorgesehen, mehr noch, so wird es auch von der Kanzel gepredigt!« Pfarrer Hildebrands sonore Stimme imitierend, sagte sie: »Wahrlich, wahrlich, ich sage euch: Der Sohn kann nichts von sich selber tun, sondern was er sieht den Vater tun; denn was dieser tut, das tut gleicherweise auch der Sohn!« Sie schnaubte verächtlich. Doch so heftig ihr Gefühlsausbruch gewesen war, so schnell war er vorbei. Mit ruhiger Stimme sagte sie: »Wenn wir Glück haben, wird Alexander also auch einmal bei Gehringer am Webstuhl stehen, genau wie sein Vater. Aber nur wenn mein Mann und ich auch weiterhin unsere Arbeit machen und ich nicht ständig im Verzug mit meinen Stickereien bin«, fügte sie bitter hinzu.

Gehringer! Immer lief alles auf ihn hinaus!, dachte Alexander hasserfüllt. Warum konnte der Mann nicht einfach tot umfallen? Keine Träne würde er ihm nachweinen.

Mimi Reventlow runzelte die Stirn. »Jetzt seien Sie doch nicht so verzagt! Wer weiß, vielleicht reagiert Ihr Mann völlig anders, als Sie denken? Und falls nicht – fällt mir eine passende Bibelstelle ein. In Psalm 18, Vers 30 steht: ›Mit meinem Gott kann ich über Mauern springen‹!« Sie schaute von einem zum andern. »Vielleicht ist es an der Zeit, einen Riesensprung zu wagen?«

38. Kapitel

Außer Eveline kamen an diesem Freitagnachmittag keine Kunden mehr, und so schloss Mimi das Fotoatelier um halb sechs ab. Statt gleich ins Haus zu gehen, holte sie im Laden zuerst noch einen Stapel der angelieferten Postkarten. Als sie die verschiedenen Modelle in Händen hielt, kam ihr der Duft der Druckerschwärze entgegen – für Mimi war dies wie feinstes Parfüm. Sie strahlte. Heute war ein durch und durch guter Tag!

Ihr Onkel hatte Besuch gehabt – ein alter Nachbar war auf ein Schnäpschen vorbeigekommen. Gut gelaunt und mit roten Wangen saß der alte Herr nun am Küchentisch. Und Mimis Strahlen wurde noch größer. Womöglich täuschte sich der Doktor doch, und Josef ging es bald besser?

Während sie die Suppe, die sie am Vortag gekocht hatte, auf dem Herd langsam erwärmte, legte sie ihrem Onkel voller Stolz die Postkartenmodelle vor. »Schau mal, wie schön dein Laichingen auf den Postkarten aussieht!«

Sie würde ihrem Onkel vorerst nichts von Alexanders großer Chance erzählen, hatte sie beschlossen. Er hatte schließlich sehr deutlich gemacht, dass er es für einen

Fehler hielt, wenn sie sich hier »einmischte«. Wenn er erfuhr, dass sie es doch getan hatte, würde er sich nur aufregen.

Josef lachte schallend heraus. »Schwäne auf der Hüle – Kind, du kommst auf Ideen! Jetzt stellt sich nur die Frage: Wird das ein großer Erfolg oder ein Ladenhüter?«

»Die Leute werden mir die Postkarten aus den Händen reißen«, scherzte Mimi.

»Wird schon werden«, brummte Josef. »Aber glaub nicht, dass du die Einzige mit guten Ideen bist! Deinem alten Onkel ist nämlich auch noch was eingefallen.«

»Ja?« Mimi hob erfreut die Brauen. Es war so schön, wenn er an guten Tagen so emsig war! Erst gestern hatte er den Wolkenhimmel von einer seiner Leinwände mit Ölfarbe ausgebessert. Seine Hand hatte so gezittert, dass die Wolken nun aussahen wie ausgefranste Stofffetzen, aber Mimi war das egal. Josef sollte alles tun, was ihm Freude bereitete.

»Ich habe dir doch schon mal erzählt, dass ich früher das Atelier auch sonntags geöffnet hatte. Vielleicht wäre das auch für dich eine Überlegung wert. In der warmen Jahreszeit schaffen die Leute wochentags nach der Arbeit auf ihren Äckern, bis es dunkel wird. Der einzige Tag, an dem die Leute dich im Atelier besuchen könnten, ist eigentlich der Sonntag. Und nach dem Kirchgang sind alle fein hergerichtet...«

Mimi klatschte in die Hände und fiel ihrem Onkel dann um den Hals. »Gute Idee! Gleich am Sonntag nach dem Pfingstmarkt lege ich los. Aber jetzt muss ich mich erst mal um meinen Stand auf dem Markt kümmern. Weißt du, was mir durch den Kopf schoss? Ich hätte gern ein hölzernes Gestell, auf dem ich alle vier Sorten Postkarten präsentieren kann. Ein solcher Postkartenständer würde mir später auch im Schaufenster gute Dienste leisten. Ob mir das jemand im Ort schreinern kann? Ich habe sogar schon eine Zeichnung angefertigt.« Sie hielt ihrem Onkel die Zeichnung hin, die sie aus ihrer Erinnerung gemacht hatte. Sie hatte solch ein Gestell mal im Schwarzwald gesehen, es hatte ihr gut gefallen.

Die gerade noch frohe Miene des Onkels verdüsterte sich. »Unser Schreiner ist letzten Herbst gestorben, einen Nachfolger gibt es nicht. Vielleicht kann dir der Wagner von Laichingen, Herr Meindl, helfen? Seine Werkstatt liegt in der Straße hinter Helenes Laden. Grüß ihn freundlich von mir, er ist ein feiner Kerl.«

So motiviert und guter Laune wie schon lange nicht mehr, verließ Mimi das Haus. Luise war vor ihrem Haus schon wieder fleißig dabei, Wäsche zu waschen. Lächelnd winkten die beiden Frauen sich zu, ehe Mimi das vordere Gartentor Richtung Marktplatz ansteuerte.

Ein paar Häuser weiter saß Vincent Kleins Mutter vor dem Haus und reparierte einen geflochtenen Korb. Karolina Schaufler kehrte hektisch den Vorplatz des Ochsen, bei Helene vor dem Laden stand ein Grüppchen alter Herren und unterhielt sich. Mimi wechselte hier und da ein paar Worte. So ausgestorben der Ort ihr bei ihrer Ankunft im Spätwinter erschienen war, so viel Betrieb herrschte nun, auch wenn alle es eilig hatten, nach Hause oder auf ihre Äcker zu kommen. Nur die so genannten »feinen« Leute, wie Luise die Herren Unternehmer und ihre Familien gern nannte – die sah

Mimi manchmal in einer Kutsche durch den Ort fahren, zu Fuß begegneten sie ihr allerdings nicht. Kauften die Fabrikanten nur in der Stadt ein? Ließen sie sich ihre Waren schicken? Wenn Markt war, würden wahrscheinlich auch sie sich Zeit für die schönen Dinge nehmen, dachte Mimi hoffnungsfroh und sah im Geiste schon Trauben von Menschen um ihren Postkartenständer stehen.

»Tut mir leid, junge Frau«, sagte der Wagner nach einem flüchtigen Blick auf Mimis Zeichnung. »So einen Auftrag kann ich frühestens im Herbst annehmen. Derzeit habe ich so viel mit Reparaturen von Ackergeräten zu tun, dass ich nachts schon von Heugabeln, Leitern und Handwagen träume. Der Nächste bitte!« Schon winkte er über Mimis Schulter hinweg seinem nächsten Kunden zu.

Mimi trat zur Seite und stieß prompt an einen Waschzuber, der an einer Seite ein handtellergroßes Loch hatte. Die kleine Werkstatt war so vollgestellt mit Geräten aller Art, dass man sich kaum um die eigene Achse drehen konnte. Und nun? Ratlos betrachtete sie den Zettel in ihrer Hand.

»Und Sie könnten nicht vielleicht doch eine Ausnahme machen? Bis zum Pfingstmarkt sind es doch noch gute zwei Wochen ...«, versuchte sie ihr Glück erneut.

Der Wagner schüttelte stumm den Kopf, während er einen Stuhl mit drei Beinen in Empfang nahm.

Enttäuscht verließ Mimi die Werkstatt. Wo sollte sie in so kurzer Zeit ihren Postkartenständer herbekommen? Die Stirn in Falten gelegt, stapfte sie so hastig in Richtung Marktplatz, dass sie fast mit einem Pferdefuhrwerk zusammenstieß, das im selben Moment um die Ecke kam. Eins der Pferde wieherte erschrocken auf.

»Passen Sie doch auf, junge Frau!«, rief der Kutscher.

Benommen blieb Mimi stehen. Ein Unfall mit einem Brauereiwagen – das hätte ihr gerade noch gefehlt.

»Heute sehen *Sie* aber aus wie sieben Tage Regenwetter«, sagte Anton, der aus dem Ochsen getreten war.

Mimi stieß unwirsch die Luft aus. Kurz schilderte sie, was vorgefallen war.

Antons Miene verdüsterte sich. »Das ist mal wieder typisch Laichingen! Fang schon mal mit dem Abladen an, ich komme gleich!«, rief er dem Kutscher zu, der der Aufforderung mürrisch folgte.

»Und – ist dein Geschenk aus Ulm gut angekommen?«, fragte Mimi, weil sie Anton nicht mit ihrer schlechten Laune belästigen wollte.

»Ich glaube schon«, sagte der junge Bursche grinsend. »Aber ich hätte da eine Idee… Kann ich die Zeichnung mal sehen?«

»Kennst du etwa jemanden, der mir helfen könnte?«

Konzentriert schaute er auf die Zeichnung. »Es gibt da tatsächlich einen, der von sich sagt, er könne gut schnitzen. Er heißt…«, hob er an und hielt dann inne. »Ach, vergessen Sie's! Verlassen Sie sich einfach drauf, dass ich Ihnen einen solchen Ausstellungsständer besorge.«

Verdutzt schaute Mimi zu, wie der stämmige Gastwirtsohn ihren Plan einsteckte und zum Brauereikutscher ging, um ihm beim Abladen zu helfen.

Schon in seinen frühen Tagen als Unternehmer hatte Herrmann Gehringer es sich zur Angewohnheit gemacht, zwei Mal täglich einen Rundgang durch seine Fabrik zu machen. Er schaute im Lager vorbei, wo die Leinenwaren verpackt und auf die Reise geschickt wurden. Eine Tür weiter war das Lager der Rohstoffe. Natürlich hatte er einen Lageristen, dennoch prüfte Gehringer täglich selbst, ob noch genügend Garn für die kommenden Aufträge da war. Meist stimmte der Bestand, aber sicher war sicher! Als Nächstes schaute Gehringer bei den Näherinnen vorbei – bei ihnen gab es selten etwas zu bekritteln, dafür machte er hin und wieder einen Scherz. Die Frauen lachten dann immer ein wenig schüchtern. Manchmal lobte er die eine oder andere auch, aber nicht zu oft, es sollte sich schließlich niemand etwas auf seine Arbeit einbilden.

Die Halle mit den Webstühlen besuchte er immer als Letztes – hier schlug das Herz seines Betriebs, hier war Kontrolle am wichtigsten.

Die Zeiten des Rundgangs variierten täglich ein wenig – er war schließlich nicht dumm. Hätten die Leute gewusst, dass er jeden Morgen pünktlich um neun und dann wieder nachmittags um fünf erschien, hätten sie sich darauf eingestellt. So aber kam seine Visite jedes Mal überraschend, wenn auch nicht unerwartet. Im Grunde hätten die Leute zu jeder Zeit alles daransetzen müssen, dass er nichts zu beanstanden hatte! Und es gab tatsächlich Tage, an denen hatte er nichts zu beanstanden. Doch dann gab es auch Tage wie diesen Montag.

»Kann mir mal jemand sagen, was das hier soll?« Wütend tippte Gehringer mit seinem Gehstock auf einen der versandfertigen Kartons. Er sollte nach Pforzheim gehen zu einem kleinen Kaufhaus, Unterhemden und Nachtkleider für Damen befanden sich darin.

»Oh, das Packpapier hat einen Riss! Wie ist denn das passiert?« Der Lagerist, einer seiner ältesten Mitarbeiter, runzelte die Stirn.

»Das fragst du mich?« Gehringer schnaubte.

»Tut mir leid, ich…« Hektisch strich der Lagerist mit seiner rechten Hand über das Papier, als könne er so auf wundersame Weise den Riss kitten.

»Was machst du denn da?« Du Tölpel! hätte er am liebsten hinzugefügt. Doch Gehringer rühmte sich, gut mit seinen Leuten umzugehen, wüste Beschimpfungen bekamen sie von ihm nicht zu hören. »Das Paket muss neu verpackt werden. Wenn der Kunde die Ware zurückschickt, weil sie verschmutzt oder beschädigt ankommt, ist das für uns teurer, als wenn wir jetzt einen weiteren Bogen Packpapier opfern. Aber sei vorsichtig beim Auspacken, den Bogen kannst du für ein kleineres Paket nochmal verwenden!«

Kopfschüttelnd ging Gehringer davon. Wenn man den Leuten nicht alles bis ins kleinste Detail vorsagte…

Er ging auf die Näherei zu. Er liebte das Geräusch der surrenden Nähmaschinen – zwanzig an der Zahl. Als er die Tür zu dem Raum öffnete, traute er jedoch seinen Augen kaum – statt an ihren Nähmaschinen zu sitzen, standen die Frauen beieinander und… aßen Kuchen!

Herrmann Gehringer lachte fassungslos auf. »Welches Kaffeekränzchen störe ich denn hier, wenn ich fragen darf?«

Schuldbewusst versuchten die Frauen, die Kuchenstücke hinter ihrem Rücken zu verstecken. Manch eine stopfte den Rest auf einmal in den Mund, was die Sache nicht besser machte.

»Ich habe heute Geburtstag. Fünfzig bin ich geworden«, sagte eine der Frauen leise. Ihre Wangen waren feuerrot angelaufen wie die eines Schulmädchens, das beim Abschreiben erwischt worden war. »Da habe ich für alle Kuchen mitgebracht.«

»Ach, und euch fällt nichts anderes ein, als den während der Arbeitszeit zu essen?« Wütend schaute Gehringer von einer zur andern.

»Aber... wir haben doch Mittagspause«, sagte die Frau.

Gehringer zückte seine Taschenuhr. Es war kurz vor halb zwei. Von eins bis halb zwei war in der Näherei tatsächlich Mittagspause. »Ihr wisst genau, dass es verboten ist, Essen mit in diesen Raum zu bringen. Am Ende verschmutzt ihr noch das Leinen.«

»Wo sollen wir denn hin? Die Kantine ist geschlossen wegen der Ratten. Der Kammerjäger meinte, vor nächstem Montag dürfte da keiner rein, das Strychnin sei zu gefährlich. Bei dem Regen heute wollten wir nicht draußen stehen«, meldet sich eine andere Näherin zu Wort.

»Und hat euch der Kammerjäger auch gesagt, woher die Ratten kommen?«, herrschte Gehringer die Frau an. »Weil irgendjemand ständig Essensreste in der Kantine zurückgelassen hat. So, halb zwei!« Er klatschte in die Hände. »Ihr packt jetzt auf der Stelle alles Essbare weg und geht an eure Arbeit, sonst bleibt mir nichts anderes übrig, als euch eine halbe Stunde vom Lohn abzuziehen.« Seinen Stock ein letztes Mal auf den Boden schlagend, zog er davon. Sodom und Gomorrha! Er hoffte nur, dass es in der Weberei heute besser lief.

Doch auch diese Hoffnung wurde zerstört.

Schon vom Türrahmen aus erfasste Gehringer mit seinem geschulten Auge, dass drei der insgesamt zwanzig Webstühle stillstanden.

Benno Klein stand über einen Webstuhl gebeugt und knotete Fäden an. »Ein Schützenloch«, erklärte er mit knappen Worten. »Tut mir leid, aber irgendwann passiert's halt.« Herrmann Gehringer atmete tief durch. Wo der Mann recht hatte, hatte er recht. Ein Schützenloch war nicht vorhersehbar, man konnte es auch nicht verhindern. Manchmal blieb der Schütze bei seinem Flug einfach irgendwo hängen, anstatt im Schützenkasten anzukommen. Dennoch zog Gehringer tadelnd die Brauen in die Höhe. Die Reparatur, bei der Dutzende von Fäden neu verknotet werden mussten, würde mindestens eine Stunde in Anspruch nehmen. »Beeil dich!«, sagte er. »Und arbeite sauber, damit kein Folgefehler passiert!«

Nur einen Gang weiter war Kurt Kleinmann damit beschäftigt, an seinem Webstuhl mit Hammer und Schraubenschlüssel mehrere Bolzen auszuwechseln. »Einer davon hatte zu viel Spiel, ich bin mir nicht ganz sicher, welcher«, sagte der Mann, während ihm vor Anstrengung der Schweiß die Schläfen hinablief.

»So was hört man doch!«, rief Gehringer. »Wozu hast du Ohren? Damit ich sie dir langziehe?« Bevor er noch etwas anderes Böses sagte, ging er lieber davon. Im selben Moment sah er, dass der dritte Webstuhl außer Betrieb der von Klaus Schubert war. Teilnahmslos stand der Weber da und wechselte einen Schützen aus. Gehringer biss seine Zähne so fest aufeinander, dass es wehtat. »Kannst du das immer noch nicht bei laufendem Betrieb erledigen?«

»Verzeihen Sie, Herr Gehringer, aber beim letzten Mal, als ich den Webstuhl laufen ließ, bekam ich beim Griff in den Schützen eins auf die Finger. Diese Reparatur ist einfach zu gefährlich, um sie bei laufender Maschine zu machen.«

»Gefährlich!« Gehringer lachte höhnisch. »So eine kleine Mutprobe wird doch wohl jeder Weber bestehen, oder etwa nicht?« Beifall heischend, schaute er sich um, doch die andern Weber taten so, als wären seine Worte im Klopfen und Schlagen der Webstühle untergegangen.

»Wenn ihr meint, ich bezahle euch, damit ihr zuschaut, wie die Webstühle stillstehen, dann habt ihr euch getäuscht. Das wird nicht ohne Konsequenzen bleiben!« Wütend schnaubend, stapfte Gehringer in sein Büro zurück.

Es dauerte eine Weile, aber irgendwann hatte er sich so weit beruhigt, dass er sich wieder anderen Dingen widmen konnte. Nachdenklich starrte er in seinen Kalender. Trotz aller Ausfälle lagen sie im Augenblick mit allen Aufträgen zeitlich im Soll. Doch zu großer Begeisterung führte sein Blick ins Auftragsbuch dennoch nicht. Hauptsächlich handelte es sich nämlich um einfachste Konfektionsware – Aufträge, die zwar Zeit und Arbeit in Anspruch nahmen, bei denen aber am Ende wenig hängen blieb. Aufwändige Kleidungsstücke wie bestickte Blusen, Nachthemden oder Sonntagsschürzen wurden in diesem Jahr weniger bestellt als sonst, schlimmer noch – er musste sie anbieten wie sauer Bier! Seine Verzierungen seien veraltet, nichts Neues, alles sei schon mal da gewesen, hatte er sich von mehr als einem Einkäufer anhören müssen. Und dass sie nicht bereit wären, dafür höhere Einkaufspreise zu zahlen. »Sie müssen moderner werden!«, hatte ihm einer der Einkäufer ins Gesicht gesagt.

Gehringers Blick wanderte durch sein holzvertäfeltes Büro. Modern – dieses Wort fiel einem im Zusammenhang mit seiner Weberei wirklich nicht ein. Bisher hatte es ihm gereicht, die alten Traditionen, auf die er stolz war, hochzuhalten. Aber was, wenn man zukünftig von Tradition allein nicht mehr würde leben können?

So viele Aufgaben, die es zu lösen gab! Und ausgerechnet dieses Jahr schien noch schneller als sonst vorüberzugehen. Gerade erst war Ostern gewesen, nun stand schon Pfingsten vor der Tür. Vielleicht sollte er für die Weberei einen speziellen Aufpasser einstellen? Die ständigen Kontrollen kosteten ihn täglich viel Zeit und Nerven. Ob Merkle dafür geeignet war? Er bezweifelte es. Wenn die Leute schon versuchten, ihm auf dem Kopf herumzutanzen, was würden sie dann erst bei einem Aufpasser wagen? Manche Dinge waren einfach Chefsache!

»Paul!«

Sein Assistent stand im nächsten Moment im Zimmer, als habe er nur auf diesen Ruf gewartet. Hatte der Mann nicht genug Arbeit?, fragte sich Gehringer.

»Herr Gehringer – was kann ich für Sie tun?«

Der Fabrikant tippte auf die Zeitung, die vor ihm auf den Schreibtisch lag.

»Hier im Heidenheimer Tagblatt inseriert ein Architekt, er heißt Richard Rauner. Der Mann hat sich auf den Bau von Winter- und Palmengärten spezialisiert. Schreibe ihm und bitte um einen Termin, er soll am besten gleich nach dem Pfingstmarkt herkommen.«

»Palmengärten?« Paul Merkles Blick wanderte aus dem Fenster, wo der Kastanienbaum in der Mitte des Firmengeländes in voller Blüte stand. »Hier bei uns auf der Alb wachsen doch gar keine Palmen!«

»Er soll mir auch kein Palmenhaus bauen, sondern einen gläsernen Pavillon hier auf dem Gelände, in dem ich zukünftig die Einkäufer empfange. Man muss mit der Zeit gehen, Merkle! Wer das Moderne nicht umarmt, wird untergehen, das prophezeie ich dir.«

»Nun also doch!«, sagte Merkle triumphierend. »Ich freue mich, dass Sie meinen Vorschlag in die Tat umsetzen.«

Gehringer runzelte die Stirn. Dass der gläserne Pavillon einst Merkles Idee gewesen war, hatte er ganz vergessen.

»Da wäre noch was«, sagte er. »Ich habe läuten gehört, dass dein Bruder zurückkommen will ...«

»Johann, ja. Woher wissen Sie ...?«

Zufrieden registrierte Gehringer, wie sich Merkles Miene verfinsterte. »Als guter Unternehmer hat man sein Ohr überall, das hab ich dir doch erst kürzlich schon mal gesagt. In diesem Fall war es allerdings nicht allzu schwierig, da deine Mutter überall im Ort herumerzählt, wie sehr sie sich auf die Rückkehr des verlorenen Sohns freut.«

»Wenn sie sich da mal nicht zu früh freut«, sagte Paul Merkle spitz. Er schaute den Unternehmer fragend an. »Sie haben doch nicht etwa vor, Johann einzustellen?

Mein Bruder war schon immer ein aufsässiger Mensch, und ich kann mir nicht vorstellen, dass dies in den letzten Jahren besser geworden ist. Johann ist...«

Mit großer Geste brachte Gehringer seinen Assistenten zum Schweigen. »*Vor* habe ich derlei nicht. Aber als guter Unternehmer halte ich mir natürlich sämtliche Optionen offen. Und wenn ich mich recht erinnere, war dein Bruder einst einer der besten und schnellsten Weber überhaupt. Allerdings hat er ein besonders großes Maul...«

Mehr als einmal war er mit Johann Merkle aneinandergeraten. Johann hatte das hitzige Gemüt seines verstorbenen Vaters. Wäre er damals nicht von selbst gegangen, hätte er ihn gefeuert, so viel stand fest.

»Sie können natürlich einstellen, wen Sie wollen«, sagte Merkle unterwürfig. »Aber wenn Sie meinen Rat hören wollen – vergessen Sie meinen Bruder! Wahrscheinlich schaut er eh nur kurz hier vorbei und pumpt Mutter um Geld an, bevor es ihn wieder in die große, weite Welt zieht.« Die letzten Worte klangen höhnisch.

»Außerdem – in wenigen Wochen ist die Schule für dieses Jahr zu Ende, viele junge Burschen warten auf eine Lehrstelle, unter anderem auch mein Sohn Justus. Um Nachwuchs in der Fabrik brauchen Sie sich also gewiss keine Gedanken zu machen.«

»Da sprichst du etwas an... Mach mir doch mal eine Liste mit den Namen der Weber, deren Söhne dieses Jahr von der Schule abgehen. So kann ich schon im Voraus überlegen, wen ich einstelle.«

»Heißt das, Sie wollen nicht alle einstellen?« Merkle klang ungläubig.

»Zumindest heißt das, dass ich mir sehr gut überlegen

werde, wen ich ausbilde und wen nicht«, sagte Gehringer großspurig. »Der heutige Tag hat mir zu denken gegeben. Die Arbeitsmoral der Leute lässt zurzeit sehr zu wünschen übrig – wenn sich die Weber nicht mehr an das ungeschriebene Gesetz halten, dass jeder nur sein Bestes gibt, dann muss ich mich gewiss auch nicht mehr an das Generationenversprechen halten, dass ich jeden Sohn einstelle, nur weil der Vater bei mir arbeitet. Es ist Zeit, dass ich ein paar Exempel statuiere. Am besten schreibst du mir gleich hinter jedem Namen dazu, was du über den Jungen weißt. Vielleicht gibt es ja den einen oder anderen mit Talenten, die uns nützlich sind?«

»Nützliche Talente? Wie einer am Webstuhl zurechtkommt, stellt sich doch erst später heraus. Oder … meinen Sie ein Talent wie den Schubert-Jungen, der so gut zeichnen kann? Wollen Sie den jetzt doch als Mustermaler einstellen?« Merkles Miene hellte sich auf. »Es freut mich wirklich, dass meine Ideen bei Ihnen auf so fruchtbaren Boden fallen.«

Gehringer schmunzelte in sich hinein. Wie hieß es so schön? Hochmut kommt vor dem Fall!

»Wenn überhaupt, dann stelle ich den jungen Schubert als *Weber* ein«, sagte er. Merkle brauchte weiterhin nicht zu wissen, dass er das Talent des Jungen sehr wohl erkannt hatte. Ein junger Mann wie Alexander Schubert würde keine Scheu vor dem Modernen haben, im Gegenteil! Die Jugend wollte die Veränderung. Und er, Gehringer, würde davon profitieren.

»Falls es in den Arbeitsablauf passt, darf der Junge sich hin und wieder an einem neuen Stickmuster versuchen. Nach der Arbeit, wohlgemerkt! Damit könnte er die Schwächen seines Vaters am Webstuhl wenigstens ein bisschen ausgleichen. Nicht mal einen Schützen kann der Mann bei laufender Maschine auswechseln. Wenn ich mir überlege, wie viel Geld ich einst in Klaus Schubert investiert habe! Sogar zur Schulung nach Chemnitz durfte er reisen. Und wie dankt er es mir?«

»Der Webstuhl ist nun mal eine empfindliche Maschine«, sagte Merkle.

Herrmann Gehringer schnaubte. »Früher, da hat jeder Weber seinen Webstuhl gestreichelt wie eine Frau. Heute hingegen muss man schon dankbar sein, wenn sie das Ölen und Reinigen nicht vergessen. Nein, nein, der Schubert ist mit seinen Gedanken oft anderswo. Wenn ich nur seinen geistesabwesenden Blick sehe, könnte ich aus der Haut fahren!«

»Ich werde ein Auge auf den Mann haben«, sagte Merkle beschwichtigend.

»Tu das! Und ich werde mir überlegen, ob ich nicht zukünftig für jeden Mann eine Kosten-Nutzen-Rechnung aufstelle. Faule Eier gehören aussortiert, sonst stecken sie die andern mit ihrer Faulheit noch an!«

39. Kapitel

Mit meinem Gott kann ich über Mauern springen...
Als Eveline das Abendessen für ihre Familie zubereitete, kamen ihr urplötzlich die Worte der Fotografin vom letzten Freitag in den Sinn. Die Frau hatte gut reden in ihrem schönen Haus, ihrem gläsernen Atelier und mit ihrem eigenen Einkommen! Aber was, wenn der liebe Gott einen vergessen hatte?

In Evelines Kopf drehten sich tausend und ein Gedanke. Allein über die Tatsache, dass Johann zurückkam, hätte sie das ganze Wochenende lang grübeln können. Wie würde es sein, ihm wieder gegenüberzustehen? Würden ihre alten Gefühle wieder aufflammen? Was hatte es überhaupt zu bedeuten, dass er ausgerechnet jetzt, wo sie so schwer trug am Leben, zurückkam?

Mit aller Macht drängte Eveline diese Gedanken zurück, musste sie zurückdrängen, denn bei jedem Handgriff, den sie verrichtete, spürte sie Alexanders Blick im Rücken. Seit ihrem Besuch bei der Fotografin bekniete er sie, Eve, dass sie für ihn ein gutes Wort beim Vater einlegte. Gestern Abend hatte sie ihm den Mund verboten. Sah er nicht, wie erschöpft und niedergeschlagen sein Vater dieser Tage war? Wenn sie überhaupt etwas erreichen wollte, dann musste sie einen guten Zeitpunkt abpassen! Schweigend und mit vorwurfsvollen dunklen Augen saß Alexander seitdem da, der dumme Kerl. Wusste er nicht, dass sie sowieso alles für ihn tun würde? Sie wünschte sich nichts sehnlicher, als dass es ihren Kindern einmal besser ging! Alexander ein berühmter Künstler, Marianne eine Lehrerin und ihre Kleinste... Vielleicht würde Erika einmal einen reichen Mann heiraten, der sie auf Händen trug. Aber was nutzten all ihre frommen Wünsche? Da war immer noch Klaus. Und ihr Mann sah die Dinge völlig anders als sie. Aber ganz gleich ob mit Gott oder ohne ihn – sie wollte über Mauern springen, und wenn sie sich dabei die Knie blutig schlug!

Als Klaus von der Arbeit nach Hause kam, war es schon dunkel. Wortlos hängte er seine Jacke an den Haken im Eingangsbereich, wo Eveline kurz zuvor Harke und Schaufeln platziert hatte, damit es so aussah, als wären die Kinder und sie gerade vom Acker gekommen. Es tat nicht not, dass er erfuhr, dass sie auch noch die Feldarbeit hatte schleifen lassen.

»Ich muss mit dir reden«, sagte sie, als jeder einen Teller Suppe vor sich stehen hatte. Länger konnte sie das Gespräch nicht hinauszögern, auch wenn Klaus' Miene wieder einmal nach sieben Tage Regenwetter aussah. Sie warf ihren Kindern einen entschuldigenden Blick zu. Viel lieber hätte sie mit Klaus gesprochen, nachdem die Kinder ins Bett gegangen waren. Aber oft genug schlief er schon über seinem Abendbrot ein. Oder er schnappte sich eine Flasche Schnaps und verzog sich damit ins Bett. Also musste sie *jetzt* mit ihm reden und hoffen, dass ihr Gespräch nicht in einen Streit ausartete.

»Was gibt's? Hat sich der Stiel der Schaufel wieder gelöst?«

Eveline verzog den Mund. Glaubte er, sie habe ihm außer Banalitäten nichts mehr zu sagen?

»Es geht um Folgendes«, hob sie an. »Die Fotografin...« Sein Kopf fuhr herum, als habe ihm jemand einen Peitschenstrich verpasst. »Was ist mit der Frau? Habe ich nicht gesagt, du sollst dich von ihr fernhalten?« Sein Blick wanderte unwillkürlich zu der Schublade, in der Alexanders Konfirmandenfotografie lag. Als Eveline es hatte aufstellen wollen, hatte er es ihr es mit den Worten verboten, er ertrage den gotteslästerlichen Anblick nicht. Eveline war aus allen Wolken gefallen, hatte aber nicht gewagt, sich seinem Willen zu widersetzen.

»Ja, schon. Aber...«

»Nichts aber! Mit ihrer frevlerischen Art gehört sie nicht hierher. Dass sie die Kirche als Ausstellungsraum genutzt hat, ist schlimm genug. Aber dass sie unsere Jugend missbraucht, um sich ›künstlerisch‹ auszuleben, ist noch schlimmer! Kein Wunder, dass sie damit bei allen möglichen Leuten aneckt.«

Bei allen möglichen Leuten! Eveline unterdrückte nur mühsam ein Schnauben. Warum nannte Klaus seinen Chef Gehringer nicht beim Namen? *Ihn* meinte er ja schließlich!

»Pfarrer Hildebrand fand es scheinbar nicht gotteslästerlich, dass sie Konfirmandenfotografien in seiner Kirche verkauft hat«, sagte sie kühl. »Und außer dir fanden alle die Fotografien, die sie gemacht hat, schön.«

»Mutter...«, kam es leise mahnend, von Alexander.

Sie warf ihm einen kurzen Blick zu. Wie um alles in der Welt sollte ihr jetzt der Schwenk zu der Einladung

zur Aufnahmeprüfung gelingen, fragte sie sich. Klaus'
Miene nach zu urteilen hatte sie ihn schon verärgert,
ohne das Entscheidende gesagt zu haben.
»Jedenfalls ... Es ist so«, begann sie erneut. »Die Fotografin hat ein paar Zeichnungen von Alexander nach
Stuttgart zu einer Kunstschule geschickt, nun wollen
sie, dass unser Bub zu einer Aufnahmeprüfung kommt!«
Die letzten Worte sprudelten so schnell aus ihr heraus,
dass Klaus keine Chance hatte, sie zu unterbrechen.
Atemlos schluckte sie, während sie auf Klaus' Reaktion
wartete.

Sie musste nicht lange warten.

»Zeichnungen von Alexander?« Bevor sie wusste, wie
ihr geschah, langte er über den Tisch und verabreichte
seinem Sohn eine schallende Ohrfeige. »Hast du schon
wieder deine Zeit mit Malen vertrödelt? Habe ich dir
das nicht verboten?« Aggressiv fuhr er zu Eveline herum. »Und du hattest nichts anderes zu tun, als mit diesen liederlichen Zeichnungen zu der Frau zu rennen?
Dich anzubiedern wie eine Hure? Hast du das wirklich
nötig, ja?«

»Ich wusste doch gar nichts davon«, sagte Eveline heftig. »Die Fotografin hat aus eigenen Stücken ...« Weiter
kam sie nicht, denn Klaus' Faust donnerte so laut auf
den Tisch, dass alle zusammenzuckten. Erika begann
leise zu weinen. Eveline drückte unter dem Tisch rasch
ihre Hand, zu mehr kam sie nicht.

»Was fällt der Frau ein, sich in meine Familienange-
legenheiten einzumischen? Der werde ich den Marsch
blasen!« Ruckartig sprang Klaus auf.

»Klaus!« Eveline packte ihn am Ärmel und hielt ihn
mit aller Macht zurück.

»Vater, denk doch bitte einmal darüber nach, welche große Chance das ist«, flehte Alexander. »Die Stuttgarter Kunstschule ... Das ist eine große Ehre!«

»Bist du denn gar nicht stolz auf deinen Sohn?«, fügte Eveline leise hinzu. Gut gemacht, Alexander, lobte sie im Stillen. Zu ihrer Erleichterung schwand die Spannung aus Klaus' Körper so schnell, wie sie gekommen war. Er setzte sich wieder. Fast angewidert schaute er von ihr zu Alexander. »Worauf soll ich stolz sein? Auf euer Treiben hinter meinem Rücken? Darauf, dass mein Herr Sohn seine Zeit lieber mit Bleistift und Papier vertrödelt, anstatt auf dem Acker ein ordentliches Tagwerk zu schaffen? Es soll eine Ehre sein, dass du zu irgendeiner Stuttgarter Schule eingeladen bist? Ist dir die Schule des Lebens nicht gut genug? Ahmst du jetzt die ›feinen Sitten‹ deiner Mutter nach, Alexander? Dies ist ein Weberhaus! Seit Generationen leben hier Weber. Ich bin *stolz* darauf, der Sohn eines Webers zu sein. Ich empfinde es als *Ehre*, für eine der größten Webereien in Laichingen arbeiten zu dürfen. Es ist Gottes Wille, dass die Söhne der Weber auch Weber werden, und es ist meine Aufgabe, dafür zu sorgen, dass diese Tradition fortgeführt wird. Und daran wird auch keine dahergelaufene Fotografin, die wahrscheinlich noch keinen Tag in ihrem Leben etwas Rechtschaffenes geschafft hat, etwas ändern!«

40. Kapitel

Gemüse. Pflanzen. Kittel für Männer. Schürzen für Frauen. Unterhosen und Socken. Wollene Strickjacken. Waschbretter. Hölzerne Schuhe. Gebratene Würste und salzige Brezeln. Sauer eingelegte Fische und süßes Magenbrot. Hasen, Hühner und sogar Kühe – all das wurde auf dem Pfingstmarkt angeboten. Vom Bahnhof über die Einfallstraße bis in die Stadt hinein reihte sich ein Stand an den andern. Auch auf dem Marktplatz war es an diesem fünften Juni so voll, dass kaum ein Durchkommen war. Die Menschen, ob aus Laichingen oder aus den umliegenden Orten, drängten sich um die Verkaufsstände ebenso wie um die Biertische, die vor dem Ochsen aufgebaut waren – schauen, feilschen und kaufen machte hungrig und durstig! So manch einer warf einen sehnsüchtigen Blick nach oben in den veilchenblauen Himmel, wo die Raben unbehelligt mit viel Freiraum ihre Runden drehten. Doch sogar den meisten Vögeln war das Treiben zu viel des Guten, sie würden erst morgen kommen und das verspeisen, was die Marktbesucher heute übrig ließen.

Anton war in seinem Element. So schnell die Füße ihn tragen konnten, rannte er die drei Stufen vom Gasthof hinab ins Freie, die Arme voll mit Biergläsern, in denen das Weizen über den Rand schäumte. Mit launigen Sprüchen bahnte er sich seinen Weg durch die dicht an dicht gestellten Bierbänke und Tische, und falls er im Gedränge dennoch mal einen Ellenbogen in die Rippen gestoßen bekam oder ihm jemand auf den Fuß trat, nahm er das gleichmütig hin. Zimperlich durfte man auf dem Laichinger Pfingstmarkt weder als Gast noch als Gastwirt sein! Dafür wurde er an den Tischen jeweils mit großem Hallo erwartet.

Auf dem Rückweg ins Gasthaus fiel Antons Blick zufrieden auf die große schwarze Tafel neben der Eingangstür, auf der in großen Kreidebuchstaben die drei Tagesgerichte standen: Bratkartoffeln mit Speck. Sauerkraut und Würstchen. Linseneintopf. »Von den Bratkartoffeln haben wir noch höchstens drei Portionen!«, hatte seine Mutter ihm gerade zugerufen. Anton zog ein Stück Kreide aus der Hosentasche und strich das erste Gericht durch. Was für ein Erfolg! Sowohl die Tafel als auch die größere Auswahl an Gerichten waren seine Idee gewesen. Es schien den Gästen gut zu gefallen, dass es mehr gab als nur das obligatorische Kraut und Würstchen. Wie heute die Kasse klingelte, war Musik in seinen Ohren.

Lächelnd gönnte er sich einen Moment der Ruhe und blieb auf der obersten Treppenstufe stehen, um das Marktgeschehen zu beobachten.

Auf der gegenüberliegenden Seite des Marktplatzes, vor ihrem Laden, hatte die Fotografin ihren Marktstand. Ganze Trauben von Menschen scharrten sich um ihn. Mimi Reventlows Wangen waren gerötet, er sah sie lachen und hektisch mit den Händen gestikulieren. Sie schien genauso viel Spaß an dem Trubel zu haben wie er, dachte Anton grinsend. Kein Wunder, war sie doch nicht nur eine Berühmtheit, sondern eine gute Geschäftsfrau obendrein.

Sein Lächeln schwand, als er sah, wer sich ebenfalls einen Weg durchs Marktgetümmel bahnte: Christels Vater Paul Merkle fuchtelte gewichtig mit den Armen, um für seinen Herrn – Herrmann Gehringer – den Weg freizumachen. Der Unternehmer tat so, als würde er sich für das Angebot der Marktleute interessieren, und grüßte nach links und nach rechts wie ein Lehnsherr vergangener Tage. Christel, ihre Mutter und ihre Geschwister folgten Merkle brav im Gänsemarsch.

Christel trug seine Haarschleife, erkannte Anton freudig, als die Gruppe näher kam. Er sah ebenfalls, dass sich immer wieder Köpfe zu ihr umdrehten. Sein Schatz!, dachte Anton stolz. Unauffällig versuchte er, ihren Blick auf sich zu ziehen. Er hatte sie seit Tagen nicht mehr getroffen. Vielleicht würden sie sich hier im Getümmel für einen kurzen Moment wegschleichen können? Ein gestohlener Kuss, eine heimliche Umarmung. Als sie auf sein Winken nicht reagierte, pfiff er leise, doch vergeblich. Wenn ihr Vater in der Nähe war, war er, Anton, stets Luft für sie! Warum ihre Freundschaft ein solches Geheimnis bleiben musste, verstand er nicht. War ein Gastwirtsohn nicht gut genug für Christel?

Wütend ging Anton hinein, um den nächsten Schwung Biergläser zu holen. Als er wieder herauskam, steuerte Gehringer samt Gefolgschaft die Tische vor dem Ochsen an. Was für ein Pech, dass gerade kein Platz frei war, dachte Anton feixend. Es gefiel ihm, dass der Fabrikant eine Weile warten musste. Im nächsten Moment packte ihn jemand am Ärmel. »Der nächste freie Tisch ist für uns!«, sagte Paul Merkle herrisch.

»Darauf müssen Sie schon selbst achten, ich habe zu tun«, erwiderte Anton und riss sich los. Noch während er sprach, sah er, wie Gehringer über den Platz hinweg zu Mimi Reventlows Stand schaute. »Was ist denn dort hinten los? Gibt's da was umsonst?«, fragte der Webereibesitzer stirnrunzelnd.

»Der Stand gehört der Fotografin. Ihre Künste sind in Laichingen inzwischen sehr gefragt«, antwortete Anton. »Das geht schon den ganzen Morgen so, sie kann sich vor Kundschaft nicht retten.« Er wartete darauf, dass sich Gehringers Miene verdüsterte. Doch der Unternehmer lachte nur und sagte: »Ist das so?« Dann herrschte er Christels Vater an: »Geh hin und finde heraus, was da wirklich los ist.«

Merkle eilte davon, und Anton trollte sich ebenfalls.

Als er zurückkam, war der Fabrikant gerade dabei, an einem frei gewordenen Tisch Platz zu nehmen. Sonja Merkle saß zu Gehringers rechten, Christel zu seiner linken Seite. Allein der Anblick machte Anton wütend. Wehe, der Mann kam seinem Mädchen zu nahe!

»Was stehst du hier herum und hältst Maulaffen feil? Der Herr Gehringer hat bestimmt Hunger. Los, ab an seinen Tisch! Und leg bei ihm ein paar Stoffservietten dazu!«, zischte seine Mutter ihm im Vorbeigehen ins Ohr.

Wütend tat Anton, wie ihm geheißen.

»Was darf's sein?«, sagte er mürrisch. Christel zwinkerte ihm kurz zu, senkte jedoch gleich wieder ihren Blick, da ihr Vater zurückkam.

»Das ist tatsächlich der Stand der Fotografin«, sagte Paul Merkle atemlos. »Sie verkauft Postkarten von Laichingen. Und allem Anschein nach hat sie zukünftig auch sonntags offen.« Merkle reichte Gehringer einen Handzettel.

»Am heiligen Sonntag will sie Geschäfte machen? Den Leuten ihre wohlverdiente Ruhe nehmen, indem sie sie vor der Kamera herumscheucht? Damit die Leute montags zu müde zum Arbeiten sind?« Kopfschüttelnd ließ Gehringer den Zettel sinken. »So viel Frechheit muss sich erst mal jemand trauen.«

»Genau wie ihr Onkel, der hatte ja auch eine Zeitlang sonntags das Atelier geöffnet«, bestätigte Merkle.

Ja, Mimi Reventlow und ihr Onkel waren eben nicht so feige wie der Rest, dachte Anton. So langsam wie möglich verteilte er Besteck und Servietten, um bloß nichts von dem zu verpassen, was hier am Tisch gesprochen wurde.

»Soll ich etwas dagegen unternehmen?«, kam es von Merkle.

»Das lass mal meine Sache sein. Du weißt doch, dass ich immer einen Plan parat habe«, sagte Gehringer und sah dabei äußerst vergnügt aus.

Merkle schaute seinen Chef fragend an. Doch allem Anschein nach hatte dieser nicht vor, den Gehilfen von seinen Plänen in Kenntnis zu setzen. Mist!, ärgerte sich Anton. Was hatte der Mann vor? Er hätte zu gern mehr erfahren, dann hätte er Mimi Reventlow vielleicht warnen können.

Er brachte gerade das Essen an Gehringers Tisch,

als aus der Seitenstraße des Ochsen aufgeregte Rufe zu hören waren. Eine Frau schrie laut auf, etwas schien die Menge sehr zu erregen. »Was ist denn nun schon wieder los?«, sagte Gehringer. »Siehst du was?«, sagte er zu Merkle. »Läuft da nicht deine Mutter?«, sagte Sonja Merkle zu ihrem Mann. »Warum ist sie so eingekeilt von Menschen?«
Anton kniff die Augen zusammen, um besser sehen zu können. Außer Edeltraud Merkle erkannte er Helene und ein paar seiner ehemaligen Klassenkameraden. Direkt neben Hildegard lief ein groß gewachsener Mann mit wilden Locken. »Ich werd verrückt«! Das ist doch ...«
»Der Tag hat selten nur eine Plage«, sagte Christels Vater, der nun ebenfalls erkannt hatte, wer da in Begleitung seiner Mutter näherkam.

Mit fast aggressiven Bewegungen zog Eveline die Haarnadeln aus ihrem Haar. Gelblicher Blütenstaub, kleine Blätter und ein wenig Erde rieselten auf den Boden. Sie begann, das Haar mit festen Bürstenstrichen zu bearbeiten. Sie war verschwitzt, am liebsten hätte sie sich von Kopf bis Fuß gewaschen, aber Badetag war erst vorgestern gewesen. Was für eine Schnapsidee, heute am Pfingstmontag auf den Acker zu gehen!, dachte sie wütend. Wäre es nach ihr gegangen, hätten sie gleich am Morgen, als die Stände öffneten, den Markt besucht. Aber nein, Klaus hatte darauf bestanden, dass sie zuerst aufs Feld gingen, die ersten Gemüsesetzlinge zu gießen. Dabei hatte es vorgestern Nacht ein wenig geregnet – verdursten würden die Pflanzen gewiss nicht! Eveline hatte geschwiegen, sie wollte Klaus nicht weiter gegen sich aufbringen. Die Stimmung war schon schlecht genug.

»Wir gehen gleich, Kinder«, sagte sie zu Marianne und Erika, die mit den Füßen baumelnd, auf der Bank saßen und warteten. Bestimmt war es nun schon schrecklich voll auf dem Markt, und die schönsten Strohschuhe waren schon weg!

Ob es ihr gelang, ihre Haare so hochzustecken, wie Mimi Reventlow es tat? Eveline schaute kritisch in den kleinen Spiegelscherben, der an der Wand hing. Einmal den Zopf um sich selbst geschlungen, dann zu einer Acht gelegt, dann ...

Die Tür ging auf, und Klaus und Alexander, die ein Loch im Verschlag für die Hühner repariert hatten, kamen herein. Alexanders Miene war noch verschlossener als sonst. Hastig steckte Eveline die letzten Nadeln ins Haar.

»Klaus, bevor wir auf den Markt gehen ... Bitte lass uns nochmal reden.« Nicht zum ersten Mal hielt Eveline ihrem Mann die Einladung der Stuttgarter Kunstschule wie eine Morgengabe hin. Der Postbote hatte sie am Pfingstsamstag gebracht und sie verwundert angeschaut. Beiläufig hatte sie den Brief an sich genommen, als bekäme sie täglich Schreiben mit Stuttgarter Wappen. Dabei hatten ihre Hände gezittert wie noch nie. Gott sei Dank war sie und nicht Klaus an der Tür gewesen! Er hätte den Brief womöglich sofort weggeworfen, war ihr durch den Kopf geschossen. Sollte sie mit dem Öffnen warten, bis Alexander vom Acker zurück war?, hatte sie sich gefragt, doch dann hatte ihre

Ungeduld überhandgenommen. Es waren nur ein paar Sätze, schwungvoll mit tiefschwarzer Tinte auf schweres cremeweißes Papier geschrieben, dessen Geruch Eveline an das Fabrikkontor ihres Vaters erinnerte. Alexander Schubert wurde die Ehre zuteil, an der Aufnahmeprüfung für den kommenden Studienjahrgang der Kunstschule Stuttgart teilzunehmen. Die Prüfung fand Ende Juni statt, die Schulleitung bat um eine Bestätigung der Anmeldung bis Mitte Juni.

»Schau doch mal, wie freundlich die Stuttgarter geschrieben haben«, sagte sie flehentlich, als noch immer keine Reaktion von Klaus kam.

»Wirf endlich den Zettel weg! Kunstschule, wenn ich das schon höre. Sodom und Gomorrha sollte das besser heißen«, erwiderte Klaus. »Tagsüber gotteslästerliche Zeichnungen anfertigen, und abends sich von irgendwelchen reichen Madamen aushalten lassen, Wein trinken und von einer Kneipe in die nächste ziehen – wie kannst du nur wollen, dass unser Sohn so ein ruchloses Leben führt?«

»Ein ruchloses Leben? In Stuttgart?« Eveline lachte schrill auf. Als ob ausgerechnet Klaus so genau wüsste, wie es in Stuttgart zuging! Außerdem redeten sie hier doch nicht von Paris oder Berlin.

»Falls Alexanders Talent überhaupt ausreicht, würde er ein Stipendium bekommen. In diesem Fall müsste er seinen Fleiß beweisen und so viel lernen, dass für andere Dinge gar keine Zeit bliebe.« Was für dunkle Schatten Klaus unter den Augen hatte, dachte sie. Kein Wunder, er hatte sich wieder die halbe Nacht im Bett herumgewälzt statt zu schlafen. Mindestens dreimal war sie wegen ihm aufgewacht. Was raubte ihm so sehr den Schlaf? Seine eigene Dickköpfigkeit? Seine verdrehten Gedanken?

»Klaus…«, versuchte sie es nun sanft. »Denk doch an damals, als du mich einfach aus Chemnitz mitgenommen hast… Wie mutig hast du damals die Gelegenheit am Schopf gepackt! Da hättest du dich doch auch von niemandem zurückhalten lassen, oder? Das hier ist vielleicht die einzige Chance, die unser Sohn hat, mehr aus seinem Leben zu machen.«

»Mehr aus seinem Leben zu machen, als sein Vater es getan hat – geht es darum?« Der Blick, mit dem er sie aus seinen blauen Augen ansah, strahlte die Kälte eines Bergsees aus. »Benutzt du nun schon den Jungen, um dich an mir zu rächen?«

»Wie bitte?« Eveline lachte verwirrt auf. »Was redest du denn da?« Aus dem Augenwinkel heraus sah sie, wie Marianne und Erika sich eng aneinanderdrückten. »Geht nach draußen, Kinder«, sagte sie barsch. Sie waren schon verschüchtert genug wegen all des Streits.

»Mutter hat recht, das hier ist meine große Chance! Ich wünsche mir nichts mehr im Leben, als zeichnen lernen zu dürfen«, flehte Alexander, kaum dass die Tür hinter den beiden Mädchen zugefallen war.

»*Ich wünsche mir, ich wünsche mir*«, äffte Klaus seinen Sohn nach. »Du hörst dich schon an wie deine Mutter! Immer wünscht ihr nur noch mehr. Sich einmal mit dem bescheiden, was ist – das könnt ihr nicht. Ist es denn so schwer, ein einfaches, gottgefälliges Leben zu führen? Mir gelingt es doch auch, tagtäglich opfere ich mich für euch auf. Warum könnt ihr euch kein Beispiel an mir nehmen? Der schmale Weg ist es, den Gott sich von uns wünscht. Stattdessen tanzt der Teufel hier im Haus!« Er zeigte auf das Bild an der Wand.

Aufopferung. Ein gottgefälliges Leben. Sich bescheiden können. Der einzige Teufel hier bist du!, dachte Eveline und hätte vor Wut und Überdruss laut schreien können.

»Ein gottgefälliges Leben kann Alexander auch in Stuttgart führen. Außerdem ist doch eh nicht gesagt, dass er überhaupt angenommen wird. Warum lassen wir ihn nicht wenigstens die Aufnahmeprüfung machen? Dann wissen wir, woran wir sind. Und falls sein Talent doch nicht so groß ist wie gedacht, dann ...«

»Genug! Ich will nichts mehr davon hören«, unterbrach Klaus sie erneut. »Als du mich geheiratet hast, wusstest du ganz genau, dass meine Vorfahren Weber waren und ich auch einer bin. Und nun wird Alexander auch Weber, alles andere ist undenkbar. Mehr gibt es zu diesem Thema nicht zu sagen.«

Eveline presste die Lippen so fest aufeinander, dass es wehtat. Ja, es stimmte – damals, als junge Frau, hatte sie ihn bewundert ob seiner Leidenschaft für den Webstuhl und das Weben. Von wegen Leidenschaft!, dachte sie nun bitter. Klaus war einfach nur engstirnig und borniert.

»Vielleicht interessiert sich ja eins der Mädchen später einmal für die Arbeit in der Weberei und ...«, hob sie zu einem letzten Versuch an.

»Spinnst du jetzt völlig?«, fiel Klaus ihr ins Wort. »Ein Mädchen am Webstuhl? Das hat es in Hunderten von Jahren nicht gegeben. Sag so was bloß nie, wenn jemand dabei ist!« Seine Augen waren zusammengekniffen und klein, sie funkelten sie böse an, als er hinzufügte: »Noch wird das getan, was ich sage. Wenn ich einmal nicht mehr bin, könnt ihr noch lange genug euren Spinnereien nachgehen.«

»Von mir aus kann das lieber früher als später geschehen!«, fauchte Eveline. Erschrocken wich sie gleich darauf einen Schritt zurück, als könne sie sich so von ihren Worten distanzieren. Hatte sie das wirklich gesagt? Sie hörte, wie neben ihr auch Alexander erschrocken Luft einsog.

»Dann weiß ich ja jetzt, womit ich dich endlich glücklich machen kann«, sagte Klaus und lachte bitter. Er warf ihr seinen alten ledernen Geldbeutel hin. »Da, für den Pfingstmarkt. Und jetzt geht mir aus den Augen!« Er trat an den Schrank und holte die Flasche Korn heraus, die er von seinem letzten Lohn gekauft hatte. Ohne sich weiter um Eve und Alexander zu kümmern, stapfte er die Treppe ins Schlafzimmer hinauf.

Die Lippen aufeinandergepresst, schaute Eveline ihm nach. Würde er sich wieder betrinken? Das kam in letzter Zeit öfter vor. Dann weinte er nachts im Schlaf. Und einmal hatte er sich auch eingenässt. Statt etwas zu sagen, hatte sie wortlos die Leinen gewechselt. Würde ihr das heute Nacht wieder blühen? An das Geld, das er versoff, durfte sie erst gar nicht denken. Sicher, früher war er auch hin und wieder in den Ochsen gegangen, um ein Bier zu trinken. Aber dass er sich bei Helene eine ganze Flasche Schnaps kaufte, hatte es nicht gegeben. Helene schaute sie deswegen schon ganz komisch an. Es hätte nicht viel gefehlt, und Eveline hätte losgeheult. Aber wem wäre damit geholfen, wenn sie auch noch ihren Kindern den Tag verdarb?

»Morgen, wenn er sich wieder beruhigt hat, versuche

ich es noch einmal«, sagte sie zu Alexander. »Vielleicht gelingt es mir dann ja, ihn umzustimmen.«

»Das glaubst du doch selbst nicht«, erwiderte ihr Sohn heftig. »Vater ist so schrecklich! Wie konntest du nur so dumm sein und so einen Mann heiraten!« Voller Ablehnung schaute er sie an.

Bevor Eveline wusste, was sie tat, schoss ihre Hand nach vorn und klatschte laut auf Alexanders Wange. Mit bebender Stimme sagte sie: »Wag es nicht, nochmal so mit mir zu reden. Du bist nicht der Einzige, der sich ein anderes Leben wünscht! Ich tue für uns, was ich kann, vergiss das nie!«

41. Kapitel

»Schwäne auf der Hüle – hat man so was schon gesehen?« Der Mann vor Mimis Stand hielt sich vor lauter Lachen den Bauch. »Da fehlt ja nur noch ein Kurhaus am Marktplatz! Oder eins dieser neumodischen Straßencafés«, sagte seine Frau. Kopfschüttelnd und fasziniert zugleich, schauten beide auf die Postkarte.

»Was nicht ist, kann ja noch werden«, erwiderte Mimi forsch. »Schauen Sie sich doch um, schöner als hier wird es heute in keinem Kurort sein!« Sie machte eine weit ausholende Handbewegung, mit der sie die Kirche, die blühenden Kastanien und den belebten Marktplatz einschloss.

Das Ehepaar nickte bekräftigend.

»So eine Karte schicken wir an Tante Käthchen in Mannheim! Und an den Rudolf in Possenhofen«, sagte die Frau zu ihrem Mann. »Der gibt immer so an mit seinem Starnberger See.«

»Und eine behalten wir in Reserve«, sagte der Mann.

Schmunzelnd überreichte Mimi drei Karten. »Wie wäre es mit einem kleinen Bilderrahmen? So eine Postkarte ergibt auch einen hübschen Wandschmuck…«

Das Ehepaar schaute sich an.»Warum nicht?«, erwiderte der Mann und zückte seinen Geldbeutel erneut.

»Kind, Kind, mit deinen ›Laichinger Ansichten‹ hast du voll ins Schwarze getroffen! Wer hätte das gedacht…«, sagte Josef Stöckle, der auf einem Schemel hinter dem Stand saß, kaum dass das Ehepaar gegangen war. Der alte Mann schüttelte voller Erstaunen den Kopf.

Mimi grinste erleichtert. Dabei hatte sie ihre Postkarten nicht einmal besonders schön präsentieren, sondern lediglich in ein paar Körbchen legen können. Denn wie befürchtet, war Anton ihr den Holzständer schuldig geblieben.

»Bitte einmal die Karte ›Laichingen – die Leinenweber-Stadt‹«, sagte Franka Klein, deren Sohn Vincent einer der ersten Konfirmanden gewesen war, die Mimi fotografiert hatte.

»Sehr gern«, erwiderte Mimi lächelnd.»Darf ich Ihnen auch noch meinen Handzettel mitgeben? Ich habe fortan sonntags geöffnet, das bedeutet…«

Mimi brach ab, als ganz in ihrer Nähe Rufe laut wurden. Sie kamen von den Bierbänken vor dem Ochsen. Eine Schlägerei?

Auch Franka Klein schaute sich um.»Das gibt's doch nicht«, murmelte sie.»Das ist doch der Johann! Ist er tatsächlich zurück! Dem muss ich schnell grüß Gott sagen…« Eilig legte die Frau die abgezählten Pfennige für die Postkarte hin, dann lief sie davon.

»Was ist denn da los?«, fragte auch Josef. Die Erregung der Menge war nun fast greifbar. Für Mimis Postkarten interessierte sich niemand mehr.

»Keine Ahnung.« Mimi reckte sich ebenfalls, um besser sehen zu können. Im nächsten Moment rannte Alexander an ihr vorbei.

»Halt! Warte mal kurz!«, rief Mimi dem Webersohn zu. »Weißt du, was da vorn los ist?«

»Edeltrauds ältester Sohn ist zurück. Der Johann«, sagte Alexander. Seine Miene war verschlossen, die frohe Marktstimmung schien er gar nicht wahrzunehmen. Bevor Mimi mehr sagen konnte, war er weg.

Nachdenklich schaute sie dem jungen Mann hinterher. Vielleicht hatte ihr Onkel doch recht gehabt, als er meinte, sie solle wegen Alexander nichts unternehmen. Allem Anschein nach stellte sich sein Vater vehement gegen seine Teilnahme an der Prüfung, dementsprechend war die Enttäuschung bei Alexander nun groß. Verflixt, wenn ihr nur etwas einfiele, womit sie ihm helfen könnte! Natürlich hatte sie Eveline Schubert angeboten, dass sie, Mimi, einmal mit Alexanders Vater sprach. »Bloß nicht!«, hatte Eveline entsetzt abgelehnt.

Inzwischen war auch ihr Onkel schwerfällig aufgestanden, um besser sehen zu können. »Der Johann Merkle! Was macht denn der hier? Ich dachte, der wäre nach Amerika ausgewandert?«

»Wen meint ihr denn alle?«, sagte Mimi lachend. Sie kannte nur Paul Merkle – dass er einen Bruder hatte, hatte sie bisher nicht gewusst.

»Na, den großen Mann da vorn! Der mit den wilden Locken!«

Mimi folgte seinem Wink mit ihrem Blick. Im nächsten Moment setzte ihr Herz einen Schlag lang aus. Sie blinzelte, um sich zu vergewissern, dass sie keiner Illusion unterlag.

Er war es. Sie hätte ihn unter Tausenden von Menschen wiedererkannt...

Für einen Augenblick hatte sie Angst, ohnmächtig zu werden, so heftig wallten die Gefühle in ihr auf. Unbändige Freude, Erstaunen, ja Fassungslosigkeit. Eine Spur Hysterie. Johann – Hannes? Hannes war von hier? Woher wusste er, dass sie ebenfalls in Laichingen war? Oder war das Ganze ein Zufall? *»Der Prophet gilt im eigenen Lande nichts, mit meinem Heimatort habe ich abgeschlossen«*, ertönte seine Stimme in ihrer Erinnerung.

O mein Gott... Endlich verstand sie – Hannes stammte aus Laichingen! Und obwohl er nie wieder etwas mit seinem Heimatort hatte zu tun haben wollen, war er ihr hierher gefolgt... Mimis Kehle wurde eng vor lauter Ergriffenheit. Sie hätte zugleich lachen und weinen können. Beruhige dich, atme tief durch!, mahnte sie sich mit aller Kraft, während sie beobachtete, wie Paul Merkle den Neuankömmling hölzern und mit weit von sich gestreckter Hand begrüßte, als wolle er ihn auf Abstand halten. Der schmächtige Paul und der breitschultrige Hannes waren Brüder?

»Mimi? Alles in Ordnung?«, hörte sie ihren Onkel neben sich sagen.

»Ich glaube schon«, hauchte sie. Alles in ihr drängte sie, zu ihm zu laufen. Aber wie hätte das ausgesehen? Mit größter Selbstbeherrschung blieb sie, wo sie war.

Und dann schaute er zu ihr herüber, erkannte sie. Ihre Blicke verfingen sich. Sie sah das Aufleuchten in seinen kohlebraunen Augen, sah dieselbe Wiedersehensfreude, die sie in sich selbst verspürte.

»Sieh mal an, eine Fotografin auf dem Laichinger

Pfingstmarkt! Früher gab es hier nur Leinenwaren, Strohschuhe und Tonkrüge. Entschuldigt, aber diesen Stand muss ich mir näher anschauen«, sagte er laut und befreite sich aus dem Griff seiner Mutter, die sich besitzergreifend an ihn klammerte.

Bevor Mimi sichs versah, kam er direkt auf sie zu. Ihr wurde heiß und kalt zugleich.

»Hannes«, flüsterte sie so leise, dass nur er es hören konnte. »Was machst du hier?«

»Warst nicht du es, die gesagt hat, man sehe sich immer zwei Mal im Leben?«, flüsterte er mit einem leisen Lächeln zurück.

Ihrer beider Augen tasteten die Miene des anderen ab. Sein Blick war wie ein Streicheln. Doch im nächsten Moment wies er fast unmerklich hinter sich, wo seine Mutter und die andern sie aufmerksam beobachteten. Und Mimi verstand – hier war nicht der Ort oder die Zeit für ein vertrautes Gespräch. Niemand brauchte zu wissen, dass sie sich schon kannten.

Sie reichte ihm die Hand und schüttelte sie förmlich. Am liebsten hätte sie sie nie mehr losgelassen, dennoch sagte sie geschäftig: »Mein Name ist Mimi Reventlow, ich bin Josef Stöckles Nichte und führe hier derzeit seine Geschäfte.« Ihre Stimme wackelte ein wenig, sie räusperte sich. »Ich würde mich freuen, Sie demnächst einmal in meinem Fotoatelier begrüßen zu dürfen. So große Ereignisse wie die Heimkehr aus der Fremde sollte man doch unbedingt fotografisch festhalten, oder?«

Gut gemacht!, sagte Hannes' Blick, und Mimi schmunzelte. Laut sagte er: »Eine sehr gute Idee. Ich komme so bald wie möglich bei Ihnen vorbei!«

Möglich? Möglich war nun alles, dachte Mimi, und ihr war schwindlig vor Glück.

Eveline hätte heulen können. Was machte sie hier eigentlich?, fragte sie sich, während sie sich mit Marianne und Erika an je einer Hand durch die Menge quetschte. Zuerst der Streit mit Klaus, dann der mit Alexander... Statt ihr hier zur Hand zu gehen, war er einfach weggerannt. Wie sein Vater!, schoss es ihr durch den Kopf. Trotzdem – sie hätte ihn nicht schlagen dürfen. Eveline seufzte tief auf. Morgen würde sie der Schule antworten, dass Alexander zur Aufnahmeprüfung käme. Noch hatte sie Zeit, Klaus umzustimmen, auch wenn ihr nicht klar war, wie ihr das gelingen sollte.

»Komm, Marianne, jetzt kaufen wir neue Schuhe für dich!«, sagte sie so frohgemut wie nur möglich. Erleichtert sah sie, dass am Stand mit den Strohschuhen nicht viel los war.

Seine Strohschuhe seien nach alter Tradition geflochten und vernäht und würden sich durch lange Haltbarkeit auszeichnen, erklärte der Händler, der aus dem Schwarzwald kam. Normalerweise hätte Eve sich an den handwerklich gut gemachten Schuhen erfreut, doch nach den ganzen Streitereien hatte sich eine Wolke über den sonnigen Tag geschoben.

»Da vorn gibt's einen Stand mit Zuckerle«, sagte Eve, nachdem das richtige Paar Schuhe gefunden war. Sie reichte jedem Mädchen ein paar Pfennige. »Ihr dürft euch was aussuchen!« Noch während Eve sprach, leckten die Kinder sich die Lippen, und ihre Augen glänzten voller Vorfreude.

Wie einfach und schön das Leben sein konnte, dachte Eveline traurig, während sie den Mädchen nachsah, die Hand in Hand zu dem Stand mit Magenbrot und Bonbons gingen. Gleich daneben bot die Fotografin etwas zum Kaufen an. Doch statt sich um die Kunden zu kümmern, stand Mimi Reventlow wie belämmert da. Eveline winkte ihr zu, doch die Fotografin reagierte nicht. War heute jedem eine Laus über die Leber gelaufen? Ihr kam ein erschreckender Gedanke. War womöglich Klaus betrunken hier aufgetaucht und hatte der Fotografin Beleidigendes an den Kopf geworfen?, fragte sie sich und schaute sich unsicher um.

Und dann sah sie *ihn*.

»Johann!«, sagte sie mit erstickter Stimme. Eveline spürte, wie etwas in ihr aufwallte, als würde zu heiße Milch in einem Topf überkochen, unkontrollierbar, ungestüm. Tränen der Freude schossen ihr in die Augen, hektisch wischte sie sie fort. Contenance!, sagte sie stumm zu sich selbst. Jetzt bloß nicht vor allen Leuten die Fassung verlieren!

Vergessen war der Streit wegen Stuttgart. Vergessen ihre Kinder. Gleich würde ihr klopfendes Herz aus ihrer Brust springen, dachte sie. Um Fassung ringend, blieb sie stehen und sah, wie Johann Schritt für Schritt näher kam.

»Ich bin hier!«, rief sie, als nur noch wenige Meter sie trennten. Wie eine Schlafwandelnde quälte sie sich durch die Menge, bis sie bei ihm stand. Es hätte nicht viel gefehlt, und sie hätte sich hemmungslos in seine Arme geworfen. Aber da waren die andern. Seine Mut-

409

ter. Alte Freunde, Nachbarn. Aufdringlich zupften sie an Johanns Ärmel, jeder wollte ihn begrüßen.

Eveline nahm ihre Hände hinter den Rücken, verschränkte sie schmerzhaft, nur um der Versuchung zu widerstehen, ihm über die Wangen zu streicheln.

»Du bist zurück...« Ihre Stimme war rau.

»Eveline«, sagte er. »Wie schön, dich zu sehen! Geht es dir gut?« Er schaute sie kritisch an.

Sie erwiderte seinen Blick mit einer Eindringlichkeit, die fast zu viel verriet, und nickte lächelnd. Ja. Nun ging es ihr gut.

»Und du?«, sagte sie leise. »Wie geht es dir?«

»Das wird sich noch herausstellen«, sagte er mit einem schrägen Grinsen.

Eveline musste unwillkürlich auch grinsen. Oh, wie sie seine Fröhlichkeit, seine kraftvolle Ausstrahlung mochte!

»Eigentlich hatte ich nicht vor, jemals wieder nach Laichingen zurückzukommen. Aber die Dinge haben sich geändert, und ich habe erkannt, dass es Wichtigeres gibt als meine alten Prinzipien...« Er schaute sie bedeutungsvoll an.

Sie nickte, wusste genau, wovon er sprach. Er war wegen ihr zurückgekommen! »Die Dinge ändern sich. *Wir* ändern uns«, sagte sie leise.

»Johann, nun komm doch endlich! Nach der Reise bist du doch bestimmt hungrig, lass uns im Ochsen essen gehen«, mischte sich seine Mutter ein. Aber das war egal. Jetzt, da er zurück war, hatten sie schließlich alle Zeit der Welt.

Eveline schloss die Augen. Danke, lieber Gott. Jetzt würde alles gut werden.

42. Kapitel

Es wurde schon langsam dunkel, als Anton seine Jacke schnappte und davonging. Seine Mutter und zwei Helferinnen waren dabei, das restliche Geschirr abzuwaschen, er war gnädigerweise von ihr entlassen worden. An den Tischen vor dem Ochsen wurden gerade noch die letzten Humpen Bier geleert, Nachschub gab es nicht mehr, die Männer hatten den ganzen Tag Gelegenheit zum Trinken gehabt, nun sollten sie gehen und ihren Rausch ausschlafen, befand Karolina Schaufler eisern.

Auf dem Marktplatz herrschte noch immer rege Betriebsamkeit, auch wenn keine Kunden mehr unterwegs waren. Die Marktleute bauten zufrieden ihre Stände ab, verstauten Tischplatten in ihren Karren, stapelten Körbe ineinander und gähnten dabei herzhaft.

Am ebenfalls fast schon abgebauten Stand mit den Zuckerle zeigte Anton auf die letzten zwei kandierten Äpfel, die einsam auf einem Tablett standen. »Kann ich die haben?« Der Mann, müde vom Reden und der Hitze des Tages, reichte sie ihm wortlos. Als Anton ihm ein paar Pfennige dafür geben wollte, winkte er ab.

»Danke!«, sagte Anton erfreut. Liebesäpfel, dachte er

spöttisch, als er mit den dick in roten Zuckerguss gehüllten Früchten davonging. Eigentlich hätte er einen davon Christel schenken sollen. Aber da sie ihn die ganze Zeit, während sie mit ihrer Familie vorm Ochsen gesessen hatte, keines Blickes mehr gewürdigt hatte, konnte sie ihm den Buckel herunterrutschen!

Normalerweise hätte Anton die Sache mit Christel nicht so leicht hingenommen, aber heute war er viel zu gut gelaunt, um sich wegen ihr zu ärgern. Und Alexander würde sich über die Süßigkeit bestimmt auch freuen. Er war eh so ein dünner Hering.

Als der Freund am Mittag beim Ochsen aufgetaucht war, hatte Anton ihn wegschicken müssen. Keine Zeit zum Reden! Zu viel zu tun! Sie hatten vereinbart, sich am Abend zu treffen. Am Bahnhof, hinter dem letzten Holzschuppen, wohin sich niemand verirrte. Dort konnte Anton in Ruhe eine Zigarette rauchen. Dort konnten sie sich ungestört unterhalten.

Alexander war schon da. Er saß mit dem Rücken zur Wand, hatte beide Arme auf den Knien aufgestützt, sein Kopf hing zwischen den angewinkelten Beinen nach unten.

Anton gab ihm einen kleinen Schubs. »Schläfst du? Wer von uns hatte heute einen arbeitsamen Tag, du oder ich?« Lachend hielt er seinem Kumpel einen Apfel hin.

Alexander schaute auf. In seinen Augen lag eine so blanke Verzweiflung, dass Anton erschrocken zurückwich. »Ist etwas passiert?«

Alexander schnaubte. »Eben nicht! Vater weigert sich nach wie vor, mich zu der Aufnahmeprüfung gehen zu lassen. Dabei weiß er doch ganz genau, dass dies meine einzige Chance ist.«

Die Kunstschule. Mal wieder. Anton setzte sich neben den Freund, dann biss er von seinem Apfel ab. »Mutter kommt einfach nicht gegen den Vater an! Sie streiten sich, der eine sagt das, der andere das, dann zischt Vater ab, und das war's. Jedes Mal dieselbe Leier, nichts ändert sich.«

»Warum fährst du nicht einfach trotzdem nach Stuttgart?« Anton hielt dem Freund den zweiten gezuckerten Apfel erneut hin.

Statt abzubeißen, drehte Alexander den Apfel in der Hand, als sei er ein wertvolles Objekt aus Gold und Silber. »Siehst du diese perfekten Rundungen? So etwas bekommt nur die Natur hin. Siehst du, wie der Apfel oben etwas schmaler ist als unten? Wie die Aushöhlung, wo der Stängel war, dunkler ist als alles andere? Und dann der Schatten, den die Abendsonne von dieser Seite auf den Apfel wirft – der rote Zuckerguss sieht aus, als würde er brennen...« Er klang andächtig. »All das will ich malen können, verstehst du? Ich will lernen, wie Licht und Schatten funktionieren. Ich möchte einmal im Leben den Geruch von Ölfarbe in der Nase haben. Und spüren, wie es sich anfühlt, mit einer solchen Farbe zu malen. Ich möchte eine Leinwand vor mir haben und wissen, dass sie mir gehört. Mir allein! Und einen Zeichenblock will ich besitzen und nie mehr in meinem Leben auf altem Einwickelpapier malen müssen!«

Erstaunt schaute Anton seinen Freund an. Alexanders Stimme war immer hitziger, erregter geworden. So hatte er seinen Freund noch nie reden gehört.

»Aber wenn dir all das so sehr am Herzen liegt, dann ist es doch umso wichtiger, dass du zu dieser Aufnahmeprüfung fährst! Wenn's ums Geld geht – vielleicht kann ich dir was leihen?«, sagte Anton und dachte bang an seine chronische Geldnot. Pfeif drauf! Zur Not würde er etwas aus der Kasse abzwacken müssen. Die Not heiligte die Mittel. Hier ging es schließlich um seinen besten Freund.

Doch Alexander sagte:»Was würde mir das bringen? Selbst wenn sie mich nehmen würden, würde Vater nie erlauben, dass ich nach Stuttgart gehe. Er ist Weber, sein Vater war Weber, dessen Vater war Weber, also ist es meine Pflicht, ebenfalls Weber zu werden!« Er spie die Worte mit solcher Vehemenz aus, dass kleine Speicheltropfen durch die Luft wirbelten.»Ich fühle mich wie ein Leibeigener!«

»Und wenn du einfach abhaust? Für immer? So wie der Johann es gemacht hat?« Weggehen. Sein großer Traum. So einfach, wie er es vor dem Freund darstellte, war es leider nicht.

»*Der* Johann, der heute wieder zurückgekommen ist?«, erwiderte Alexander spöttisch.»Mit nichts als einem Leinensack über der Schulter?«

Anton schwieg. Er verstand auch nicht, was Johann Merkle hier wollte. Amerika! Das Land der unbegrenzten Möglichkeiten! Wenn er es so weit geschafft hätte, brächten ihn keine zehn Pferde mehr zurück nach Laichingen.

»Vielleicht hat Johann trotzdem einen Rat für dich? Er ist schließlich ein weitgereister Mann.« Als von Alexander nichts kam, widmete Anton sich erneut seinem Apfel. Vielleicht hätte er den zweiten der Fotografin schenken sollen, dachte er mit einem Seitenblick auf Alexanders Apfel, der achtlos auf dem staubigen Boden lag.

Was für eine Frau! Wie geschäftig sie heute den ganzen Tag an ihrem Stand herumgewirbelt war! Der Kundenansturm schien ihr richtig Spaß gemacht zu haben. Wenn es richtig rundging, dann lebte sie auf – wie er. Ja, Mimi Reventlow hatte ein Gespür fürs Geschäft, darin waren sie wirklich gleich. Wie schade, dass nicht jeden Tag Pfingstmarkt sein konnte...

Mit Grauen dachte Anton an die Eintönigkeit, die ab morgen wieder im Ort einkehren würde. Der Höhepunkt der Woche würde darin bestehen, den Unternehmerstammtisch zu bedienen. Mit ein bisschen Glück würde sich vielleicht mal ein fahrender Händler zu ihnen in den Ochsen verirren. Und wenn ein Tag ganz gut lief, würde Christel ihm endlich erlauben, sie zu küssen.

Aber reichte ihm das? So wie Alexander nach seiner Kunst lechzte, so dürstete es ihn nach der großen, weiten Welt. Der Gedanke, für immer hier in Laichingen versauern zu müssen, war mehr, als er ertragen konnte.

Aber dazu würde es nicht kommen.

Mimi Reventlow wusste es vielleicht noch nicht – doch sie würde sein Fahrschein in die Freiheit sein. Von den genaueren Umständen hatte Anton noch keine Vorstellung. Und wie Christel in dieses Bild passte, wusste er auch noch nicht, dennoch gab es für ihn keinen Zweifel daran, dass seine Begegnung mit Mimi Reventlow schicksalhaft war. Sie würde nicht ewig in Laichingen bleiben. Und wenn sie aufbrach, dann...

Die Zeit arbeitete für ihn, dachte er vergnügt und stopfte sich den Apfelbutzen auch noch in den Mund. Dann schielte er auf Alexanders Apfel. Wenn er ihn nicht wollte...

Er hob gerade an, danach zu fragen, als er sah, dass der Freund weinte. Tränen rannen über sein schmales Gesicht, er machte sich nicht die Mühe, sie wegzuwischen.

Anton war schockiert und hilflos zugleich. Was tun? Sollte er den Freund trösten? Einfach gehen? Vielleicht war es Alexander lieber, wenn niemand ihn so sah?

»Jetzt gräm dich nicht«, sagte er schließlich und streichelte unbeholfen Alexanders linken Arm. »Uns wird schon noch was einfallen, wie wir dich nach Stuttgart bringen. Wann ist der Termin, sagst du?«

»Ende Juni. Aber Bescheid geben, dass ich komme, müssen wir bis Mitte nächster Woche!«

»Na, da haben wir doch noch alle Zeit der Welt! Irgendeine Chance wird es geben«, sagte Anton großspurig.

»Eine Chance? Die hätte ich, wenn Gehringer tot wäre! Oder wenn seine verdammte Fabrik abbrennt...« Alexander schauderte. »Oder wenn eines Tages kein Mensch mehr das verdammte Leinen haben will. Dann wäre es nämlich aus und vorbei mit den Fesseln. Nur wäre es dann mit meiner Chance auch aus und vorbei.«

»Am besten gefällt mir Variante eins«, sagte Anton lächelnd. »So ein kleiner Jagdunfall... Oder ein Unfall mit seinem Automobil. Bremsen, die versagen...«

Zum ersten Mal an diesem Abend grinste auch Alexander. »Ich wusste gar nicht, dass du solche mörderischen Gedanken hegen kannst«, sagte er.

»Tja, du weißt einiges nicht von mir! Und wo wir gerade dabei sind – Christels Vater schicken wir am besten auch gleich zur Hölle«, sagte Anton vergnügt. Wenigstens war es ihm gelungen, den Freund aus der traurigen

Stimmung zu reißen. Er rappelte sich auf, dann half er auch dem Webersohn hoch.

»Komm, lass uns gehen.« Er wollte einen Arm um Alexanders Schulter legen, doch Alexander blieb stehen und schaute ihn mit durchdringendem Blick an. Seine Stimme bebte, als er sagte: »Eins verspreche ich dir hier und jetzt: Ich werde diese Aufnahmeprüfung machen, und wenn ich dafür über Leichen gehen muss!«

Anhang

Anmerkungen

Sämtliche Personen und Gegebenheiten in meinem Roman sind frei erfunden. Die Anordnung der Laichinger Häuser, des Bahnhofs, des Elektrizitätswerks etc. entspricht nicht den historischen Gegebenheiten, sondern ist der künstlerischen Freiheit geschuldet.

Wahr ist, dass Laichingen über Jahrhunderte hinweg ein wichtiges Zentrum des Weberhandwerks war. Laichinger Leinenwaren waren Qualitätsprodukte wie Solinger Schneidwaren oder Schwarzwälder Uhren. Sie gehörten noch vor wenigen Jahrzehnten in die Aussteuer eines jeden schwäbischen Fräuleins.

Auch den traditionellen Laichinger Pfingstmarkt gibt es heute noch.

Laichingen hat heute eine katholische, eine evangelische und eine evangelisch-methodistische Kirche, in früheren Zeiten war der pietistische Glaube ebenfalls verbreitet.

Zur Zeit meiner Geschichte gab es in Stuttgart die Staatliche Kunstakademie. Alexander jedoch bekommt eine Einladung zur Stuttgarter Kunstschule.

Sämtliche Fotografien im Anhang stammen aus meinem Privatbesitz.

Oftmals werde ich gefragt, woher ich die Ideen für meine Romane nehme. Nun, mit dem Thema »Historische Fotografien« bin ich schon als kleines Mädchen in Berührung gekommen, und zwar im elterlichen Antiquitätengeschäft in Kirchheim unter Teck. Nach der Schule liefen wir Kinder nämlich nicht nach Hause, sondern ins Geschäft meiner Eltern. Entweder gingen wir dann alle gemeinsam zum Mittagessen, oder meine Mutter bereitete in der Werkstatt eine Brotzeit für uns. Wurde pünktlich um zwei Uhr der Laden wieder geöffnet, machten meine Schwester und ich in der Werkstatt unsere Hausaufgaben. Während ich Aufsätze schrieb und mich mit Mathe plagte, lauschte ich mit einem Ohr immer auf die Ladenglocke – das, was vorn im Geschäft vonstattenging, fand ich so viel spannender! Ein Antiquitätengeschäft besteht nicht nur aus dem Verkauf, sondern vor allem aus dem Ankauf. Und so bekam ich immer wieder mit, wie meinem Vater Originalfotografien des berühmten Kirchheimer Fotoateliers Otto Hofmann angeboten wurden. Diese waren schon damals begehrte Sammelstücke. Kamen mein Vater und der Verkäufer ins Geschäft, betrachtete ich hernach andächtig die Schwarz-Weiß-Fotografien, die im hiesigen Fotoatelier in den Jahren 1889 bis 1948 entstanden waren. Eines Tages konnte mein Vater sogar die riesige Balgenkamera und die von Otto Hofmann persönlich gemalten Leinwände erstehen. Was für ein Schatz! Beides gab mein Vater übrigens gleich ans Städtische Museum weiter, wo diese wertvollen Exponate auch hingehörten. (Heute zu bewundern im Freilichtmuseum Beuren, Adresse siehe meine Ausflugstipps) Irgendwann begann ich dann selbst, historische Fotografien zu sammeln – einige davon werden Sie im Laufe der Saga im Anhang der einzelnen Bände sehen können. Denn mein Recherchematerial ist viel zu schön, um es nicht mit meinen Leserinnen und Lesern zu teilen.

Ich wünsche Ihnen viel Spaß mit Mimi Reventlow und ihren – nicht nur fotografischen – Abenteuern!

Ihre Petra Durst-Benning

Die Ateliersfotografie um 1910

Der Kirchheimer Fotograf Otto Hofmann und seine Frau, fotografiert von ihrer Tochter Anna Hofmann

Die Sehnsucht der Menschen, einmal im Leben jemand anderes zu sein, ein völlig anderes Leben führen zu dürfen – dieser Wunsch ging dank technischer Entwicklung und diverser Requisiten im Fotoatelier in Erfüllung.

Für eine winterlich
anmutende Fotografie
musste man schon damals
nicht hinaus in Schnee
und Eis. Die kunstvoll auf
eine Leinwand gemalte
Schneelandschaft diente
als Hintergrund, Requisiten
wie Muff und Mütze lagen
bereit, und schon konnte es
losgehen. Schneien ließ es
der Fotograf mithilfe seiner
Retuschiertechniken.

Welchem Beruf die beiden Burschen wohl im wahren Leben nachgingen? Waren sie Buchhalter oder Bauer? Arbeiteten sie im Kontor oder Kaufladen? Gleichgültig, im Fotoatelier wurden ganz andere Träume wahr! Einmal für einen kurzen Augenblick ein fescher Pilot sein und mit der einmotorigen Maschine nach Paris fliegen – die Requisiten des Atelierfotografen machten es möglich.

Ein wenig unsicher schaute diese junge Frau drein – fühlte sie sich mit dem opulenten Kopfschmuck doch zu sehr verkleidet? Oder genoss sie es, sich einmal als »feine Dame« zu fühlen?

Fotografien zur Konfirmation – dass die jungen Menschen so streng und ohne jegliches Lächeln auf den Lippen dastanden, war normal. Kein Wunder, dass Mimi Reventlow diesen wichtigen Moment im Leben eines jungen Menschen ein wenig lockerer und fröhlicher gestalten wollte!

Der Säuglingsteich – hier war nicht der Storch fleißig, sondern der Fotograf, der mithilfe diverser Retuschetechniken viele kleine Babys ins Bild gezaubert hat. Solche Fotopostkarten wurden gern gekauft und verschickt und sorgten damit für klingende Kassen.

Mimi Reventlow war etwas zurückhaltender – sie retuschierte lediglich ein paar Schwäne auf die Laichinger Hüle. Oder war dies doch ein anderer Fotograf?

Gustav Rüdenberg, bei dem Mimi im Jahr 1905 ihre erste eigene Kamera kauft, eröffnete im Jahr 1895 seine Firma »G. Rüdenberg jun. Versandhaus für Photographie und Optik, Hannover und Wien.« 1906 heiratete Gustav Rüdenberg die schöne Elsbeth Salmony, und gemeinsam bauten sie eine umfangreiche Sammlung von Kunstwerken auf. Im September 1941 wurden die Eheleute ins sogenannte »Judenhaus« – das ehemalige Predigthaus des Jüdischen Friedhofs An der Strangriede – gebracht und von dort ins Vernichtungslager Riga deportiert, wo sie beide getötet wurden.

Und so geht es weiter:

Gegen alle Widerstände wird Mimi Reventlow Fotografin und findet nicht nur ihre Freiheit, sondern auch den Weg zur Liebe...

ISBN 978-3-7645-0663-6

Die Wanderfotografin Mimi Reventlow lebt seit einiger Zeit in der kleinen Leinenweber-Stadt Laichingen und kümmert sich um ihren kranken Onkel Josef. Durch ihre offene Art ist es ihr gelungen, die Herzen der Dorfbewohner zu erobern und Freundschaften zu knüpfen, und als eine Katastrophe das Dorf erschüttert, wird sie mit ihren wunderschönen Fotografien für viele der Bewohner gar zum einzigen Rettungsanker. Dabei hat Mimi genug eigene Schwierigkeiten: Ihre Liebe zu einem der Weber muss geheim bleiben, die Pflege ihres

Onkels fordert sie, und der Besitzer der Weberei intrigiert weiter gegen sie. Als die Weber gegen ihr hartes Los aufbegehren, steht Mimi plötzlich auch beruflich vor einer Herausforderung. Wird sie es wagen, den schönen Schein aufzugeben und auf ihren Fotografien den entbehrungsreichen Alltag der Weber abzubilden?

Auf den folgenden Seiten finden Sie Ihre Leseprobe aus *Die Zeit der Entscheidung.*

1. Kapitel

*Laichingen auf der Schwäbischen Alb,
Pfingstmontag 1911*

Wie auf Wolken schwebte Mimi ins Haus. Doch es waren nicht ihre guten Umsätze auf dem Pfingstmarkt, die sie so glücklich machten, sondern der Gedanke an Hannes. Sie konnte immer noch nicht glauben, dass er ihr nachgereist war! Als er wie aus dem Nichts auf dem Markt auftauchte, war sie fast in Ohnmacht gefallen vor Freude. Schließlich hatte sie angesichts aller widrigen Umstände die Hoffnung schon fast aufgegeben, ihn jemals wiederzusehen. Doch nun war er hier, in Laichingen. Wegen ihr. Dabei hatte er bei ihrer ersten Begegnung in Ulm mit voller Überzeugung verkündet: »Mit meinem Heimatort habe ich abgeschlossen, dorthin bringen mich keine zehn Pferde mehr.« Dass Hannes aus Laichingen stammte, hatte sie damals noch nicht gewusst. Ihr zuliebe hatte er seine Vorsätze nun über den Haufen geworfen, dachte sie zutiefst berührt. Noch nie war sie einem Mann so wichtig gewesen...

Leseprobe aus Die Fotografin – Die Zeit der Entscheidung

Mit einem seligen Lächeln versorgte Mimi ihren Onkel, der, müde vom Markttag, gleich ins Bett wollte, dann machte auch sie sich fertig für die Nacht.

Er wolle so bald wie möglich zu ihr kommen, hatte Hannes gesagt. Aber wann war bald?, fragte sie sich, als sie im Bett lag. Nun, da sie ihn in ihrer Nähe wusste, hielt sie es vor Sehnsucht nach ihm kaum mehr aus. Sie seufzte und kuschelte sich tiefer unter ihre Bettdecke.

Schon ihre Begegnung vor ein paar Wochen in Ulm war ihr schicksalhaft vorgekommen. Der Abend und die halbe Nacht, die sie miteinander verbracht hatten, waren geprägt gewesen von einer Intensität und Vertrautheit, die Mimi in dieser Form nicht kannte. Zweisamkeit oder Freiheit? Für Mimi war immer die Freiheit wichtiger als alles andere gewesen.

Doch nun, mit Hannes, konnte sie sich alles vorstellen.

Es war acht Uhr am Morgen – Onkel Josef schlief noch –, als es leise an der Tür klopfte. Mimi, seit zwei Stunden rastlos auf den Beinen, wusste sofort, dass er es war.

»Hannes...« Ihre Stimme war ein Flüstern nur, sanft wie ein Streicheln. »Du bist gekommen.« Ihre Augen tasteten ihn ab, vorsichtig, eine Spur ungläubig, als könnten sie immer noch nicht glauben, dass er wirklich hier war. Die braunen Augen, warm wie Holz. Der Mund, eine Spur zu groß, aber für einen Mann, der so viel zu sagen hatte, genau richtig. Die dunkelbraunen, widerspenstigen Locken. Die große, kräftige Statur, die brei-

Leseprobe aus *Die Fotografin – Die Zeit der Entscheidung*

ten Schultern zum Anlehnen. Kein Wunder, dass er ihr nie mehr aus dem Kopf gegangen war.

Im hellen Licht des Junimorgens erwiderte Hannes ihren Blick, prüfend fast, als wollte er sichergehen, dass seine Entscheidung, hierher zurückgekommen zu sein, auch wirklich die richtige war.»Leicht ist es mir nicht gefallen. Aber ich konnte nicht anders. Du bist mir einfach nicht mehr aus dem Kopf gegangen.« Was für eine Liebeserklärung. Mimi hatte noch nie schönere Worte gehört.»Du bist mir auch nicht mehr aus dem Kopf gegangen«, gab sie flüsternd zu. Sie wollte sich an ihn schmiegen, doch Hannes nahm ihre Hand und zog sie nach hinten in den Garten, wo niemand sie von der Straße oder den umliegenden Häusern aus sehen konnte. Im Schatten des Fotoateliers schloss er sie endlich in die Arme.

Für einen langen Moment verweilten sie eng umschlungen, die Wärme und Nähe des anderen genießend.

»Hannes, ich freu mich so«, sagte Mimi schließlich.

Hannes löste sich von ihr, schaute ihr fragend in die Augen.»Darf ich dich um etwas bitten?«

Mimi nickte. Um alles durfte er sie bitten!

»Kannst du mich zukünftig Johann nennen? Hannes habe ich mich auf der Reise genannt, die Leute hier würden sich nur wundern, wenn du diesen Namen verwendest.«

»Kein Problem«, sagte Mimi lächelnd.»Solange du mich nicht Minna nennst. So rief mich meine Mutter immer dann, wenn ich als Kind etwas ausgefressen hatte.«

»Und – warst du denn brav in den letzten Wochen? Oder hast du schon einem Weberburschen den Kopf verdreht?« Grinsend ergriff er eine braune Haarsträhne, die sich aus ihrer Hochsteckfrisur gelöst hatte, und wickelte sie um den Zeigefinger seiner rechten Hand.

»Das würdest du jetzt gern wissen, was?«

»So, wie dein Stand auf dem Pfingstmarkt belagert war, scheinen die Leute dich jedenfalls sehr charmant zu finden.«

Mimi zog eine Grimasse. »Zum Glück war das so! Ich muss jetzt schließlich für zwei sorgen.« Sie zeigte auf das Haus hinter sich. »Mein Onkel braucht Pflege.«

Statt mit einer weiteren flapsigen Bemerkung zu antworten, schaute Hannes sie eindringlich an. »Du bist so stark und schön«, flüsterte er. Dann zog er sie erneut an sich.

Mimi schloss die Augen in süßer Erwartung seines Kusses. Einen Wimpernschlag lang schien die Welt stillzustehen, ehe seine Lippen endlich die ihren fanden. Mimis Knie wurden weich, ein wohlig warmes Beben erfasste sie, und mit einer für sie ungewohnten Hingabe öffnete sie ihre Lippen.

Am Morgen nach dem Pfingstmarkt fühlte sich Anton wie vollständig verändert. Weggeblasen waren seine alten Sorgen, seine Zweifel, auch seine Wut. Frohgemut stand er in der Küche der elterlichen Gaststätte am Waschbecken und spülte die Berge benutzter Bier-

Leseprobe aus *Die Fotografin – Die Zeit der Entscheidung*

krüge mit einem Elan, als würde er stattdessen Goldmünzen zählen.

Wie gut, dass Alexander und er sich gestern Abend noch getroffen hatten, dachte er, während er die Krüge mit einem sauberen Tuch nachpolierte. Denn während Alexander voller Inbrunst geschworen hatte, *alles* dafür zu tun, um an der Aufnahmeprüfung der Stuttgarter Kunstschule teilnehmen zu können, war auch ihm etwas klar geworden: nämlich, dass zu lamentieren allein nicht reichte. Wenn auch er von hier wegwollte, musste er etwas *tun*. Und genau das hatte er ab heute vor. Mehr noch, er hatte einen kompletten Plan parat!

»Ich bin mal kurz weg!«, rief er seiner Mutter zu, die an einem der Tische in der Wirtsstube saß und das Münzgeld der vergangenen zwei Tage in kleine Stapel sortierte.

Was für ein herrlicher Morgen, dachte Anton, als er vor den Ochsen getreten war. Der Himmel wirkte wie blank geputzt, das Kopfsteinpflaster des Marktplatzes leuchtete im Sonnenlicht wie Anthrazit, in den Bäumen vor der Kirche zwitscherten die Vögel, als nähmen sie an einem Gesangswettbewerb teil. Wie gut würde es sich anfühlen, sein Bündel zu packen und an einem Tag wie diesem auf die Reise zu gehen. Bald, mahnte er sich, bald.

Ob die Fotografin schon wach war? Ganz bestimmt, dachte Anton, während er mit forschem Schritt auf das Haus auf der gegenüberliegenden Seite des Marktplatzes zuging. Mimi Reventlow war geschäftstüchtig, klug und fleißig. Zeit war Geld – sagte man nicht so? Anton lachte.

437

Leseprobe aus *Die Fotografin – Die Zeit der Entscheidung*

Mimi Reventlow wusste es noch nicht, aber wenn sie Laichingen verließ, würde er an ihrer Seite sein. Dass sie miteinander harmonierten, hatte er schon bei ihrem Ausflug in Ulm festgestellt. Sie und ihre fotografischen Künste, er und sein Geschick in allen möglichen Belangen – gemeinsam würden sie die Welt erobern! Sehr lange würde es nicht mehr dauern, dachte er, als sein Blick auf die geschlossenen Fensterläden des oberen Stockwerks fiel, wo Josef Stöckle allem Anschein nach noch schlief. Der alte Fotograf war schwer krank, der liebe Gott würde ihn bald zu sich holen. Nicht, dass er, Anton, Mimis Onkel den Tod wünschte, im Gegenteil! Er würde die Wochen oder Monate, die Mimi Reventlow wegen ihres Onkels noch in Laichingen blieb, zu seinem Vorteil nutzen. Eine kleine Hilfestellung da, ein Gefallen hier – im Laufe der Zeit würde er sich bei ihr immer unentbehrlicher machen. Und war der Tag der Abreise dann gekommen, würde Mimi Reventlow gar nicht anders können, als ihn als Begleiter mitzunehmen!

So wollte er es machen, dachte Anton zufrieden und öffnete schwungvoll das Gartentor. Er war schon an der Haustür angelangt, als er hinten beim Fotoatelier einen Schatten wahrnahm, der sich bewegte. Ein Einbrecher? Die Fotografin hatte auf dem Markt gute Umsätze gemacht, das hatten viele mitbekommen. Wollte jemand an ihr Geld? Mit geballten Fäusten und klopfendem Herz schlich Anton hinter den Holzschuppen, bereit, sich gleich hier und jetzt für Mimi Reventlow einzusetzen. Doch als er um die Ecke des Schuppens in

438

Leseprobe aus Die Fotografin – Die Zeit der Entscheidung

Richtung Atelier lugte, sah er keinen Einbrecher – sondern Mimi Reventlow in einer innigen Umarmung mit Johann Merkle!

Anton blieb wie vom Donner gerührt stehen.

»Da ist noch etwas«, hörte er Johann sagen, als die beiden sich wieder voneinander lösten. »Es ist besser, wenn wir vorerst ... nun ja, wenn wir vorerst nicht zusammen gesehen werden. Und dass wir uns schon aus Ulm kennen, braucht auch niemand zu wissen.«

Die beiden kannten sich? Anton schüttelte heftig den Kopf, als könne er seinen Ohren nicht trauen.

»Warum diese Heimlichtuerei?« Die Fotografin klang verständnislos.

Anton wagte es, erneut um die Ecke des Holzschuppens zu spähen. Johann Merkle wirkte jetzt leicht ungeduldig, als er sagte: »Hast du in den Wochen, in denen du schon hier bist, etwa noch nicht bemerkt, dass die Uhren in Laichingen ein wenig anders ticken? Jeder bekommt von jedem alles mit! Ich will nicht, dass die Leute über dich tratschen. Als Geschäftsfrau muss dein Ruf untadelig sein, da kann es nicht angehen, dass dir eine Affäre mit einem wie mir nachgesagt wird.«

»Mit einem wie dir!« Liebevoll fuhr Mimi durch Johanns lockiges Haar. »Was soll denn das heißen?«

Eine Affäre? Die beiden hatten eine Affäre? In Antons Kopf schwirrte es so sehr, dass er keinen klaren Gedanken fassen konnte.

»Einem Auswanderer. Einem Herumtreiber. Einem, dem man nicht über den Weg trauen kann«, sagte Johann Merkle.

Leseprobe aus Die Fotografin – Die Zeit der Entscheidung

»Einem ... Gewerkschafter?«, erwiderte die Fotografin neckend.

»Dass ich für die Gewerkschaften arbeite, braucht im Moment auch niemand zu erfahren, sonst bekomme ich keinen Fuß in irgendeine Tür!«

Johann Merkle war Gewerkschafter? Das wurde ja immer spannender ... Anton wagte kaum mehr zu atmen, um nur ja kein Wort zu überhören.

»Aber daran ist doch nichts Unehrenhaftes«, sagte Mimi, noch immer eng an ihn geschmiegt. »Die Weber könnten deine Hilfe gut gebrauchen. Dieses ungeschriebene Gesetz, dass der Sohn eines Webers auch Weber werden muss, finde ich unmöglich! Und dann die vielen Arbeitsstunden! Die Leute verdienen zudem nicht viel, mein Onkel erzählt mir ständig, wie arm hier alle sind. Es ist höchste Zeit, dass jemand den Webereibesitzern klarmacht, dass sie die Leute nicht ewig so ausbeuten können!«

»Ach Mimi«, sagte Johann schmunzelnd. »Genau das liebe ich so an dir! Das Feuer in deinen Augen, wenn du eine deiner Überzeugungen vorträgst.«

»Und was ist daran verkehrt?«, erwiderte Josef Stöckles Nichte. »Du stehst doch auch für deine Überzeugungen ein, oder nicht?«

Johann nickte. »Aber einfach mit der Tür ins Haus zu fallen wäre das Verkehrteste, was ich machen könnte. Ich war viele Jahre weg, warum sollten die Leute mir gleich vertrauen?«

Ganz genau!, dachte Anton heftig. All die Jahre hatte es Johann Merkle doch auch nicht geschert, was hier los

Leseprobe aus *Die Fotografin – Die Zeit der Entscheidung*

war. Von ihm aus hätte der Mann ruhig bleiben können, wo der Pfeffer wächst!

Doch Mimi Reventlow nickte verständnisvoll. »Ich muss erst wieder heimisch werden und den Leuten zeigen, dass ich einer von ihnen bin. Mein erster Eindruck sagt mir jedoch schon jetzt, dass sich die Bedingungen, unter denen die Weber arbeiten, in den Jahren meiner Abwesenheit nicht gerade zum Besseren gewandelt zu haben.«

War es nicht unglaublich? Da kam dieser Johann Merkle nach Jahren daherspaziert und bildete sich ein, über alles und jeden Bescheid zu wissen!, dachte Anton wütend. Was für ein arroganter Angeber!

»Mein Vertrauen hast du längst. Und wenn die Leute dich nur einmal so reden hören, wie ich es in Ulm auf dem Marktplatz getan habe, dann werden sie dir wie Lämmchen folgen«, sagte Mimi Reventlow und klang so voller Bewunderung, dass Anton sich auf die Lippe beißen musste, um nicht vor Entsetzen laut aufzuschreien. Die Fotografin war verliebt! Und wie!

»Dein Wort in Gottes Ohr.« Johann machte sich von ihr los. »Aber hier in Laichingen kann ich mich nicht einfach auf den Marktplatz stellen und von Arbeiterschutzgesetzen und besseren Löhnen erzählen. Vielmehr werde ich als Weber anfangen, wahrscheinlich bei Herrmann Gehringer. Nur in der Höhle des Löwen erfahre ich aus erster Hand, wie die Dinge stehen. Außerdem...« – er grinste hämisch –, »wird es meinen Bruder verdammt ärgern, wenn ich bei Gehringer anfange! Somit schlage ich quasi zwei Fliegen mit einer

Leseprobe aus Die Fotografin – Die Zeit der Entscheidung

Klappe. So, und jetzt muss ich gehen, ich habe heute noch viel vor. Ich wohne übrigens bei meiner Mutter Edelgard, du kennst sie vielleicht, sie ist Näherin.«

»Wann sehen wir uns wieder?«, fragte die Fotografin in drängendem Tonfall, ohne auf seine Worte einzugehen.

»So bald wie möglich, versprochen! Aber wie sich die nächsten Tage gestalten, weiß ich einfach noch nicht.« Johann hob ihr Kinn und schaute sie aufmunternd an. »Ab jetzt haben wir doch alle Zeit der Welt, oder?« Dann küsste er sie.

Verwirrt und zornig zugleich schlich Anton davon. Alle Zeit der Welt? Wenn eins klar war, dann das: Er hatte *nicht* alle Zeit der Welt. Verflixt!

Einen Moment lang überlegte er, ob er Alexander aufsuchen und ihm alles erzählen sollte. Doch dann entschied er sich dagegen. Vielleicht war es von Vorteil, wenn erst einmal nur er Bescheid wusste über Johann Merkle und die Fotografin. So würde er in Ruhe nachdenken können.

Dass Johann ausgerechnet jetzt, zur Unzeit, hier aufgetaucht war, war mehr als ärgerlich. Wie es aussah, hatte der Amerika-Heimkehrer die Fotografin schon ganz schön um den Finger gewickelt! Wütend kickte Anton ein kleines Steinchen über den Marktplatz. Mimi Reventlows Stimme hatte sich angehört, als würde sie schon vom Traualtar träumen!

Anton blieb stehen, atmete tief durch. Er musste jetzt einen kühlen Kopf bewahren, nichts Unkluges tun.

442

Und eins stand fest: Er würde seinen Plan durchziehen, koste es, was es wolle.

Eveline, die am Brunnen stand und Wasser schöpfte, hielt genießerisch ihr Gesicht in die Sonne. Genau so hatte auch gestern die Sonne geschienen, als sie Johann plötzlich auf dem Pfingstmarkt gegenüberstand! Wie er sie angeschaut hatte, so intensiv und gefühlvoll...
Sie konnte es kaum erwarten, ihn wiederzusehen. Bestimmt nahm Edeltraud ihren Sohn voll in Beschlag, und nicht nur sie!, dachte Eve. Auf dem Markt hatte sich das halbe Dorf um Johann geschart, sogar die Fotografin, dabei kannte sie ihn nicht einmal! Gönnten die Leute ihm nicht das kleinste bisschen Ruhe? Am liebsten hätte sie sich beschützend vor ihn gestellt, doch mehr als ein paar hastige Worte waren ihnen nicht vergönnt gewesen. Doch auch die hatten schon gereicht, um ihr neuen Lebensmut zu schenken.

Eveline lächelte. Noch konnte sie nur von Johann träumen, aber spätestens auf dem Heumondfest würden sie sich wiedersehen. Ganz bestimmt würde Johann sie zum Tanz auffordern, so wie einst... Sie würde in seinen Armen liegen und die Welt um sich herum vergessen, und wenn es nur für einen Moment war. Er würde ihr zuflüstern, wie schön sie sei und wie sehr sie ihn fasziniere. Und wenn Johann erfuhr, wie elend es ihr ergangen war in den letzten Jahren, wäre er bestimmt entsetzt und würde alles daransetzen, ihr zu helfen!

Leseprobe aus Die Fotografin – Die Zeit der Entscheidung

Über das »wie« konnte man sich immer noch Gedanken machen, wichtig war nur, dass er hier war. Leises Weinen riss Eveline aus ihren Gedanken. Sie wandte sich Marianne und Erika zu, die wie zwei kleine Häufchen Elend auf dem nackten Boden saßen. Erika lief eine Träne über die Wange. »Mein Bauch tut so weh, Mama«, schluchzte sie.

»Ach Kinder«, sagte Eveline sanft. Auch ihr Magen knurrte, sehr sogar, aber Eveline tat so, als hörte sie es nicht. »Bis zum Abendessen sind es nur noch wenige Stunden, dann gibt's eine gute Brotsuppe.« Einen halben Brotlaib hatten sie noch, der Rest war aus unerfindlichen Gründen über Nacht verschimmelt. Ihre Vorratskammer war leergefegt, auf dem Acker wuchs noch lange nichts Essbares, und in ihrem Geldbeutel herrschte Ebbe, seit Klaus am Samstag seinen Lohn im Ochsen angelegt hatte.

Eveline seufzte leise und hievte dann den schweren Wassereimer auf den Leiterwagen. Die kleinen Pflanzen auf dem Acker brauchten dringend Wasser, damit sie gut anwuchsen und im Herbst eine reiche Ernte bescherten.

»Wenn wir später auf dem Heimweg sind, sammeln wir leckeren Löwenzahn. Aus dem mache ich einen Salat, in Ordnung?«, sagte sie so aufmunternd wie möglich.

Marianne hielt sich den Bauch und erwiderte: »Kann ich meine Scheibe Brot nicht jetzt essen? Heute Abend mag ich vielleicht gar nichts.«

Eveline kämpfte gegen die Tränen an, die in ihr auf-

444

Leseprobe aus Die Fotografin – Die Zeit der Entscheidung

steigen wollten. Johann würde sicher wollen, dass sie nun stark war – gerade weil ihr Mann Klaus es nicht war!»Wisst ihr was? Jetzt gehen wir erst mal in den Hühnerstall, und dann braten wir jedem von uns ein Ei!«

Sogleich hellten sich die blassen Kindergesichter ein wenig auf.

Die Hühner waren alt. Mit gerade einmal zwei kläglichen Eiern in der Hand trat Eve kurz darauf wieder ins Haus, und die Kinder folgten wie Lämmer.

Im Herd glühte noch ein kleines Feuer, es würde reichen, um zwei Eier zu braten. Eveline stellte die schwere gusseiserne Pfanne auf den Herd, dann nahm sie sich den Brotlaib vor. In weiser Voraussicht – oder Verzweiflung – hatte sie das verschimmelte Ende noch nicht weggeworfen. Resolut begann sie, den Schimmel so gut es ging von der Kruste abzukratzen. Den Hühnern wagte sie das verschimmelte Brot nicht mehr zu geben, nachdem ihr vor Jahren nach einer solchen Aktion alle Tiere gestorben waren.

»Schimmel macht schön, behaupten die alten Leute hier im Ort«, sagte sie und gab jedem Kind ein Stück Brot.

»Willst du nichts?«, fragte Marianne, als Eveline ihren Töchtern je einen Teller vorsetzte.

»Ich bin noch satt vom Morgenbrei«, log Eveline. Allein beim Anblick der knusprig gebratenen Eier lief ihr das Wasser im Mund zusammen. Um sich abzulenken, schaute sie sich die Zeichnungen an, die Alexander auf altem Karton oder Einwickelpapier aus Helenes

Leseprobe aus Die Fotografin – Die Zeit der Entscheidung

Laden angefertigt hatte. Eine Eule. Ein Schwalbennest, in dem eine Mutter ihre Jungen fütterte – jedes Hälmchen hatte er gezeichnet, so fein, so kunstvoll. War es nicht typisch, dass Alexander dieses Motiv gewählt hatte? Er hätte auch den Hahn vorn in der Straße malen können oder irgendein anderes Motiv. Aber nein, Alexander hatte eine fürsorglich liebende Schwalbenmutter zu Papier gebracht. Der Gedanke verlieh Eveline neue Kraft. Und wenn es sie alles kostete – sie würde nichts unversucht lassen, Klaus doch noch die Erlaubnis, dass Alexander an der Aufnahmeprüfung der Kunstschule teilnehmen konnte, abzuringen! Und wenn ihr das gelang, hatte Johann bestimmt ein paar hilfreiche Ratschläge für ihren Sohn parat.

Ein Sonnenstrahl drängte sich durch die enge Öffnung zwischen dem Nachbarhaus und ihrem und tauchte den dunklen Hof in goldenes Licht.

Eveline lächelte.